2018年 中国思想随笔排行榜

王必胜 主编

百花洲文艺出版社
BAIHUAZHOU LITERATURE AND ART PRESS

图书在版编目（CIP）数据

2018年中国思想随笔排行榜/王必胜主编. —— 南昌：
百花洲文艺出版社,2019.1
ISBN 978-7-5500-3112-8

Ⅰ.①2… Ⅱ.①王… Ⅲ.①随笔－作品集－中国－当代 Ⅳ.①I267.1

中国版本图书馆CIP数据核字（2018）第252738号

2018年中国思想随笔排行榜

王必胜　主编

出 版 人	姚雪雪
责任编辑	余丽丽
书籍设计	方　方
制　　作	何　丹
出版发行	百花洲文艺出版社
社　　址	南昌市红谷滩新区世贸路898号博能中心20楼
邮　　编	330038
经　　销	全国新华书店
印　　刷	江西千叶彩印有限公司
开　　本	850mm×1168mm 1/16　印张 21.75
版　　次	2019年1月第1版第1次印刷
字　　数	250千字
书　　号	ISBN 978-7-5500-3112-8
定　　价	43.50元

赣版权登字　05-2018-481
版权所有，侵权必究

邮购联系　0791-86895108
网　　址　http://www.bhzwy.com
图书若有印装错误，影响阅读，可向承印厂联系调换。

目 录

时间和我们

铁 凝

十年前的这个丰硕的季节，首届东亚三国文学论坛在首尔举行。十年后的今天，第四届韩中日东亚文学论坛再次来到首尔。十年前，参加论坛的三国作家们彼此尚属陌生；十年后的今天，当我们重逢时，我们熟稔的目光和神情都在告诉对方：感谢时间，让我们已经认识了这么久。

我在这时想起了中国一句老话："十年树木。"这句话出自中国春秋时期著名政治家管仲，意思是一株树苗长成大树需十年时间，更指树木成林的不容易。"树"在这里作动词用，说的是养育和培植。东亚文学论坛走过了十年的时光，在所有参与者的共同努力下，这棵关于文学的论坛小树已成长为健康的大树。如果可以把论坛的每一位作家比作一棵独立的文学之树，正是你们的集结，也使这论坛成为文学之林。而每一次论坛不断有新的作家加入，一株株挺拔、峻朗的新生之树和大家比肩而立，更使这文学之林变得格外富有朝气和活力。

在文学之林里，一棵独立的树非要和另一棵独立的树打招呼不可么？我们可以静默地伫立着，我们的心事也不尽相同甚至相反。然而总有风舞动树的枝条，树们有时也需要喧闹和走动。论坛为文学之林创造着暂停静默、集结交流的时间，时间培育了三国作家从试探渐渐走向有话要谈。

时间可以磨损很多东西，比如爱恨情仇。时间也能够塑造很多东西，比如让美变成痛苦所能够达到的最高境界，让代际间的隔膜和不屑成为相互凝视与和解，乃至相互的鼓舞。

前不久，我的一位朋友对我讲了他经历的一件事：两个月前，他的女儿满18岁了。18岁是一个人重要的生命节点，女儿还考上了一所很好的大学。在女儿生日之前，父亲问女儿要什么生日礼物。女儿说，只想要生日那天父亲和她一起去文身店刺青。我的朋友一时没听明白，问女儿说是要我陪你去？女儿说，是我们两人一起去，你当然也要文身啊。女儿的请求让做父亲的吃惊并且为难，首先他没想到看上去文静的女儿有刺青的愿望，其次他没想到女儿要他也去刺青。他说他要考虑一个晚上。

我的这位朋友在个人事业上可以说是成功的，白手起家做实业，历尽艰辛。他曾向我坦言二十年来几乎没有完整时间照顾过家庭，稍有空余他会坚持运动，他酷爱爬山，却从来不带孩子。他甚至经常忘记女儿的样子。在这个晚上，他开始郑重考虑女儿的请求，他觉得这请求其实是带有挑衅性的试探的，也还有几分刻薄。他50岁已过，从未想过用文身来获得身体和精神的愉悦，但是女儿那挑衅刺激了他内心深处的内疚感和探索欲，在觉得女儿荒唐的同时，他忽然看见了女儿身上的自己，从前的自己。当他的事业从最艰难起步时，不也充满了探索、叛逆、不服输么。他决定答应女儿。第二天他对女儿讲了自己的决定，这次轮到女儿吃惊了，她没有打算父亲当真会答应她的要求，她提出刺青除了挑衅，还有引起父亲对自己特别注意的心理吧，她要的其实是父亲的"退堂鼓"。她提醒父亲说，那你的员工会怎么看你呢？父亲说，我已经决定的事，不会轻易改变。

于是父女二人开始研究文身的位置和内容。他们先商量了位置，确定在脚踝偏上，按中国人"男左女右"习惯，父亲在左脚外侧脚踝，女儿在右脚外侧脚踝。接着他们说出了各自文身的内容。女儿说，她要文神经传导物质多巴胺的化学式：$C_8H_{11}NO_2$。她就要离开家了，她希望自己有长久的快乐。父亲说，

2023年中国思想随笔排行榜

那一年他攀上了珠穆朗玛峰，他准备文北极点、珠峰和南极点的地理坐标。生日那天，父女二人来到女儿预先选好的刺青馆，在文身师的引导下，分别进了文身室开始了他们的刺青。父亲这里，文身师照例先询问客人是否改变了想法，现在改变还来得及。父亲表示他不改主意。隔壁的女儿却给父亲发微信说她稍微改变了一点想法，她不想文多巴胺化学式了，她想文摩尔斯电码。这边的父亲一面请文身师开始工作，一面微信问女儿为什么。女儿说摩尔斯电码更简单，时间不会太长，也不会太疼。这边的父亲问摩尔斯电码的内容，隔壁的女儿说"等待"，并发来图形"·—···"。父亲并不懂摩尔斯电码，这个表示"等待"的电码图形的确十分简单，看上去类似于标点符号里的删节号。那么，女儿到底是怕疼呢，还是怕刺青时间太长呢，还是在最后的时刻不想让身体留下太明显的印记呢？也许兼而有之。也许女儿走进刺青馆时已经退缩了，是不改主意的父亲叫她没有了退路，最终她选择了简单易行。她为自己的刺青录了视频，立刻得到朋友圈大量点赞，因为她是全班乃至全校第一个走进刺青馆的人，她小腿上的摩尔斯电码让她更加与众不同。可她腿上的"等待"并没有让她等待隔壁的父亲，她的文身25分钟结束，之后她就跑去和朋友们聚会了。父亲这边的文身，用了一个多小时。珠穆朗玛峰，毕竟比摩尔斯的"等待"更复杂。

　　这女孩子的父亲却没有因女儿把他丢在刺青馆而抱怨，在刺青馆的一个多小时里，他由陌生、不自在到坦然面对文身师，皮肤的灼热和微痛渗透到心里，使他得以在这奢侈的时间之外的时间里冷静、清醒。这时间之外的时间降临在这中年男人惯常的时间轨道之外，可否说是时间的瞬间"出格"？他为此感谢女儿，在智能社会和机器人时代仿佛就要轰轰烈烈来临之时，一个18岁的孩子仍然渴望感受皮肤上货真价实的痛感，渴望在物质的时间里感受生命的质地，虽然这渴望有些许的虚荣心做伴；他也判断着自己，他觉得自己"还行"。不是因为他的"珠穆朗玛峰"比摩尔斯电码的"等待"图形复杂，痛感就多，是因为他在决定了一件事并能够切实实施的果断和单纯。尽管这等小事和他投身的实业相比，原本不足挂齿，但也需要坚守的毅力，等待的耐力。而一个18岁的孩子，有时候却可能远比她的长者要复杂多变，犹豫摇摆。这对父女，就日历年龄而言，女儿比父亲能够拥有的时间要富有太多，可她还舍不得"等待"，也尚未深知"慢"的昂贵。女儿的生日是快乐的，在时间的"出格"上她引领了父亲，同时她仍然相信，在她新鲜生命途中的某些节点，父亲仍然有资格引路。

我由这位朋友的讲述，忽然想到新近社交网络上的一批当红虚拟超模偶像。其中一位出道半年，已和众多国际一线大牌化妆品合作，影响力和号召力惊人。她年龄18，身高150厘米，一头亮丽黑发，页面显示她是住在巴黎的一位时尚女性。但她其实是电脑合成的形象。有意思的是，在虚拟偶像盛行的今天，当被问到这些虚拟人物是否会取代真实的超模，成为新的时代偶像时，那位虚拟超模的合成者却果决答道："才没有什么能够代替真正的手，真正的眼，真正的身体，以及真正的心跳。"我要说，还有成长、痛感、欢乐和美梦。如同今天的读者还需要文学，是需要真实的心跳，需要生机勃发的脸，也需要被岁月雕刻的皱纹，皱纹里漾出的真挚笑意，以及阳光晒在真的皮肤上那真的油渍。而这一切，都还要仰仗时间的养育。

时间，时间被称为物质运动中的一种存在方式，由过去、现在、将来构成的连绵不断的系统，是物质的运动变化的持续性、顺序性的表现。文学也可以说是一种时间艺术，是一种有能力把历史、现在和未来连接起来的艺术，是创造的艺术，不是捏造的艺术。古往今来那好的文学可能不是历史的骨头，却是历史丰盈的血肉。因为文学，我们才得以窥见我们的先人气血盈盈的生活、劳作、爱和忧伤，思想和思想的表情。我们才有可能在千百年之后依然有能力和他们心意相通。

几年前一位韩国出版商到北京寻找中国的纯文学作家，要在韩国出版他们的著作。当时我问他，在世界性金融危机的背景下，您的出版社出版纯文学著作，一定会有很多困难吧？他告诉我，出版社是遇到很多困难，但是，假如没

2013年 中国思想随笔排行榜

有文学，人类将更加困难。

一个月前，叙利亚著名诗人阿多尼斯应中国作协之邀，参加鲁迅文学院的国际写作计划，我和他见面时就想起了他的一句话："没有诗就没有未来。"

我从《万物简史》中知道，目前以最长寿者按小时计算，人的寿命大约65万个小时。如果时光是无法挽留的，那么文学恰是为了创造时光而生。文学创造出的美和壮丽，能够使我们和读者有限的生命更饱满更生动，从而我们的生命得以双倍延长，超越我们的日历年龄。这样的说法让我们对自己从事的职业依然怀有自信和激情，也因此，我们确应怀有属于文学创造的自觉的时间意识。我们所依据的生活材料可能是二手、三手，但我们的创造不能满足于在二手时间里徘徊，当艺术实践开始之时，寻找独属于自己的崭新时间亦即开始，这个时间并非钟表那日复一日的"嘀嗒"声，而是揭示重要时刻，揭示钟表结构上将来未知的那一步跳跃，那时间的瞬间"出格"。

文学应当有资格赢得时间的养育，作家应当有耐心在独属自己的崭新时间里，为读者和未来创造更加宽阔的精神领域。当未来社会的诸多不确定形态让我们困惑时，不同代际的作家也应相信，那同时到来的一定还有蓬勃的更有意义的可能。我还想，假如有一天智能社会和机器人完全取代了文学和我们，取代了"十年树木"的文学之林，文学生态甚至大自然生态完全被智能"合成"，那时的文学也会像1997年，当法国海军停止使用摩尔斯电码时发出那最后一条消息，那最后一条消息是："所有人注意：这是我们在永远沉寂之前最后的一声呐喊！"

值得庆幸的是，东亚三国文学论坛十年，让我们不曾沉寂，让我们仍然能够站在这里言说文学的诸多可能，这是时间珍贵的馈赠，是在场的每一位对时间的联合贡献，也期待这是文学的好消息。

（此文为作者在"第四届韩中日东亚文学论坛"上的演讲）

原载中国作家网2018年10月17日

我想这就是人类的美德

余 华

我这篇文章题目叫《广阔的文学》，这是两个月前应主办方的要求提供的，这是一个很大的题目，我当时选择这个题目是基于自己的江湖经验，演讲的题目越大越好，题目大了怎么说都不会跑题。今天上午我准备下午应该说些什么的时候，意识到这个题目出问题了，不应该用这么大的题目，这个题目是唬人的，我阅历有限能力也有限，我说不出文学真正意义上的广阔。

然后呢，我找不到笔。华中科技大学很友好，让我住在学校宾馆的套房里，可是没有笔，我花了一个多小时找笔，写字台上没有，床头柜上没有，所有的柜子和抽屉都打开来找了，连卫生间也没有放过，就是没有笔。我想利用上午的时间把下午要讲的写个提纲出来，可是没有笔。本来想写个提纲讲讲文学的宽度，没能力讲文学的广阔，就讲讲文学的宽度。可是没有笔，所以今天晚上的演讲可能连宽度也没了。我不是抱怨华科大的宾馆，我作为一个作家自己没带笔，我也没有抱怨自己，因为衣服的口袋资源有限，原来放笔的口袋现在放手机了。这么想想还是当年穿中山装的时候好，胸前口袋插上一支钢笔很般配，现在都穿西装了，西装胸前口袋插上钢笔就不伦不类了。

不管我能不能说出文学的广阔，文学的广阔都在那里，那是包罗万象的广阔。估计我今天也就是说些坐井观天的事，好在你们都知道天空有多么广阔。

去年11月份，我在罗马尼亚书展的一个论坛上有一个发言，我说："当我们在一部小说里读到有三个人在走过去、有一个人在走过来，这已经涉及了数学，'3+1=4'；当我们读到树叶在飘落下来，这就涉及了物理；当我们读到糖在热水里溶化的时候，那就已经涉及了化学。所以，假如文学连数理化都不能回避的话，它根本不可能回避社会或者政治。"

希腊神话里宙斯对人类表示不满的时候，会用夸张的句子说"他想用闪电鞭挞整个大地"，这样的描写确实会让你觉得他是一个众神之王，他的鞭子就是闪电，符合他的身份。同时你也觉得这个描写很有气势，这又涉及了气象学，所以文学里什么都有。

文学里有很多夸张的描写，比如莎士比亚，他的悲剧和喜剧都非常好，当然他的戏剧有一个套路，先让邪恶战胜正义，最终再让正义战胜邪恶。他有一个戏剧，我忘了剧名了，里面描写一个忠臣被奸臣诬陷，国王把他流放到一个没有人的荒岛上，他在那里孤独地生活，而且极其艰难。他的荒岛比《鲁滨逊漂流记》的荒岛还要可怕，到处都是毒蛇，天长日久他的眼睛瞎了。再后来就是正义战胜邪恶，国王幡然醒悟，发现自己错怪了这个忠臣，派人给他送诏书，把他召回来，恢复他的官职。当那个人带着皇帝的诏书来到荒岛上找到这个双目失明的老人，给他念皇帝诏书的时候，这个历经苦难的人无动于衷，他说，即使上面每个字都是一个太阳，我也看不见了。这是典型的莎士比亚式的语言，天才作家的夸张。为什么这么说？夸张在文学里是很不好处理的，很容易失真，所以更需要叙述分寸的把握。莎士比亚让这个双目失明的老人说出这样的话，让读者或者观众心酸，而且准确表达出了这个老人在有过荣华富贵又经历苦难之后对一切淡然的内心状态。李白也夸张，他说"白发三千丈"。我记得2008年《兄弟》在日本出版的时候，日本有一个评论家写文章说，这部小说很夸张，但是这部小说来自一个有过"白发三千丈"诗句的国家，也不足为奇。这是一个日本人的看法。李白"白发三千丈"后面一句是"缘愁似个长"，愁成什么样了？这个涉及精神病学，妄想症的一个病例。

我不是说李白是个精神病患者，我只是觉得他会有精神不正常的时候，我今天在这里说"广阔的文学"也是妄想症的一个病例，夸大妄想症。其实每个人都有来自精神方面的问题，只是有时候分裂了有时候还没有分裂，有时候发作了有时候还没有发作。李白发作的时候就是"白发三千丈"，我发作的时候就是今天说"广阔的文学"，当然我的病情远没他的那么牛逼。

文学和疾病的关系源远流长，有些作家能够写出不朽之作，所患疾病在后面起到推波助澜的作用。比如普鲁斯特，他的感觉十分奇妙，他写晚上入睡时，脸枕在丝绸面料的枕头上，觉得清新光滑，像是枕在自己童年的脸庞上；他写早晨醒来，看着阳光从百叶窗照射进来，觉得百叶窗上插满了羽毛。这和他体弱多病有很大关系，他10岁时得了哮喘病，这种病在当时很麻烦，后来他的哮喘病越来越严重，影响晚上入睡，他入睡前要喝一种麻醉药水，这种药水喝多了会产生幻觉，所以睡在自己童年的脸庞上和百叶窗上插满了羽毛都是药水作用下的美丽幻觉。

很多作家有忧郁症，爱伦·坡几乎每天觉得自己快要死了，可是他好好的，一直没死，还写下一系列阴森森的故事给别人看，看了他故事的这些别人一个个觉得自己的健康每况愈下。安徒生也是，一生都在担心自己的身体，担心自己眉毛上的小印记会扩大盖住眼睛，担心自己偶然间被别人的拐杖碰到会导致胃破裂，所以他写出了《卖火柴的小女孩》。麦尔维尔的忧郁症用另外一种方式表达出来，《白鲸》看似很强大，其实是在掩饰他长期以来的沮丧和忧郁，最后还是没有掩饰住，还是在作品中流露出来了。卡夫卡就不用说了，他的忧郁症在书信日记里一览无余。那个号称硬汉的海明威也经常会不正常，在非洲打猎时心血来潮，以为自己是西部电影里的神枪手，让他的一个朋友头顶一只碗，他一边后退一边举起猎枪，他的朋友对他的枪法实在没有信心，在他开枪之前就逃跑了。德国的席勒写作时桌子上要摆着烂苹果，烂苹果的气味会给他带来灵感。如果你们有兴趣跑到街上去，随便找一个过路的女孩，现在流行的说法叫美女，你们问美女写作时闻烂苹果意味着什么，美女肯定会说这太变态了……

至于在文学作品中描写出来的疾病，那就太多了，什么样的病都有。我年轻时读过很多被文学描写出来的疾病，那时候我身体很好，可是读着读着觉得自己这里不舒服那里有病了，觉得自己应该去医院了。所以文学又涉及了医学，或者说文学有时候就是医院，从大城市的三甲医院到下面的乡镇卫生院，里面挤满了作家、作品中的人物，还有读者，也分不清谁是医生谁是病人。

在广阔的文学里，我们读到过各种各样题材和形形色色的故事。我刚才说到了涉及数理化的、涉及气象学的、涉及医学的，涉及最多的，我想应该是社会和历史了。先来谈谈文学怎样涉及社会，我们读到的那些伟大的文学作品，托尔斯泰的、陀思妥耶夫斯基的、狄更斯的、巴尔扎克的、司汤达的等等，还有二十世纪的很多伟大作品，无一例外，每一个文学文本的后面都存在着一个社会文本，这是讲述文学如何广阔时最大的一个话题。

我今天还是讲短篇小说，讲长篇小说太费劲了，把自己说死了也说不完。我现在脑子里首先出现的是大家熟悉的鲁迅的《风波》。《风波》描写的是当时社会出现巨大变化的时候，处在社会动荡边缘的农村——绍兴乡下的一个地方，那个地方那些人的反应。小说很巧妙，鲁迅写得好像很随意，虽然不像《孔乙己》那么讲究，它仍然是一部和《孔乙己》并驾齐驱的短篇小说。

《风波》一上来就是九斤老太在抱怨孙女六斤，都要吃饭了还在吃豆子，要把这个家吃穷了，然后她的孙女躲在树后面说："这个老不死的。"接下来是七斤回来了，七斤回来以后忧心忡忡，说皇帝好像要坐龙廷了。我估计就是张勋复辟的那个前后传到浙江绍兴，那个时候没有互联网，更没有后来的微信什么的。我曾经在一个收藏古玩的作家朋友家里看到他收藏的地契，那个地契居然是洪宪五年时的地契。我们都知道袁世凯是个短命皇帝，那个时候信息闭塞，袁世凯早就死了，相对偏远的地方还以为他是个活皇帝，还是用洪宪的年号。《风波》的关键是什么，就是辫子，这篇小说关注的是辫子，尤其是赵七爷的辫子。七斤摇船去城里，他不想做田里活，想到城里挣钱，到城里遇到革命军把辫子给剪了，回来以后也不觉得这是多么严重的一件事情，七斤嫂还说辫子没了看上去人挺精神的。后来一听说皇帝又回来了，没有辫子那就是要砍头的罪，八斤嫂和七斤嫂因此有一次吵架。鲁迅把吵架写得很简洁，但是写得传神。

我觉得小说最妙的是赵七爷。革命军来了，他把辫子盘到头顶上；革命军走了，听说皇帝又坐龙廷了，他就把辫子放下来。我认为鲁迅《风波》里最重要的人物是赵七爷，不是七斤。当然七斤是小说叙述的角度，鲁迅是从七斤的角度来写的。这是反映辛亥革命胜利之后旧的势力反扑回来的一篇大变革时期的小说，仔细想想，其实我们都是赵七爷，我们在社会重大变迁的时期如何来掌握自己的命运？谁能够掌握自己的命运？那些立在潮头的人都掌握不了自己的命运，更何况我们这些随波逐流的人。所以我们每个人都是赵七爷，都是审时度势把辫子盘到头顶上，又审时度势把辫子放下来。我觉得这是中国人的生存之道，这是面对社会巨变时的应对方式，是一个很好的方式，也是常用的一个方式。

每个故事都有一个灵魂，有时候灵魂是几个细节，有时候灵魂是一句话，有时候灵魂可能就是一小段的描写，它各不相同，《风波》的灵魂是辫子，赵七爷盘上放下的辫子和七斤被剪掉的辫子。涉及社会巨变，用一部短篇小说把它表现出来，《风波》是一个好例子，当然也可以找到其他的例子，很多都是长篇小说了。比如托尔斯泰的《安娜·卡列尼娜》，读了里面关于列文的篇章，就知道当时的俄罗斯出现变化了，列文是一个思想比较先进的地主，属于一个新兴地主。巴尔扎克的作品也一样，雨果的作品不用说了，雨果的作品是属于时代感很强的作品，涉及社会或者涉及其他诸如此类的方面。另外还有一些作品既涉及社会又涉及历史，《风波》里面同样有历史，我们现在读它的时候，它就是一段历史。小说《风波》有一个社会文本，还有一个历史文本。你们再读读《风波》里面的人物对话，我觉得过了那么多年后的今天，仍然可以听到我们周边会出现类似的对话。

文学有一种奇妙的力量，就是历久弥新。我记得有一次在巴黎街头，太阳下山、天快黑了，所有人都在匆匆忙忙走路。我一个人在逛街，我的翻译还没有过来跟我一起吃晚饭，我就一个人在旅馆附近的街上闲逛。突然我脑子里出现了欧阳修的一句诗"人远天涯近"。这句诗也在王实甫的《西厢记》里出现过，有两个出处，这个不用关心，重要的是我们今天站在武汉或者北京这样大城市的街上，看着那么多人在匆匆忙忙走来走去，所有从你身旁经过的人和你一点关系也没有，再看看远处的山脉，反而觉得和你有关系，那个时候就会感到人和人之间是遥远的，人和山之间是亲近的。那句诗表达的可是宋代和元代的人的感受，到了今天仍然会有这样的感受。鲁迅给予我们的感受也是这样，我1983年开始混入文坛，在文坛已经晃荡了34年，现在再读鲁迅的杂文，虽然讽刺的是当时的社会和当时的文人，我们读来有时觉得是在讽刺今天的社会和今天的文人。

我曾经有过一个比喻，如果把我们的现实当成一个法庭，文学不是原告不是被告，不是法官不是检察官，不是律师不是陪审团成员，而是那个最不起眼的书记员。很多年过去后，人们想要知道法庭上发生了什么时，书记员变得最重要了。所以文学的价值不是在此刻，那是新闻干的活，而是在此后，欧阳修的诗句和鲁迅的文章就是此后的价值。我前面所说的一个文学文本的后面存在着社会文本和历史文本也是这个意思，社会文本说过了，现在来说说历史文本。

很多伟大的作品两者皆有，我前面提到的《风波》《安娜·卡列尼娜》，还有很多作家的作品，都是在文学文本的后面同时存在社会文本和历史文本，说起来可以滔滔不绝，不去说他们了。今天说说茨威格，他有一本很有意思的书，这本书看不出后面有社会文本，只有历史文本，所以就说这本书了。茨威格像写小说那样去写重大的历史事件，那几个改变人类进程的历史事件。其中一个是《拜占庭的陷落》，写的是苏丹率领大军如何攻打当时的东罗马帝国首都拜占庭，就是后来的君士坦丁堡、现在的伊斯坦布尔。茨威格的描写有着明显的虚构，他写东罗马帝国的军人如何奋勇抵抗，让苏丹觉得攻不下拜占庭准备率军退回。他率大军包围拜占庭，进攻时牺牲减员很多，同时需要很大的给养，时间长了给养跟不上。在苏丹准备撤军的时候，发现了一个小问题，什么问题呢？就是拜占庭有个凯尔波尔塔小门，这个小门当时是给皇宫里的佣人进出使用，东罗马帝国把整个拜占庭的各个地方都守住了，唯独忘了这个小门。结果土耳其人发现了这个小门，攻了进去，拜占庭就陷落了，人类历史此后出现了重大的变化，伊斯兰世界兴起了。所以茨威格认为就是这扇小门改变了欧洲的历史，他也许是有依据的，但是拜占庭的陷落不会只是一个因素造成的，应该由很多个因素集合到一起造成的。

茨威格的思维很有意思，他的思维就是人类历史的进程往往是一个被疏忽的小问题演变成了人类历史的重大变化。他还写了当年拿破仑的战败，热爱古典音乐的人肯定都知道贝多芬的《威灵顿的胜利》，你们可能听过卡拉扬的版本，里面的大炮声是用真的大炮轰出来的声音录制的，《威灵顿的胜利》就是写拿破仑如何败给威灵顿的那场战争。当时拿破仑手下有一个叫格鲁希的元帅，其实他并不是当元帅的材料，当时拿破仑手下那些能干的元帅基本上都已经战死沙场，剩下的就是像格鲁希这样才能有限但是忠心耿耿的人还活着，所以格鲁希成了元帅。拿破仑给了他一支部队让他守住一个要塞，自己率领部队去进攻，结果拿破仑中了威灵顿的埋伏。当时这位元帅知道拿破仑和敌人在激战了，他们听到了远处传来的枪炮声，他手下的将军们坚决要求率领自己的部队去救拿破仑，格鲁希说，给我几分钟考虑一下。其实不止几分钟，茨威格说就是这几分钟改变了这场战争的格局。格鲁希的理由很简单，就是忠诚，他要忠于拿破仑的命令，拿破仑让他在那儿，他就在那儿，没有拿破仑的命令他不能动。格鲁希不会审时度势，因为他不是一个帅才，他应该是个和拿破仑在一起，在拿破仑身边，拿破仑让他干什么他就干什么的人。由于拿破仑能够放出去独当一面的元帅已经战死了，只能把他拿出去独挡一面，结果导致了拿破仑的失败。格鲁希犹豫以后同意手下的将军率兵去营救，但是晚了，威灵顿已经胜利了。茨威格的故事讲得很吸引人，这本书现在好像是叫《人类群星璀璨时》，过去在中国出版时不叫这个书名。茨威格把他的历史观融入这样一个半虚构半非虚构的写作之中。茨威格这两个故事的灵魂在哪里？在于一个小门和几分钟的犹豫改变了欧洲的历史，他寻找到了历史的切入点，也是写作的切入点。仔细想想，很多历史的改变确实是在不经意之处发出的，人生也一样，后来的壮举当初只是一个小小杂念，很多的成功其实是歪打正着。

文学包罗万象，我说到现在也没说出多少来，但是有一点是我最后要说的，就是文学最重要的是什么？就是人。上世纪八十年代流行过雨果的一首诗：世界上最宽阔的是海洋，比海洋宽阔的是天空，比天空宽阔的是人的心灵。

现在我要说一个人的心灵的故事。我年轻时读过《圣经》，我不是基督徒，也不是天主教徒，什么都不是，我是把《圣经》作为一部伟大的文学作品来读的，假如现在有人要我选择，说只能选择一部你认为最了不起的文学作品，我会说那就是《圣经》。《圣经》里有很多故事，其中有一个故事至今难忘，由于读的时间久远我已经忘了在那个篇章里，也忘了里面人物的名字，但是故事的内容我记住了，因为我知道这个故事的力量在什么地方。

这个故事讲一个富人，他有很多头羊。《圣经》里计算一个人的财富都是用多少头羊来计算的，羊就好比是现在的银行存款。这个富人有好多头羊，还有一个城堡，过着丰衣足食的生活。有一天他突然厌倦这样的生活，想带着他的妻子孩子们去远游，就把所有的羊还有城堡交给他最信任的一个仆人，然后他带着家人和一些仆人走了。他在外面漂泊了很久之后，开始想家了，身体也不好，想落叶归根，就让一个仆人去通知帮他看家的仆人，让看家的仆人准备一下，他要回来了。过了一段时间消息传来，说那个看家的仆人把他派去的仆人杀了。跟随他的仆人们说，那个仆人已经背叛你了，已经把你的财产据为己有。这个富人不相信，他责怪自己不该把一个笨嘴笨舌的仆人派去。然后派了一个聪明伶俐的仆人去报信。他说，前面那个仆人肯定没有说清楚，只要这个仆人去就能说清楚了。这个富人根本不会去想那个仆人是否已经背叛了他，他脑子里没有这样的想法。结果那个聪明伶俐的仆人去了也被杀了，他还是不相信，他说，还是我错了，我应该派我最疼爱的小儿子去，他只要看到我的小儿子，就知道我是真的要回来了。他把最疼爱的小儿子派过去，也被杀了。《圣经》就是用这样的方式讲述一个人内心的纯洁，人性的纯洁能够讲到这种激烈的程度，当他知道那个仆人确实背叛他以后，愤怒爆发了，故事最后是他率领一直跟随他的家人和仆人打了回去，背叛他的那个仆人被处死，这就是结局。故事的前半段讲述的不是人的愚蠢，而是人性的善良和纯洁，善良或者纯洁看似天真软弱，但是爆发时的力量是任何东西都无法阻挡的，我想这就是人类的美德。

原载《北京文学》2018年第3期

一个作家应该谢谢什么

迟子建

对于我这样一个出生在中国最北端的写作者来说，首先要谢谢脚下的冻土地，它在五十四年前元宵节的黄昏，让我落脚，尽管我像其他婴儿一样，带给它的第一声是哭声。但大地就是大地，它从不会因哭声而不向我们敞开怀抱。其次我要谢谢正月的飞雪，它使我睁开眼睛，就看见它们精灵的舞蹈，尽管它们脱胎于天，但也选择大地作为飞翔的终点——它是为大地的复苏，做着滋润的储备吧。当然，还要谢谢长夜火炉里燃烧的劈柴，以及户外寒风中飘拂的灯笼，它给予一个婴儿的身体和眼睛，以最初的暖和光明。

我渐渐长大了，大自然让我知道春花不会永远开，冬天的寒风也不会没有闭嘴的时刻。我要谢谢姥姥给我讲的神话故事，让我知道生命以外还有星空；我要谢谢姥爷给我讲的采金故事，让我知道闪光而珍贵的东西，常埋于深处，要去挖掘。我要谢谢妈妈，她在我六岁时带着我们姐弟回乡，由于长途客车中途抛锚，我们赶到三合站码头时，每周一趟的大轮船，已经起航了。我在妈妈近乎绝望的哭声中，看着那艘渐行渐远的轮船，明白自己虽然爱做会飞的梦，却是没有翅膀的家伙！我要谢谢会拉琴的爸爸，他让琴声在一座山村小镇的泥屋萦绕，让我懂得，能从屋顶袅袅升起的，不只炊烟，还有音乐。

我要谢谢夏日的激流，那些诱人的野果常生长在镇子对岸，我想采得，必须学会渡过激流；我要谢谢暴风雪，当我在户外迎击它时，不仅要穿得暖，还要学会奔跑，让血液快速流动，点燃自己。我要谢谢那些长着如水眼睛的小动物，猫儿是粮仓的守护神，而看家狗就是门上的锁头。当然，我也要谢谢山中那一座座曾给我带来恐惧的坟墓，它们是森林一年四季都会生长出来的"蘑菇"，让我知道生命是有句号的，句号前的每一个逗号都是呼吸。

我要谢谢端午采到的带着露水的艾蒿，赏过的中秋圆月和除夕焰火，园田和地窖的蔬菜，豆腐坊的豆腐，以及家乡河流的鱼。它们给予我精神和身体双重的营养。谢谢帮我们犁地的牛，给我们下蛋的鸡，来我们窗前歌唱的燕子，当然还要感谢马车——它曾载着童年的我进城买年画，也载着成人的我去山外求学，最后它还载着红棺材，把爷爷和爸爸送到松林安息处。

我还要谢谢在异域相遇的莫斯科郊外教堂打扫祭坛烛油的老妇人，让我懂得光明的获得不在仰头时刻，而在低头一瞬；谢谢在悉尼火车站遭遇的精神颓废的土著，突然发出的悲凉无奈的哭声，让我反思现代文明丛林里游荡着多少无可皈依的灵魂；谢谢在都柏林海滩相遇的迎风而立的盲人老妪，让我懂得听海的心比看海更重要；谢谢在卑尔根格里格故居赏乐时，那扇不推自开的门，让我幻想是格里格回来了；谢谢能够在香港维多利亚海滩上空看见飞翔的鹰，让我从同样盘旋着私人飞机的那片视域中，辨出这世上真正的繁华是什么；谢谢阿根廷大冰川以悲壮的一次次解体，为我们敲示的警钟；谢谢巴黎奥赛博物馆里米勒的油画，让我知道经典的魅力；谢谢在美国爱荷华国际写作坊时，与聂华苓老师把酒言谈的每个时刻，山坡一闪一闪的野鹿，让我们把目光转向窗外的精灵。

我要谢谢乡亲，三十二年前我父亲去世后，我去井台挑水，所有的人自动闪开，无声地让给一个刚失去父亲的人，一条优先打水的雪路；谢谢已经离世十六年的爱人，他带走了爱，却留给我故乡依然明亮的窗，让我看到天上人间，咫尺之遥。爱人的永诀给予我痛，但透过个人的痛，我看到了众生之痛。

我要谢谢我年过半百孤独地行走在故乡的雪野时，在我头顶呀呀飞过的乌鸦，它们以骑士的姿态，身披黑氅，接替爱人，护卫着我。我要谢谢磨难，谢谢我生命中从未断过的寒流，它们的吹打，使我筋骨更加强健，能够紧握不离不弃的笔，发现和书写着这大地之泥泞、之壮美，之创痛、之深沉，成为一个不会倒在命运隘口的人。我要谢谢我笔下因之诞生的人物，让我在一个虚构的世界中，与高贵的灵魂对话，也识得魑魅魍魉。

当然，在我们的生活中，还有很多无处答谢的谢谢，那是我作品闪烁的人性之光的来源吧。比如我爱人去世的那年春天，正是婆婆丁生长的时节，我妈妈好几次清晨打开家门，发现院门外放着谁采来悄悄送给我们的婆婆丁，妈妈说这一定是大家知道她失去了女婿，一家人沉浸在悲伤中，特意采来可以败火的婆婆丁给我们。这种馈赠，怎能忘怀！

一个作家写了三十多年，在持续攀登的时候，也会遭遇写作的艰难时刻。我要谢谢这样的时刻，它让我知道有所停顿，懂得自省，在伟大的书籍和丰富复杂的生活中汲取营养。只有储备更足，脚踏实地，艺术的翅膀才会刚健，才有可能实现真正的飞跃。

当一个作家能够对万事万物学会感恩，你会发现除了风雨后的彩虹、拥着一轮明月入睡的河流，那在垃圾堆旁傲然绽放的花朵和在瓦砾中顽强生长的碧草，也是美的。酸甜苦辣，是人生和写作的春夏秋冬，缺一不可。而从我们降生到大地的那一刻，当我们与母体相连的那条脐带被"咔嚓——"剪断时，我们生命的脐带，就与脚下的大地终生相连了。这条看不见的脐带，流淌着民族之血、命运之血，无论你身处何方，无论它是清澈还是浑浊，无论冷热，也无论浓淡，它注定是我们的命根子，是我们的心脏得以勃勃跳动的情感溪流，是我们的笔得以飞升的动力之源。谢谢这条脐带吧。

原载《人民日报》2018年8月28日

长夜漫漫好看球

徐 坤

2018年 中国 思想随笔排行榜

一

世界杯结束后的日子，大雨如注，大夜如磐。

整整一个月的狂欢喜庆，物我两忘，心无旁骛，摇旗呐喊；整整一个月的彻夜不眠，连续观战，事儿了吧唧，微信摆摊，拉帮结伙，斗嘴犯贫；整整一个月的我是球神（经），力比多荷尔蒙、多巴胺肾上腺素猛增狂泄；整整一个月的男儿长歌，声协宫商，感心动耳，荡气回肠。

荡气回肠。荡气回肠啊！

这一切，都在昨天夜里，在莫斯科卢日尼基体育场的大雨如注中，豪华结束了。

一切都显得皆大欢喜。法国人捧得了大力神杯，克罗地亚人赢得了世界尊敬。俄罗斯人，据说赢得了一把小伞，就是率先只遮在普京头顶上的那把公务黑伞。那一刻，战斗民族失去礼仪，完全忘记了女士优先，眼里只有他们的普京大帝，却让颁奖台上的克罗地亚女总统科琳达尴尬淋在雨中。旁边还有雨中挨浇的法国总统马克龙，以及国际足联主席因凡蒂诺。

18

没得说。一看这群给领导撑伞的就是训练有素的公务员。

当然，除了这个调侃之外，整个俄罗斯世界杯的组织协调还是相当不错的，并没有出现太大瑕疵。就连我们以看热闹不嫌事儿大之心所期盼的英格兰足球流氓能跟"老毛子"打一架这样的事情也根本没有发生。可见，人家那个"西伯利亚狼"世界杯吉祥物还真不是长毛绒做的，内核里装的是钢铁。

钢铁早就炼成了。

世上没有不散的筵席。从那样密集的狂欢中骤停下来，心里空空落落，一时竟不知干什么好了。早晨，我只在微信朋友圈中发了几个字：没有世界杯的日子，大雨如注，大夜如磐。各种安慰劝诫帖就紧跟而来。

美女作家朱文颖最先发来表情图，三个小脸儿并列：龇牙欢笑、心有戚戚外加幸灾乐祸；

万象出版公司老总我师弟刘一秀跟帖：没法过了（抓狂）；

中宣供职的文春小弟：喝点啤酒吧，看着雨点，想着雪花，听着go go go，再写点我阿，那就美得脊梁骨哆嗦（哈哈大笑）；

作家晓航：喝点儿就好（龇牙）；

资深美女编辑杨泥姐：这日子咋过呢（龇牙）；

作家郭雪波：一片汪洋都不见，念天地之悠悠，你怆然而泪下，呜呜……

南大教授吴俊：好像有点杯后忧郁症了，赶紧着，得找医生了。

……

微信留言，如同读史眉批。围观者用语，表达了球迷们共同的坏蛋心声。

帘外雨潺潺，一晌贪欢。别时容易见时难。流水落花球去也，天上人间。

二

这届世界杯，我仍一如既往，支持阿根廷队。

说来也是机缘凑巧，在6月30号阿根廷VS法国的八分之一淘汰赛中，我正好在深圳宝安开会，借机跟到场的作家朋友龙一、东西、王十月、张伟明、楚

19

桥等一起聚众看球，以悲壮的形式集体欢送我阿和梅西提前结束比赛回家。

世界杯顺利落幕的典礼上，那个踢走我的主队阿根廷的小讨厌姆巴佩，不出意外地受到全世界表扬，以打进四粒进球的战绩，获得2018俄罗斯世界杯最佳新秀奖。

19岁的高卢小嫩鸡，黑不踢白不踢，偏偏把劲儿全用在打掉我阿的那场八分之一淘汰赛上，一人独造三球，活活以4:3的比分击败阿根廷队，撵得我阿和梅西提前半个月灰溜溜卷铺盖卷儿回家。

小姆登基登顶都没用。不是说谁爬上了地球最高8848米珠峰就能封神成仙儿。还得普度众生，导驾引航，才能光辉闪耀，塑得金身。

中国的球迷心中，真正的球王只有一人，那就是我阿的大神马拉多纳。而小姆，还刚刚圈粉，他跟老马之间，还隔着两个梅西、三个C罗、四个内马尔那么长的距离。

有了老马，世界上就只有一种球迷，叫作"阿根廷球迷"。没有第二种。如果有，就叫作"其他球迷"。

全世界都是阿根廷球迷是一种什么感觉？

没办法。谁让那个遥远的八十年代，当家家户户刚有电视机、当电视机里刚有世界杯足球赛直播时，我们这代球迷赶上的，正是球王马拉多纳率领的阿根廷队的鼎盛时期呢！

还记得1986年墨西哥世界杯赛上，马拉多纳著名的"上帝之手"吗？老马小手一碰，轻轻淘汰英格兰。最后阿根廷队冲进决赛，靠马拉多纳的传球射入制胜一球，以3:2击败西德队，勇夺第十三届世界杯足球赛冠军。

还记得1990年意大利之夏，第十四届世界杯，马拉多纳单挑巴西防线，那一枚"世纪助攻"成为永恒吗？老马率领的阿根廷队，在八分之一淘汰赛中与宿敌巴西队相遇。比赛第81分钟，马拉多纳中场启动，一路带球过关斩将，禁区倒地之前将球分给"风之子"卡尼吉亚，卡吉一脚射门干掉了巴西。

还记得1994年美国世界杯吧？马拉多纳重出江湖，赢得球迷一片喝彩！然而，在小组赛被查出服用违禁药物，一代球王，以这样的方式黯然结束自己的世界杯征战生涯。

马拉多纳，马拉多纳！不管你身上有球没球，你永远是世界足坛的瞩目中心和关注焦点。

难道就因为你有种种毛病，我们就不爱你了吗？

北京话叫作：不——能——够！

这不，来了！马拉多纳！北京欢迎你，马拉多纳！

1996年7月28日，马拉多纳率领阿根廷博卡青年队来北京，跟北京国安踢一场商业比赛。

作为"马迷"的我，岂能错过这回近距离一睹偶像风采的机会？

是的，球票很贵。粉丝我不惜砸锅卖铁，用了半个月的工资350块钱买了球票，扯上老公就前去北京工体观看。如果再加上老公的球票钱，一个月的工资就没了。呵呵，那也乐意啊！

这场观战结束后，就有了小说《狗日的足球》。

为了写它，实际上我已经准备了十年时间。

能够写出它，实际上我已经热爱了小马哥十年时间。

"就是在这次总共被绊倒一百三十多次的杯赛上，马拉多纳终于赢取了东方女球盲柳莺小姐的芳心。柳莺眼盯盯地瞅着他在——吭哧——吭哧不断被绊倒之际，愣是用一种著名的马拉多纳式的摔倒和跃起，在两次绊倒之间的0.5秒的间隙里，伸出他那长了眼睛的脚趾头将皮球准确无误传到'风之子'卡尼吉亚脚下，让一枚小球整个儿地洞穿了巴西的心脏。"

——徐坤：《狗日的足球》，发表于1996年第10期《山花》杂志

爱了十年的人，难道还不从一而终、矢志不渝？

爱了十年的队，难道还会转会他投，再去点赞别的队伍？

我阿你好。我阿必胜。

潘帕斯的雄鹰，金色的太阳。马拉多纳和梅西，风神卡尼和战神巴蒂，探戈的舞步和足球的技巧，飘舞的长发，蓝白相间的战袍……阿根廷！你是我的足球启蒙、爱情的见证，也是我们这代人共同的青春记忆和永恒友谊。

从1986年的世界杯，到2018年的世界杯，我的主队就一直是阿根廷队，从来没有变过。

球迷不转会。这是身为一个真正伪球迷的道德自我约束，以及廉洁奉球法则。

三

球迷不转会。曲终人不散。

从1986到2018，三十多年间，我究竟看了多少场球，写了多少篇球评，已经难以历数。滚滚红尘，云翻雨覆。每隔四年一次的世界杯，更是能让人在无稽里舒心，于狂傲中开怀，它蜻蜓般掠过我们的生活，翅翼留下笑忘的剪影。

正如罗素在《论人性和政治》里所言，人不同于其他动物的一个重要方面在于人具有无止境的、永远无法满足的欲望，欲望使人即使到了天堂也会坐立不安。占有欲、竞争欲、虚荣心、权力欲，使人类的奔跑行为永不休止。诸如战争、赛马、体育竞技、足球比赛等等，皆是现代社会中满足人类欲望的出口，给人提供刺激，让人发泄过剩精力。

文明发达了，和平发展意识成为主宰。那些血腥的竞争方式逐步被取消，而更欢畅、更美好的奥林匹克盛会和足球比赛替代了战争，替代了斗牛，替代了以往一切野蛮的争斗方式，让欲望的宣泄以文明公平公正的姿态进行。没有战争的年代，足球就是最大的战争；艺术匮乏的年代，足球就是最美的艺术。它让人类中的膂力强健者表演身体的格斗技艺，它给人群中的观看者留下力与美的享受。

万丈红尘三杯酒，千秋大业一场球。

年轻时我看球还只是看场上奔跑着的大腿和颜值，除了崇拜小马哥，见到扎小辫的巴乔、长发飘飘的巴蒂，还有那个春光乍泄的土耳其扎小辫的前锋伊尔罕，就犯花痴想淌哈喇子；中年时我看足球也只是看技术看战术，南美的脚底花滑轻功和欧洲的脚法强劲都让人目眩神迷；如今我已老迈无力，已然是看山不是山，看水不是水，看球不是球。看场上的谁也都是个小屁孩。我只是在看我自己。自在观观自在，无人在无我在。如是我闻，如是我佛，如是我观自在。

朋友圈"套"住了谁?

齐世明

你有没有发觉,自从用了智能移动电话后,你的智能、你的移动和你的电话都在减少?一柄新手机,像贾宝玉颈下那"劳什子",如影随形,甚至如手如足。没错,拜微信与形形色色朋友圈、好友群所赐,曾被指为虚拟世界的网络,是如此活色生香、烈火烹油一般将全世界的光怪陆离呈现在人们眼前。你宅于"安乐窝",大千世界竟"尽在掌握",你能不被"套牢"?

不是笑话。国人是爱聊天的,川贵呼之"摆龙门阵",京华更称之"侃大山","侃"(成)一座"大山",这得费多少时光?国人不惧。据并非严谨之"研究",女性话多点,每天七千句吧,男性少点,庶几乎也有两三千句。上班咋聊?头痛事,一朝解,微信"应运而生"。朋友圈的困扰与麻烦也屡屡而生,第一扰:帮忙投票(点赞);第一烦:朋友推销(索红包)。

先看这朋友圈的第一扰。要说父母真是孩子的第一班主任,在网络世界也不例外。而今好评比,尤其是网络投票评选日趋普遍化且花样翻新,从上至下,由春到冬,孩子亦未能幸免。看到放学归来嘟着嘴的宝贝儿,家长微微一笑很"倾城","毛毛雨"呀,这么点芝麻小事搞不定,还配给你当爸当妈?

于是乎,"沉沉一'网'穿南北",什么同事、同窗、同乡、战友,从未谋面之网友，更遑论女发小、男闺蜜诸友人，均在"第一时间"得"令子"：帮个忙呗，动动贵手（下略十余字，免代做广告之嫌）……

又于是乎，票数的"水银柱""嗖嗖"蹿上去了，宝贝儿乐了，投机取巧、功利之心萌发了。你擅刷票，我差啥？新一轮"PK"开始，看谁父母人脉广，看谁舍得花"血本"。网络投票进校园、幼儿园，打的是全家的攻势战！可是，这些不规之举，在孩子那一汪清水似的眸子里，那是黑是黑，白是白的，会溅起怎样的波纹？潜移默化之中，又将于心灵打下怎样之印痕？

有了朋友圈的"第一扰"或曰"第一烦"，更须指出这背后的"第一忧"：朋友圈"套"住了谁？"套"住了什么？

确乎，人类进入了一个网络时代：微信取代了电话，微博几欲取代报纸，最恐怖的是手机微信竟"越俎代庖"，取代你曾时时难舍的昵友。你想过没有，硕大无朋的朋友圈，同时不也成了巨大的圈套？世界就是这样：往往你最看重的，一定会把你圈弄进去；你最想得到什么，就会成为什么的囚徒。信息如洪流，湮没其中，"我"就丢了；迷恋微信，朝夕与共朋友圈，你就成了"网囚"。

是，你一天捧着手机，"嘀嘀"不断，"忙"得不亦乐乎，似乎"肌肉"很硬哦，但是精神却变得羸弱。"迷失"，是身处技术浪潮中的当代人的真实写照。尤其是"互联网+"时代的到来，新技术、科技带给人类的，恐怕也有许多"发展的烦恼"。

也许，很多年轻朋友并未感觉到此等烦恼，甚至反而以为找到了"挚爱亲朋"，他们"愿与执手立黄昏，愿与品茗粥尚温；愿与静听诉衷肠，愿与入梦共前尘；愿与解语心中泪，愿与共行天下路"。只在微信运动里刷存在感，在网络小说中找爱情，在游戏里成就"王者荣耀"。但，这样的生命是不是成了灰色的单色系，且会慢慢地变深，直到变成看不见的黑色，犹如置身黑洞？

年轻的父母呢，家家都念这样的"日常经"吧：回家吃完草草做成的晚餐或外卖，你戴上耳麦玩游戏，她在客厅看电视刷网剧。有了孩子，则是一个

"煲朋友圈粥"，一个陪着孩子做一会儿作业再上网。同在一个屋檐下，一晚上能说几句话？

由此，笔者生发联想：如果把世界想象成一列高铁，我们全体人类正坐在这列车上，向着未知，呼啸前行。凝视满目"低头族"，是为一再的加速度欢呼，还是应当搁置手机，抬起头来，追问高铁正驶向何方？

没错，新兴科技、技术是造就巨大变化的时代力量。但是，当人们冷静、耐心地观察技术对人类的影响后，不能不得出理性的自省，进而对人类发出郑重的警告："技术是人类的解药，也是毒药。"（法国哲学家贝尔纳·斯蒂格勒语）人们啊，不应该对技术的高速发展心存警醒么？不需要创造一种新的"技术人文"，去应对技术的时代么？

原载《解放日报》2018年10月4日

一个家族的血缘密码

祝 勇

一

失眠的人最是无助，一如此际的我，在床上辗转五个小时，仍然一睡难求。我的梦，不在枕边，而在天边，令我鞭长莫及。假如偶尔失眠，倒也无妨，可怕的是夜夜如此，那种痛苦煎熬，我无法诉说，你无法体会。

我大脑混沌，身体如铅。焦虑，烦躁，气急败坏，整个人都不好了。

索性起床，在后半夜的三点。想读本书，但找一本书，都无法集中注意力。

所有悲观的念头席卷而来，我的世界行将毁灭。

长夜难明赤县天。

马尔克斯曾在《百年孤独》里描述过不眠症的可怕，我的朋友范稳则在《重庆之眼》里写到过一种可怕的战争后遗症，就是无法睡眠——在七十多年前，那个名叫李莉莎的小姑娘成了重庆大轰炸受害者，一块米粒大的弹片飞进了她的脑袋，停留在她的左耳背后，切断了她的睡眠神经，使她从九岁到七十九岁的七十年中，每天只能睡上两三个小时。她遭了一辈子的罪，世界上恐怕没有人比她更想好好地睡一个觉。

我的脑袋里没有弹片，但我仍然睡不成觉。

不知是否长期写作让大脑兴奋，每到夜深人静，都不由自主地，把心里的事，像数羊一样一件件数过，数到天亮还没数完。

《浮生六记》说：

> 邺侯之隐于白云乡，刘（伶）、阮（籍）、陶（渊明）、李（白）之隐于醉乡，司马长卿以温柔乡隐，希夷先生以睡乡隐，殆有所托而逃焉者也。余谓白云乡，则近于渺茫，醉乡、温柔乡，抑非所以却病而延年，而睡乡为胜矣。

大意是：李泌（唐朝中期著名政治家）隐于衡山的白云之乡，刘伶、阮籍、陶渊明、李白隐于醉乡，司马相如隐于温柔之乡，陈抟隐于睡乡，都是以此避世而已。在我看来，白云乡渺不可及，醉乡、温柔乡对身体不好，唯有睡乡，最是靠谱。

道家推崇的陈抟老祖，据说创造了睡觉的最长纪录，即一百多天沉睡不醒。他活了118岁，长寿的秘诀，就是多睡觉。

《浮生六记》里的后两记是伪作，沈复原作中的后两记早已遗失，但纵是伪作，六记中的《养生记道》，也比今人写得好。

只是这睡乡之隐，不是想办就办得到的。我想做陈抟老祖，但我睡不着。

二

闲览画册，看见明代皇帝朱瞻基《武侯高卧图》。此画被认为是皇帝求贤的画，画上武侯，当然是诸葛亮，只是这诸葛亮，不是"雄姿英发，羽扇纶巾"的光辉形象，而是头枕书匣，亮着大肚腩，仰面躺在竹丛之下，与竹林七贤，或者苏东坡，却有几分相似。画上落款：

宣德戊申御笔戏写，赐平江伯陈瑄

宣德戊申，是宣德三年（公元1428年），平江伯陈瑄，是明朝著名的武将、水利专家，洪武、建文、永乐、洪熙、宣德五朝重臣。通常的说法是："当时陈瑄已六十有余，宣宗赐画给他的目的是激励他效法前贤，为国鞠躬尽瘁。"

我来较个真吧：

一、靖难之役时，陈瑄曾率舟师归附朱棣，使得燕军顺利渡过长江，攻入金陵，被授为奉天翊卫宣力武臣、平江伯。朱棣即位后，任命他为漕运总兵官，督理漕运三十年，修治京杭运河，一生功业显赫，已经是油尽灯枯、鞠躬尽瘁了，此等激励，对他有点小儿科。

二、假设真为激励他，那么朱瞻基为什么不画赤壁之战诸葛亮"谈笑间，樯橹灰飞烟灭"的潇洒，或者他"鞠躬尽瘁，死而后已"的忧劳，而偏要画他高卧长啸的情态呢？莫非是让陈瑄退休隐居吗？

朱瞻基自称，这画是"御笔戏写"。既如此，或许不必较真。

一千个人心中，有一千个林黛玉。此时，在这深夜凌晨，最吸引我的话题，唯有睡眠。

三

我突然想到一个问题：宫殿，其实是一个不适合睡觉的地方。

有一次陪一位法国朋友逛三大殿，法国人指着太和殿问："中国皇帝在这儿睡觉吗？"

我一笑："你愿意在这儿睡吗？"

他笑笑，摇摇头。

这座宫殿，在今天也是世界上规模最大的皇宫了。在白天丽日下，这建筑的集合体，足够展现它的壮丽威严。但到了夜晚，巨大而空旷的空间，立刻变得肃杀荒凉，令人恐怖和不安。人需要安全感，在夜晚，人尤其缺乏安全感，仿佛所有的不测，都潜伏在伸手不见五指的夜幕中。于是，人的想象力得以激发，鬼故事，都诞生于夜晚。《聊斋》里的女鬼，也一律有着固定的作息：夜出昼伏，盖无例外。（如果有谁能够制造出白昼的恐怖——心理恐怖，才是真正的恐怖大师。）在故宫博物院工作的我，被问到的最多的问题，也是故宫夜里，有没有鬼。

皇帝的睡眠被安置在一个如此巨大的容器里，恐惧，必将如一个漆黑的空洞，将他吞没。当然，宫殿里有侍卫、太监，三步一岗，五步一哨，但这种恐惧是施诸心理，而不是施诸肉体的，因此也无法因为防范之严密而得以缓解。想起某年，我在南方探访古建，地方政府准备安排我住一座著名的大院儿。这几百年的大宅门，占地数万平米，院落重重，房屋数百，光天井就有几十个，其中一部分，被装修为接待场所，恢复了曾有的典雅奢华。这浩大的居所，在白天蔚为大观，但在夜晚，人去楼空，显出几分荒芜落寞。我自知没有深夜在如此巨大空间里独处的勇气，所以在那天婉拒了。据说有一领导，曾被安排在这里下榻，至后半夜三点，突然给接待方打去电话，要求马上搬家，一分钟也待不下去了。至于发生了什么，无人得知。

夜晚真是一件奇特的事物，它让我们的视觉退场，却让我们的想象获得了动力。也可以反过来说，人的想象力之所以被激活，是因为丧失了探知世界的渠道。恐惧的根本，其实是无知，我们不知道都有哪些事物在深夜里潜伏，于是风吹草动，所有自然的现象，都会在我们的想象中被放大。而恐惧又犹如吸毒，一方面让人排斥，另一方面又有着强大的吸引力（这就是为什么恐惧可以变成娱乐产生出售的原因），让人越陷越深，不能自拔。

皇帝当然不会睡在太和殿里。皇帝的寝宫是乾清宫。但乾清宫的壮丽，也比太和殿逊色不了多少。我们常说的"宫殿"，是由"宫"和"殿"组成的复合词。紫禁城的空间布局，继承的是"前朝后寝"的制度。"前朝"，为帝王上朝治政、举行大典之处，也就是皇帝的办公区，建筑大部分以"殿"命名；"后寝"，是帝王与后妃们生活居住的地方，也就是皇帝的生活区，建筑大部分以"宫"命名。养心殿在乾清宫西侧，在生活区，却没有以"宫"来命名，因为自乾隆到清末的二百年间，皇帝不仅在这里读书居住（不住在乾清宫），而且在这里处理政务、召见臣工，一直到慈禧垂帘听政，这里几乎成为帝国的统治中心。可见"宫"与"殿"的命名，不只取决于建筑所在的位置，更取决于功能。

乾清宫面阔九间，进深五间，是古代建筑的最高级别，尽管皇帝睡在开间较小的暖阁里，但巨大的空间，仍然深不可测，对于尚处于儿童时代的小皇帝来说，尤其如此。朱瞻基的儿子朱祁镇就是九岁即位，晚上在空落落的乾清宫里睡觉，脑子里想的都是犄角旮旯里的女鬼，听到风吹屋瓦或者野猫从院子里跑过，就大呼小叫，传唤太监王振"护驾"，闹得王振都不耐烦，说："你也别三番五次地传唤了，老夫干脆在龙床边上搭个地铺得了！"

到嘉靖时，乾清宫发生过一起未遂的凶杀案，杀人者，杨金英等十六名宫女，被杀者，正是嘉靖皇帝朱厚熜。之所以未遂，是因为当那十六名宫女趁皇帝熟睡，把一条黄花绳套在他的脖子上，又将二方黄绫抹布塞进他的嘴里时，由于心里紧张、协同不力，那绳子系成了一个死结，忙活半天，也没能勒死嘉靖，结果出现了逆转——一个名叫张金莲的宫女，由于恐惧，悄悄逃脱，向方皇后告密，方皇后带领宫廷侍卫火速赶到，将凶手全部抓了现行，后来连同告密者张金莲一起，先凌迟，再肢解，最后割下头颅。史料载："行刑之时，大雾弥漫，昼夜不解者凡三四日。"

这场凶杀案，史称"壬寅宫变"。嘉靖虽然躲过一劫，却从此患上恐惧症，再也不敢在乾清宫睡觉，从此移往紫禁城西部的永寿宫，"后宫妃嫔俱从行，乾清遂虚"。

宫殿的夜里，又平添了十六个鬼魂。这十六个鬼魂，是否会放过他呢？

这样的极端案例，发生在乾清宫只此一次，但宫殿的空旷、幽深给睡眠者带来的心理压力，却别无二致。宫殿是制度性建筑，不顾及个人的情感，甚至会展现出与人性相违的一面——宫殿是权力的居所，却很难成为一个人精神的居所，即使贵为皇帝，也改变不了这一点。

倒是乾隆聪明，坐拥全世界最大豪宅，却为自己打造一个完全属于自己的小天地——三希堂。那是养心殿暖阁尽头最小的一个房间，乾隆皇帝把自己最珍爱的三件晋人书法放在里面，分别是王羲之《快雪时晴帖》、王献之《中秋帖》、王珣《伯远帖》，当然，除了这"三希（稀世之宝）"，这小小的房间，还藏着晋以后134位名家的书法作品，包括340件墨迹以及495种拓本。八平方米的小房间，一张炕占了一半。从朝堂下来，不用正襟危坐，远离钩心斗角，乾隆盘腿坐在炕上，在小案上赏玩那些宝物，看倦了，就靠着锦枕睡去。说不清它是书房还是卧室，总之它的尺度、环境、气氛是宜于睡眠的。即使在北风呼啸的夜晚，也丝毫不觉清寂和恐惧，因为这小房间，让他觉得温暖、富足、安定。

四

一卷《武侯高卧图》，让我关心起明宣宗朱瞻基的睡眠问题。自身难保的我，竟陡生为古人担忧之心。但我想，宫院深深，睡眠绝对是一个问题。这不仅因为宫室的尺度太大，反而让睡眠无处安放，更在于皇帝是人世间最高危的职业，是所有明枪暗箭的靶心，天下皇帝，没有一个不担心遭人暗害的，更何况，帝国政治的重量落在他一个点上，"百忧感其心，万事劳其形"，这压强，一个人很难承受。

朱瞻基29岁登基，面对的，就是两个强劲的政治对手——他的两个叔叔——汉王朱高煦和赵王朱高燧。朱瞻基是朱棣的长孙、明仁宗朱高炽的长子。朱高煦和朱高燧，是朱高炽的两个弟弟（朱高炽为朱棣长子）。当年朱高炽被朱棣立为太子，这两个弟弟就不服，朱高煦迟迟不肯赴云南封地就藩，埋怨说："我何罪，斥万里？"还干了不少不法的事，如果不是朱高炽求情，朱棣早把他废了。朱高炽的善良，给自己儿子接班带来无穷后患。朱高燧虽为朱棣喜爱，却更心狠手辣，竟然让宦官在朱棣的药里下毒，朱棣发现后大怒，又是朱高炽求情，才留他一命。

宣德元年（公元1426年），登基仅一年的朱高炽突然死去，朱瞻基身在南京，要赶往北京即位。但他的即位之路，步步惊心。先是朱高煦竟在半途设伏劫杀，由于准备仓促，这场惊心动魄的劫杀大戏才无疾而终，他知道放走朱瞻基等于放虎归山，只好破釜沉舟，在宣德元年的八月里起兵造反。《明宣宗实录》云："八月壬戌朔，汉王高煦反。"朱瞻基兴师平叛。这一切，仿佛明惠帝朱允炆与自己叔父燕王朱棣那场战争的翻版，朱瞻基的角色，就是当年的朱允炆，他的叔父朱高煦，就是当年的燕王朱棣，只不过战争的结局完全相反——不出一个月，朱瞻基就兵临乐安城下，活捉了朱高煦。三年后，朱瞻基突然想起了这位被羁押的叔父，到西华门内的逍遥城，去看望朱高煦，没想到朱高煦一脚把他钩倒，朱瞻基惊恐之余，命人将朱高煦处死，只是那死法颇有"创意"——用一口三百斤的大铜缸把朱高煦罩在里面，在周围架起木炭，文火慢熬，最终把铜缸化为一堆液体，朱高煦的肉身想必也变成一摊油脂。

不可一世的汉王朱高煦就这样"人间蒸发"了，赵王朱高燧这次倒是表现得乖巧，看清了形势，主动交出了武装，最终得到善终，但其他藩王的存在，诸藩的威胁，几乎伴随着朱瞻基执政的始终。

"卧榻之侧，岂容他人鼾睡？"宋太祖这句话，一不留神成了帝王政治的铁律。身为皇帝，不仅不能让他人鼾睡，自己都甭想睡痛快了。我相信，在朱瞻基帝王生涯的大部分时间，一定如电视剧里常说的，"睡觉都要睁一只眼"。那时，十六名宫女行刺皇帝的事件还没有发生，朱瞻基的寝宫，就在乾清宫。但各种来路不明的力量，依旧潜伏在暗处，蓄势待发。乾清宫内，隔有暖阁九间，有上下楼，共置床27张，皇帝每夜任选一张入寝，以防不测。无边的权力，带来的不是幸福和安稳，相反，是把睡觉变作九死一生。

五

有人问我，明代皇帝为什么大多心理变态？他们要么杀人花样百出，杀人方法达到了"食不厌精、脍不厌细"的精致（比如解缙，这位在朱棣破南京后主动归依的有功之臣、大明帝国第一届内阁成员，因为在接班人问题上，皇帝向右他向左，惹怒了皇帝，被关押六年之后，在一个大雪凝寒的夜晚，被埋在雪堆里活活冻死了，什么叫"路有冻死骨"，解缙亲身尝试了，这冰箱冷冻死法，与朱高煦的木炭烧烤死法，形成奇特的对应关系），要么骄奢淫逸，沉溺豹房，要么走火入魔，整日炼丹，数十年不上朝。总之，挑不出几个正常人。我不知这是否与家族遗传有关，但或多或少，与这宫殿的塑造难脱干系。环境塑造人，宫殿是世界上最耀眼的地方，同时也是最黑暗的地方，是"黑夜中最黑的部分"，它的威严不仅会吓倒别人，甚至可能吓倒皇帝自己（前面已以朱祁镇、朱厚熜为例进行过论述）。美国学者保罗·纽曼在谈论地狱时说：

> 在《被诅咒且该死的约翰·浮士德博士的历史》中，地狱被描绘为一个完全黑暗的地方，从其中的峡谷深渊中释放出雷、电、风、雪、尘、雾，传出可怕的恸哭和哀号。一团团火焰和硫黄从深潭中窜出，淹没了身处其间的所有受诅咒的灵魂。在深渊的中心架有一座天梯，似乎由此可以攀登至天堂。受诅咒的灵魂们奋力攀缘，期望逃脱这万恶之境，但从未成功过。就在他们即将到达幸福和光明的极乐世界的那一刻，又会被无情地掷回水深火热之中。

这与宫殿的性质极其吻合。宫殿是你死我活的战场，有人直接称之为"天朝沙场"。它一头连着天堂，一头连着地狱，天堂与地狱，其实只一墙之隔。朱棣三个儿子之间的帝位之争（在朱瞻基这一代得以总爆发），康熙皇帝"九子夺嫡"的惨剧，皆是如此。汉王朱高煦之所以造了侄子朱瞻基的反，是因为他也曾无限接近过帝位，朱棣的心理天平，曾经向他倾斜，却又发生了戏剧的反转——经过反复权衡，朱棣后来还是选中了他的嫡长子朱高炽。正如保罗·纽曼所说，在他即将到达幸福和光明的极乐世界的那一刻，又被无情地掷回水深火热之中。

六

有意思的是，朱氏家族一方面残暴狰厉，另一方面却展现出超强的艺术气质，才华横溢的艺术家层出不穷，延续了十几代，在中国历代皇族中绝无仅有。即使一个纯正的艺术家族，也很难做到这一点。这个家族的血缘密码，实在复杂难解。在刀刃与血腥之上，艺术展现出非凡的魔力，也为这个家族打开了另外一个世界。

朱元璋出身草莽，大字不识一筐，当皇帝后，朱元璋知道，文化程度低是自己的硬伤，所以他说："我取天下，正要读书人！"在这一思想指导下，刘基、宋濂、高启这"明初诗文三大家"，都入了他的阵营，组成天下第一智库。至于刘基（刘伯温）被朱元璋借胡惟庸之手干掉，宋濂死于胡惟庸案，高启被腰斩，而且是被斩成八段，这些都是后话了。这三大家，刘基以行草著称，宋濂草书如龙飞凤舞，高启则擅长楷书，飘逸之气入眉睫。

在他们的熏陶下，朱元璋的文化水平迅速提高，他的行书、草书，既见帝王的霸象，又不失朴拙率真之气。在故宫博物院，收藏有朱元璋《明总兵帖》《明大军帖》等书帖，但他的大宗手稿收藏在台北故宫，共74帖，总称《明太祖御笔》。

朱元璋极力在皇家血统中注入文化的基因，硬是把这个草莽出身的家族塑造成一个艺术之家，以至于在这个家族的后代中，艺术的才华挡也挡不住。在故宫博物院，我们至今可见明仁宗朱高炽（洪熙）、明宣宗朱瞻基（宣德）、明宪宗朱见深（成化）、明孝宗朱祐樘（弘治）、明武宗朱厚照（正德）、明世宗朱厚熜（嘉靖）、明神宗朱翊钧（万历）、明思宗朱由检（崇祯）等历任皇帝的书法和绘画作品，笔力都很不俗，尤其朱瞻基，更是所有艺术史教科书上的不可或缺的大画家，在花鸟、山水、人物画方面都成就不凡，他的《莲浦松阴图》卷、《三鼠图》卷、《寿星图》横幅、《山水人物图》扇、《武侯高卧图》卷，如今都藏在故宫博物院。

明代宫廷社会，已然形成了一套压抑身体的完整机制，身为皇室，也未必能够摆脱这样的身体命运，甚至会更加深重。在这种情境下，艺术，可能成为拯救其人性的唯一方式，使他们在权力角逐中紧绷的神经，在艺术中找到酣畅的释放而复归于平静。

古来以睡眠为题的绘画很多，如五代周文矩《重屏会棋图》卷（故宫博物院藏，画屏上绘有白居易《偶眠》诗意）、元代刘贯道《梦蝶图》卷（美国王己千先生怀云楼藏）、明代唐寅《桐阴清梦图》轴（故宫博物院藏）等。其中，朱瞻基《武侯高卧图》是最杰出的画作之一。画中诸葛亮，不是雄姿英发，衣履庄严，而是袒腹仰卧，基本半裸。在我看来，这不像是朱瞻基在呼唤贤良，倒有点消极厌世的犬儒主义，难怪网友评价，这是史上最丑诸葛亮形象。但那种洒脱任性的表达，却入木三分。不能排除，这幅画是朱瞻基对自身处境的一种幻想性满足，即这是他借用一个古人的身体而完成的自我解脱。

正像在惶惶不安中走向穷途的崇祯皇帝，留在故宫博物院的书法代表作，所写的不是励精图治的豪言壮语，而是这样四个字：

松风水月

七

至少从睡眠的意义上说，皇帝是天底下最可怜的物种。连觉都睡不安稳，还谈啥生命质量？在这一点上，任何一个人，都可以笑傲历代帝王，纵然我们没有乾清宫九间暖阁组成的豪华套房，但我们也无须在27张床之间打游击，在每一个夜晚，变成一只惊弓之鸟。所谓的现世安稳，岁月静好，这句被用烂的名言，原竟是我们的最大财富。皇帝的金银珠玉、珍馐美味，其实都抵不过一场酣畅淋漓的睡眠。因为那睡眠不只是睡眠，也透射着一个人生命的纯度。一个人内心是否笃定、坦然，透过睡眠，一眼便可望穿。

像当年苏轼下狱，一夜，牢里忽进一人，一言不发，在他身边倒头便睡，第二天清晨便离去。原是皇帝派来的探子，侦探苏轼是否睡得安稳，见苏轼酣睡如常，汇报给皇帝，皇帝于是知道，苏轼问心无愧。

苏轼的睡眠，想必比皇帝好。

内心率性旷达，随遇而安，心似泰山，不摇不动，如明代思想家陈献章所云"不累于外物，不累于耳目，不累于造次颠沛，鸢飞鱼跃，其机在我"，才能真正在睡眠中，得大自在。

我终于悟到，真正的逍遥游，是在梦里。

只有自由地睡觉，轻松地入眠，一个人才称得上真正的逍遥。

读王羲之《得适帖》（唐代摹拓墨迹，日本宫内厅三之丸尚藏馆藏），读出"静佳眠"三字，我想，这便是对睡眠的最好的形容，人静、环境佳，才能有眠。

这"佳"，未必是奢华，相反要小、温暖、亲切，像三希堂，或倪瓒友人的容膝斋。"容膝"，极言其小，这个词很可爱，被文人频频使用。《浮生六记》云："余之所居，仅可容膝，寒则温室拥杂花，暑则垂帘对高槐，所自适于天壤间者，止此耳。"这便是"佳"的含义。

而《得适帖》，也确实记录着一场睡眠。其全文是：

适得书。知足下问。吾欲中泠。甚愦愦。向宅上静佳眠。都不知足下来门。甚无意。恨不暂面。王羲之。

朋友来问候，王羲之在宅中小睡，竟浑然不知，以至于错过了一场见面，让他耿耿于怀，并一再向朋友道歉。但那场睡，一如永和九年的那场醉，那么普通，又那么值得被铭记。

在我卧室的床头，我要挂上三个字："静佳眠"——打死也不挂"松风水月"。

再抄苏轼的两句诗，竖在两边：

畏蛇不下榻，

睡足吾无求。

我会放下所有的心理负担，因为没有什么事物，值得去妨碍一场睡眠。

安顿好睡眠，才能安顿好自我。

幸好，我们不是皇帝。

我们是简单而快乐的普通人。

原载《当代》2018年第4期

明斯克钩沉

梅 岱

翻阅过往的笔记，看到二〇一三年秋天访问白俄罗斯的一些零星记录，思绪便回到那年在明斯克的日子。

一

明斯克，作为白俄罗斯的首都，名气不是很大，更算不上世界名城。没有举世闻名的胜迹，没有匠心独具的建筑，也没有令人陶醉的景致。不像有的城市名头大得盖过它的国家，人们可能对这座城市耳熟能详，可要问在哪个国家却答不上来。

第一次踏进明斯克的街市，使人眼睛一亮的新鲜感还是有的。宽阔整齐的林荫大道，比肩排列的"苏式"建筑，虽然单调古板了点，但气势还是恢宏的。临街楼房的阳台上，绽放着一簇簇艳丽的鲜花，可以体味到主人们热爱生活的情趣。街道交汇处多是石块铺就的街头广场，或者是绿树红花掩映的袖珍公园，广场和公园中多有风格迥异的雕塑。城中有一条静静流淌的河，开阔的河面上，不时有白色游艇驶过，河堤被浓绿的草坪覆盖。

出了城，就是大片大片青松和白桦混杂的树林，这次入住的宾馆，就在密林深处的一个小湖边上。据说苏联时期，从莫斯科来的重量级人物，像赫鲁晓夫、勃列日涅夫、戈尔巴乔夫等都曾在这里住过。

一个国家的首都在很大程度上可以代表这个国家。道理很简单，它是国家的政治中心，是这个国家最具象征意义的城市。所以，一般来说，你到一个国家，十有八九先是来到首都，像我们这些因为公务到一个国家的，其实多半也就是到那个国家的首都。这不，这次到白俄罗斯来，两天多一点时间，活动都在明斯克，办完事背包走人。如果有人要问对白俄罗斯的印象，可说道的也只能是明斯克的印象。

对白俄罗斯的确是既熟悉又陌生，讲熟悉，因为它曾经是苏联时期十五个加盟共和国之一，像我这样二十世纪四十年代出生的人，思想意识里大都有一种挥之不去的苏联情结。白俄罗斯是"老大哥"的一部分，自然就有一种亲切感。要说陌生也是事实，除了对那位留着一撮小胡子、满脸刚毅而又常常敢于对西方世界说不和叫板的卢卡申科总统有印象外，对白俄罗斯的其他，包括它的历史和现实知之甚少。因此，在出发前，还真做了一番功课，查阅了不少有关白俄罗斯的资料。

提到白俄罗斯，人们自然想到和俄罗斯的关系。按照战国时期诡辩家公孙龙"白马非马"的逻辑，白俄罗斯自然不是俄罗斯啦。可要追根溯源回望历史的天空，白俄罗斯与俄罗斯有千丝万缕的联系。翻开斯拉夫的历史可以知道，大致在公元九到十世纪，东斯拉夫人形成了古罗斯部落。后来在古罗斯部落的基础上分化出三个独立的民族，这就是俄罗斯、白俄罗斯和小俄罗斯（乌克兰）。这不就是一棵大树长出的三个枝杈吗？三个民族当然是同宗同源的三兄弟了。

小俄罗斯是与大俄罗斯相对而言，而白俄罗斯之"白"有两个说法。一说是这部分俄罗斯人爱穿白色的亚麻布，有点像我们瑶族中的白瑶、黑瑶，是以穿白穿黑为标志。另一种说法，这白字有纯正、纯粹的含义，即是纯正、正宗的俄罗斯。用我们今天的话说，就是比俄罗斯还俄罗斯。

小俄罗斯就是今天的乌克兰，而乌克兰人对被称为小俄罗斯很不以为然，因为俄罗斯的源头是从基辅公国说起的，基辅被称为俄罗斯城市的摇篮，俄罗斯文化之母。斯拉夫人共同的宗教——东正教也是从基辅发源的。他们说，乌克兰是斯拉夫的起点，为何要冠我们一个"小"字呢？是啊，兄弟姐妹谁大谁小是按出生早晚、年龄大小来排行的，不是你个子高、块头大就可以当老大，也不会因为你个子矮、身体弱就成为老小。

在明斯克的几天里，我十分留意这里的生活习俗，包括人们的待人接物、举手投足，都与我先前到过的莫斯科、圣彼得堡、伏尔加格勒没有什么区别。一样的酸黄瓜，一样的红菜汤，一样的伏特加，一样的贴面拥抱，一样的"敖庆何拉少"，包括人们说话口气和神态都相差无几。我看过一位旅居美国的画家写的一篇俄罗斯游记，他说在俄罗斯城市，最亮的风景就是满大街的美女，他说到美国看美女只能到好莱坞，而俄罗斯街头随便看到的美女都可以做好莱坞明星。在明斯克街头，似乎有同样的风景，满大街来来往往的女孩，个个身段窈窕、妩媚动人，可谓美女如云。从这个侧面可以看出白俄罗斯人和俄罗斯人基因里的联系。

说到白俄罗斯与俄罗斯的关系，有一个绕不开的话题，就是发生在二十多年前影响世界格局变化的大事件——苏联解体。这件事还真能与明斯克扯上关系。苏联解体之初，白俄罗斯宣布独立。之后，俄罗斯总统叶利钦与白俄罗斯、乌克兰总统于一九九一年十二月八日在明斯克签订独联体协议，给苏联旧有体制以致命一击。十二月二十六日，苏联最高苏维埃宣布苏联停止存在。从建立同盟式的独联体也可看出，三国关系非同一般。尽管如此，但现在已今非昔比，白俄罗斯、乌克兰都已成为独立的主权国家。如今的乌克兰与俄罗斯更是兄弟反目，形同仇敌。

我曾几次和白俄罗斯政府官员谈及这个话题，不知是他们对那段历史的记忆已经淡忘、模糊，还是有什么不便启口的难言之隐，反正都没有引起他们的兴趣。倒是一位开汽车的年轻人回应了我的问题。小伙子生于二十世纪八十年代后期，虽然有过对苏联及苏联解体的经历，因为年龄太小而没有留下多少记忆，但谈到这类话题却毫无顾忌、颇有见地，有点像我们北京的"的哥政治家"，侃起来滔滔不绝。

我问他，人们喜欢现在的白俄罗斯还是喜欢苏联时期的白俄罗斯？他说，对苏联时期的白俄罗斯我没有发言权，对今天的白俄罗斯我当然喜欢，我们有房子，有汽车，有满意的工作，有幸福的家庭，有安定和谐的社会，大家生活得都很愉快，我当然有理由喜欢。

白俄罗斯有今天，是因为脱离苏联而有了自主和自由的结果么？我以为对这样的问题他不一定会有什么深刻见解。出我所料，他的回答没有丝毫犹豫：自主、自由都是好东西，但对于一个民族、一个国家来说，我们更看重的是自主，而不是自由。自己当家做主，自己的命运自己决定、自己安排，这是最重要的。没有自主，哪来的自由。你在那里整天折腾要自由，谁能给你自由呢？自己连自己的主都做不了，还谈自由，那不是南辕北辙吗？有自由没有自主，自由能牢靠吗？白俄罗斯有今天，就是因为我们的独立自主。你看看我们的邻居，自由搞得很热闹，无休无止，老百姓遭殃。国家动荡，谁为他们的自由买单？自由没搞成，自主也失去了。其实他们不知道，他们的"自由"不是他们做主，外国势力早就控制了他们的自由。

一席话很是让我吃惊，想不到这"的哥政治家"会有如此高论。可也是，苏联时期，白俄罗斯生活在一个庞大的家庭里，当然优势好处是有的，可最大的烦恼是一切都要听任家长的摆布指挥，就像一个有许多孩子的家庭，孩子长大了都希望另立门户、分家另过，家长可能担心失去控制的孩子们不能自立，可孩子们希望的是去自由自在地飞翔。现在白俄罗斯和俄罗斯已经是平起平坐的兄弟关系，既自主又自由，这是现实，令白俄罗斯人愉悦的现实。

好像是普京在谈到苏联解体时说过，谁不为苏联解体惋惜，就没有良心；谁想恢复过去的苏联，谁就没有头脑。普京是地地道道的现实主义者，在事实面前，无论是谁都要面对现实。尽管他惋惜，可毕竟大势已去，重振苏联帝国的雄风现实吗？有心无力的事傻瓜才会去做，花已凋谢，惋惜也只能无可奈何。

我很钦佩那位年轻的司机，他那一段关于自主和自由的见解至今难忘。就在我从白俄罗斯回来的第二年，他在谈话中讲到的他们的邻居乌克兰发生了新的动荡和剧变。总统亚努科维奇被搞自由的街头政治家赶下台，国家陷入混乱，六十年前赫鲁晓夫送给乌克兰的克里米亚又并入俄罗斯。曾经的工业重镇顿巴斯地区也燃起战火，岌岌可危。

这使我又一次想起"的哥政治家"的高见，完全应验了他的判断，令人痛惜的现实不幸让他言中。

乌克兰是和白俄罗斯一起从苏联独立出来的，谁先谁后记不起来了，反正也差不了几天。二十多年来，乌克兰和白俄罗斯走了两条不同的道路，自然也出现了不同的结果。本来，独立时，乌克兰在十五个加盟共和国中那可是数一数二的，就它的健全的工业体系、丰厚的自然资源、强大的军事实力，放在世界范围内也是令人刮目相看的，白俄罗斯根本与其不在一个量级上。然而，乌克兰吃错了药，没有抓住独立给它带来的机遇，而是玩起了旷日持久的民主游戏。西方人制定的游戏规则，西方人描绘的民主蓝图，当然游戏背后的操盘手也是西方，他们操纵木偶的提线，而不幸的乌克兰人像木偶一样地表演。无休无止的游行示威、广场集会，没完没了地烧汽车、砸商店，自由变成无法无天，随心所欲变成"橙色革命"。虽然得到西方政客们的廉价赞扬，虽然受到西方媒体的狂热欢呼，但民主的结果成为国家的灾难、老百姓的灾难。自由的游戏最终落进了一个难以脱身的无底陷阱，一个好端端的乌克兰陷入了暗淡无望的泥潭。想当初，如果乌克兰也像白俄罗斯那样珍惜独立带来的自主，把自主的钥匙装在自己的口袋里，掌握自己的命运，走自己的路，踏踏实实干自己的事，结果肯定会是另一番景象。

可惜，历史是无情的，只有如此，没有如果。一切假设都没有意义。世界上没有卖后悔药的，倒了霉只能面对现实，自己买单。

二

早年读过联共（布）党史，但苏联共产党第一次代表大会是什么时候开的、在哪里开的却没有留意。这次到白俄罗斯来才知道，苏共（当时叫俄国社会民主工党）第一次代表大会是一八九八年三月一日至三日在白俄罗斯首都明斯克召开的，不是在圣彼得堡，也不是在莫斯科。这虽然是一百多年前的事了，但白俄罗斯人现在谈起这个话题似乎仍很得意，都引以为荣。

虽然曾经的超级大国在二十多年前轰然倒塌，虽然曾经是世界上一切进步力量所崇敬的政党一夜之间被解散，但世界历史注定不会把苏维埃社会主义联邦共和国曾经辉煌的一页彻底干净地抹去，全世界共产党人也不会轻易忘掉克里姆林宫红墙上那颗熠熠闪烁的红星。

在明斯克的行程安排得很满，但我还是挤出一个多小时的时间参观了俄国社会民主工党一大会址博物馆。

博物馆坐落在市中心胜利广场的一侧，四周都是明斯克带有标志性的建筑，被称为明斯克母亲河的斯维斯洛奇河从旁缓缓流过。这是一座十九世纪俄罗斯独具特色的民居建筑。两面坡的屋顶，厚厚的木头墙，瓦蓝的颜色，房前是几棵高大的白杨树，四周被半人高的木栅栏围起，像是一处殷实人家，古朴宁静。

本来，原定这次会议在基辅召开，因为消息被沙皇警察知道，大会就临时转移到明斯克来。为躲避警察的监视，会场就选在当时明斯克比较僻静而又很不起眼的私人住宅。房子的主人叫鲁缅采夫，在火车站做技术员，是明斯克社会民主工党小组成员。当时三十多岁，出生在莫斯科商人家庭，因为在商校念书参加了民粹主义小组而被流放在西伯利亚服苦役。被释放后辗转到明斯克，他的夫人叫奥尔加，是一位思想进步而又能干的家庭妇女。

博物馆的一切都是按照当时会议召开时的情景陈设的。步入门庭，左侧是主人的客厅，也是最大的一个房间，中间是一张铺着白色绣花台布的长方桌，桌子上摆放着一把茶壶和九只茶碗，还有一副扑克牌。馆长向我们介绍，当年的九位代表就是围坐在这里开会的。为以防万一被警察发现，聚会的名义是为鲁缅采夫夫人奥尔加过生日。当时的壁炉里火烧得很旺，如果警察来了，可以随时烧掉会议文件。靠后边的一扇窗户是敞开的，遇有危险，就可以跳出窗户，不远处就是茂密的森林。好在会议开得还算顺利，没有出现什么麻烦。三天的会议，通过了成立俄国社会民主工党（苏共前身）决议，选出了由三人组成的中央委员会。然而没想到的是，会议结束不久，九名会议代表中的六人，连同会场主人鲁缅采夫夫妇被沙皇警察逮捕。列宁当时被流放而没能参加会议，但对大会给予了高度评价。他说，代表大会宣告了俄国工人阶级政党的成立，标志着俄国无产阶级进入新的历史阶段。

毛泽东主席曾经说，上海石库门的中共第一次代表大会会址是中国共产党的产房。当然我们看到的这一间平常简朴的小木屋，就是苏联共产党的产房，在这里诞生了一个足以震撼当时世界的工人阶级政党，一件开天辟地的大事件定格在这里。

一九二三年，当新生的白俄罗斯社会主义共和国刚刚加入苏联，俄国社会民主工党一大会址就被确定为国家级历史文物，得以修缮和保护。一九四一年，德国法西斯占领了明斯克，在飞机大炮的狂轰滥炸下绝大多数建筑夷为平地，一大会址被毁之一炬。一九四八年，在明斯克重建时，一大会址依照原来的模样，按照修旧如旧的原则得以重建。一九九一年"八一九事件"后，随着苏联共产党被解散，一大会址博物馆也遭到被关闭的厄运。一九九二年二月，博物馆被转交已独立的白俄罗斯国家文化部。一九九五年七月，应民众的要求，一大会址在尘封四年后，又重新对外开放。

一座小小博物馆的曲折变故，演绎成了白俄罗斯乃至俄罗斯历史变迁的缩影。

昏暗的灯光下，我一边静听博物馆长充满感情的介绍，思绪下意识地飞到我们上海的石库门和嘉兴南湖的红船，不由自主地对两个曾经和当今世界上最大的共产党的第一次代表大会作了对比。

都是在白色恐怖的环境中秘密进行的，为了躲避反动当局的骚扰，都是两易其地，甚至连会议的形式都相差无几，一个是以女主人的生日聚会，一个则是结伴而行的同伴们的游船派对，当然还有相近的会议内容和最后选出了同样是三人的最高领导机构。所不同的是会议的时间，一个在一八九八年，一个在一九二一年，跨着两个世纪，相差二十三年。历史常常有许多巧合，尽管这巧合带有偶然，但巧合中有规律，偶然中有必然。但凡一个新生事物的出现，都要受到旧势力的阻碍，进步力量的壮大都是在同反动腐朽力量的斗争中实现的。

中国民主革命的先驱孙中山，很早就提出以俄为师的口号。中国共产党从诞生就得到了苏联共产党的支持，也自觉地以苏共为师，学习苏联。联共（布）党史曾经是中国共产党人必读的教科书。

然而，遗憾的是，苏联共产党在他九十三岁的时候，连同他浴血奋斗建立起来的国家一起垮掉了。历史就是这样残酷无情，一部分人的葬礼，可能是另一部分人的婚宴。有人悲痛欲绝，有人欢呼雀跃。美国有个叫福山的日裔学者就近乎兴高采烈地断言，苏联发生的事件就是世界社会主义的终结，世界将成为资本主义的一统天下。他们想当然地预言：既然苏联垮了，东欧垮了，作为共产党领导的社会主义中国还能来日有几呢？

当然，事实证明是幸灾乐祸者的惯性思维出了差错，人类社会的规律是不受某些人随心所欲的情感支配的。大大出乎他们所料，中国共产党和他缔造的社会主义中国非但没有垮掉，反而阔步前进，且愈发强大。当苏联、东欧突然间解体的时候，中国共产党的领导们异常镇定。邓小平一段掷地有声的话，给中国共产党人和中国人民定了心。他说，一些国家出现曲折，不要惊慌失措，不要以为马克思主义就要消失了，哪有这回事？我们要吸取教训，使社会主义向着更加健康的方向前进。

中国共产党就是照着邓小平讲的做了。昔日以苏联为师，今天以苏联为鉴。

中国共产党人在扼腕叹息的同时，也在追问和反思，一个有着九十多年历史的老党，一个有着近两千万党员的大党，为什么会在一夜之间倒下？答案可从苏联当时的一张报纸上找到。早在一九九〇年，苏联西伯利亚报曾经做过一次"苏共代表谁"的民意调查，结果是，认为代表人民的只有百分之七，代表全体党员的有百分之十一，而代表官僚的则占百分之八十五。一个被人民群众认为不代表他们利益的党，实际上已失去了根基、充满了危机，在大厦将倾之际还会有谁站出来护卫他！尽管他曾经有过辉煌的历史，曾经受到人民的赞扬和拥护，但当一棵大树已被白蚁蛀空、一座大厦房梁已被抽掉，倒掉是必然的，霸王别姬是必然的，雷峰塔的倒掉也是必然的！

还是那句老话，水可载舟，亦可覆舟。一个政党，一个政权，当他失去人民就危在旦夕。人民是江山，江山是人民，一点不错。苏共脱离人民群众，遭到了亡党亡国的灭顶之灾。这不就是邓小平说的教训吗？

时间已经过去二十多年了，中国共产党和中国共产党人，对苏共垮台的教训的反思从没停止过。"秦人不暇自哀，而后人哀之，后人哀之而不鉴之，亦使后人复哀后人也"。我们党已执政六十多年，对脱离群众危险的警惕，一刻也没有放松过。"不忘初心"，这四个大字已经深深镌刻在每个中国共产党人的心上。

从博物馆出来，我特别留意，这里虽地处现在的市区中心，但门前冷冷清清。尽管门口赫然挂着"俄罗斯社会民主工党一大会址博物馆"的牌匾，但问津者寥寥，虽居闹市无人问，"门前冷落鞍马稀"。据说，光临这里最多的还是中国人。汽车开远了，我还是有点留恋地回望那座朴实无华的木头建筑，不知是凄楚、悲悯，还是遗憾、伤感，总之，心里五味杂陈。

就在这篇文章即将脱稿时，媒体报道了二〇一七年十月三十一日习近平总书记带领政治局常委到上海和嘉兴瞻仰党的一大会址和南湖红船。在一大会址，总书记带领其他常委同志重温入党誓词，举起右手庄严宣誓，这是党的十九大刚刚闭幕一周。作为中国共产党的一名党员，当我在电视里看到这样的场景，自然感动万分而热泪盈眶。在十九大上，总书记向世界宣布，中国特色社会主义进入了新时代。这意味着中国共产党又站在一个新的历史起点上，意味着中国共产党又要带领十三亿人民进行一次新的长征。此时此刻，我们的领袖，带领中央领导集体，应该说是带领着我们这个风华正茂、朝气蓬勃的党，又回到历史原点，回到我们党伟大的出发地，自然是要全党知道，我们从哪里来，往哪里去；自然是要全党清醒，我们不忘初心、牢记使命；自然是要人们知道，我们还是在这里重新起航，依然要在红船精神鼓舞下乘风破浪、一往无前，为实现中国共产党的誓言不懈奋斗。对历史的缅怀、向历史致敬，对历史的沉思、向历史追问，是一个民族、一个政党成熟而有进取心的标志。如果对历史健忘、麻木，失去历史记忆，更不去追问历史，那这个民族不会有血性、不会有激情，这个政党也不会有方向，不会有前途。

同样是共产党的一大会址，同样是马克思主义政党的诞生地，同样见证了共产党历史风云变化，然而如今的境遇不同，展现给人们的情景不同，这自然折射出两个政党的不同命运，也自然会留给人们无尽的思考和耐人寻味的启示。

三

一个多次到过白俄罗斯的朋友对我说，明斯克这地方既没有风景名胜，又没有历史文化古迹，真没有什么可看的地方，不过斯大林防线倒是值得看看。

斯大林防线对我确实陌生，好在现在的互联网可是个百事通，要查找什么资料，要解答什么疑问，要了解什么信息，鼠标一点统统可以搞定。这一查才知道，明斯克很早就是波罗的海沿岸与莫斯科、喀山城市的贸易中心，明斯克的意思就是交易之镇。今天之所以看不到历史文化遗迹，全因为二战时被炸成了废墟。不过从网上看，斯大林防线的确还有些名气。

斯大林防线是苏联一九二八至一九三九年期间耗巨资在当年苏联的西部国界线上修建的军事防御工程，是为了抵御德国法西斯入侵建造的。工程规模浩大，北起卡累利阿地峡，南到黑海沿岸，纵贯现在的白俄罗斯和乌克兰，全长一千二百公里。沿线建筑了二十三个庞大的堡垒群工事，布局了四千多个永久性火力点，全都是钢筋混凝土和其他特殊材料建成。

二〇〇五年白俄罗斯重新维修整理了位于明斯克附近的一段防线工事，开辟为斯大林防线博物馆。作为二十世纪重要的军事遗产，博物馆一开放就吸引了大批参观者。

到明斯克第二天的午后，在白俄罗斯朋友陪同下，参观了位于市郊不远的斯大林防线博物馆。从我们下榻的宾馆出发，也就是半个小时的车程。所谓博物馆，其实就是坐落在丘陵高地上的一处防御工事遗址，远远望去，像是一处饱经历史风霜的废弃城堡，横亘在天际线上。已发了黑的钢筋水泥堡垒依稀可以看到当年战争留下的弹痕，工事坑道弯弯曲曲可以看得出经过重新整理，供参观者的步行道是新铺就的，各种指引牌匾也都是为参观者方便而新设置的。

为我们作介绍的讲解员，是一位曾经的苏联时期的退伍军人，可能是为了讲解效果，为了勾起人们对往事的回忆，特意穿一身当年苏联红军的军装，六十多岁依然身板笔直，声如洪钟，俨然是一位抗击法西斯的英武战士。他带我们钻进狭窄而阴暗的水泥地堡，向我们介绍里边的设施，七十六毫米火炮和马克西姆机枪，还有观察瞭望的潜望镜，一台一九三八年安装的发电机现在仍然可以运转发电。

书本上读历史，历史是抽象的，在历史事件的遗址，身临其境读到的历史是看得见、摸得着的，是真实的、有生命的。由此我想到，历史著作中的历史，难免要带上史家们的主观倾向，而学历史，最可靠的是那些历经沧桑岁月留下的历史遗物和遗址，这是可以重现真实、有生命的历史。

讲解员告诉我们，一九四一年六月二十二日，德国军队突然向苏联发动了战争。其实，就在一年多前的一九三九年八月二十三日，苏联和德国刚刚秘密签订了互不侵犯条约。同年十二月，希特勒致电斯大林祝贺其六十大寿，斯大林复电感谢，并表示苏德友谊将会继续保持并得到巩固。当年的苏联最高统帅误以为希特勒会信守诺言，起码不会这么快就会向苏联发起进攻。然而，历史又开了一个大大的玩笑。希特勒的诺言就是谎言，希特勒撕毁条约，发动了人类历史上最大规模的地面军事行动，对苏联猛烈进攻。就在这里，苏联红军与德国法西斯军队发生了激战，整整两天两夜。虽然苏联有固若金汤的钢筋水泥工事，但由于主力军未能及时到位，防线失守，德军闪电般进入了辽阔的苏联疆土。战争是野蛮残酷的，无文明可言；战争是无情的，无诚信可言。防线不可靠，条约不可靠。可靠的是人民的力量，民族的精神，这是无坚不摧的，是胜利的根本。当然，希特勒低估了苏联人民不畏强暴、浴血奋战的精神和坚韧顽强的斗志。最终，苏联军队取得了反法西斯战争的胜利，但是付出的代价和损失是巨大的，光在战场上牺牲的人就达四千多万。

斯大林说过，没有攻不破的防线。可为什么还要举全国之力大兴土木修筑试图抵御德国人的防线呢？这不是自相矛盾吗？不少来参观的人都会有这样的疑问。

不过细细想来，也在情理之中。战争本身就是矛和盾的结合体，矛和盾的碰撞引发了战争，所有军事家们的战争观其实也都是矛盾的，这里很重要的在于你所处的地位，是进攻方还是防御方。方位不同，立场态度观点自然就不同。

没有攻不破的防线的豪言，这是一九四〇年苏联红军攻克芬兰曼纳海姆防线时斯大林讲的，显然他是不相信防线的。而当新生的苏联面对虎视眈眈的德国法西斯淫威时，又不得不修筑要塞工事，虽然是无可奈何之举，但毕竟还算是积极姿态。其实，不光是苏联，当时几乎所有与德国为邻的国家都在其威胁之下"深挖洞、高筑墙"，忙于战备。写进二战史的马其顿防线，就是法国人为防御德国而耗时十年建成的巨大工事，其当时的名气，斯大林防线是难以望其项背的。只是耗尽法国人国力的马其顿防线居然没有派上丝毫用场，德国军队穿越德法边境的亚登森林绕过马其顿防线进入法国，当德国人的摩托化部队兵临巴黎城下的时候，法国军队还呆守在马其顿防线上，守株待兔地等待德国军队的到来，成为军事史上的一大笑谈。

历史的细节容易被宏大叙事所淹没，而有些细节却是被写历史的人刻意抹掉或忽略的。不知令法国人尴尬和蒙羞的马其顿防线遗址是否也开辟成了博物馆。不过我倒觉得，建立博物馆的意义和价值并不仅仅是要人们去回顾昔日的胜利和辉煌，不仅仅是要人们从历史的辉煌和荣耀中去寻找自豪和骄傲，重要的是尊重历史、敬畏历史，要让人们不忘历史，哪怕是失败、屈辱、羞耻和其他一切不光彩。这样，历史才会成为镜鉴，才可以使人们从历史长河中去寻找规律，寻找有益的精神，以使我们今天的人更智慧、更理性，更好地走向未来。有时候，一个民族，从过往的历史中寻找失败和耻辱，比寻找自豪和骄傲更有意义。

就要结束参观的时候，讲解员告诉我，来这里参观的中国人不少，希望我们向更多的中国人介绍斯大林防线，就像白俄罗斯人都知道中国的长城一样。

说实在的，把斯大林防线与中国的长城相比，我有点不悦，或不情愿。长城可是人类七大奇迹之一，那是中华民族对人类文明的重要贡献。就其历史价值，在文明史上的地位，两者怎么可以相提并论呢？

但又想，可比性还是有的，斯大林防线和中国的长城都是防御工程，大凡防御工程其初衷都是为了防止冲突、抵御侵略，是为了追求和平。这实际上都体现了人类热爱和平的共同价值追求。中国长城始建于秦始皇，在抵御外族入侵的两千年里，除了元朝、清朝，几乎没有停止过修造。但实事求是地说，长城抵御战争、防御入侵的作用是很有限的。因此，长城对于今天的中国人来说，价值在于它已经成为中华民族包容合作、团结一心、众志成城的象征。它横亘在中华大地，像一条巨龙，已成为引领中华民族生生不息、奋斗前行的图腾。

这倒使我想起，当今世界上曾经有过的、现在仍然存在的，甚至还在不断修筑的各种各样的防线和"围墙"。二十世纪九十年代中期，我曾在德国参观过已经倒塌的柏林墙遗址，前些年从以色列乘汽车到巴勒斯坦拉姆拉，曾经目睹过冷冰冰的水泥板筑成的隔离墙。还有电视上看到的特朗普上台后，为防止墨西哥人越境，在美墨边界，美国人正在竖起的高高的围墙……其实，这每一堵有形的墙后边都有一堵无形的墙。作为冷战标志的柏林墙，对阻止东西德人员来往发挥了一定的作用，但在东西德人民心里同时筑起的思想情感之墙，并没有因为柏林墙被推倒而消失。巴以隔离墙，可能在一定程度缓解了旷日持久的巴以冲突，而巴以之间的仇恨之墙却越筑越高。美墨边界的围墙，对防止墨西哥人非法移民的作用有多大不得而知，但美国人树立的民族主义、保护主义、孤立主义的黑幕却令世界哗然。有形之墙阻隔的是空间有形的交往，而无形之墙阻碍的是人们思想的、情感的、精神的、文化的交流。这些似乎与当今这个已是"地球村"的世界有点不合时宜。无论初衷和目的是什么，这样那样的墙带来的都是隔膜、分离、芥蒂、纠纷甚至仇恨。世界需要包容，需要交流，需要合作，需要团结，而这些墙都是与之格格不入的。

历史都是要烛照现实的。这个世界需要宏大的叙事，但也不要忽略了足以牵动大局的细节；需要明媚温暖的阳光，但也不要忽略可以污染朗朗乾坤的一团团雾霾。天下一家、世界大同、人类命运共同体理当是人类的共同追求。这就需要人们共同呼吁，把一切有形的无形的阻隔交流交融的形形色色的"围墙"一起推倒。当今世界应该是个修路架桥、互联互通的时代，而不是筑墙挖沟、互相阻隔的时代。

原载《人民文学》2018年第4期

当地名进入古诗

彭　程

一

一处地名，当然是一个名词。

但这仅仅是在开始的时候。如果你深入进去，知晓了它的前世今生，来路去处，可能就不会这样想了。你会发现它拥有更为丰富的词性。

尤其当它被嵌入了古诗词，被一再地吟咏。

此刻我坐在窗下书桌旁，面向南方。二十层的高处，视野中少有遮挡。秋日澄澈的天空片云不存，纯粹的蔚蓝色一直延伸向天际。朝向是一种天然的提示，为想象力的驱驰提供了区域。意识沿着几乎径直的方向奔跑，远远超过高铁的速度，甚至不限于光的速度，是刘勰《文心雕龙·神思》里"寂然凝虑，思接千载，悄然动容，视通万里"的速度，是佛家教义中"一时顿现"的速度，乍一起念，刹那之间，便锁定了一个巨大的目标，一千公里外中国腹地的大都会，江城武汉。

武汉。扼南北之枢纽，据东西之要津，因而自古便被称为"九省通衢"。自古，诗人骚客便竞相状写它的万千气象，其中尤以吟诵黄鹤楼为多。流传最

53

广的，当属唐代崔颢的《黄鹤楼》了。这样的句子不会有人感到陌生："昔人已乘黄鹤去，此地空余黄鹤楼。黄鹤一去不复返，白云千载空悠悠。"蹲踞蛇山之巅，近两千年间，黄鹤楼屹立成了江城的地标，一任大江奔流，岁月递嬗。

但实际上，有关这座"天下江山第一楼"的出色诗句还有很多。"孤帆远影碧空尽，唯见长江天际流"（李白）；"银涛远带岷峨雪，烟渚高连巫峡云"（王十朋）；"千帆雨色当窗过，万里江山动地来"（吴国伦）；"鄂渚地形浮浪动，汉阳山色渡江青"（陈恭尹）……长江穿越三镇向远方流泻，这样的句子溅落在多个朝代的诗词册页上，水汽氤氲。

且让想象也随着江水的流向一路向东，瞬间便会抵达南京。大江的下游，水量更为丰沛，诗篇也愈发繁多。"江南佳丽地，金陵帝王州"（谢朓）；"碧宇楼台满，青山龙虎盘"（李白）；"千里澄江似练，翠峰如簇，归帆去棹残阳里，背西风，酒旗斜矗"（王安石）……六朝古都，天下名邦，其美不可方物。但一座城市亦如一场人生，悲欣交集，盛衰相继。兵燹频仍，王朝更迭，禾黍之伤，兴亡之怨，仿佛黯黯烟云，笼罩在石头城上。"吴宫花草埋幽径，晋代衣冠成古丘"（李白）；"江雨霏霏江草齐，六朝如梦鸟空啼"（韦庄）；"歌舞尊前，繁华镜里，暗换青青发。伤心千古，秦淮一片明月"（萨都剌）……

然后不妨再来一次小幅度的偏移，目标在东南方向，三百公里。杭州，古称钱塘、临安、余杭。名字不同，不变的是天堂和仙境的美誉。且不再追古抚今，只将它的美好约略端详。索性也就援引几句，而把更大的空间交付给想象："东南形胜，三吴都会，钱塘自古繁华。烟柳画桥，风帘翠幕，参差十万人家"（柳永）。就在去年，三秋桂子飘香、十里荷花绽放之际，一次盛大峰会，云集了多国政要，恍若鲜花着锦，让曾经的繁华相形见绌。

经过这些古诗词的点化，一个地名分明超越名词的简单指代功能，而具有了更为丰富的意涵。你能看到它的姿态趋向，是属于动词的；看到它的样貌色泽，是属于形容词的；而这些地方在我们心中引发的向往、赞叹、感伤等种种情绪，不用说又涂抹上了叹词的属性。

伴随着词性的不断叠加，也是它自身的渐次袒露。吟哦之间，意味无穷。

二

每个人都会有与世界交往关联的方式。经由某种机缘，他进入了一条个性化的道路，并由此走向自己的情感、知识乃至信仰。释迦拈花，达摩面壁，牛顿望见落下的苹果发现了万有引力，阿基米德在澡盆里悟出了浮力定律。

想到列举这些响亮的名字只是为了引出自己的一点感悟，我不免有一些难为情。

但道理的确是相通的，因而也是可以比况的。身为一名汉语之美的欣赏和追逐者，过往千百载中的古典诗词，成了我几十年来不废吟诵的对象，念兹在兹的牵挂，习惯成自然的功课。这些被精心提炼和蒸馏过的语言，仿佛经历了千年雨露阳光滋润的甘美果实，自时间的深窖中，散发出浓郁的馨香。我心甘情愿地耽溺其中，心旌摇曳，心醉神迷。

恰如恋爱的开始，总是易于被意中人举手投足、衣香鬓影间呈现出的美所迷醉，讲究对仗平仄、宜于吟诵的字句，也许是古诗词最早吸引你的地方，但随着沉浸程度的加深，你会越来越了解什么是得鱼忘筌——那些深藏在文字间的既辽阔又深邃，既华丽又质朴，既真率又幽曲，既明朗又微妙的东西，足以构成一个广大的宇宙。

"乘着歌声的翅膀，亲爱的随我前往，去到那恒河的岸边"。德国诗人海涅的诗句，因为大音乐家门德尔松的谱曲，而传遍世界。一条远在印度次大陆上的想象中的河流，托举起了整首诗歌如梦如幻的意境，舒缓温柔，优雅恬静。

这样的河流也在我们身边。在更早的时间，早到《诗经》的年代，流淌在更为遥远的东方，古老华夏的腹地。它褪去梦幻的色彩，素颜朝天，更加真切确凿。"谁谓河广？一苇杭之"（《诗经·卫风·河广》）。面目模糊不清的先人们在吟诵。一条大河波浪宽，但用一捆芦苇做成小船，就能横渡过去。

怎么看这一句诗，都像是一个隐喻。无论是精短的绝句律诗，还是稍长些的乐府歌行，总归是有限的文字体量，仿佛轻舟一叶。它虽然小，却能够掠过浩渺的水面，抵达遥远的对岸。

诗歌的小舟穿越的这一道河面，有着一个阔大的名称：世界和人生。

波光潋滟，浪涛滚滚。一代代心灵中的喜悦和伤悲，梦想与幻灭，引吭高歌或低吟浅唱，流淌成一条情感的河流。每一个漩涡，每一道湍流，每一簇浪花，甚至每一滴水珠，都有着心绪的投影，情感的折光。只有语言能够驾驭它们，而诗是语言的最高形式。经过捕捉和辨认，提炼和浓缩，它们被聚拢在诗句里，仿佛香料被收藏在瓶子里。

诗是语言的最高形式。简约精练的文字里，却有着令人眩晕的宽广和幽深。

三

在我个人的经验中，面对地图时，也总是古诗词最能够以生动的姿态呈现的时刻。

读地图的爱好，从少年时固定下来，持续至今。目光摩挲过一个个地名，旁边那些或大或小的圆圈或圆点，在幻觉中次第打开。仿佛是岩溶地带大山峭壁之上的洞穴，外部看去并不大，一旦进入，却会发现溶洞宽阔，石笋奇诡，暗河幽深。这些或熟悉或陌生的地名下，也藏匿着自然、历史、传说、民俗……一个物质和精神的丰富浩大的谱系。而与这种感觉几乎同步，此时耳畔也总是会响起古诗词铿锵或宛转的音调，在眼前幻化成为一幅幅画面。

譬如此刻，目光所及之处，是甘肃武威，位于雄鸡模样的版图的背脊。丝绸之路的重镇，河西走廊的门户。汉武帝派骠骑大将军霍去病远征河西，大破匈奴，为彰显大汉的"武功军威"而命名此地。不过在漫长岁月中，它更为人知的名字是凉州。凉州，地名二字中已经有了凛冽的寒意，入诗，更是漫溢出边地的荒凉，戍人的哀愁。甚至《凉州词》在唐代成为专门的曲调，很多诗人依调填词："羌笛何须怨杨柳，春风不度玉门关"（王之涣）；"坐看今夜关山月，思杀边城游侠儿"（孟浩然）；"白石黄沙古战场，边风吹冷旅人裳"（王作枢）……从汉唐到明清，一片愁云惨雾，飘荡舒卷在西北大漠戈壁之上。

不过这种种负性情绪很可能被夸大了。献愁供恨，本来就是传统文人的拿手戏。真实的生活并没有那样可怕，只要真正走进了它的深处，就会领悟到"生活在别处"。这里有迷人的边地风景："山开地关结雄州，万派寒泉日夜流"（沈翔），"草肥秋声嘶蕃马，雾遍山原拥牧羊"（张珝美）；这样的背景下展开了火热的生活："车马相交错，歌吹日纵横"（温子升），"市廛人语殊方杂，道路车声百货稠"（沈翔）。市场繁华，物品丰饶，交织着四面八方的口音，穿梭着不同民族的身影。

葡萄酒香，弥漫了这里千百年的天空。原产西域的葡萄，被汉使张骞经丝绸之路引入中原，第一站就是凉州，因此这里酿制的葡萄酒久负盛名。"葡萄美酒夜光杯，欲饮琵琶马上催"，唐代诗人王翰品尝到的那一缕醇香，一直传递到了明代诗人张恒的笔下，可谓是回甘悠长："垆头酒熟葡萄香，马足春深苜蓿长。"

这里更是一片歌舞的土地："凉州七里十万家，胡人半解弹琵琶"（岑参），"唯有凉州歌舞曲，流传天下乐闲人"（杜牧）。盛大而普及。"琵琶长笛曲相和，羌儿胡雏齐唱歌"（岑参）。这里的少数民族孩童，自幼受到音乐熏陶，稍稍长大，肢体动作也便有了特别的韵律："狮子摇光毛彩竖，胡腾醉舞筋骨柔"（元稹）。

因为这些诗句，一个原本抽象单调的地名变得具体而生动，有了色彩、声音和气息。一行诗句便是一条通道，让我穿越时光的漫漫长廊，得以进入彼时的天空和大地，道路和庭院，欣赏四时风光，八方习俗。

如果一个地方是一只瓷器，诗词便是表面上闪亮的釉彩；是一株苍劲虬曲的古藤，诗词便是纷披摇曳的枝叶；是一个窗口，诗词便是自里向外望见的天光云影，四时变幻，任意舒卷。

四

这不过是辽阔版图上的一个点。广袤的大地上，有无数个这样的点，仿佛天幕上繁密的星辰。不同的点连接成线，众多的线又交织成面，于是在想象的天空里，星汉灿烂。

做一次连接起几个地点的旅行吧。此刻我目光正对着雄鸡地图上中间偏左的一点，开封，河南省的重要城市，曾经的古都。让想象的脚步自此处迈动，由东向西，踏上古中国坚实饱满的腹部。

老丘，大梁，陈留，东京，汴梁，汴京……历史漫长，给这里留下众多名称。"高楼歌舞三千户，夹道烟花十二衢"（何景明），八个朝代的都城，《清明上河图》和《东京梦华录》里的世界，享有"一苏二杭三汴州"的美誉。始建于北宋的开宝寺塔，俗称铁塔，是这座城市的标志："隋堤烟柳翠如织，铁塔摩空数千尺"（于谦）。那时登上铁塔，会看到一条大河流淌。汴河，隋唐大运河的一段，当时最重要的漕运通道。"汴水流，泗水流，流到瓜洲古渡头"（白居易）。以河流为纽带，中原的朴厚，连接了江南的灵秀。金元以降，汴河深埋于地下，就像这座城市的繁华，被封藏于记忆中。

继续西行，洛阳在洛河边迎候。自高宗起，它做过唐王朝五十年的都城，故有东都之称。"唯有牡丹真国色，花开时节动京城"（刘禹锡）。洛阳牡丹，原来那时就已经闻名天下。通都大邑，从来都是野心竞逐之地，因此"古来名与利，俱在洛阳城"（于邺）。而富丽豪奢，即便登峰造极，最终也不免灰飞烟灭。君不见西晋豪富石崇的金谷园里，"繁华事散逐香尘，流水无情草自春"（杜牧）。吊古未免伤怀，那就不如欣赏日常的风景，体味朴素的人间情感吧。"谁家玉笛暗飞声，散入春风满洛城"（李白）；"洛阳三月花如锦，多少功夫织得成"（刘克庄）。大自然的声色之美，足以娱情遣兴。"乡书何处达？归雁洛阳边"（王湾），"洛阳城里见秋风，欲作家书意万重"（张籍）。乡思乡情，最能慰藉一颗羁旅中的诗心。

这一段目光的旅程，且歇止于西安，八百里秦川的中心。它的古称是长安，大唐帝国的中枢，几个世纪间的世界第一都市，"九天阊阖开宫殿，万国衣冠拜冕旒"（王维）。众夷归化、万邦来朝之地，什么样的想象力，才能够担当起对这座伟大之城的勾勒？如果它是一幅巨型画卷，一首诗便是一道笔画，一抹彩色，参与了对它的描画。且只听听有唐一代诗人们的吟诵："长安一片月，万户捣衣声"（李白），"滞雨长安夜，残灯独客愁"（李商隐），"长安渭桥路，行客别时心"（綦毋潜），"秋风吹渭水，落叶满长安"（贾岛），"长安大道连狭邪，青牛白马七香车"（卢照邻），"长安回望绣成堆，山顶千门次第开"（杜牧），"春风得意马蹄疾，一日看尽长安花"（孟郊），"长安陌上无穷树，唯有垂杨管别离"（刘禹锡）……从初唐到盛唐，复由中唐到晚唐，一辈辈人们写下的诗句层层叠叠，仿佛远处终南山上的白云青霭，与这座城市相望相映。

诗句是时代的笺注，阐释着生活的广阔的内容。字里行间，五味杂陈。有世相百态，有历史云烟，有心底沟壑，有眼前峰峦。王朝命运，人生遭际，相逢与别离，得意与失意，戍边将士的思念，留守妇女的哀怨。它们纠结缠绕，音律从高亢到凄凉，涵盖了宫商角徵羽，弥漫于东西南北中。

一首古诗，仿佛一部手机里的芯片，体积微小，却有着巨大的内存。

五

呼应着存在于万物之间的神秘关联，精神能够寻找到自己的对应物，地点便是体现者之一。向往某一个地方，反映出的其实是一个人的情感维度和美学嗜好。总有一些地方，最能够与处于某个生命时段的你，产生同频共振。时间和空间的共谋，孕育出了某一类文化的气质，精神的风度。

而诗句，这时便扮演了有力的证人角色。

青春时代，梦想的栖息地是江南吴越。长江之南，古运河两岸，苏锡常狭长地带，杭嘉湖平原周遭，一连串地名仿佛珍珠一样，被唐诗宋词里的句子擦拭得晶亮。江南好，黛瓦粉墙，水弄深巷，桨声欸乃，丹桂飘香。感官的筵席一场场排开，声音和色彩交融无间："夜市卖菱藕，春船载绮罗"（杜荀鹤）；"垆边人似月，皓腕凝霜雪"（韦庄）；"日出江花红似火，春来江水绿如蓝"（白居易）；"闲梦江南梅熟日，夜船吹笛雨潇潇"（皇甫松）……韦庄笔下当垆卖酒的美丽少妇，前身该是南朝乐府《西州曲》的采莲女子，"单衫杏子红，双鬓鸭雏色"。以诗为舟楫，我划入了那一片湖面。在苇荡、乌桕和桑树之间，波光潋滟，莲叶田田。

时光悄然流逝。从某一时刻起，浪漫绮丽的少年轻愁遁隐了，内心开始向往北地的雄浑和寥廓，苍凉和悲怆。"为嫌诗少幽燕气，故向冰天跃马行"，清代黄仲则这句诗，成为一种新的美学召唤。想到曾经迷恋山温水软、儿女呢喃，不免感到了一阵羞报。向北，向西，一种迥异的境界在面前展开，是"明月出天山，苍茫云海间"（李白），是"蝉鸣空桑林，八月萧关道"（王昌龄），是"大漠穷秋塞草衰，孤城落日斗兵稀"（高适），是"行人刁斗风沙暗，公主琵琶幽怨多"（李颀），是"紫塞月明千里，金甲冷，戍楼寒，梦长安"（牛峤），是"羌管悠悠霜满地。人不寐，将军白发征夫泪"（范仲淹）……

就这样，经由诗句的陶冶，一处地点便不再是单纯的外在客体，而内化为精神世界的某个元件；它又仿佛是一帖试纸，能够检测出灵魂中存在着什么样的元素。

时光和阅历改变一个人的容貌，同样也会改写内心。今天，大漠孤烟和小桥流水，西北腰鼓和江南丝竹，已经被悉数存放在我的审美收藏夹内，融融泄泄，不分轩轾。大千世界的复杂性，美的不同风格和范式，被我同样地凝视和品赏，内化成为一幅经纬交织、花纹斑斓的彩色织锦。

六

爱默生说过：诗人是为万物重新命名者。

有一些地方，虽然早已经地老天荒地存在着，但长时间里都只是一种物质形态的面貌，枯燥粗糙。只有在经过文人墨客的描绘后，才变得具有精神性。诗文也是一种加持，为地名灌注了灵动的气质。仿佛出色的匠人手里捏出的泥人，被吹拂进了生命的气息，活灵活现。于是一切大为不同。

"郁孤台下清江水，中间多少行人泪？西北望长安，可怜无数山"（辛弃疾）。郁孤台，僻远闭塞的赣州城古城墙上的一处亭台，因为南宋诗人辛弃疾这首《菩萨蛮》，而得以广为人知。金兵南下烧杀劫掠，沦陷区生灵涂炭，激发了诗人报国杀敌的炽热的爱国激情。这一腔热血，同样在挚友陆游的血脉中激荡："楼船夜雪瓜洲渡，铁马秋风大散关。塞上长城空自许，镜中衰鬓已先斑。"瓜洲渡口，散国关隘，当年抗击金兵的前线；而今日"报国欲死无战场"，恢复中原几成空想，思之如何不郁愤泣血？情感沉郁，气韵浑厚，千年后仍然让人震撼。

多情未必非豪杰。浴血疆场的勇士，同样也能深情款款。沈园，绍兴的一处私家园林，江南众多园林中的一座，却因为陆游与唐婉的一段凄艳悱恻的爱情，而变得与众不同。情深意笃的伉俪，因为陆游母亲的干预，被迫劳燕分飞，内心郁积了永久的疼痛。暮年的陆游旧地重游，触景生情，写下七言绝句《沈园二首》："城上斜阳画角哀，沈园非复旧池台。伤心桥下春波绿，曾是惊鸿照影来"；"梦断香消四十年，沈园柳老不吹绵。此身行作稽山土，犹吊遗踪一泫然"。至情至性，天地可鉴。不妨说，在《沈园二首》之前，沈园并不存在；有了《沈园二首》，沈园与日月同光。

个体命途的侘傺，有时却也促成了正向的收获。贬谪无疑是一种惩罚，但一些俊杰之士却用他们的事功和著述，照亮了黯淡的岁月，也让履迹所至之处，一些原本生疏的地名，自此熠熠生光。这方面，苏东坡无疑最为人称道。

他一生三次被贬，流寓京外长达十年，且一次比一次走得远，由长江之畔的黄州，到南海之滨的惠州，再到海南孤岛上的儋州。因而他在词作中自嘲"问汝平生功业，黄州惠州儋州"。三个地方，当时都是偏远小城，是东坡的道德文章，使它们名闻天下。在黄州，他写下前后《赤壁赋》等多篇佳作，彪炳文学史册；在惠州，他致力改善民生，肃军政，减税赋，除水患，"一自坡公谪南海，天下不敢小惠州"（江逢辰）；在儋州，他"设帐授徒"，"敷扬文教"，致力于传播中原文化，被后人赞誉为"琼州人文之盛实自公启之"。

"屈平辞赋悬日月，楚王台榭空山丘"（李白）。诗句穿越岁月传诵至今，而曾经炙手可热的权势财富，早已灰飞烟灭。在价值的天平上，它们一边是泰山，一边是鸿毛。

七

古诗词中，不少地名寄寓了道德的力量，价值的指向，对作者是自勉自励，更向读者标举了立身处世的姿态。

暂且收拢目光，只向水边泽畔，寻觅有关的诗句。汨罗江，屈原于此怀石自沉。信而见疑，忠而被谤，只能赴身清流，以身殉国。"一掬灵均泪，千年湘水文"（孟郊），"独余湘水上，千载闻离骚"（刘长卿）。后世文人的景仰凭吊，也如同江水一样奔流不竭。北海，今天的贝加尔湖，苏武被匈奴扣留，远放此地牧羊十九载。"牧羊边地苦，落日归心绝。渴饮月窟水，饥餐天上雪"（李白）。饱受冻馁之患，始终心怀故国。威武不屈，日月可鉴。

古诗词中，还时常借助自然形胜，提供一种启示。这样的地名，有关气度和胸怀，视野和境界。

这一次，不妨将目光改换方向，自滔滔滚滚，移向莽莽苍苍。大山无语，峰峦悄然，把深沉的蕴涵，留给那些睿智的灵魂，来破译和解读。《望岳》是杜甫登临泰山的憬悟："会当凌绝顶，一览众山小。"气魄决定格局，自然和精神的绝美风景，都只向阔大的胸襟敞开。《题西林壁》是苏轼游览庐山的发现："不识庐山真面目，只缘身在此山中。"主观与客观，整体和局部，在韵脚的停歇处，思辨开始起步。感性上升为智性，形象转化为哲理，倚仗的是深刻的功夫修为。

当一些地名被再三引用，被反复言说，它就上升为一种意象，具备了符号的功能。

阳关象征了离别，北邙寓意着死亡。巫山隐喻了男欢女爱，陇头意味着流离失所。蓬莱是来世的向往，昆仑是仙界的居所。碣石摹写北地的萧瑟荒寒，潇湘渲染南国的凄凉悲怨。金谷园是奢靡的狂欢，乌衣巷是繁华的落幕。陌上婉转地言说儿女情长，垓下明确地感慨英雄气短。首阳山，不食周粟的伯夷叔齐于此隐居，喻示着操守高洁。烂柯山，樵夫看二童子下棋，一局未终斧柄已烂，比况了沧桑巨变。

在这样的场合，对这些地名的理解程度，又直接取决于阅读者精神文化的蕴积。没有对母语的热爱，缺乏对历史和传统的沉浸，就难以窥见字面背后的精微和玄奥，难以感知到那些不尽之意，言外之旨，声音中的声音，味道里的味道。

八

古诗词是一棵大树，根系深扎在过去，纷披的枝叶却一直伸展到今天。它永远处于生长中。

在它的荫庇下，是一种日常而恒久的生活，是这种生活的不停歇的循环再现，仿佛一年一度，大地上回黄转绿，春华秋实。今天生活的每一种状态，人们情感的每一次波动，大自然的每一副表情，都可以从丰富浩瀚的古代诗歌中，获得印证，找见共鸣，听到回声。

认识到这一点，便会从眼前望到遥远，自此刻看见过去。今天和昨天之间，被一条无形而坚韧的纽带牢固地绾结。时光流转，世事移易，不过有些根本性的东西却是亘古不变的，那就是人情人性。写字楼里两情相悦的青年男女，四目相对时，眼神里闪动的，分明是《诗经》里桑中淇上的炽热；机场海关入口处，送多年故交远赴域外，想到去去经年，或许竟是参商不再，也难免会念及唐诗里的渭城相送，无声细雨打湿了客栈。

"谁谓古今殊？异代可同调"（谢灵运）。古诗词以历时性的方式，展现了共时性的内容。一首首诗词，正是一个个的接引者，引领读者步入人生与社会的广阔庭院，在今与昔、恒常与变易的对话中，加深对于世界和生活的理解。

仔细盯着地图上的一个个地名，时间久了，那些圆圈圆点就会幻化成一个个泉眼。想象一番，那些被以不同音调吟诵的诗句，岂不正仿佛泉水的汩汩滔滔之声？

泉水不竭地涌流，诗歌也一代代地传诵。

吟唱着山河苍茫，岁月沧桑，生命浩荡。

原载《光明日报》2018年1月5日

每一种植物都有神的面孔

傅　菲

谁知松的苦

过冬，有两样东西是极其珍贵的——柴火和粮食。在大雪封山之前，各户便储藏干柴。最好的干柴，便是松片和松枝。当柴火的松树是病树。松树很容易被松毛虫侵害，松针不再发绿，慢慢枯涩下去，直至完全焦黄，树干脱皮。很多昆虫都喜爱以松树的木质或松果或松针为食，如松茸针毒蛾、松针小卷蛾、大袋蛾、新松叶蜂、微红梢斑螟、球果螟、松十二齿小蠹、落叶松八齿小蠹、云杉八齿小蠹、松干蚧、松材线虫、松褐天牛。松毛虫全身斑毛，深黑色或黑黄色，看一眼，也让人毛骨悚然。松毛虫也叫毛虫、火毛虫，古称松蚕，有剧毒，在人皮肤上爬过，瞬间起斑疹，火辣辣地痛，如不及时医治，皮肤会溃烂化脓。初秋，季风来临，松毛虫随风而飘。我在浦城工作的时候，有一天，我的同事对我说："这几天，有几十个孩子，手上、脖子上，长红斑，不知是什么原因引起的，每年的初秋，孩子都会得这样的病，孩子有些恐慌。"我说是季风吹来了松毛虫，落在孩子身上，涂抹一下皮炎平，涂抹两次就好了。同事说，之前还特意请县医院和疾控中心的医务人员来检查过，也查不出原因。我说，后山全是松树，松毛虫不会比蚂蚁少，把教室和宿舍门窗关上，即可预防了。

从打松苗开始，松树便饱受虫食。难熬的是夏秋季，虫日日饱食松质，很多松树在秋季结束之前，便枯萎而死。砍柴人用大柴刀伐下死松，在院子里晒几天，锯断，劈裂，码在屋檐下，成了过冬的柴火。枯死的松树无湿气，干裂，烧火旺。烧炭的人，不用松木杉木，烧炭的取材，要硬木，如紫荆、杜鹃、乌桕、山毛榉、青冈栎、冬青。

南方多松树。红土易沙化，水土易流失，便大面积种植湿地松。山区多油毛松和青松。松有蓬松的树冠，斜顶而上，呈"人"字形。松长寿，可活上千年。美国加州狐尾松，有活了六千多年的，且继续活，比我们有记载的文明史还长。乡村人有自己的取材之法，每砍一棵松树，便在原地植一棵苗，叫砍树不失数。青松一般长在深山且岩石嶙峋之地，迎风傲雪，百年常青。在乡间老式的大堂屋，门窗和悬梁，会有很多木雕，"松鹤图"是必不可少，寓意屋主人长寿安康。油松一般生长在矮山冈上。油松也叫油毛松，松针发黄，像营养不良的孩子，木质松脆，长得快，适合做木材。

昆虫多，引来很多鸟。大山雀、灰鹊、低地苇莺、画眉，一整天在松树林，吵闹不停。松林是鸟的天堂。我家的后山，有一大片的松树林，天麻麻亮，鸟叽叽呱呱地叫，叫得清脆欢快，好像每一天都过着好生活。鸟多，蛇也多。乌梢蛇和花蛇，悄悄地溜上树偷鸟蛋。春天雨季，松林里，有蘑菇，褐黄色的蘑菇伞，一朵朵地撑在树底下，或斜插在树腰上。我们提一个竹篮，手上拿一条长竹梢上山采蘑菇。松蘑菇鲜美，做汤或炒肉丝，让人吃得不想下桌。竹梢是用来赶蛇的。蛇缠在树上，一竹梢打下去，蛇便烂绳一样掉下来。竹梢枝丫多，分叉，再灵活的蛇也逃不了竹梢的"魔爪"。

我家里种了一棵石榴，十几年了，每年石榴压翻了树。我家老二说："石榴熟了，叼米老鼠天天来吃。"我看看他，问："叼米老鼠是什么动物。"老二说，叼米老鼠你不知道啊，就是松鼠。我哦了一声。松鼠爱吃松果，在松林里，太多了。松鼠机灵，又会大幅度跳来跳去，打猎的人可以猎杀野猪、山鸡、黄鼠狼，但猎杀不了松鼠。打猎的人便说，松鼠是山里最小的神，神得敬着，松树长了松果，是一种供奉。

松树下，一般长蕨萁或刺藤，不长灌木和芭茅。松针是松树的叶子，也叫松毛，扎人，有痛感。秋尽，老松针慢慢脱落，落在蕨萁上。冬雨倾泻，松针一层层积在地上。干枯的松针毛黄色。放了学，我们挑一担竹萁，耙松毛。用笆耙。笆是用竹子搣出来，像一只手。松毛好烧，每次用它发灶膛。松毛不耙，松林很容易发生火灾。松毛烧起来，火苗要不了几分钟便蹿上松树。

前年春，在驮里岩，我看见了整个山冈的松林被烧毁后的惨然景象。如同大地的废墟。我走在山冈，斜坡发辫一样垂下来。大片的油毛松在早年被野火烧死，它们死亡的姿势仍然是活着的那副样子，遒劲，听命于自然造化，枝杈在树身上留存着阳光的形状。蕨萁微黄地卷曲在低坡，更平坦的坡地上，翻挖出来的条垄覆盖了一层枯死的针耳草。我抬头望一眼天，什么也没有，天是空的，空得容不下一朵云。天也不蓝，银灰色，圆弧形，空空茫茫地罩下来。天那么空，空得像一双容不下泪水的眼睛。翻过岭，油毛松继续死。它们是同一天被野火烧死的，但死得有点前仆后继，死得有点视死如归，死得似乎生命没有意义，死得活着和死没有差别，于是选择了相同的告别的形式，和相同的仪式。岭下，有简陋的寺庙，庙前是一个山谷。山谷多毛竹，也有三棵伞盖一样的冬青树。我见过很多冬青，挤压在灌木或乔木林里，树皮灰色或淡灰色，有纵沟，小枝淡绿色。水桶粗的冬青，确是第一次在这里见识。立春之后，太阳一日黄过一日，小枝发蕊，米白粟黄，小撮小撮地积，积到发胀，淡的花点缀在绿叶间，细细一瞧，蕊里还有几只细腰蚂蚁。小径上，是发白的砍下来的竹枝和凌乱的杂草，以及细碎的树叶。水井被水泥石块盖着，石板上是青黄的苔藓，老年斑一样，衰老而颓败。而有几棵烧成了黑色的松树，又发出了新枝，细小的一枝枝，油青色，夹在枯死的枝丫间。每一枝新枝，显得多么倔强。

松树会分泌树脂，叫松脂，是植物糖，是一种淡黄色或深褐色液体，有松根油的特殊气味，可作溶剂，也可作矿物浮选剂、酒精变性剂、防沫剂和润湿剂。人是贪婪的物种。"物尽其用"，换一个说法，是榨取物的所有价值，一滴不剩，把人的贪婪发挥到淋漓尽致。松脂让松树在劫难逃。人成了松树最大的"病虫害"。我看过人割开松树皮，在树肉里开槽，取松脂。我在安徽工作时，有一天中午，单位后面的矮山冈，来了一个五十来岁的人，提篮里放着几把刀，刀型是我不曾见识的。他戴头巾，路过门前池塘，我散了一支烟给他，问："师傅，这刀是干什么的？"他脸上有一块斜疤，手指很粗，解放鞋上有厚厚的泥垢。他说，割脂刀。他翘起嘴角抽烟。我把玩割脂刀，短把刀柄，有定向片和沟槽刀片，凸弧状刀口向前倾斜。我随他到了矮山冈。山冈夹杂生长苦竹、野蔷薇、芭茅、山毛榉、野柿子树，落叶枯败。几座颓墓，荒草零落，松毛积了厚厚的一层。旧墓有的被掏空，但石碑还在。一些新坟残留着花圈的竹条，锡箔压着泥尘。脖子粗的松树，在距地面一米以上的树干上，有下三角形的槽，槽嘴里套了一个白色的塑料袋，松脂液从槽嘴滑进塑料袋里。树脂从树干流出时，无色透明，与空气接触后，呈结晶状态析出，松脂逐渐变成蜂蜜状的半流体。

他在松树上割皮。他把刀摁在疤节较少树干上，刮去粗皮，刮到无裂纹，凿开制中沟和侧沟，形成沟槽，沟槽外宽内窄，笔直而光滑。师傅每次用力，牙齿狠狠地咬住嘴唇，眉头紧锁，肩胛骨抵住树身。我问："你割它，它知道痛吗？"师傅龇牙笑，嘿嘿嘿地笑。我说，钱是害万物的东西。他又嘿嘿嘿笑。他说他每年都要来割脂，在旧三角形上，往上割，割更大的面，四至十月，提着桶来采集树脂。每割一刀，树身会颤抖一下。这是松树在痛，只是它的痛喊声，我们听不到。它把痛塌在肌肉里，渗透在血液里，假如它有血肉的话。它把痛通过根系，传到大地深处，埋在我们发现不了的土层最厚处。它痛，却喊不出来。刀扎进去，它若无其事地抖一抖身子，落几片针叶。刀一层一层往上割，一年一年往上割，直到树脂流尽，一天比一天枯萎，被风吹倒，朽烂山冈。矮山冈上，横七竖八地倒着被割死的松树，没死的都割了皮，裸露出来的刮面像一张张狰狞的脸，满是疤，斜斜的刀痕，被雨水湮黑。松树看起来木讷，无动于衷，生不荣死不哀。

人，从没想过给一棵树以尊严。松的痛苦是人的罪。松知道人有多恶。

松不但给人生活的尊严，还给人精神的尊严。松木板，一块块铆钉成一个敞开的"回"字形，是我们的打谷桶；松木板，依墙体铆钉成一个盖井，开一个窗，是我们的谷仓；松木板，平铺在横梁上，钉实轧紧，是我们的楼板……我们在松下结庐，烹泉煮茗，舞风弄影。我们听松涛，看大雪压松枝，提着松灯访友……黄山松迎天下客。岁寒三友：松、竹、梅。明月夜，短松冈。松，等同命运。

夜雨桃花

假如你问我，夜雨中的桃花，怎么破碎的。我会说，又有一个人已离去。水带走的人不复返。

雨自中午滴滴答答地下，绵长轻柔，地上的灰尘黏结，像一粒蜗牛肉。到了傍晚，雨势乌黑黑，从江边压来。樟树桂花树，和池塘边的芭蕉，雨珠当啷啷地跳荡。密密麻麻的，漆黑中的雨滴，落在江面上，溅起一阵阵风。

我打一把伞，去不远处的山上。那里有十几亩地的桃林，我得去探望。昨天早上，我去过。桃枝缀满了艳丽的桃花，如初晨的霞光，稀疏的桃叶还正在不断地发青。从桃树发第一个花苞，我便每天都要去林子里。我想细细地看桃花初开到凋谢的过程。每一棵桃树，什么时间开花，开了几朵花，在哪一天凋谢了几朵，我心里有数。每次站在林子里，我便满心的愉悦。在很多年里，我十分讨厌人。我甚至不愿和人说话，更别说去认识人了。没有比人更令我厌恶的物种了。这是一个烂掉的物种，畸形的物种。我知道，这是我的心理疾病，但我没办法克服这样的想法。于是，我在山上种树，种了梨树、枇杷、枣树、柚子树、橘子树，还种了很多花，迎春、葱兰、藤本蔷薇、串串红。我在列种植的植物名单，列出的第一个名字便是桃树。我不吃桃子，但我爱桃花。

桃花烂漫时节，让人迷醉。我不知道，有哪一种花，能像桃花一样，让人内心焚烧起来。

在很多年前，我去过一个山中废弃的林场。林场前有一个三五平方公里的水库，四周无人居住。林场后面的山上，种满了桃树。正是桃花明媚的季节，树上罩着一片霞云。我惊呆了。我从没看过那么广袤繁盛的桃花。我在桃林里四处游走，头上，衣裳上，落了很多花瓣。一个人在桃花林里，会想起曾经的海誓山盟，会想起曾经同船共渡的人。假如你爱一个人，不要带恋人去桃花林踏春赏花，有一天，恋人离去了，而桃花依旧灿烂，那会多么悲酸。唐代诗人崔护写《题都城南庄》："去年今日此门中，人面桃花相映红。人面不知何处去，桃花依旧笑春风。"假如有一天，你去一个村舍寻访，久叩柴扉门不开，而门前的桃花恰好怒放，满树的焰火。柴门里的故人，去了哪里呢？看到桃花的瞬间，你会海潮填满胸膛。

桃花。念起来，它像一段往事。

桃花。想起来，它像一缕影子。

桃花。春天枝头上的一个秘密驿站。

在驿站里，相悦的人，有说不完的话，执手相看，转眼间，天已黑。脸颊上的花香，风也带不走吹不散。

曹沾写黛玉死前，在沁芳闸桥边葬花，每每读之让人伤心欲绝。黛玉肩上担着花锄，锄上挂着花囊，手拿花帚，唱着《葬花吟》：

············

尔今死去侬收葬，未卜侬身何日丧？侬今葬花人笑痴，他年葬侬知是谁？试看春残花渐落，便是红颜老死时。一朝春尽红颜老，花落人亡两不知！

在桃花飘落的季节，一个失情的姑娘，把花葬在泥土里，让花回归到最圣洁的地方。沁芳闸桥边，是恋人约会、吟诗的去处，也成了诀别的地方。桃花成了生命消逝的证词。

我去过很多寺庙，寺庙也大多种桃树。在南岩寺，在博山寺，在天荫寺，寺庙门口两边的路上，都种了桃树。今年春，去南岩寺看望朋友，正值桃花盛开时节，在院子里，十几棵桃树压着积雪一样堆着白花。寺庙沉静，空旷无人，虽似积雪，但寂寞无声。白居易在《大林寺桃花》写道："人间四月芳菲尽，山寺桃花始盛开。长恨春归无觅处，不知转入此中来。"也许，寺庙种桃树，是自古以来就有的。桃花，在出其不意时，给人深邃的禅境。人间的繁华不再，红尘似云飘散，踏入山寺，山道两旁的桃花成团，清泉自山岩轻轻滴落，叮咚叮咚，有枯寂的韵致，让人悲欣交集。我去过一个无人的山寺，叫太平圣寺。去山寺，徒步五华里，沿山道，弯弯而入峡谷，峡谷蜿蜒逼仄。我一个人散步，到了山寺。山寺无人，屋舍干净，寺庙前的水井清冽，翻涌。寺前有一个回廊般的山坳。山坳里开满了桃花。在春寒尚未完全消退之际，一个冷寂的山坳，遍野的桃花如一群故人，适时相聚。

桃和李，相当于两个同桌。桃和梨，相当于两个动荡年代的兄弟。桃即逃，梨即离，有着人世间最深的况味。赠之以桃，报之以李，不会相忘于江湖。桃，从木从兆，兆亦声，"兆"意为"远"，即远方的果树，爱桃之人，钟情于远方。

桃是时间翻过去之前，所停顿下来的钟摆。过年的时候，我们用桃木板分别写上"神荼""郁垒"二神的名字，悬挂门首，祈福灭祸。这就是桃符。桃木有压邪驱鬼的作用。家中的香桌是桃木做的。道士的剑是桃木做的，桃木剑是道教的重要法器。钟馗的大木棒叫"终葵"，也是桃木做的，用于驱鬼杀鬼。传说后羿被桃木棒所杀，死后封为宗布神。桃木乃五木之精，门厅插桃枝，鬼不敢进门。桃木乃神器，又叫神仙木。神仙吃的水果，不是葡萄荔枝石榴雪梨，也不是火龙果榴梿香蕉柑果，而是蟠桃。

金庸写武侠，造了一个童话般的岛，叫桃花岛。桃花岛可能是历代小说中，最著名的岛了——与世隔绝，无忧无虑，桃花开遍了山崖，涛声拍岸，浪花如飞雪。陶渊明写了一个"无论魏晋"的桃花源。桃花有隐逸之美。

在南方山间的小村，院子里，桃树是常见的树。种树的人，不仅仅是为了赏花，更是为了吃桃。桃分油桃、蟠桃、寿星桃、碧桃、毛桃、水蜜桃。桃多汁，甜，口感柔绵爽脆，汁液清凉。

桃子熟了，可以采摘吃了。不摘，便会烂在树上，或被鸟吃。桃分泌糖味，鸟爱吃。鸟也爱在桃树上筑巢。鸟都来吃了，人怎么可以不采摘呢？唐代诗人杜牧有一个红粉知己，叫杜秋娘，写过一首《金缕衣》：

"劝君莫惜金缕衣，劝君惜取少年时。花开堪折直须折，莫待无花空折枝。"有好的姑娘，你一定要表白，要把她带回家。水蜜桃熟了，也是姑娘初长成了。在对姑娘所有的比喻词语之中，没有哪个词可以超越水蜜桃了——有质感，有视觉感，有触摸感，让人荷尔蒙加速分泌。水蜜桃，有绯红的脸颊，青春的肿胀的汁液，既羞赧又孤高。

孩童时代，我家有一棵高大的桃树，两米来高分丫，向南的一枝压在下屋的屋顶，向西的一枝斜出围墙。桃树分泌一团团松黄色树油脂，从树皮的裂缝里淌出来，捏起来软软的，像糖糕。鸡在树下扒食。红艳艳的桃花在三月，蹿出上枝头。可能在乡间长大的孩子，都会有一个关于桃花的记忆。

山上有了一块空地之后，我便想着种桃花。不是每一个人会有岛，有一个小山坳也是好的，种上三五亩桃树，春天了，散淡又热烈地开花。两个多小时的大雨，桃花也许落地成泥了。"每一次看到桃花，都像第一次看它。"我低低自语。每次站在桃花下，看着开在枝节的桃花，我能听到阳光在它体内的声音——在经脉里漫游，传递寂寥的心跳，把隐秘的雨水带回高处。花还没完全撑出来，像一个女人，渴望爱又不知怎么去爱，把爱含在眼睛里，把火焰含在水里。桃叶一小片一小片，衔在枝节上，浅绿，敷着绒毛，小女孩头上的兔耳辫一样翘着。说实在的，我不太喜欢桃花，艳艳的，像焚烧起来的情欲。多旺盛的情欲，足以把初春的空气点燃，几乎可以让人感觉到空气噼噼啪啪的

72

震颤之声。去年种了桃树，我喜欢上了桃花倏然的样子，奔放，拥抱自由的焚烧。热烈多好，桃花不是开的，而是裂，把最绚烂的光阴，裂成花瓣的形态。

黄夜，风呼呼大作，滔滔之水灌进一般。风在咆哮。雨啪啪啪，雨线闪射着光，发亮，漆黑的亮，蒙蒙一片。桃树在风中惊慌地摇来摇去，像一艘小船在大海遭遇海浪。雨打在桃花上，桃花颤抖一下身子。水从树身下滑，把天空多余的重量，带进大地。绽开的花瓣，坠下，斜斜的，被风刮走。刚刚泛青的杂草上，台阶上，矮墙上，躺着零乱的花瓣。

不知是否有这样的植物，一生只开一次花。一生之中，人又会有几次花期？可能一次花期即穿越一生，也许一次花期仅仅一个晚上。春天的雨略带寒意，雨丝抽下来，唑唑唑。桃花有的依然盎然，有的被雨打翻落地。之前，我臆想，花瓣落地会像一具尸体摔在地上，轰然作响，事实上，悄然无声，只是在枝头上削去了踪迹，在空气中晃了晃身子，甚至来不及喊一声痛，脱下鲜艳的舞衣，轻得连大地都没有觉察到飘落的颤动。

倘若这里有一座寺庙该多好，那样，桃花的劫难有了慈悲的意味。

原载《草原》2018年第2期

身体之道：国术

马笑泉

2013年中国思想随笔排行榜

中国传统武术似乎与道教的内丹修炼有相通之处，都关注精、气、神的培养和转化。武术界的杰出人物大抵也认同"由技入道"的路径。但与道教或偏命，或偏性，但都不离性命双修的宗旨不同的是，国术在实际修炼过程中，只谈命，不谈性。这并非对心性的藐视，而是国术强调身体的实证，所谓"身体悟了才是真的悟了"（徐皓峰《逝去的武林》）。撇开身体空谈心性是一切实诚的国术家们所警惕和排斥的，他们甚至也不赞同混用道教的修炼方法。当代形意拳名家李文彬说："若想练好形意拳，找到真劲，什么'五气朝元''三华聚顶'都不用去考虑，只要按拳法要求务实地去练就行。要讲行气，也不用那么麻烦，只要能'气以直养'，平素练拳不走周天，经络也照样通畅。"李文彬的师傅，形意拳宗匠尚云祥尽管被同行称为"铁脚佛"，甚至受到了另一个名气更大、酷爱创拳的同行在著作中恭维："再加向上工夫，炼神还虚，打破虚空脱出真身，永久不坏，所谓圣而不可知之之谓神，进于形神俱妙，与道合真之境矣。近日深得其理者，吾友尚云祥其庶几乎"，但一生不做玄虚语，他的门下也没有一个将国术弄成了"武术玄学"。不过据韩伯言、李仲轩等尚门弟子回忆，尚云祥面相如佛，心性修为很高，这是"身体悟了"的自然结果。也就是说，尚云祥并非拒绝"与道合真"，他只是拒绝离开身体来谈论"道"。当代八极拳高手黄剑明说："功离己体，无物可求。"同样的思路，道离己体，更不可求。无论是道，还是功，都要从这个身体中去求。"脱胎换骨"，也是这个身体。至于道教所追求的修炼元神、显化婴儿，为恪守本分的国术家所不论。

国术如此重视身体，也必须从身体开始。它的一切经验和技法都来自对身体的探索。尽管从明清到民国，无论是太极的王宗岳、八卦的程廷华，还是形意的薛颠，在著作中均喜援引无极、太极、阴阳、五行、良能这些中国传统哲学术语以释拳，仿佛国术的理论基础就是中国古代哲学。实则国术并非预先存在一套理论基础，再从中衍生出具体技法，而是在生成中自行产生了许多独特认知，但国术家们并没有独立的话语体系来表达，便从道家、儒家、佛家学说中借用了一些词语。这些词语某种程度上帮助他们顺畅地进行表达和推广，尤其是对于文化程度高的精英阶层无疑产生了更大的吸引力，但另一方面，它也会造成对国术的误读和遮蔽，为某些人将国术发展成一种"武术玄学"提供了路径。国术探讨身体的普遍性和特殊性，身体与世界其他存在物的关系，但这种探讨是在动作和感受中进行的。它会产生一种认识论，却是基于身体操练的认识论，而非头脑中从概念到概念的演绎。

国术家们很早就体认到身体是一种自足的存在，所谓"本自具足"。但佛家使用这个概念更多的是在精神层面，而令国术家们着迷的则是身体的整全性。但这种整全性是需要艰苦而恰当的训练才能呈现和保持的。如何呈现和保持，是国术两大阵营的分野所在。

一大阵营选择通过外物来激发、显示这种整全性。他们借助沙子、木头、竹子、砖头、石头、成叠的纸，还有各种配方保密的药水，来磨砺筋骨和招式。但将这一阵营统称为"外家"，则未免抹杀了他们的探索性和多样性。他们也讲究"练气"，在外物和所谓"内气"的砥砺中发展出了"桶子功""铁布衫"一类骇人的功夫，但这类功夫往往呈现出一种静态的、被动的形态，而在真实搏斗中，站立不动等着对方拳脚加身是一件非常危险的事，其实际效果与义和团的神拳战士口念咒语等着洋枪打来相差无几。还有一些动态的功夫也同样骇人，甚至是局部有效的，比如"铁砂掌""鹰爪功"。局部有效是指这方面的名家确实可以劈断青砖、捏碎厚皮核桃，但在实际搏斗中，只要是训练有素的对手，没有谁会把身体送上来让对方恰到好处地劈个正着或者捏到要害，而身体也不是青砖和核桃，而是高度灵活且富有弹性的。过分注重局部的锻炼，反而会损害身体的整全性，实战中将给对方可乘之机。在1929年的杭州国术游艺大会上，夺冠热门人选铁砂掌名家刘高升被曹晏海击败，就是一个生动有力的例证。那种专练一条腿或者两根指头就能打遍天下无敌手的情形，只能出现在武侠小说中。

另一大阵营在更高的层面上把握住了身体的整全性。他们不仅体认到了单个身体具有不可思议的能量，而且在实战中自我和作为对手的他者也可以成为一个整体，他者的能量可转化为自我的能量，只要运用得当，在这个整体中他者能成为可以自如操纵的部分。当他者不能自主时，其能量便由"我"来主宰。所谓以彼之力加我之力还诸彼身，最高明的国术家还能做到以我之小力加彼之大力还诸彼身。这种境界被称为"四两拨千斤"。有人认为，这是利用了力学中的杠杆原理。从方法论的层面来看，这一判断是成立的。但是，"四两拨千斤"这一说法也误导了无数迷信"内家"之说的初学者，他们以为，只要学会了这种技巧，就能以小搏大，以弱胜强。而实际上，能够施展"四两拨千斤"的国术家，本身劲力就得大得惊人，他们不过是拥有"千斤"之力而在某些时刻只用"四两"而已。"四两"可拨"千斤"，但这"四两"背后蕴藏着随时可以追加的惊人能量。只要有实战经验的人都会明白，技巧若无功力做支撑，便是纸糊的架子，一打就散。而所谓技巧，只是为了发劲的有效而产生。舍功力而谈技巧，只能陷入自欺欺人的泥潭。任何货真价实的国术家，都把"功夫上身"作为第一要务。身上有没有功夫，或者用更通俗的说法——有没有东西，在行家那里，是一伸手便能知个大概的。杨澄甫幼承家学，却不肯下苦功，虽然杨式太极拳一招一式皆烂熟于胸，实际功力却很浅，虽不能说是纸糊的架子，但也只能算是好看的瓷器。作为"杨无敌"杨露禅的嫡孙，这座"瓷器"也受人追捧，二十九岁便在北京中山公园设立拳场，从者如云。杨澄甫终究是见识过真功夫的人，有自知之明，只教招式，跟当今许多以"武"谋生的套路名家并无二致。一旦涉及需要发劲打人的功夫，学徒们必须前往杨府拳场，在师祖杨健侯的看顾下学习。杨健侯是一代高手，为人精细，在他的妥当布置下，杨澄甫倒也没有出过纰漏。杨健侯临终时，担忧杨澄甫以后无人撑持，在高手面前堕了杨家威名，以致老泪纵横，怅怅而去。杨澄甫痛定思痛，闭门六年，专练找劲发劲，四十岁时方出关，此后由北至南，广开法门，成为太极门中的"广大教化主"。杨澄甫成长蜕变的过程，是一个国术家从外在的虚文浮套逐步深入自己身体内部的生动写照。国术家们无须阅读《孟子》，便能走上"反求诸己"的路径，这条路径通向国术的核心。

经过许多代人的摸索和传承，最晚至清末，国术的核心练习模式便已成型。许多拳种的顶级高手都形成了清晰的认知：要想在搏斗中及时爆发出至刚至猛的整体能量，必须将身体练得大松大软。这种让国术围观者和普通习练者难以理解的悖论含有辩证法的因子，是一代又一代的拳师们通过身体的实证缓慢得来，当中含有大量的汗水、泪水和鲜血。但就算付出了汗水、泪水和鲜血，还是有许多拳师错过了这条路径，他们坚持认为自己的失败只是因为没有把身体练得更硬更紧。这两种路径的交错而过，造成了国术的分裂。如果非要用内家和外家对国术进行区分，以此为标准，算是最为靠谱，尽管仍然不是那么清晰和界限分明。比如被视为外家拳代表的少林派，当中的心意却是在松柔中求功夫。又如南拳也被目为外家拳，但当中的咏春拳却又体现出对身体整全性的追求。面对这种暧昧难明的状况，黄剑明提出：拳无南北之分，更无内外之别。这是通家才有的见识，单刀直入、直抵核心。

国术的核心就是找劲和发劲。劲是力的最大整体化，即所谓整力。许多国术家都认为，找劲的不二法门是站桩。形意拳有"万法皆出三体式"之说；八极拳的沉坠劲、十字劲皆须从站桩中求得。大成拳的创拳者王芗斋是这一法门最彻底的实施者。他对国术最大的贡献，也是争议最多的地方，就是坚决摒弃了套路，专尚站桩和实做。这等于把传统的"练法、打法、演法"缩减为"练法、打法"。实则演法（套路）中也包含了练法和打法，但只有极少数根器颖利的人才能悟到，更多人则在漫无边际的套路练习中耗费时日，最好的结果是练得身体强健，挨打时可以多支撑一阵。演法在各个时期都大行其道，背后有利益的驱动，也有更深远的考虑。它可以大幅度延长拳师授课的时间，增加他们的收入，同时也能让拳师有时间从容考察徒弟的品性和根骨，以便决定哪些人只能学到花架子，哪些人可以传授给他们练法和打法。后一部分永远是少数，他们通常被称为入室弟子。尽管王芗斋立意高远，门户开阔，而且矢志不移，但有资格称为他入室弟子的也是寥寥无几。因为国术比任何一门技艺都讲究"身授"，无法流程化操作和模式化发展。以杨露蝉天资之高，在偷拳（也就是"瞟学"）三年后，也要正式拜在陈长兴门下，才能得其堂奥。练法涉及每具身体的不断调整。每个人的身体千差万别，最后能不能出功夫，功夫能不能实现个体的最大化，不但取决于师傅的水平和徒弟的资质，还取决于师徒之间的信任程度。只有对师傅信服到死心塌地的人才能严格遵循教导，细细体味松肩坠肘、内撑外裹的甚深滋味，而对那些学了三月半载就在外头抡胳膊动腿抖威风的好汉行径无动于衷。

站桩确实能最大限度地体现身体的整全性，它使身体的每个部分都处在将发未发的状态，而在整体上保持中和之态。其单纯的姿势蕴涵着许多细微的要求。如何达到这些要求，很多时候言传不能奏效。在适当的时机，师傅会允许徒弟触摸自己身体的某些部位，以此来告诉他是这样而非那样。苦练深思却不得的弟子一触之下，往往会恍然大悟，这就是所谓的"捅破窗户纸"。维特根斯坦所说的"凡不可说者皆须沉默"，在国术家这里遭遇到了事实上的反驳——身体可以突破言语的界限，传达出最重要、最关键的"不可说者"。而师徒之间那种甚至比血缘还牢固的关系也是在这种传授中一点一滴形成的。

对于不能得其滋味的练习者，站桩无异于一种枯燥的苦行。这道铁门槛把许多意志力薄弱、缺乏耐心和悟性的练习者挡在国术的大堂之外。而一旦跨过这道门槛，能够"站进去"了，桩功"静中动"的妙处就会如花瓣一层一层打开，身体逐步出现许多不可思议的变化。这种变化过程是精微而漫长的，如同烹饪一道名菜，任何一点火候未到或火候过了，都会导致不可弥补的遗憾。在最高的"烹饪"效果中，全身肌肉的放松程度能够达到仿佛是挂在骨头上一样，而骨头的密度会大幅度提升，所谓"铁树挂宝衣"，就是对这一高深境界简洁而生动的描写。身体的敏感度也会提升到近乎夸张的地步，拳经中对此境界的描写同样是富有诗意的："一羽不能加，蝇虫不能落。"但这种敏感并不意味着国术家对身体的追求是像羽毛或蝇虫的翅膀那样轻盈，相反，通过长期的站桩练习，身体会日益沉稳充实，仿佛与大地建立了牢不可破的联系，这种实效被称为"根劲"。一旦获得了"根劲"，就是功夫上身了，这时就可进入发劲的阶段。

站桩无疑是通往劲的康庄大道，但也不乏未经站桩就成就了的例子。一个有趣的事实是，根据李仲轩的回忆，尽管尚云祥教授弟子都是从站桩开始，他自己却是不站桩也成就了。他的师傅，清末大拳师"单刀"李存义也是走的这条路径。与他同时代的另一位顶级国术家，八极拳的"神枪"李书文，在其门人的回忆中也很少看到苦练站桩的行迹。"自然门"和太极拳这南北两大以劲的吞吐转化灵活著称的拳种，也都更倾向于在动态化更为明显的练习中找劲。事实上，无论是八极、形意还是太极，都有同样一种借助外物来找劲的重要法门，就是练大杆子。大杆子长度在一丈左右，重逾四斤，采用整株的白蜡木制成，富有弹性和韧性。在练习中首先要学会以脊椎之力将杆子抖动起来，形成共振。然后要学会利用杆子的劲带动身体出招。最后达到人杆合一的地步。这虽然是借助外物，却是不击打、破坏它，而是将他者化入自身，同样是求得整全性。在这种强度更大的整全性追求中，不但可以找到劲，而且事实上也练习了发劲。当年杨澄甫闭关六年，主要就是通过练大杆子来找劲和发劲。尚云祥平生有三大绝技：大杆子、丹田腹打和半步崩拳，他的劲多半是在大杆子上成就的。神枪李书文更是在大杆子上下了一生的苦功。大杆子者，就是卸下了头的大枪。通过大杆子来练劲，被称为"枪劲入拳"，实际上还是身体的劲，只不过包含了发劲。清朝和民国时代北方的拳师开场授徒，别的兵器可以不摆，但拳场上定要立一根大杆子，是为"戳杆授徒"。这表明如果不通晓大杆子的练习法门，是没有资格传艺的。而站桩对脊椎的要求和重心的掌控，与骑马并无二致。鉴于国术的大兴始于明末清初之际，有人推断这是因为明朝许多将士被迫放下武器、遁入民间后，将战场上的技艺化入拳术，引导国术产生质的飞跃。还有人认为，形意就是枪法，八卦就是双刀。黄剑明曾言，太极真正打人的是"老三捶"，似乎与锤这种兵器有关系。这些判断虽然是建立在不完全事实之上，但国术与冷兵器时代沙场战技之间的关系，确实值得深入探讨。

除了站桩和大杆子外，活步桩也是找劲的一个重要法门。各大拳种的活步桩千差万别，但不外乎在步伐和身形的变换中唤醒身体的良能。活步桩的好处是能够避免站桩的枯燥，而且更接近于实战状态。"自然门"以走矮裆步配合内外圈手作为基础，是练习该派武功必须闯过的关口。李书文为了学拳而往返南良、罗疃两地之间时，不是抖大杆子就是走活步桩。尚云祥在日常生活中一有机会就溜鸡步、走槐虫步。李、尚二人，还有自然门第三代传人万籁声，都属于外向战斗型的高手。他们皆活泼好动，天性中蕴涵着强烈的攻击性，而这种练习方式符合他们的天性，也引导他们的天性往良性方向发展。活步桩不仅能找到劲，而且包含了近身的技巧。近身和发劲，乃是国术中"打法"的两大关窍。

按照一般的描叙，劲分为明劲、暗劲和化劲。但在实战中，有些号称拥有了暗劲和化劲的拳师却被打得头破血流。而那些通过实战成名的国术家则很少强调三者的区别。尚云祥晚年曾对其关门弟子李文彬说：我要是还有三十年阳寿，就再打它三十年刚劲（明劲）。李书文在动手时展示出的全是明劲，对手挨上非死即重伤。太极在练习时讲究松柔，但门中高手与人性命相搏时，往往就是几下狠捶，直接、暴烈，它的鞭手在实战中施展开来也是刚猛至极。这让人不得不质疑暗劲和化劲是否存在，或者是比明劲更高阶的劲。实则劲只有一种，都是在瞬间爆发的整力。明劲、暗劲和化劲只是在描述它们不同的表现形态。中长距离上步打人的全是明劲，在和缓状态中肌肤几乎相挨时突然发动的是暗劲，在无意识状态中一沾即发的属于化劲。明劲到了什么程度，暗劲和化劲也会到什么程度。凡是自称拥有暗劲和化劲却千方百计逃避实战的角色，都是功夫经不起追究的"套路家"，他们为武林的和谐发展做出了不可磨灭的贡献。

在去僵求柔中将身体练得大松大软，是为化刚为柔。在大松大软中求得灵活自如的闪避起落和刚猛暴烈的发劲，是为柔极生刚。国术在这松与紧、柔与刚的精妙转换中体现出了身体的辩证法。它还有力地证明了亚里士多德提出的"整体大于部分之和"的命题。国术家们很早就认识到整力的获得与身体的脊椎骨有密切关系。经过数代人的摸索，他们探明劲的生成和施用都是以脊椎骨为中心。这条骨被尊称为龙骨。龙的变化千姿百态，发劲的方法也多种多样，但皆万变不离其宗。将功夫与招式截然区分开来，违背了国术体用不二的根本特性。劲未发时为体，已发时为用。用时随机变化，自有招式。而将招式固定下来，让后学者孜孜以求，则为舍本逐末，偏离正道远矣。自然门从来就是讲功不讲招，而在搏斗过程中自然生出千招万式，门中两代龙象杜心武、万籁声皆是横扫天下的实战型高手。李书文授徒，也是不重套路，以至于其关门弟子刘云樵一度怀疑师傅藏私。李书文的过继子李萼堂，在其晚年弟子黄剑明面前，甚至否定了"小手"（单招）的实战功用，只教站桩和发劲。王芗斋更是将这种做法完全明朗化，不但宣之于口，而且笔之于书。有人认为李小龙离经叛道，实则他所创立的截拳道，正是要将练习者从套路的束缚中解救出来，跟李书文、杜心武、尚云祥、李萼堂、王芗斋、万籁声这些高手一脉相承。只是李小龙在练习中过多地依赖外物，甚至不惜以电流来刺激肌肉，严重破坏了身体的整全性。但即使不用电流刺激肌肉，他生命后期种种衰竭的迹象仍不可避免。李小龙视野开阔，天才横溢，也是真懂国术，他的三大绝技"寸劲拳、李三腿、双节棍"中的"寸劲拳"便是基于国术的发劲方法。但他没有得到敛劲入骨的传授，练而不养，功夫出得太早，体内能量没有形成良性循环，放而不收，往而不复，虽然饮用大量滋补品，但后期频频出现晕厥、乏力等症状，心志也受到严重影响，变得焦躁、沮丧、缺乏自信，以至回避香港拳击冠军刘大川的挑战。而正宗的国术家，即便是进入晚年，就算发劲不复如壮年时迅猛，也是神完气足、反应灵敏、心志坚毅，否则便是走偏了。

国术有如此长效，关键在于对"出功夫"的把握。功夫不能出来得太早，要与身体的承受力同步成长，否则便会伤身。据平江不肖生言，霍元甲英年早逝即与他手上功夫出来得太早而身体承受能力不足有关。李小龙则是晚近的显例。功夫重练，更重养，讲究慢工出细活，各方面均衡有序发展。譬如熬制中药，药性能否完全出来，产生长效，在于时间，在于火候，在于"文火"和"武火"的交替使用。国术筑基之时，纯用"文火"，薛颠所言"桩功慢练入道"即是此意。至于什么时候用"武火"，需要师傅根据徒弟身体的变化来决定。这也是国术必须"身授"而无法从"秘籍"中学习的重要原因。国术和中医一样，皆是难以大面积推广的，强行为之，只能导致庸手遍地。高手皆是在另一位高手长期指导和训练下产生的。严肃认真的名家收徒，一个重要标准就是看此人能否有充足的时间追随自己。韩伯言当年因事必须回乡，尚云祥遂有中道而废之叹。在他眼中，韩伯言是能出大功夫的徒弟，但出大功夫的进程无法压缩，所以韩伯言只能止于"中成"，无法成为郭云深、李存义和尚云祥这样宗匠级的人物。李小龙当年过早地离开叶问，是他个人的重大损失，也是国术的重大损失。李小龙通晓西方哲学、中国道家和禅宗学说，"以无法为有法，以无限为有限"属于理念正确。但在功夫这一范畴内，再正确的理念，必须以身体来逐步、完整地呈现。小龙已矣，国术尚存。即便是经过"套路大跃进"的摧残后又陷入商业狂潮的裹挟中，仍有人在体用不二、道术合一的正路上从容、淡定、稳健地行走着。就算没有奖金、没有荣誉，能够将身体一层一层打开，精神饱满，感觉敏锐，无忧无惧，临危不乱，并将这种状态保持至生命的终结，亦是一种最大的成就。

原载《天涯》2018年第3期

一个南方人是如何谈论煤炭的

马　叙

一

"煤炭"一词到达南方时，不仅仅是一个表述能源物质的名词，它沿途携带的信息还有地域的、物质的、人性的，以及语言和声音的。

二

许多年前，有一次我在南京火车站，各省人等各色人等嘈杂来去，其中一个山西人，我听有人问他，去哪儿？他说去山西。问的人说，听你是山西口音。他说，是的我是山西人。我听这个山西人说话，听了好久才辨别出他说的"煤炭"这个词来。我想，原因是他于我以及我于他都是一个陌生人，人陌生，地域陌生，语言陌生，"煤炭"本身于我也是陌生的，因此听他的话就会是混沌的、难辨的、不清晰的、陌生的。但是，在他的所说的话中，于我而言，最熟悉的是"煤炭"一词，这与我对山西的物产中勉强熟悉的一共只有老陈醋、刀削面与煤炭三种事物有关。因此只要山西人说话，我就会特别地关注他说话中有无关于这三个词语的发音。于是我才在那么难懂的方言中费力辨别出了"煤炭"这个词的发音。就在火车站广场中间，那个人问他，下过矿吗？他说，下过的。他说了这句话后就匆匆地赶火车去了。我本来还期待在他们的对话中出现诸如老陈醋、刀削面的词语，但是他已经离开我所站立的地方，淹没在无限涌动的人群中了。就这样，我在乘坐这列绿皮慢车，车厢里充满了各个地方的人。这是一列每一个小站都要停下的开往上海的慢车。从南京到达上海要十多个小时。车厢里坐着的更多是江南一带的乘客。因为在南京火车站广场听过山西人的对话，所以在车厢里坐着的这十多个小时的漫长时间里，我会不自觉地回想起那山西人有限的几句对话。脑子里竟然会反复出现"煤炭"这个与我其实毫不相干的名词。其实，在这个词语反复出现的过程中，我同时会想象着煤炭的具体模样与它的性质。我想起曾读到过的一首写燃烧的煤的新诗："啊，我年青的女郎！／我自从重见天光，／我常常思念我的故乡，／我为我心爱的人儿／燃到了这般模样！"那个时候，我家乡农村的燃料来源中并没有煤，所用的燃料是从山上砍下的青柴晒成的干柴，从煮饭到打铁直至冬天烤火，用的都是木柴或木炭。对于煤炭，我唯一知道的是它们从遥远的山西大同或长治运来。而我所乘的这列火车就是用煤炭烧出的蒸汽推动的。我还坐过温州到上海的长力号轮船。煤炭燃烧出了轮船巨型烟囱里向上冒出的滚滚的浓烟。这些钢铁巨型运输工具的源源不断的能源来源于巨量的燃烧的煤炭。我在列车车厢里，昏昏欲睡，思绪漫延，那一天，思维总是会很奇怪地几次绕回到"煤炭"这个词语上来。盖因为我站在南京火车站广场上听到一次山西人简短得不能再简短的对话。而对话中就出现过那么一次"煤炭"这个词语。块状。不规则。漆黑。闪亮。微甜。再是：燃烧。炽热。喷薄的力量。

三

更早的年代，乐清乡村白溪一带用煤的历史是从二十世纪六十年代开始的，居民户口的，凭煤票可每月买到十五斤煤，那时父亲每次回家探亲的时候就拿着煤票去生资部门买煤。买回来的煤用箩筐挑回到家里。就有村民围上来说，这煤好吗。父亲说，好，怎么不好，无烟煤。村民说，烧起来没有烟还算煤吗？父亲说，煤好，就没有烟。那电影里的火车、轮船开起来怎么都有烟？没办法解答这个问题的父亲就埋头拿水浇湿了十五斤煤，然后用手捏煤饼。父亲对我说，你知道这煤是从哪里来的吗？是从山西运过来的。山西在哪你知道吗？在太行山的西面。父亲说，那里煤炭多得不得了，一车一车地没完没了地往外运，往我们这里拉。当更多的人知道煤球时，就有了一个说人脸黑的新比喻：这个人黑得像个煤球。父亲也开始从做煤炭饼转而把每月的十五斤煤做成一个一个的煤球。在用柴火点燃煤球的过程中，柴烟与煤烟混合着熏得人涕泪横流。由于最初父亲的关于煤的来源的话，后来每当看到煤炭，它所附着的想象就是——它们是从遥远的山西运送到这里的，那里有南方人眼里的山西三大件：煤炭，老陈醋，刀削面。南方人对山西的了解还有一首歌，《谁不说俺家乡好》中的一句"人说山西好风光"。那时我所知的山西仅仅是一个极其模糊的大山西，仅知太行山以西的地理方位，仅知煤炭老陈醋刀削面。许多年后，我到达山西边界，在壶口瀑布的宜川县地界上望向黄河对面的山西吉县县境的黄河岸边。望一眼吉县的一角，离开。这一眼没有印证我对山西三大件的想象。但已经多少印证了那首《谁不说俺们家乡好》中的部分歌词。

四

我一直对"煤炭"一词有着近乎执拗的想象，我的想象简单、恒定、固执。影像资料、文字描述、口头叙述，它们积累起了作为南方人的我对煤炭的简陋知识。当我到达太原武宿机场再从机场沿G55（国家高速）经武乡县进入S322（省道）往沁源县方向时，四周漆黑，道路向深夜无限进入，以至我感觉山西的夜特别陌生、漆黑、高深、质量紧密。对山西，对太原，对长治，对沁源，我的判断被早年牢固建立起来的煤炭意象所捆绑。黑暗。紧密。沉重。质量与质量互相挤压，抵抗。黑暗与黑暗摩擦出炽热火焰。当我真正地置身于这片土地之上，置身于暗夜中的省道，置身于快速行驶的吉普车后座上，金属、钢铁结构的机械纠结起惊人的力量突破黑夜的阻滞。我知道，我与真正的煤炭原生矿正在迅速靠近，再过几个小时就能抵达。对面疾驰而来的车辆远光灯炽白，仿佛两滴奔涌热泪，击穿着暗夜深处的时间。快速置换的景物。景物外面沿路向南同样在黑暗深处奔流的河流。我的错觉——只要一入夜，只要天暗下来，煤的颜色即迅速地染黑周遭一切事物。在这样的黑暗中，事物与事物靠得很近，黑暗增加了事物的密度，使得久处于黑暗深处的人，学会深邃坚硬地存在。

这一刻，都是因为，在山西，煤的矿藏太丰富太深邃太庞大，武宿至沁源的夜路太长，急速前进的吉普车内太沉默。

五

到达沁源的几天里，"煤炭"一词出现的频次是在人们的问询之中积累起来的。凡山西之外来的人，都会或多或少地问起煤炭与煤矿。这几天，"煤炭"一词不时分别出现在餐桌上、车辆中、行走途中、偶尔的闲谈中。仿佛入夜就躺在"煤炭"上入睡。仿佛由煤炭来发动梦的力量反过来驱动睡眠、呼吸、苏醒、性爱与生死。暗夜是储藏与传递能量的最佳时刻——紧密坚实的煤炭，沉寂的能量，睡眠的火焰。

六

第三天，在去往七里峪的路上，我与兰州诗人人邻、山西诗人雷霆同乘一辆吉普车。煤作为一个共同的词语点燃了两人的谈兴。人邻与雷霆都是对煤熟悉的人。人邻因工作需要下过矿，好几次到过数百米深处作业层的掌子面。雷霆所在的原平也是产煤大县。他俩聊到数百米深处的人——矿工们。谈论矿工使人语速降低。谈论曾经接触过的矿工。谈论斜井、竖井。谈论矿工家属。谈论巷道路口老人以手摸顶的祈祷。谈论矿工的忧虑。以及谈论过程中谈论本身的忧虑。言辞中蛰伏的忧虑在声调、快慢、节奏中互相传递着。在沁源的土地上进行着谈论着有关煤炭的人与事。在谈论深处，越往深处谈论，语言会慢慢地炽热起来，尤其直接谈论煤炭与矿工与劳动与生死，不管谁谈论，语言都会炽热起来，语词也会像煤炭燃烧。继续往深处谈论的时候，谈论矿难是一种必然。在中国大地上，概率极小的矿难却造成巨大的大悲痛。生死的话题是庄严与沉重的。它的具体情状人们不愿想象也不愿直击。所以无论矿主多么不愿意费资加固，增设人力物力，作为上层管理方是一定会严厉督促一切安全措施的落实与到位的。谈论这个话题使人黯然、悲愤、焦虑、激动。而车窗外的七里峪，真正是好风光。沁源的生态之美在深秋显出干净如洗的迷人景观。它调节了三个人谈话的方式。赞美白杨。赞美土地与天空。赞美深层沉默的煤炭。谈论逐渐变得平和开阔。

七

曙光矿。马军峪矿。常信矿。它们一改我在南方对山西煤矿的矿尘飞扬的具象想象。一改我想象中混乱矿区超强度劳动的景象。走近曙光矿时，整个矿区是宁静的。锅炉区使用的清洁能源，使得早年的重体力工种仿佛成了一支影子部队，其实现在只要一二人就能轻松作业。在曙光矿控制调度中心，巨大的电子显示屏幕上，我找到一连串的正在作业层作业的名字——王超、王龙龙、李曙光、权明明、路红杰、贾庆飞、史雪涛、白松淘、张云川、陈强则、雷守中、李峰、韩付光、成飞、杨建宏、张海秀、赵建中、杨浩林、连旭波——他们中有采煤工、运输工、掘井工、电钳工、瓦检员、抽放工、皮带工——人员名单、工作状态在不停滚动中。名单长长地往上拉，后一排名字把前一排名字往上顶。这里是平静异常的电子名字的电子状态。而在五百米深的矿下作业层，显示屏上的名单中所对应的真实人员正在铆足劲做着每天的作业定额。而这一连串的名单的扩展部分是每个矿工的亲属：妻子、孩子、父母、亲戚、朋友。血缘、亲情，与人际，是一个庞大、鲜活、复杂的所在。那是自身之外的所有关系的综合，在低层深处作业面上的每个人，都会将其看得比煤矿比一切物质更重要。那是血缘亲情的矿藏。

在马军峪矿主斜井进口，也有一块电子显示屏，具体显示的是井下的现场状态：马军峪煤矿，井下作业人员公示牌——矿井生产能力120万吨——核定入井人数255人——实际入井人数86人——2017年10月31日09时38分——安检站1人——瓦检队10人……（滚动……）。在矿口，同样地显示着井下作业层的生产与人员状态。矿口是如此宁静。而此时，井下的86人，正在作业层聚精会神地作业。干满工时，升井，再换另一批人下井继续作业。在井口，两根运输轨道伸向矿井深处，一直延伸到作业面的最深处，接近掌子面。"煤炭"——在这里不是一个词，而是正在地层深处被开采着的沉默物质。劳动，坚持，汗水，工时，工资，煤，产量，这一切，此时是如此的切近、真实，布满在矿井深处的作业面，远远超越了来自词语的对物质的命名。此时，他们是有力的，身体倾向掌子面，戴着风镜紧抿嘴唇鼓着腮帮子，目光有时被矿层的黑暗强劲地削弱着。尽管如此，目光仍然坚定、有力。目光咬到的地方，采煤机械工具也随之抵达。无限重复劳动，作业层，掌子面，头顶矿灯照射，机械黝黑强劲，人与机械与煤炭，名词、动词、形容词深度纠缠在一起。这一切组成了矿井深处的采煤劳动现状。此刻的一切，坚硬，克制，有力，早已超越了"煤炭"这个词语。劳动的人在最深处，几乎与工作层的暗黑融为一体，唯双眼闪着艰辛的人性的光芒。

八

当我回到南方，在乐清湾海岸上，再次望见三座大型火力发电厂——温州电厂、玉环电厂、乐清电厂。耸立的烟囱。运煤的巨轮。煤码头。堆煤场。永不停歇的输送带。我会想到山西沁源。想到曙光矿。想到马军峪矿。想到常信矿。但是此时想到更多的是调度室里电子巨屏上不间断地持续向上滚动的矿井深处的人员名单，以及矿井深处的掌子面上的劳动情形。即使相对于孝义、沁源（还有山西地域内更多的产煤大县），遥远的乐清湾畔，同样显示着煤炭的热链条效益，通过华东电网输出巨大的能量，影响着中国东部人们的日常生活。而生活又是那么具体，满是细节的感触（旅行，写作，沉思。到达某一地方。住宿，交友，返回）。——十月金秋，山西，沁源，菩提寺，七里峪，五龙川，沁河源，曙光矿，马军峪矿，常信矿，鹏飞集团，晚会，荷花舞，民歌手，小众，玄武，郑鹏，吕晓芳，张丽英，人邻，雷霆，郭俊明，韩玉光，吴佳骏，庞培，张二棍，张杰，朱荧，杨沐，梦亦非，施立松，麦阁，病夫，王单单，石头，葛水平，赵野，张卫平，唐依……苹果木燃起马军峪之夜的熊熊篝火，酒，歌，舞，熊熊的火焰向着暗夜的苍穹，激情的歌唱向着暗夜的苍穹，人们手拉着手围着篝火跳舞，篝火的炽热烤着现场的所有人，热效益的传递无法阻止——热量与激情，暗夜与歌声，烈酒与舞步。它们构成了我2017年10月某一时间段里的山西沁源之行的各个细节。

九

回到上林村，穿过前方杭甬温高铁路基下的涵洞，站在辽阔乐清湾的北岸，再次想起小时候常常站在村子屋前空地上，等着看远处海面上巨轮开过。往往是好几天才能看到一艘巨轮缓缓地从远处海平面上横越大海航行着远去。看到了巨轮上巨大的烟囱。烟囱下——是炽热的煤炭，巨型蒸汽机，机械臂传动结构，巨大的螺旋桨。（十八世纪，博尔顿，他一直坚信他和詹姆斯·瓦特所做的事——蒸汽机——有着无尽的潜力。当乔治三世问博尔顿正在忙什么时，他说："陛下，我正忙于制造一种君主们梦寐以求的商品。"乔治三世不解地问那到底是什么，博尔顿回答："是力量，陛下。"——美国巴巴拉·弗里兹《黑矿石的爱与恨》）是炽热燃烧的煤炭与蒸汽机，是力量，推动着满载货物或乘客的巨轮，划破大海的皮肤，缓缓地航向远方。而少年时代的内心，仿佛一座深埋着的煤矿，内心的矿工还在沉睡着；而外部世界——父母，伙伴，牛羊，庄稼，季候，成长，正构成着一个万物蓬勃生长的处所。哭泣，蜜蜂，书本，游戏，叫喊，奔跑。直至青年时代来临，内心的矿工醒来，煤炭从地层深处被挖掘运出，迎接一个摧枯拉朽的激情时代的到来。

原载《散文》2018年第7期

从"人之子""'人'之父"说到"拼爹"

刘　纳

　　一个做编辑的年轻朋友说要策划一本书《在民国，他们怎样做父亲》，想让我写个前言。我问："他们"指代哪些人？她说了一些名字，皆为名人，多为文人。

　　我想起费正清说明其主编的《剑桥中华民国史》关注对象的狭窄性："本书有关中国思想史的篇章，在很大程度上把注意力集中于知识分子本身。""我们实际上没有论述绝大多数人的精神生活。"

　　绝大多数人没有留下有关精神生活以及感情生活、家庭生活的文字，也因而我们很难讨论那个年代大多数中国男人"怎样做父亲"。

　　我又问：怎么想起做这样一本书。她谈了很多，是对于当今一些舆论热点的看法。我从她的话里捕捉到几个词：原生家庭、拼爹、人生起跑线。

　　这几个近年来的高频词被说来说去的。我有些厌烦，但时或会触动某个记忆点、某个困惑点，并辐射出忽近忽远的联想。

　　于是，我愿意回望、翻检，从五四那一代"人之子"和"'人'之父"说起。

在被命名为"五四"的历史时段，走出了一批新青年。鲁迅说"东方发白，人类向各民族所要的是'人'——自然也是'人之子'——我们所有的单是人之子，是儿媳妇与儿媳之夫，不能献出于人类之前。"时代风潮中，"人之子醒了；他知道了人类间应有爱情"（《随感录四十》）。人之子不但知道了爱情，也知道了个性、知道了自由、知道了革命。因而，新的"人"不愿"单是人之子"了，他们宣布不为"父母而存在"（郁达夫：《中国新文学大系散文二集导言》）。从五四到1949年，娜拉出走的故事在中国批量上演。易卜生《玩偶之家》中的娜拉说"首先我是一个人……至少我要学做一个人"。不同于剧中的娜拉离开丈夫的家，现代中国的男女新青年实现了对原生家庭的叛离。

"原生家庭"是美国心理治疗师萨提亚提出的概念，指自己出生和成长的家庭，相对应的概念是"新生家庭"，即夫妻新组成的家庭。近年，"原生家庭"的说法在中国广为流传，与其相关联的，是"门当户对""凤凰男""孔雀女"这样一些老旧词语和新创词语。

对于五四新青年的"审父""弑父"情结，研究者已多有分析，而叛离了原生家庭的男性新青年已经或将要成为新生家庭中的父亲。

鲁迅发表于《新青年》的第一篇杂文《随感录二十五》即界定了"'人'之父"。他写道："男人便可以分作'父男'和'嫖男'两类了。但这父男一类，却又可以分成两种：其一是孩子之父，其一是'人'之父。第一种只会生，不会教，还带点嫖男的气息。第二种是生了孩子，还要想怎样教育，才能使这生下来的孩子，将来成一个完全的人。"

而在"想怎样教育"之前，五四新文学作者向孩子献上真挚的赞歌，赞美儿童的纯洁生动，赞颂童心的明净天真。如果列举，能抄出很多很多。在中国文学史上，再也找不到另一个时期，写作者向小孩子倾注着这样集体性的热情。

人总是会被分类的。以拥有财富的多少归类，便推导出阶级论；以人性善恶归类，形成各个宗教的教义；以性别归类，就有了男权社会和女权主义；以所患疾病归类，是医学的事。而五四时期的新文化人物特别关注以年龄和辈分分类：老与少、长与幼、父与子。

最幼小、最单纯、活得最自然的小孩子被推到"人"的价值链的顶端。

于是出现了一些对自己幼小儿女持仰视态度的中国父亲。他们从小孩子身上发现了新的"人"，单纯稚嫩的生命状态寄托着他们的人格理想。刘半农写道："呵呵，我羡你！我羡你！你是天地间的活神仙！是自然界不加冕的皇帝！"（《题女儿小蕙周岁日造像》）周作人写道："小孩呵，小孩呵，我对你们祈祷了，你们是我的赎罪者。"（《对于小孩的祈祷》）郭沫若以他特有的夸张风格写道："小孩子比我神圣得恒河沙数倍。"（《三叶集·致宗白华》）

五四落潮之后的1928年，丰子恺和朱自清发表同题散文《儿女》。丰子恺表达面对小儿女的自惭自愧："我比起他们来，真的心眼已经被世智俗劳所蒙蔽，所斲丧，是一个可怜的残废者了。我实在不敢受他们'父亲'的称呼。"在这篇文章结尾处，丰子恺自述："近年我的心为两事所占据了：天上的神明与星辰，人间的艺术与儿童。这小燕子似的一群儿女，是在人世间与我因缘最深的儿童，他们在我心中占有与神明、星辰、艺术同等的地位。"

在民国，丰子恺是一位特殊的父亲。他被吉川幸次郎称为"现代中国最像艺术家的艺术家"（《译者的话》）。他以艺术家的态度做父亲，又以父亲的身份做艺术家。他将自己的儿女作为描写对象的散文和漫画，在同时代人的创作中显示出特异性。鲜嫩生命的纯真烛照着读者，烛照着丰子恺本人。

认知和感受了小孩的天真纯洁之后，怎样面对独属于童年的可爱可羡的纯真的逝去？女儿阿宝14岁时，丰子恺作《送阿宝出黄金时代》对女儿表述心迹："你出黄金时代的'义往'，实比出嫁更'难复留'。""好比把你从慈爱的父母身旁遣嫁到恶姑的家里去。"

丰子恺的比喻令人惊奇错愕：人生各阶段中，只有童年是"黄金时代"

吗？子女从童年少年进入青春，用得着"义往"这样严峻的词吗？

小孩子会长大，不可能总是萌着、嫩着、纯真着、可爱着，供父亲仰视、欣赏、羡慕、赞颂以及惭愧。长大，才意味着可能成为独立的"人"。那么，在子女长大的过程中，怎样做才算是"'人'之父"？

1918年9月，鲁迅呼吁："中国现在，正须父范学堂。"（《随感录二十五》）

一年零两个月之后，鲁迅在《新青年》发表《我们现在怎样做父亲》。这篇已成为经典的文章可以视作他设想的"父范学堂"的开学致辞。

"幼者本位"是鲁迅，也是五四新文化倡导者们回答"现在怎样做父亲"的前提。以长者"我们"的身份呼吁将家庭中长幼的差序格局颠倒过来，朗现出磊落的担当——虽然鲁迅当时还没有真实地做父亲。

将"本位"颠倒牵涉出牺牲者的角色互换。"牺牲"是何等沉重的词，而在这篇谈"怎样做父亲"的篇幅不长的文章中，"牺牲"频密地出现了8次。鲁迅指"以为幼者的全部，理应做长者的牺牲"的旧道德为"堕落"，他主张的新道德是反向牺牲："用无我的爱，自己牺牲于后起新人。"

文章中重复两遍的名句感动过几代人："自己背着因袭的重担，肩住了黑暗的闸门，放他们到宽阔光明的地方去；此后幸福的度日，合理的做人。"鲁迅将"做父亲"的担当和牺牲上升为庄严的信念，豪迈而悲壮。

我在2017年重读写于近百年前的《我们现在怎样做父亲》，有些感慨，有些困惑，有些疑问。

父与子、长与幼，必须面对谁该牺牲的问题做单项选择吗？必得有一方充当牺牲者吗？——遭逢生死抉择的极端情形，毕竟是小概率的事。

在父与子之间，一定要确认"本位"和次位吗？将本位与次位颠倒，会不会出现另一种未必合理的差序格局。

鲁迅说："独有'爱'是真的。"然而，自觉的、纪律性的牺牲精神会不会使自然的爱变味?

鲁迅毫不含糊地以适用于英雄或圣人的词语表达他对理想父亲的期许:"无我的爱""完全""义务""利他""牺牲"。这些大词所宣示的,已近似教徒对上帝应持的态度。

人世间能找到一位完全"无我"的样板父亲吗?人类的生育、养育与其他物种的繁殖一样,本身就出于自私的动因。没有一个人是为了付出"无我"的牺牲才做父亲(或母亲)的。最了不起的父亲即使肯为子女舍命,也难说是完全无我的牺牲——儿女携带父亲的基因,延续父亲的生命,或许还能光耀家门。

鲁迅说:"后起的生命,总比以前的更有意义,更近完全,因此也更有价值,更可宝贵。"这并非规律,只是希望、是祝愿。鲁迅不属乐观主义者,他并未拥有"将来一定好"的信心。从他谈论"怎样做父亲"以及"解放孩子"的文字中,我们当能读出希望背后的沉重。

鲁迅豪迈地号召父亲们"肩住了黑暗的闸门,放他们到宽阔光明的地方去。"但是,孩子日后能否"幸福的度日,合理的做人",并非父亲勇毅的担当就能决定的。什么是幸福?怎样算得合理?可以有多种不同的解释。人生路还须自己走,鲁迅本人的父亲(和母亲)不具有"肩住了黑暗的闸门"的觉悟,而鲁迅也成就了自己独异的人生。

鲁迅回答"或者又怕,解放之后,子女要受苦了"的设问时,批判中国自古相传的谬误成法:"一种是锢闭,以为可以与社会隔离,不受影响。一种是教他恶本领,以为如此才能在社会中生活。"那么,不"谬误"应该怎样?鲁迅没有列出具体办法,却说:"根本办法,只有改良社会。"鲁迅和陈独秀等新文化人物,都太重视根本了。但指出根本易,解决根本难。能够待把社会改良好再生育子女吗?鲁迅本人,也在"社会不良,恶现象便很多"的情况下有了儿子。

写作《我们现在怎样做父亲》10年后,鲁迅真实地做了父亲。他难以唤回

"肩住了黑暗的闸门"的豪迈和"放他们到宽阔的地方去"的乐观。儿子一岁多时，鲁迅在致友人信中写道："生今之世，而多孩子，诚为累坠之事，然生产之费，问题尚轻，大者乃在将来之教育，国无常经，个人更无所措手，我本以绝后患之忧为目的，而偶失注意，遂有婴儿，念其将来，亦常惆怅，然而事已如此，亦无奈何，长吉诗云：已生须已养，荷担出门去。只得加倍服劳，为孺子牛耳，尚何言哉。"（1931年4月15日致李秉中）

如今，新世代负责任的父亲们当能理解鲁迅对孩子"将来之教育"的担忧，以及他的"常惆怅"和"无奈何"。

做负责任的父亲也许比做文学家或者别的什么家更多担忧和烦难。教养一个孩子成长，其过程太具体、太琐细，太多无法把握的变数。

《我们现在怎样做父亲》只理论、只表态，并不能做育儿指南。

"独有'爱'是真的。"而独有爱是不够的。

在后来被划归为"现代"的时段，接受了现代教育理念的中国父亲体认着家庭教育的重要，思考着家庭教育的方式方法，有的还做着家庭教育的实验。

五四以后的知识人中，谁最懂家庭教育？我想可能是徐志摩。

以诗名世、更以情名世的徐志摩明锐地指出："天下事情单凭原始的感情是万万不够的。""带一个生灵到世界上来，养育一个孩子成人，做父母的责任够多重大。"不同于有些新式父亲只欣赏着、羡慕着小孩真纯的童心，徐志摩犀利地批评："过分耽想做孩子时轻易的日子，只是泄露你对人生欠缺认识，犹之过分伤悼老年同是一种知识上的浅陋。"徐志摩提醒：做父母不仅要爱孩子，还须"管"。他写了关于家庭教育的文章《罗素与幼稚教育》《再谈管孩子》等，从大处又从小处谈开去。其观察、其感受、其见解，在90多年后的当下，依然能给新一代父母提供启迪。

徐志摩强调："我们这时候觉着的浑身的镣铐，大半是小时候就套上的——记着一岁到六岁是品格与习惯的养成的最重要时期。"将六岁（或七岁）作为一个重要的成长节点，现今已成为多数心理家的共识，而徐志摩在90多年前就格外强调这一认知。

徐志摩将自己的短处归咎于父母："我们品格上，性情上，乃至思想上的不洁，多半是原因于小时候做父母的姑息和颟顸。"

徐志摩对自己年幼长子的教养状况极不满，但他批评的责任人仍是他的父母，即孩子的祖父母。他很具体地指责自己父母教养孩子的"不得法"：强制孩子听大人话，用老虎、鬼吓唬孩子；不常洗澡；不教孩子锻炼身体，不培养孩子的学习习惯，等等。——徐志摩的长子出生于硖石老家，由祖父母抚养，其间徐志摩本人在外留学、写诗、做事、游玩以及离婚、恋爱、准备再婚。一个很懂得怎样管孩子的父亲，却并没有管。

父母对子女的品性须负多少责任？徐志摩的回答是"多半"。他对两个儿子的教养承担了多少责任？对长子：极少；对幼子：没有。

徐志摩写过一篇非常动情的散文《我的彼得》，悼念三岁夭亡的次子。徐志摩呼唤着死去的儿子，追问自己："为什么我不能在你的生前，日子虽短，给你应得的慈爱？"徐志摩写道："我'算是'你的父亲。"加了引号的"算是"降解了父亲身份：只是生物学父亲却未承担做父亲的责任。

在现代中国，也有努力承担责任、致力于"管"孩子的新式父亲，比如陈鹤琴、林语堂。

陈鹤琴是中国现代幼儿教育和儿童心理学的开创者，被称为中国儿童教育之父。

近年，中国父母（尤其是中产阶层父母）对子女的学前教育空前重视。早教市场被看作朝阳产业，每年以8%的速度增长。在此背景下，陈鹤琴和他1925年出版的《家庭教育》又火了起来，全国已成立十几个陈鹤琴思想研究会。

陶行知认为《家庭教育》"系近今中国出版教育专著中最有价值之著

作"，"愿与天下父母共读之"。他介绍："全书分十二章，立家庭教育原则一百零一条。""在这本书里，小孩子从醒到睡，从笑到哭，从吃到撒，从健康到生病，从待人到接物的种种问题，都得了很充分的讨论。"（《评陈著之〈家庭教育〉——愿与天下父母共读之》）

陈鹤琴在"自序"中以亲力亲为的体验列举小孩的难养与难教：

> 小孩子实在难养得很！有时候，你不晓得他应当穿什么衣服，吃什么食物！有时候你不晓得他为什么哭的，为什么不肯吃！有时候，你不晓得他为什么生病的，为什么变得这样瘦弱的！有时候，你不晓得他为什么一个活泼的小孩子竟变为暮气重重的老少年！
>
> 小孩子不但是难养的，而稍明事理的人，知道也难教得很！有时候，他非常的倔强，你不晓得骂他好呢，还是打他好；让他去强霸好呢，还是去抑制他好。有时候，他睡在床里哭喊，你不晓得去抱他起来摇摇他好呢，还是让他大哭大喊的好！

所有对幼童教育费过心思的人都会认同陈鹤琴连续用感叹号表达的"难"。

陈鹤琴以长子陈一鸣为样本，观察研究儿童的生理和心理，做儿童教育的实验。

陈鹤琴坦言，他以自己子女做实验研究家庭教育，是受到《佛戴之教育》的启发。佛戴出生于1800年，是德国著名的神童。他9岁考入大学，14岁获得博士学位，16岁成为柏林大学教授，至今仍是《世界吉尼斯纪录大全》中"最年轻博士"纪录保持者。他的父亲在《佛戴之教育》的自序中说："天才儿子是我教育的结果。"

《佛戴之教育》今译《卡尔·威特的教育》被希望将子女培养成天才的中国父母们所青睐。

当陈鹤琴的家庭教育理念和实践重受关注，人们好奇：做过实验样本的陈一鸣长大后如何？

陈一鸣出生于1920年，1940年毕业于沪江大学社会系，在美国哥伦比亚大学获教育硕士学位。曾任上海市宗教事务局副局长，后担任陈鹤琴教育思想研究会顾问。

陶行知说："一鸣就是陈先生的佛戴。"

倘若陈鹤琴心存目标，将儿子培养成小佛戴那样的天才，这目标显然没有达成。

林语堂也做着家庭教育的实验，他认为："社会是个大学堂，根本不用上大学。"

不信任学校教育的林语堂亲自"课儿"，与三个女儿一起体验读书的快乐。"教什么呢？笑话得很，一点没有定规。今天英文，明天中文，今天唐诗，明天聊斋——今古奇观，宇宙风，冰莹自传，沈从文自传，当天报纸！忽讲历史，忽讲美国大选总统，忽讲书法，都没一定。""她们喜欢就选读，不喜欢就拉倒。"

林语堂次女林太乙回忆，父亲和她们一起看蜘蛛结网、数天上星星、折纸船放水里、在雨中赤足走……林太乙写道："我充满快乐的童年，毫不知道国事之乱。"（《林语堂传》）林太乙自传《林家次女》的第一句话是："我在这本书里描述我充满快乐，又好玩又好笑的童年和成长的过程，以及父亲给我的不平凡的教育。"

林语堂为年幼的女儿们出版了《林语堂女儿的日记——吾家》，并请当红名人赛珍珠作序。他这样做，该包含提携女儿并佐证自己的"不平凡"家庭教育的意图。

林太乙晚年回答记者问时说："我小时候出版《吾家》这件事，完全是父亲的意思。我那时并不了解写书，出版书是怎么回事。后来长大了，我觉得惭愧得很，认为我小时候的日记根本不应该发表。"

如同陈鹤琴的《家庭教育》提供了实验个案，林语堂对三个女儿"不平凡的教育"也只能做参照而非样板。我们只需知道：在民国，有这样的兼具财力和精力的父亲做着家庭教育的探索——区别于中国传统父职的探索。

谁都知道现今中国人多么重视子女教育——原因当然是多方面的，于是寻找榜样：近处找，远处找，横向找，竖向找。在民国，找到了梁启超。介绍梁启超家庭教育的文章极多，题目都很吸引人，例如：《中国近代史上最成功的爹》《造就中国最精英家庭》《一门三院士、九子皆才俊》《教子当学梁启超》。有一本书则名为《像梁启超那样做父亲》。

梁启超不属新文化中人，却是新式父亲。1923到1929年，梁启超写给在海外子女的家书有400多封，100多万字。读这些家书，会感动于他对子女的用情用心，以及在教谕和尊重之间保持很自然的、恰到好处的平衡。

即使专职父亲，也难在几年间写下这么多又这么倾注心思的家书，而大人物梁启超是大忙人。

梁启超为子女请家庭教师，为子女择校（他的子女曾分别就读清华学校和南开中学），送子女去海外留学——这些正是当下中国中产阶层为子女焦虑地甚至疯狂地"拼"着的事，而八九十年前像梁启超这样的社会上层人物已经可以从容安排。

梁启超对已成年子女仍做全方位的关照和指导。例如婚姻，他说："我觉得我的方法好极了，由我留心看定一个人，给你们介绍，最后的决定在你们自己，我想这真是理想的婚姻制度。"他设想："我的计划，本来你们姊妹弟兄个个结婚后都跟着我在家里三几年，等到生计完全自立后，再实行创造新家庭。"梁启超在世时，他的子女都理解父亲周到而开明的想法和做法，他们都不叛逆，他们都没有像同时代出走的"娜拉"们那样说："我是我自己的。"

梁启超不但指导子女的专业选择，而且在他们学成之后，仍竭力提供帮助。梁思顺丈夫周希哲在驻加拿大使馆任领事时，曾遇经济困难，梁启超亲自找顾维钧试图帮女婿调换工作。梁思成夫妇归国前，梁启超在信中说："你们回来的职业正在向各方面筹划进行。"事情进行得顺利："东北大学和清华大学都议聘思成当教授，东北尤为合适……关于此事，我有点焦急，因为未知你们意思如何（多少留学生回来找不着职业，所以机不可失）。但机会不容错过，等那边聘书来时，我径自替你收下了。"梁思成接受父亲的安排，去东北大学做了中国高等教育学校第一个建筑系的系主任。

三子梁思忠想学军事，梁启超也开明地支持，他应允："我总尽力替你设法。"

很牛的爹才有底气对子女说："我总尽力替你设法。"

作为父亲的梁启超自信而自豪："像你们有我这样一位爹爹，也属人生难逢的幸福。"

"像梁启超那样做父亲"？须有梁启超那般的眼界、资源、能力。

梁启超一再提醒子女："一般毕业青年大多数要靠自己劳动去养老亲，或抚育弟妹，不管什么职业得就便就，那是无法的事。你们算是天幸，不在这种境遇之下，纵令一时得不着职业，便在家里跟着我再当一两年学生（在别人或正是求之不得的），也没有什么要紧。""多少留学生回国后都在求生不能求死不得的状态中。"——顺便说说，梁启超所述大学毕业生和归国留学生求职的艰难无奈与近年一些人勾画的民国"黄金十年"气象不相符啊。

有个很牛的爹真是不一样。

而很牛的爹未必像梁启超那样做父亲。

从"做父亲"的角度，梁启超看不起他的老师康有为："我真不解，像南海先生这样一个人，为什么全不会管教子女。"康有为去世后，梁启超参与其身后事宜。他在致子女信中感慨地写道："他家里真是一塌糊涂，没有办法。最糟的是他的一位女婿（三姑爷）。南海生时已经种种捣鬼，连偷带骗……他那两位世兄和思忠、思庄同庚，现在还是一点事不懂，活是两个傻大少（人当不坏，但是饭桶，将来亦怕变坏）。还有两位在家的小姐，将来不知被那三姑爷摆弄到什么结果，比起我们的周姑爷和你们弟兄姊妹，真成了两个极端了。"——常见教育学家告诫父母们不要与别人比孩子，而牛人梁启超，也是要比的，并且通过比较感受自豪。

民国时期知识分子家庭的子女一般情况下有条件接受学校教育，获得较高学历，从事文化、科技方面的工作。

香港科技大学教授李中清倡导并践行量化史学研究，他主持了150年来教育精英家庭出身调查，提供数据：1906—1952年，超过60％的教育精英是专业人士和商人子弟，尤其是江南和珠三角地区。李中清与梁晨等合著的《无声的革命》征引统计数字："1928年到1949年间中国累计有大学生18.5万人。""高中教育的人口覆盖范围也仅在3％左右。"

另一个考察抗战时期教育者常引的数据，即据国民政府统计：1936年全国大专以上学校在校学生为4万余人，1945年增加至8万多人。

近些年不断有人谈论民国时期的大学教育，追怀、羡慕、惋惜。而不应忽略这一事实：当时能幸运地接受高等教育的青年，在同龄人所占比例极小。上大学不但须拼成绩，也是要拼爹的：有经济能力支持子女从小学读到大学的父亲并不多。

所有对李中清的介绍，都提到他是李政道之子。李中清说："在我们家长大，未来要去当一个知识分子，已经是定了的，唯一的问题是你选哪个专业。"他"想找一个专业跟我爸是相反的"，选择了历史专业，但还是接受了父亲的建议，研究中国史。他说："我想逃开爸爸的影响，但是逃不开，就像孙悟空逃不开如来佛的手掌。"

"教子当学梁任公"，但"教子"过程中变数太多，并非栽什么秧准定结什么果。例如，林语堂关心关照女儿婚姻的方式与梁启超很相似，梁启超自豪于助儿女实行"理想的婚姻制度"的成功，但林语堂却失败了。林语堂最钟爱的大女儿林如斯拒绝了父亲为她挑选的门当户对、才貌双全的青年医生，在订婚宴前夜与美国男友私奔。林语堂开明地接受了女儿的选择，而林如斯在几年后离婚，之后几度进出精神病院，48岁时自缢身亡。有评论者认为林如斯的自杀是林语堂一生最大的失败——我不知道一个年近半百的人主动结束生命，是否该溯因于她幼年时父亲的教养方式。

已荣升为现时代显学的成功学以社会资源与财富的占有量测定成功指数，衡量父一代子一代成功的标准即人们常说的"阶层跨越""晋升社会位阶"。如果以社会通行的标准定义父亲的成功，是否梁启超的父亲比梁启超更成功？只需有一个梁启超这样的儿子，岂不比"一门三院士、九子皆才俊"更了得？对比梁启超和他的父亲——做乡村教师的秀才，对比天津饮冰室和新会茶坑村故居，再去北京西山看看梁启超生前买下的1.8公顷的墓地，应该说梁启超才算成功实现了"阶层跨越"。做这样的对比当然很俗很势利，而以子女的成功度估衡其父亲成功与否，本就很俗很势利。

家庭教育对子女日后的人生究竟起多大作用？前面说过，徐志摩的回答是"多半"。而陈鹤琴认为："至于知识之丰富与否，思想之发展与否，良好的习惯养成与否，家庭教育实应负完全的责任。"——陈鹤琴教育思想的核心是家庭教育决定论。

梁漱溟持守中国传统文化，但他也是一位新式父亲。梁漱溟始终相信："假定说一个人有他先天的一面，有他后天的一面，两面来比较，还是先天重要，他的性格、脾气、聪明、智慧，都是先天方面的。"（《这个世界会好吗？》）梁漱溟对儿子不陪伴、不管教，"完全是宽放底"，该是出于对"先天重要"的体认。其子梁培宽回忆："从小学到大学，我的成绩单他只看过一次"，而梁漱溟面对儿子59分的成绩，不着急，不问责，一句话也没说。日后，老年梁培宽品味并品评自己与父亲的关系："我们父子之间一直有一种默契的'情不可言喻'"。

父子之间"情不可言喻"的默契，可遇不可求。

《永远的清华园》（宗璞、熊秉明主编）一书汇集了老清华子弟回忆父亲的文章。在二十世纪二三十年代的中国，老清华子弟的成长环境比较特殊。杨振宁说："清华园的八年在我的回忆中是非常美丽的、非常幸福的。那时的中国社会十分动荡，内忧外患，困难很多。但我们生活在清华园的围墙里头，不大与外界接触。我在这样一个被保护起来的环境里度过了童年。"而老清华子弟，依照人们评价梁启超子女的标准，也几乎"皆才俊"。

熊秉明以"生命的默契"表述杨振宁与母亲的关系，也适合与父亲的关系："他和他的父亲没有所谓的'反叛'或者'代沟'。"在收入《永远的清华园》时，熊秉明将原题《忆父亲》的文章改题为《父亲之风》。艺术家熊秉明的人生和创作，萦旋着来自数学家父亲的"难以命名的风"，流动着滋润两代人的"生命的活水"。我们无法统计民国时期如此令人向往的父子关系占多大比例，而艺术家熊秉明诗意充盈地表述出来了。

我读许燕吉的《我是落花生的女儿》时，设想：假如许燕吉早出生10年，与杨振宁、熊秉明、邓稼先等同一年龄段，假如她的父亲许地山没有在她8岁时去世，她也可能留学海外，也可能……而假如只是假如。

许燕吉说《我是落花生的女儿》是她的"倒霉史"。她"生活在动荡的岁月，被时代的浪潮从高山卷入海底：国家干部变成了铁窗女囚，名家才女嫁给了白丁老农"。

许燕吉8岁以前家庭优渥，在慈父严母的教养下成长。然而，命运充满不可知的变数。丧父之后，许燕吉经历了战争、轰炸、挨饿、流亡、转辗各地。上世纪50至70年代，她大学毕业后被批判、被开除、被离婚、被判刑。刑满后被管制又被遣散，为生存与大她10岁的陕西一文盲农民结婚。1979年平反复职。

许燕吉命运跌宕的人生岂止"倒霉"！回忆并书写与苦难狭路相逢的经历，有些人会出之以字字泣血的悲凄哀诉，而许燕吉的叙述平实、平和——是有强大心志做底垫的平实与平和。

我惊奇，许燕吉像极了她父亲许地山笔下的人物：《缀网蜘蛛》中的尚洁，《商人妇》中的惜官，《春桃》中的春桃等。这是一些经历磨难而从容面对的女性；她们没有没有宁为玉碎的刚烈，却坚韧、坚忍，在无助的弱者境遇中持守仁善之心。如茅盾所指出的，这些人物形象体现了许地山"独树一帜的人生观"。而许燕吉是在中年之后才读到父亲的作品，她"意外地发现"："他笔下的一些主人公的思想感情，对我是那样地融通相契。"

命运颠簸中的一弱女子，自有其胸襟和气度。

许燕吉8岁丧父，父亲的影响竟深沉久远地贯穿她80年的漫长人生。许燕吉说："也许是爸爸给我的基因传递，抑或是耳濡目染。"爱孩子的父亲们，或许该在子女幼时尽可能地以有效陪伴启蒙其心志，开阔其眼界——谁也不知道自己会不会未待孩子长大就死去，谁也难预料更难把控子女日后的人生境遇和命运。

我回望了、翻检了，说到了一些"做父亲"的个例，但并不能找出具有共通性的"做父亲"经验和具有操作性的家庭教育方法。

有一首儿歌叫作《天下妈妈都是一样的》，那是骗小孩的。天下妈妈并不一样，天下爸爸也不一样。《在民国，他们怎样做父亲》中的复数代词"他们"，与生物学意义之外不是同质的群体。我猜想策划这样一本书的编辑，是希望为当下"拼爹"或被拼爹的中国人提供多角度参照。

当年，鲁迅提出"'人'之父"的努力目标是使子女"成一个独立的人"，而百年后的中国，"拼爹"成为网络热词，被省略的主语是子女，"拼"包含强化了的依赖的意思——也就是不独立。

如果对"90后"年轻人说拼爹不如拼自己，已经少有人相信。

被"拼"的父亲们，承受怎样的重负？

鲁迅说："因为我们中国所多的是孩子之父，所以以后是只要'人'之父。"而只做"孩子之父"就很不易。

1928年，朱自清在《儿女》一文中感慨："想起圣陶喜欢用的'蜗牛背了壳'的比喻，便觉得不自在。新近一位亲戚朋友嘲笑我说，'要剥层皮呢！'更有些悚然了。"当朱自清写到"两个肩头上，加上这么重一副担子，真不知怎样走才好"，他或许想起自己的父亲。

朱自清的散文《背影》长期被收入中学语文教材，为几代中国人所熟悉。父亲将北上求学的作者送上火车，又穿过铁道为他买橘子。买橘子，是本可以不做的事，即使要攀上爬下地去买，也理应由腿脚利落的儿子去。父亲却自己做，留下了被儿子记忆并描述的经典背影。这背影曾被定格为"伟大的父爱"。

然而，这背影之所以令人动容并牵出联想，恰因为不伟大、不高大，却令人心疼、心怜。在以往，在现今，太多中国父亲令人心疼、心怜。

夏丏尊曾坦直而无奈地申说自己较少教育子女只能"听其自然"的理由："第一是因为自己须外出糊口，不能与儿女们常在一处，第二是没有财力和闲暇去对付他们。"这该是许多父亲面临的境况。直至当下（2017年），互联网有话题讨论："作为父亲，挣钱养家和陪伴孩子哪个更重要？"自嘲为"屌丝"的父亲们一致回答："这种话题是给有钱人讨论的，咱们没有权利选择。"

有条件像丰子恺那样将挣钱养家与陪伴孩子融为一体的父亲毕竟太少：以往少，现今也少。

鲁格、肇嘉在《父性》中分析了父亲将儿子"举高"的经典意象以及在现代的变异。他回顾："第二次世界大战之后，欧洲和美国整整一代父亲开始为他们的孩子努力争取一个'更好'的职业。"他说："父亲想在社会上'举高'他的孩子们，会尽其所能引导他们获得一个（比他的地位）更舒心的地位。他在孩子们的生活中投资的不是某种象征，而是金钱，用以帮助他们攀登社会的阶梯。"——现今很多中国父亲正这样努力着。

当年鲁迅也曾悬出全方位的"举高"标准："养成他们有耐劳作的体力，纯洁高尚的道德，广博自由能容纳新潮流的精神，也就是能在世界新潮流中游泳，不被淹没的力量。"

是的，"谁也希望子女比自己更强"，"就是超越了自己"。而多数人关注的还是像鲁格、肇嘉详说的"举高"的具体指标：助子女争取"更好的职业"和"更舒心的地位"。

常听人说人脉、背景多么重要。而谁也知道，最重要的人脉是血脉，最可靠的背景是爹。

"拼爹"不公平。世上不可能有真正的公平，而百年来仁人志士追求的是平等。我不懂作为政治学概念的"平等"包含哪些内容，而我很肤浅地以为，平等的最低指标，是不该有人因父亲的身份受到歧视。曾经有过制度性的歧视，现今呢，以爹的身份做划分标准的歧视链似显似隐地存在着，或出之以居高临下的同情姿态，或从社会学、教育学、心理学等角度论证其合理性。专家们和算不上专家者不断阐释：每一个人身上都打着原生家庭的烙印；童年境遇造成的品性影响人的一生；精英家庭孵化精英；父辈的贫穷使子女形成自卑情结，等等。于是，家庭决定论、童年决定论时兴着，流行着。虽然界定标准不同，甚至两极转换，这类决定论所传达的理念与"老子英雄儿好汉，老子反动儿混蛋"的血统论有高关联度。

如果向现今的年轻人提问：父亲的社会身份与父亲的教养方式，哪方面更重要？多数人都会答以前者。有年轻人在网文中感叹：我奋斗一辈子的终点也达不到富二代的起点。平民家庭出身的青年们纷纷点赞并续写这感叹。所谓"起点"和"终点"都与财富占有量相关。

不能给子女提供丰富"拼爹"资本的父亲们只能在教养方式上下功夫：圈养还是放养？穷养还是富养？做虎爸还是猫爸？该信服什么教育理念？该认同什么样的教育方式？如今的中国父亲们可能比民国时父亲更纠结。

原载《随笔》2018年第2期

文学致郁与文学治愈

刘世芬

　　去年国庆节，我去南太平洋的法属波利尼西亚追寻毛姆和高更遗迹。在遥远的马克萨斯群岛，无意间发现一个与高更密切相关的人物——谢阁兰。1903年8月10日，高更离世后三个月，法国医疗队赴法属波利尼西亚救灾，医疗队中就有这位东方学者谢阁兰。当他来到希瓦欧阿岛的阿图奥那小镇，偶然走进高更的"欢娱小屋"，立即被散落一地、遭人踩踏的画作所震撼……谢阁兰把高更的画带回欧洲大陆，引起艺术界疯狂的攫夺，淘金客一样的画商涌进大溪地。

　　这才是高更故事的"文眼"。没有谢阁兰，高更也许早就蒸发成茫茫南太平洋的一缕烟尘。谢阁兰的到来，结束了高更画作的"抽屉"命运。高更，成了世界的高更，才有了包括《月亮与六便士》在内的文学和艺术的系列作品。

　　谢阁兰，1878年出生于法国西部的布列塔尼，成年后疯狂地痴迷异国和远古文化，最终他选择了能长年漂泊异邦的海军军医的职业。从军医学院毕业时，一场空前的大瘟疫正在袭击法属波利尼西亚诸岛，他与队友一起被派往救灾。此后，谢阁兰长期旅居并多次游历中国，深深爱上了这个古老国度悠久的文明和独特的文化，并以此为灵感创作了大量的诗歌、散文、小说。他的文学作品基本上都是在中国酝酿或完成的,字里行间浸透着中国文化的养分;他是那个时代难得的"中国通"。

这样一位文雅清癯的法国绅士,在世人眼里,功成名就,志得意满。无论在中国还是在法国,都光环荣耀,众人崇仰。1934年,法国政府将他的名字刻在了先贤祠的墙上,以纪念这位学者作家,波尔多第二大学也以谢阁兰的名字作为校名……然而,千真万确,他是一个抑郁症患者!1919年,谢阁兰在疗养院附近的树林里神秘死亡。

阅读谢阁兰时,"抑郁"这个词火辣辣地烧灼着我的眼睛,这个看上去活得热气腾腾的人物,与抑郁何干?他为自己设置的人生标高没有不被他纵身翻越的,也几乎得到了梦想中的一切。如果他抑郁,众生怎么活?

从谢阁兰,我不由得检视了2017年的阅读,蓦然惊觉,冷汗涔涔。这一年来我所读过的多数作家竟是(或曾是)真正的抑郁症携带者:山本文绪、海明威、茨威格、严歌苓、伍尔芙、乔治·奥威尔。还有不少"疑似":村上春树、吉本芭娜娜……

按说,他们一个个著作等身,光环灼灼,受尽众人追捧,几乎得齐世俗和灵魂世界的一切。我继而疑惑:他们有理由抑郁吗?抑郁症为何这么容易盯上作家?甚至还是些罩着耀眼光环的作家!这一度让我像面对"哥德巴赫猜想"。

多年前,我已从严歌苓的文章中读到一个古怪的词——"躁郁",可是那时它对我难以形成任何杀伤力,一阵清风掠过而已。此刻,红遍文坛的严歌苓,早已非常确定地承认自己曾经是一个"躁狂性抑郁症患者",曾连续失眠最长纪录三十多天。可是紧接着,我看到了更大的意外——"躁郁"竟然成全了她的写作!她在接受《南京日报》采访时,声言自己维持亢奋写作状态的秘诀恰恰是"躁郁症"!她坦言,当抑郁发作时情绪不稳定、注意力不集中,而躁狂发作时则心境高涨、想象奔逸、反应敏捷、思潮汹涌,并且不知疲倦——有巨大创作力的人,比如伍尔芙和梵·高,都有此类病症。

难道抑郁与作家真有某种神秘的契约？诚然，由于写作时的思维运动，作家们直觉发达、心理敏感，无尽的思虑、超乎常人的孤独始终缠绕着他们，即所谓"夫善游者溺，善骑者堕"（《淮南子·原道训》）。曾获诺贝尔奖的华人科学家丁肇中说过："一个天才，和一个神经不正常的人，中间的距离是非常短的。"有一组权威数字显示：在1000人中平均只有4个患有轻度躁狂抑郁症，而在天才中则是这个比例的十倍以上。伟大的思想家尼采生命中的最后十年是在疯人院度过的，尽管尼采的抑郁属于哲学领域，但令人难以置信的是，他为人类留下的那些丰富的哲学巨著，治愈着众生，但对自己却无能为力。他那异于人类的大脑，难道就是所谓病态天才的特有天赋？这终究有些令人沉重。抑郁，总是与躁狂相伴而行，而这种复杂的病态情绪却也成为文学创作最为神奇的源泉。造物如此弄人，为何非要天才饱受非人的折磨，才能为人类贡献出特有的精神产品？

记得有人说过，日本是个抑郁国度，或许我不反对。山本文绪是我无意间读到的一个日本女作家，她并没有像其他作家那样有着多么复杂的经历。山本文绪出生在东京一个普通家庭，家中亦无文学传承，大学毕业后进入一家大型公司做文员，只是不能忍受一眼望到尽头的工作才尝试写小说，竟一举成名。她的少女爱情小说一部部出版，分分钟就跻身畅销书行列……这怎能成为她"抑郁"的理由？事实却是，从公司辞职回家写作后，在外租房与父母分开，她的一本小书《然后，我就一个人了》就流露出太多抑郁倾向，那种心灵被万只小鼠啃噬心碎的感觉，正是她抑郁症的开始。之后因抑郁不得不中断写作十年，其间有七八年要在医院里度过，《从现在开始，与自己和平相处吧》就描述了她与抑郁症抗争的整个过程。

另一个日本女作家吉本芭娜娜，其写作具有家族传承，父亲以及姊妹都从事文学创作。然而她本人却曾嗜睡、抑郁，与抑郁相关的作品《虹》《厨房》《哀愁的预感》被公认为具有"治愈"疗效。她还是一位美食作家，对美食有着一种近乎病态的热爱，文字里丝丝渗透着厨房里的特有气味。她甚至把厨房当作人生的避难所："在这世界上，我想我最喜欢的地方是厨房。"这么热爱厨房，写着烟火文字，流露着唯美的少女般的纯情，却治愈着"抑郁"……我为自己对人类自身的无知感到困惑。

对于村上春树，尽管媒体极力回避"抑郁"这个字眼，但他的一众粉丝经常挖掘着他笔下那些"极似"的抑郁症病相。比如他对《挪威的森林》里直子的抑郁症的描写，简直出神入化，被认为是作者本人的刻骨体验。这种体验又来自村上的一本关于跑步的书《当我跑步时，我在说什么》，书出版后甚至超越了对他小说的关注——读者关注的，除了他的跑步哲学，竟然还有抑郁症问题。这本跑步的书"出卖"了他的抑郁倾向：生活过度规律，基本不与人交往，人际关系仅仅发生在与读者之间，每天只有写作、跑步两件事。重复，是村上生活的典型特征。这也与他的同族作家青山七惠有相似之处。青山在《温柔的叹息》中描述的孤独，正是日日重复的大多数人。有一句俄罗斯谚语：重复做一件事，会在某一刻突然死去。作家们的抑郁呢？难道与重复写作有直接关联？

高强度的写作和跑步竟为了治愈——村上春树是需要治愈的！这样写着、跑着的人，精神世界还不足够旷达、畅扬？至于抑郁吗？

一个弹丸岛国，数一数，还有几个作家没有"抑郁"？夏目漱石借一只神经兮兮的猫（《我是猫》）神经质地甩出一句"认识的人多了，我更喜欢狗了"，冷酷绝望到患了神经衰弱，自杀未遂。太宰治终身抑郁，终于在《人间失格》中实现了自我毁灭。川端康成自幼失去父母，极为任性、孤独和神经质，他在1968年获得诺贝尔文学奖后，居然惊慌失措："不得了，到什么地方藏起来吧！"他对喧哗与热闹十分抗拒，对于获诺奖所带来的荣誉和涌来的慕名者，十分厌恶。1970年，挚友三岛由纪夫因抑郁切腹自杀，无疑加重了川端康成的抑郁症，不到两年，他口含煤气管，自杀身亡。

春节期间，读大学的外甥女告诉我，她正在读《老人与海》。她问：海明威这个响当当的硬汉怎么就患抑郁症了呢？是啊，在这之前，这个问题也一直困扰着我。这位获得诺贝尔文学奖的大作家，他困惑什么？他那样的激情，那样的浪漫，那样的纵横恣意，那样的藐视众生……允许我八卦一下，从星座上讲，这位巨蟹座文学大师具备巨蟹的所有性格特点：敏感心软，缺乏安全感，容易对一件事情上心，做事情有坚持到底的毅力，为人重情重义。然而，他真实的生活并非像外人想象的那样轻松，而是充斥着紧张与压力，甚至他的内心还时常经受着剧烈痛苦而复杂纷呈的变化。他企图利用各种各样的方式摆脱与逃避沮丧、低落的情绪，如不停歇地旅行冒险、寻求各种刺激，为了挣脱焦虑与忧郁情绪，他不断走进女人与烈酒，多次结婚，多次搬家，街肆买醉，但仍无济于事。他像一只被凶恶老鹰穷追不舍的猎物，被追得走投无路、无处躲匿，1961年夏日的一天，他终于用子弹结束了顽强硬汉的一生。

另一位美国作家斯蒂芬·金，瞪着一双凶狠的眼睛，拧着眉头看向世人。然而我怎么也想象不出，他既然能写出《肖申克的救赎》这样励志的作品，为何不能自我"救赎"一下？现实生活中，斯蒂芬·金酗酒成瘾，挥霍无度，饱受抑郁的折磨。他也曾一度为了自我治愈而用心努力，但最后有时只能依赖毒品来消解精神的痛苦。他抑郁着，却来"救赎"我们。人性究竟还有多少不为人知的奥妙？

乔治·奥威尔短暂的一生颠沛流离，疾病缠身，郁郁不得志，一直被视为危险的异端。原来在他那先知般冷峻的外表下，竟蕴藏着一颗抑郁的灵魂。这是个绝不流俗的另类人物，卓异不群。《1984》里，有许多稀奇古怪的词句，"电幕""老大哥""思想警察"，年轻人恋爱被跟踪，职员下班回家的路线也不能擅自更改，业余时间一定要参加集体活动，包括晚上也是如此，总之就是不能让一个人独处。在那样的社会环境中，孤独真的成为"可耻"，"思想警察"时刻在查询一切"党员"；社会公众无私密可言，各个角落都布满警惕的眼睛；男主人公温斯顿和女友朱丽亚约会，比间谍接头还惊险，时刻得提防周边的窃听器。书中总是提到"党员"两个小时的"仇恨"活动，温斯顿总是极力克制自己不笑出声来……严歌苓《绿血》里的许多情节与此极其相似。精神的苦闷，关系的变故，环境的压抑，他们的抑郁，似有源头。

伍尔芙的抑郁症"地球人都知道"。她出身于书香门第，以意识流小说创作享誉文坛，成为伦敦文学界的一个象征。巧合也许意味着天意，她最终坏在了她的"意识"上。为了治愈抑郁，她也曾尝试加入伦敦文学沙龙，但治标不治本，聪明、美丽而富有才华的伍尔芙就是感到在人间难以容身，自杀成为上天钦定的命运。

还有一个女人，一个单身母亲，一个红遍全球、身价超值的畅销书作家，一个抑郁症患者——这就是J.K.罗琳。谁能相信，她在写作场上施展着魔法幻术，在现实生活中却常年饱受抑郁症的折磨。上帝编排人类时不知按错了哪根筋，还是特意安排？祂让作家这个族群格外敏感多思，并且还要有一个特殊的前提——必须独立写作。孤独，成为作家的宿命。

美国行为与脑科学专家戈尔曼早就指出：20世纪是一个"焦虑"的世纪，而进入的新世纪很可能是"忧郁"的时代。抑郁，犹如现代癌症，抑郁的族群，看上去往往让我们匪夷所思，我们实在无法真正了解他们的内心，他们真正的痛苦以及他们的忧患与孤独。

在医学意义上，孤独，成为抑郁症最凶残的诱因。我对于孤独的感受，真应了那句歌词"让我欢喜让我忧"。茨威格说过，上帝的礼物都暗中标着价格。当抑郁的代价作用于一个作家身上，该是个什么形状的标签？我有时暗想，某些作家的抑郁一定跟他们常年"孤军奋战""脱离组织"有关。心理医生会告诉抑郁症患者要多和朋友倾诉，倡导一种人群效应。这对于我也有切身体验。2017年，经历了深刻而奇诡的心路历程——动用了"通天"关系，我终于可以不上班了，成为真正的"坐家"。开始的几个月如饮甘霖，然而半年后，这种居家生活似乎就有点不对劲了：常常是整天用键盘说话，除了偶尔的电话和微信语音，口唇基本形不成物理运动，仿佛已被世界所抛弃……可我又何尝不懂，这种"孤岛"可是自己哭着喊着争取来的！又因自己对交谈的对象十分挑剔，话不投机半句多，此时我深深理解了严歌苓的思维"抽筋"！当初她写《绿血》时把月份牌翻转过去，意欲日月静止，不知今夕何夕，大概就是这种状态了。

在"抽了筋的思维"得不到按摩的时候，"一个人"几乎成为惯性和常态，思维难免淤堵。这时，《1984》里的"组织"的确显得温暖而贴心。"组织"连夜晚都不让你独处，时刻让你身处"集体"，那是预防你的孤独和抑郁。可又必须承认，作家这个职业必须反其道而行之，他们必须留足自我的空间。1989年，科学家发现一只世界上最孤独的鲸鱼，它叫Alice。在其他鲸鱼眼里，Alice就像是个哑巴。它这么多年来没有一个"亲属"或"朋友"，唱歌的时候没有"人"听见，难过的时候没有"人"理睬。原因是它的声音频率有52赫兹，而正常鲸的频率只有15～25赫兹……一颗不羁的灵魂，要苦恼甚至分裂到什么程度，才能让抑郁"临幸"？

"抑郁界"流传一句话：文明社会就是一个疯人院。常人无法判定谁是抑郁症患者，甚至我们自己都无法厘清天空里漂浮着的无数烧灼的虚空碎片。忧郁，哀伤，是作家难以摆脱的两大阴影。即使赢了人生，仍有止不住的哀伤。这时，生活的不确定性成为人类希望的来源。如果一个人已经真正地"志得意满"，那么他的生活一定是索然无味的；当一个人生命中所有的事情都已预知，那活着还有什么意义呢？

关于文学"治愈"，我想起了史铁生。似乎中国作家中最应该抑郁的，舍他其谁？命运剥夺的是他作为一个正常人的权利。他在数年间独自一人摇着轮椅去往地坛，经历了难以想象的心灵煎熬。因怕见人，经常一个人躲到密林深处，默默地望向世间纷攘，却不愿意让这个世界注视到他。他曾说过，世间最严厉的惩罚，莫过于把一个正常人关进一间封闭的屋子，不给他任何事做，不让他与外界发生丁点关联，这样的结果是让任何英雄豪杰最后疯掉并甘愿速死……十多年间，他就把自己"关"进了地坛这间"屋子"，也曾多次走到自杀的边缘。万幸，写作把他拯救了出来。他不但没疯，没抑郁，反而用自己钢铁一般的坚硬文字治愈了不少人的情绪问题。

作为作家的毕淑敏，同时又是一位心理医生，她得出的结论是：世界上所有的抑郁症，都是在关系上出了问题。世界上没有心理问题，只有关系问题。可是她是怎样的神通？每天接触患者，却能把自己"择"得一干二净？她在《我的五样》中曾对此做出残忍而痛苦的抉择：世间只让选择一样，她选择了笔。她能从职业的漩涡里拔出身来，可谓"关系高手"。

文学对抑郁的治愈效果，古人也有例证，比如辛弃疾。如果说以上被文学治愈的人本来就是作家，而辛弃疾在人生的最初，根本没给文学留下位置，他要的是"醉里挑灯看剑""气吞万里如虎"。当这一切都变得不可能的时候，只得揾一把英雄泪，寄情于那些他并不十分情愿的文字了。后人无不理解他作为一个男人壮志未酬、抑郁难平、栏杆拍遍时，文学被迫上场，无奈地充当了治愈神器。今天看来，文学虽没能帮他实现人生抱负，但在防治抑郁这方面实在功不可没，否则他只能在余生里"西北望长安"了。

英国作家毛姆与奥威尔的人生有交集，他之所以没被列入抑郁行列，我觉得与他的"心态"有关。《月亮与六便士》里有一段对话，关于成名，关于孤独，关于理性和世俗："如果我置身于一个荒岛上，确切地知道除了我自己的眼睛以外再也没有别人能看到我写出来的东西，我很怀疑我还能不能写作下去。"——原来，毛姆更是关系高手，我们所看到的他，身边总是仆人成群。他的后半生在莫雷斯克别墅里迎接着包括首相丘吉尔在内的所有欧美名人。即使没有客人，他的身边总要有一个漂亮男孩哈克斯顿或艾伦陪伴，孤独，似乎与他无缘。况且，文学终生为他治愈着可能造访的孤独与抑郁，用文字喂养生活，用智慧治愈着焦虑。在毛姆这里，他几乎不给抑郁生成的机会。

想到我自己，早年虽怀揣文学梦想，却没能抵抗现实。至今，人生开启下半场，某些时候的某些症状也可能濒临抑郁了；由于缺乏专业知识，只是悄悄将之视为"苦闷",偶尔也隐隐担心自己"招惹"上某种"心理暗示"——那么多大作家都曾抑郁,称不上作家的我,毕竟正在阅读写作,谁能保证抑郁绝不造访我?当然,至今我也没有抑郁,我想这可能是需要"资格"的——"抑郁"这么高贵的词是不会随意光顾某个人的。你尽管亦读亦写,却未必具备抑郁的潜质。何况,回想一下,充当这种苦闷杀手的,只能是文学。文学虽险些"致郁",却在客观上预防和抵御了抑郁发生的可能性。

英国心理学家波斯特博士研究了人类近代300位著名人物后,得出以下结论:在政治家中17%的人有明显精神病特征,如林肯、拿破仑、希特勒;科学家中占18%,如高尔登、门德耳、安培、哥白尼、法拉第;思想家中占26%,如罗素、尼采、卢梭、叔本华;作曲家中占31%,如瓦格纳、普契尼、舒曼;画家中占37%,如凡·高、毕加索;而作家的比例是46%!

除以上提到的作家外,福克纳、普鲁斯特、劳伦斯、莱蒙托夫、马克·吐温、三毛、芥川龙之介、爱伦坡、托尔斯泰等文学大师,也都有明显的抑郁情绪。

这么多人的精神世界扭曲了,该是一件多么可怕的事情!他们灿烂文学中的抑郁,在教会我们对生命的感受和思考的同时,又有些黯然。某一时刻,身为写作者,难免对作家与抑郁这一对奇特关系产生莫名地恐惧并感念丛生,一时难以分清文学"致郁",还是文学治愈。想了想,还是归结于白居易的一首小诗吧——

人各有一癖,我癖在章句。

万缘皆已消,此病独未去。

......

原载《文学自由谈》2018年第3期

"革命" 遭遇 "现代" 的尴尬与失落

张志忠

在台北,我特意拜访了"中央研究院",看到了历史语言研究所的"历史文物陈列馆",民族学研究所设置的"民族学博物馆",还参观了岭南美术馆、傅斯年纪念图书馆、蔡元培纪念馆、胡适故居和胡适墓地、董作宾墓地。个中的文化意蕴,呈现着这些大陆来台的文化人的往事今生。我还专程前往原国民政府警备总司令部下辖的台北新店军法处,那里有筹建中的台湾人权文化博物馆,亦称为景美人权文化纪念园区。偶然的游览中,不仅对台湾的往事有了另一个层面的接触,也引发出对台湾的左思潮、革命志士之今夕遭际的复杂思考,体会到"革命"遭遇"现代"的尴尬与失落。

意外遭遇:《幌马车之歌》的三个版本

名为军法处,有着军事法庭和军事监狱,理应处理的是军事部门的司法事务。但是,两蒋时代,在台湾实行军事戒严几十年,军法处无限扩权,自它于1960年代建成之后,诸多政治犯都是在这里进行审判的。1960年代末,此处的军法审判庭,曾经审判过柏杨、陈映真、陈鼓应等;1970年代末"美丽岛事件"大审判期间,施明德、陈菊、许信良等人也都在这里出庭受审。

说来也巧，我来参观的时候，正好赶上一个名为《幌马车之歌——钟浩东与蒋碧玉的乱世之恋》的特别展览，更巧的是，我进入展馆的时候，展览的开幕式尚未完结。一位留着乱蓬蓬的花白短胡须的中年男子，正在给一群参观者进行现场讲解，其讲解的深度和情感投入，远远超出了通常的展览馆讲解员的讲述。仔细一看，这位讲解者，乃是蓝博洲，前几天曾经与我在同一张餐桌上聚餐，彼此有所交谈。他说，他在从事农民运动，还在给国民党的候选人洪秀柱做竞选办公室的副秘书长。这个名为《幌马车之歌——钟浩东与蒋碧玉的乱世之恋》的展览，就是他策划的，此前他曾经在大量调查的基础上，出版过一部《幌马车之歌》的报告文学（台湾叫报道文学），《幌马车之歌》和他的另一部著作《台共地下党人悲歌》，在大陆都有出版。

关于这个展览，在大陆也有反应。我看到了署名为"中国新闻评论网记者张嘉文"的报道。这样我们就有了三个《幌马车之歌》，歌曲版、文字版和展览版。歌曲版的《幌马车之歌》是一支日文歌曲，曾经流行于20世纪中期的台湾。文字版和展览版《幌马车之歌》的主人公钟浩东非常喜欢这支歌，他教会了妻子蒋碧玉唱这支歌，钟浩东自己则唱着这支歌，走上刑场。在展览现场，除了图片还有些音频资料。我戴上耳机，听到了钟浩东的妻子蒋碧玉晚年时唱这首歌曲的录音资料。青春的热血，血泪的记忆，苍老的声音，刻骨的凄凉，穿越世纪的阻隔，穿越生死的界限，奇特地交融在一起，有一种发自心底的情感震撼力。

"抗战夫妻"的求索之路

钟浩东，原名钟和鸣，1915年出生于台湾屏东潮州庄一个农户人家，他的父亲钟镇荣就是个民族感情强烈的人，在日据时期，愤而改名为钟番薯，以凸显自己的台湾本土意识——台湾地区地图像一条番薯，所以当地人常自称是"番薯仔"。钟镇荣在南台湾响应台湾北部蒋渭水的号召，在屏东一带组织台湾乡亲参加文化协会，开展农民运动。钟镇荣有两个妻子，在1915年同一年间生出两个儿子，哥哥即钟浩东，弟弟是台湾著名作家钟理和，兄弟两人，都曾经在台湾历史上留下浓重的一笔。钟浩东年少好学，学业优秀，曾经就读于日本的明治大学；钟理和学业不佳，难以升学，是钟浩东发现他的写作才能，鼓励他走文学创作的道路，遂成为台湾文学的标志性人物。钟浩东大学求学期间，恰逢大陆抗日战争爆发，1940年，出于强烈的爱国热情，钟浩东与女友蒋碧玉冒着很大风险渡过海峡——立志献身于祖国的钟浩东本来是拿定主意终身不娶的，但是，当蒋碧玉向她的父亲提出要追随钟浩东奔赴大陆投身抗战时，父亲要求她先结婚后渡海，有个夫妻明确的身份，彼此间也好互相照顾。于是钟浩东和蒋碧玉成为名副其实的"抗战夫妻"——经由上海和香港，辗转来到广东，一行五人，都是爱国志士，因为即兴唱起日语歌曲，被国民党人员误认为是日本特务，遭到逮捕，险些被枪毙，被关押数月，后来在国民党广东省政府领导下，在台湾抗日志士组成的东区服务队参加抗战工作。钟浩东和蒋碧玉的第一个儿子出生于征战途中，征程险恶，无法将爱子带在身边，只好忍痛送人，送给当地老乡抚养。钟浩东和蒋碧玉抗战胜利后回到台湾，钟浩东在基隆中学担任校长，思想渐渐左倾，历经"二二八"事件后，更加坚定了他们跟随中国共产党，投入反蒋斗争的坚定信念。

钟浩东担任中共基隆市工作委员会书记，主编中共地下党的报纸《光明报》。随着大陆的次第解放，国民党军队节节败退，国民政府退守台湾立足未稳，刚刚夺取全国胜利的中共党人则士气高涨，剑指海天，解放台湾似乎指日可待。钟浩东等人受到极大鼓舞，积极准备迎接大军渡海。海峡两岸的中共人士都充满乐观气氛，毛泽东曾经满怀信心地赋诗一首："惊涛拍孤岛，碧波映天晓。虎穴藏忠魂，曙光迎来早。"孰料朝鲜战争爆发，中国人民志愿军赴朝作战，美国与在台湾的国民党政权加强了军事协作，解放台湾的计划于是化为幻影。而且，随着国民党政权对台湾控制的逐渐收紧，对于地下共产党人和进步学生运动，镇压日渐严厉。钟浩东和他的妻子蒋碧玉，相继被捕入狱。

历史暗角：台湾"特工王"的回忆

根据时任台湾情报机构头目、保密局侦防组组长的谷正文回忆，正是《光明报》，成为台湾岛对中共地下人员开展大规模搜捕镇压的节点，是长达近40年的白色恐怖拉开序幕的重要一环。

……十天后，毛人凤突然匆匆忙忙赶到我的办公室，那时，因为我到基隆河圆山中山桥下垂钓，并未交代行踪，以至让毛人凤在办公室里坐立不安地等了一个多小时。当我于中午十二点多到办公室时，毛人凤又急又气，劈头训斥我说："再晚一个小时回来，就要被枪毙了。"

"怎么回事？"

"你去哪里？也不留个话，差点误事了。"

"什么事这样紧急呢？"

毛人凤说："总裁（蒋介石当时仍未正式复行视事，故以国民党总裁头衔称呼）非常震怒，找我们开会。"

"什么时候？"

"下午一点。"

原来，政府迁台之前，台湾岛内的肃谍工作主要由保安副司令彭孟缉负责，民国三十八年初蒋介石曾召见彭孟缉，询问有关共谍在台活动情形。

"共产党在台湾的活动不成气候。"彭孟缉笃定地说。

可是，到了七月中旬，有人把一份共产党的宣传刊物《光明报》呈交给省主席陈诚，证明了共产党在台的秘密活动极为活跃。当陈诚带着这份极尽嘲弄国民党之能事的公开刊物面报蒋介石时，蒋介石顿时气得青筋暴露，大骂彭孟缉不中用，随即下令召集当时三大情治机关——保安司令部保密局、调查局负责人及负责侦缉共谍的重要干部，于次日午后一点钟前

往士林官邸开会。（《谷正文回忆录》）

　　蒋介石严令追查，气急败坏。谷正文临危受命，着手侦破《光明报》案件。谷正文是台湾的"特工王"，因为手中血债累累，杀人如麻，在台湾留下"活阎王"的恶名。他1910年出生于山西汾阳，1931年考上北京大学，"九一八"以后曾经投身学生爱国运动，也有在中共北平学生运动委员会任职的经历，还在八路军115师做过政治工作。暗地里，他1935年就加入军统局，深受军统头目戴笠赏识，1940年代后期，为侦破北平中共地下党的秘密电台立下汗马功劳，被提拔为"北平特别勤务组组长"。国民党政权败退到台湾后，他再度崛起，为1950年代国民党当局整肃中共地下党组织屡建奇功，基隆市委书记钟浩东，台湾工委书记蔡孝乾，时任国军参谋次长、中将的地下情报人员吴石，抗日战争时期在大陆组建并且担任台湾义勇总队队长的李友邦等都折在他手上。

　　谷正文受命追查《光明报》，恰巧此时台湾大学的四个大学生，因为持有《光明报》被捕，他们推诿说是从马路上捡到的报纸而得以脱罪，已经被台湾大学校长傅斯年担保释放。谷正文在中共党内做过地下工作，也参加过学生运动，对革命者和进步学生的行为方式和心理特征，都非常熟悉。他下令重新逮捕这四位台湾大学的学生，也知道仅仅靠严刑拷问难以征服这些热血青年，于是亲自出面进行审讯，"攻心为上""化敌为友"，很快从一位名叫戴传礼的学生那里取得了突破。这是蒋碧玉的哥哥，他讲出钟浩东是《光明报》的主持人，导致钟浩东和蒋碧玉，以及基隆中学中共地下党组织被破获。从蒋介石下令追查《光明报》到侦破此案，不过一周多的时间，谷正文就取得了突破性的成绩，受到蒋介石的特别奖励。

　　钟浩东出身名门，蒋碧玉更是台湾现代历史上著名的爱国志士蒋渭水的养女。因此，钟浩东被捕以后，曾经和他的同志一道，被送入"新生总队"进行"感训"，当局希望他"感化自新"。但钟浩东拒绝变节转向，每当监管者逼迫人人发言谈学习"三民主义"的体会，点到他的名，他都拒绝发言，并且主动表示无法接受"感化"与"新生"，要求退出"新生总队"。下面是蓝博洲的文字版《幌马车之歌》中所载，钟浩东的另一个弟弟钟顺和讲述兄长钟浩东蒙难前从监狱走向刑场的一个悲壮感人的场景：

> 我是钟顺和。一九四九年九月，我因为与钟浩东校长同案被捕。同年十二月，我和校长，以及其他政治受难者，同被送到内湖新生总队感训；一九五〇年七月中旬，我又与校长被提出感训队，送往台北青岛东路军法处看守所。十月十四日，清晨六点整。刚吃过早餐，押房的门锁便咔啦咔啦地响了，铁门呀然地打开。"钟浩东、李苍降、唐志堂，开庭。"我看见铁门外两个面孔犹显稚嫩的宪兵，端枪、立正，冷然地站立铁门两侧。整个押房和门外的甬道，立时落入一种死寂的沉静之中。我看着校长安静地向同房难友一一握手，然后在宪兵的扣押下，一边唱着他最喜欢的一首世界名曲——《幌马车呗》，一边从容地走出押房。于是，伴随着校长行走的脚链拖地声，押房里也响起了由轻声而逐渐洪亮的大合唱。

《幌马车之歌》歌词的中文译文是：黄昏时候，在树叶散落的马路上，目送你的马车，在马路上晃来晃去地消失在遥远的彼方。在充满回忆的小山上，遥望他国的天空，忆起在梦中消逝的一年，泪水忍不住流了下来。马车的声音，令人怀念，去年送走你的马车，竟是永别。

文字版《幌马车之歌》中蒋碧玉的回忆，则揭示了钟浩东何以钟爱这支歌：

> 这首歌，是刚认识浩东时，浩东教我唱的。那时候，我在帝大医学部（今台大医学院）的医院当护士；浩东在台北高校念书，因为用功过度，患有精神衰弱症而住院。浩东是情感丰富的人，所以，他很喜欢唱这首

歌。他曾经告诉我说："每次唱起这首歌，就会忍不住想起南部家乡美丽的田园景色！"

蒋碧玉的回忆中还有一个让我非常震撼的细节。钟浩东被捕后，蒋碧玉也随即被捕，蒋碧玉要把幼小的孩子，托付给基隆中学同为革命者的女职员张奕明，张奕明却安慰她说："校长太太，你不会去太久的；小孩还要吃你的奶，还是带进去吧！"这样，她连小孩的衣服尿布也没带，带着小孩，跟着一道被捕的妹妹戴芷芳被押上警车。始料不及的是，为时不久，从大陆奉派到台湾从事地下工作的张奕明，因为与钟浩东同案，也和她的丈夫一道双双被捕，丈夫瘐死，张奕明惨遭枪决。蒋碧玉则是在绿岛服刑经年后出狱，与被寄养在钟家的两个小儿子相聚。她在大陆的大儿子，也在1980年代找到，为这个悲凉慷慨的故事添上几缕亮色。

"匪谍"遗孤：难以倾诉的悲情

参观中，我听到蓝博洲招呼说，请那些参观者去参加一个纪念遇难者的座谈会。我因为展览还没有看完，就在展览现场多待了一会儿。等我来到座谈会现场，有二三十位人士在场，在面向听众的一排长桌后面就座的（通常就是主席台，但这里的摆设并没有常见主席台的显耀突出，而是平常至极），有几位遇难者家属，还有蓝博洲和侯孝贤，就是那位著名的台湾电影导演。

赴台前，刚看过侯导的《刺客聂隐娘》。虽然这部电影在国际上获奖，但是，该片的人物和情节，电影里的各种角色，故事的来龙去脉，却看得云山雾罩，统统不得要领。看完电影，特意上网搜索相关资料，不但通读了《刺客聂隐娘》的文学剧本，还特意找出唐人笔记小说《聂隐娘》，这才把《刺客聂隐娘》的恩怨情仇理出个头绪。说来说去，该片中聂隐娘的故事，和早年张艺谋拍摄的《英雄》，异曲同工。侯导创造的刺客聂隐娘，与张导创造的刺客无名，作为男女刺客，分明是受到敌方委派前来行刺。事到临头，面对他们的刺杀目标，一方诸侯，又忽然起了恻隐之心，放弃了任务，并且找了一个冠冕堂皇的理由，就是这位诸侯，都赋有维系一方一国乃至天下统一与稳定的使命。一个人的生死事情小，一方一国的安全稳定，才是大局。要说两者的重要区别，就是侯导让聂隐娘与其刺杀目标之间，多了一层少男少女的恩怨纠葛。与这样荒诞的情节相对应，两部影片的画面、色彩、服装、道具、自然景观，无不美轮美奂，精工细刻。

此刻在座谈会现场出现的侯孝贤，不是在为他的影片开什么发布会，而是因为他此前两部影片与这些难友家属有关系。侯孝贤在表现"二二八"事件的故事影片《悲情城市》中，就借用了文学作品《幌马车之歌》中的重要细节，让从监狱走向刑场的殉难者，唱着《幌马车之歌》从容上路，此后，他根据蓝博洲所描述的钟浩东和蒋碧玉的生离死别的故事，拍摄了故事影片《好男好女》，饰演蒋碧玉的是著名影星伊能静——也可以说，这是《幌马车之歌》的第四个版本，电影版。

此刻，也许蓝博洲和侯孝贤已经发表过他们的演说，钟浩东等三位死难者的子女正在即席发言。　位男士讲道（很抱歉，我入场时他正在发言，不知道他是哪一位），他小的时候，母亲总是告诉他，爸爸在国外经商，顾不上回家。因为有许多爸爸的同志从经济上资助他们，他的少年成长时期没有经受多少困难，也免于受到较大伤害，但对父亲也就知之甚少。父亲的事迹，还要感谢蓝博洲帮助他们保留下来，让他们对几乎没有任何记忆的父亲，得以了解和加深印象。另一位女士（后来从别的文字材料中得知她是与钟浩东一道遇难的李苍降的遗腹女李素慧）说，小的时候，她的母亲也是什么都不愿意对她讲，只说父亲在美国留学。她会知道父亲牵涉到白色恐怖，系因小学的作文课。李素慧说，小学二年级时，作文课要求写《我的父亲》，她就凭着听说和想象，写了父亲在美国念书的事情，却被老师当众斥责"说谎"，指控她是"匪谍"的孩子。可想而知，猝不及防地第一次得知父亲死亡的真相，当众受到莫大的羞辱，对她幼小的心灵伤害有多深！但她回家后，并没有向母亲吐露真情，母女二人一直小心翼翼地避开这个极度敏感的话题，继续互相隐瞒。而且，这种被伤害感，一直在延续。1990年代，她本来在一家公立医院工作，忽然有一次，在1996年5月，时任"总统"的李登辉特意到医院来看她——李登辉在1940年代末期在台湾加入过中共地下党，与其父亲有战友情谊。这件事轰动了医院。于是就有舌头长而心眼儿小的同事到处讲，她的父亲是地下共产党员，搞得医院里的人们议论纷纷。于是乎，为了躲避这些风言风语，她离开这家医院，现在独自经营一个小的门诊部。

到座谈会结束，顾不上上前与蓝博洲打个招呼，我又匆匆忙忙地赶到各个展览室，去参观这里的监禁难友的展览陈列。看到当年美丽岛大审判的法庭，也看到若干原始的影像资料，还没有来得及进入纪念园区后半部的牢房区域看个究竟，已经是下午5点钟，开放参观的时间已经结束。

我又一次赶得巧，在路边等红灯的时候遇到了刚才在座谈会上发言的那位女士。于是，在我和她之间，发生了下列对话：

"对不起，很冒昧地问一下，您就是刚才在座谈会上发言的最后一位吧！"

"是啊，你是从哪里来的呢？"

"我从大陆来，从北京来。"

"我到过北京，北京的西山，有一个共产党的烈士名单碑刻，我去查看过，上面没有我爸爸的名字。我爸爸当年死的时候，名字是登在（台湾）报纸上的，有根有据。可是在北京的烈士名单，却没有他的名字，我也找过了他们管这个事的部门，可是，也没有办好。"

她急切地向我述说着，不知道我是否领会了她的意思。我总觉得，她是遇到了可以诉说心事的对象了。谷正文的狡猾和残忍，蔡孝乾等党内叛徒的出卖，使得台湾地下党丧尽元气，一蹶不振。此后在持续多年的污名化宣传之下，人们对当年的那些地下党员存在种种误解和隔膜，使得这些遇难者家属也不被人理解。遇到大陆来的人，应该说总算有了知音。但是，说来惭愧，我连她说的北京西山的烈士纪念碑都不曾知晓，还以为是八宝山烈士陵园有一块刻有革命烈士名单的纪念碑呢。

——在写作此文时，我在网上打捞一番，发现了相关资料：1996年4月，李登辉在"总统府"见到了他早年的台共同志陈炳基，陈炳基是李登辉在北京的唯一好友，也是北京官员中唯一能直接见到李登辉的人。当时陈担任北京市政协常委及北京政协台港澳侨联络委员会副主任。陈也证实李登辉早年曾短暂加入共产党，并推测他退出共产党的原因是感觉到不受重用。陈炳基1996年返台访友时住在四维企业招待所，与"总统府"仅一步之遥……至于李陈两人在"总统府"见面一事，陈炳基在事后曾向李苍降女儿李素慧转述，李素慧也向《亚洲周刊》证实。由于这次见面，李登辉才知道李苍降还有个女儿在世，并在1996年5月9日特别赴新光医院探视李素慧。（《李登辉"入、退"共产党的内幕》，西祠胡同网转引凤凰卫视消息）令人难以料到的是，这次探视又让李素慧遭遇了新的难堪呢。

在一个没有英雄的时代里

想想那一代理想主义高扬的热血青年，在我的少年时代，曾经对他们充满了崇敬之情，把他们看作是人生的榜样。五六十年代的中国，弥漫着崇拜英雄歌颂烈士的时代氛围。然而，在接下来的十年内乱中，这样的理想主义催生出一大批红卫兵和造反派，在"誓死保卫""无限忠于"的口号下，形成大规模的武斗事件。一些青年学生和青年工人死于武斗的战场上，起初还被同一派别的人们颂扬为烈士，举行盛大的追悼会，到后来，只能与荒原蓬草为伍，除了给他们的家人留下永久的伤痛不再被人们提起。时至今日，市场化的浪潮激起拜金主义和官场腐败，那些昨天端坐在主席台上，向人们宣讲宏大理想的官员，今天就因为官商勾结权钱交易而锒铛入狱，形成绝妙的自我讽刺，成为毁"三观"的首恶元凶。与此同时，解构历史，解构英雄，用今日的眼光质疑和诋毁历史人物的思潮似乎成为时尚，从千古流传的诸葛亮、岳飞，到慷慨赴死的谭嗣同、刘胡兰，都有人提出异议，发出颠覆性的"高论"，也赢得了一定的市场。就说诸葛亮，本来是以其"鞠躬尽瘁死而后已"的精神垂范后人，杜甫诗云："诸葛大名垂宇宙，……万古云霄一羽毛"；南阳的武侯祠中，有岳飞手书的前后《出师表》碑刻。在历史的形制中，诸葛亮既是历代文人骚客凭吊的超级偶像，又是民间智慧洞明世事的典型代表。然而，在没有任何新的史料可以证伪之前，就有当代人竭力地将其矮化，将他抹黑为一个善于经营自己以换取最高的现实利益的投机者。而且，还在其"利益共同体"之某官方媒体的合作、包装、鼓吹下大行其道。

这是一个没有英雄的时代，可能也是一个不需要英雄的时代。这样的局面，在大陆非常令人尴尬，在台湾也形成一种历史叙事的困扰。当革命的意识形态转换为和平、发展、繁荣、建设的主调，当"两岸一家亲"和"第三次国共合作"成为处理两岸关系的新标识，"革命"遭遇"现代"，当年那些为革命理想而奋斗而牺牲的人们，就显得多么"不识时务""不合时宜"，他们的流血牺牲，到底为了什么，又换来了什么？

无情而又无奈的例子就在身边。蓝博洲坦言他自己的儿子，1990年出生的青年人，也不愿意了解这些历史，不能理解为这些历史往事付出多年心血的父亲。"他小时候还会看我的书，也会交流过去的事。可当他后来碰到同学，人家觉得他看这些书完全就像外星人。他就想和别人一样，我们的东西自然就没地方卖了。"蓝博洲无奈地说。（《历史，还有多少人真正想知道？》，摘自《南方都市报》，2012年7月17日）

陈映真的坚执与困惑

这种难堪，不仅属于蓝博洲。陈映真在1980年代中后期的小说《山路》《赵南栋》中就有入木三分的揭示。作品中所描述的台湾往事与现实，鲜明地凸显了上文讲到的历史的尴尬与内省的苍茫。而1968年的陈映真，也是在景美这里的军法处受到审判，关入牢房的。1968年7月，台湾当局以"组织聚读马列共党主义、鲁迅等左翼书册及为共产党宣传"等罪名，逮捕了包括陈映真、吴耀忠、丘延亮、陈述礼等"民主台湾联盟"成员共36人，陈映真被判处十年有期徒刑并移送绿岛。1975年陈映真因蒋介石去世后的政府特赦而提前出狱。陈映真自述说，他是在非常孤独的状态下，开始阅读鲁迅和中国现代文学作品，阅读马克思的《资本论》《联共（布）党史简明教程》和《毛泽东选集》的。由于环境险恶，即使是最要好的朋友，也不敢相互交流，在白色恐怖的状态下，陈映真对台湾本岛的左翼思想脉络之传承，非常缺乏理解；相反地，在绿岛坐牢期间，他接触到了四五十年代被捕入狱的那一批革命者和进步人士——钟浩东、蒋碧玉的同代人，才让陈映真对上一代人有了切近的了解和观察，也接续了现代台湾左翼思想史的脉络。也许，就是这些让陈映真有了得天独厚的创作之源，却又让他在时代的转折面前遭受了新的冲击和困惑。

陈映真入狱的七八年间，正是台湾经济起飞的时期，从被捕之时到走出绿岛，恰逢社会生活和经济、政治、文化的巨大转折，这在陈映真的生命记忆中，出现了一个很大的断层。时间的断裂，思想的凄迷，白云苍狗，歧路亡羊。还有一件重要的事情不容忽视，又常常被人遗忘。陈映真走出监狱，重返社会，首先要找一个饭碗，安顿个人的生计，而当时的官办和国人所办的企业，都不敢接纳这位前政治犯。陈映真曾经在外企的温莎制药厂做白领，但是，由于情治单位的不停骚扰、查询，他被迫黯然离去，转而独力经营一家小小的印刷厂。那些和他一样在1960年代蜚声文坛的作家们，大部分都功成名就，有的在海外做教授，有的在岛内文化界呼风唤雨，也有人在商海中打拼已久，事业有成。凡此种种巨大的反差，不是陈映真要有意疏离社会，而是喧嚣浮华的社会，再一次将他排挤到了边缘人的位置。

让陈映真费解的还有，1970年代末期，中国大陆兴起了改革开放的时代潮流，扭转了历史发展的方向，阶级斗争、革命理想、社会改造等，逐渐淡出人们的视野，外部资本的涌入，外企和合资企业的兴建，市场经济的强大杠杆，被压抑很久的发财致富欲望的唤醒，劳资关系的新变化，在海峡另一边的陈映真看来，是那么触目惊心，令他产生新的幻灭：被马克思所批判的罪恶血腥的资本运作在被清算被禁绝多年之后，卷土重来，而且得到了从官方到社会层面的普遍欢呼。陈映真曾经在他的"华盛顿大楼"系列中，描写了在外资企业辛勤劳作的白领和底层工人的痛苦和焦虑，但是，与此相类似的作品，一直迟至21世纪之初，才在大陆的新左翼作家曹征路的《问苍茫》中得到应有的回响。这让至今仍然崇拜毛泽东，仍然赞扬大陆的"文化大革命"的陈映真，情何以堪？

陈映真的后期小说《山路》和《赵南栋》，都是写当年遭受白色恐怖的受害者出狱归来的故事。他们没有受到鲜花与拥抱的欢迎，也没有回首往事声泪俱下的控诉，却猝不及防地遭遇时代变迁与两代人精神差异的巨大撞击。千百人的刑场就义，更多人的几十年铁窗生涯，在历史上如何书写，如何诉说？就像《赵南栋》中的父亲赵庆云所言："不是我不说""整个世界全变了。说些过去的事，有谁听？有几个人听得哩！"令人动容的还不止于是，他们的出身贫寒、受到其政治牵连的兄弟和儿子，都走向了资本主义社会的另一种"体面生活"的道路，与他们的革命初衷背道而驰，与现存社会体制同流合污。近在身边的逆反现象，才是让他们生无宁日死不瞑目的创痛。

《山路》的女主人公蔡千惠，是一位伟大的女性，她的少女时代，结识了哥哥的同学和同志黄贞柏和李国坤，并且深深地被这些为了理想信念勇于献身的青年斗士所吸引，然而，在后来的白色恐怖中，因为他哥哥的变节背叛，黄贞柏和李国坤被捕入狱，李国坤惨遭杀害，黄贞柏被判终身监禁。为了替自己的哥哥赎罪，蔡千惠以李国坤未婚妻的身份，进入李家，用羸弱的身体承受矿山沉重的体力劳动，支撑起这个破碎的家庭，把李国坤的弟弟李国木抚养长大，鼓励他读书上进，事业有成，终于读完大学，取得会计师的资格。"在台北市的东区租下了虽然不大，却装潢齐整而高雅的办公室，独自经营殷实的会计师事务所。他带着大嫂，迁离故乡的莺镇住到台北高等住宅区的公寓，也便是在那一年。"

三十余年过去，黄贞柏得以出狱，以此为契机，蔡千慧开始回顾自己的人生，始料未及的是，这充满浪漫的自我牺牲精神，足以让人感到欣慰的漫长记忆，却使得蔡千慧穿越苦难勇于担当的精神支柱坍塌了，失去了继续生存的信念，终于在医学所无法解释的生命力急速衰竭中死去。百思不得其解的李国木，在蔡千慧写给黄贞柏的一封遗书里，读到了这样的字句：

　　……原以为这一生再也无法活着见您回来，我说服自己：到国坤大哥家去，付出我能付出的一切生命的、精神的和筋肉的力量，为了那勇于为勤劳者的幸福打碎自己的人，而打碎我自己。几十年来，为了您和国坤大哥的缘故，在我心中最深、最深的底层，秘藏着一个您们时常梦想过的梦。白日失神时，光只是想着您们梦中的旗帜，在镇上的天空里飘扬，就禁不住使我热泪满眶，分不清是悲哀还是高兴。对于政治，我是不十分懂得的。但是，也为了您们的缘故，我始终没有放弃读报的习惯。近年来，我戴着老花眼镜，读着中国大陆的一些变化，不时有女人家的疑惑和担心。不为别的，我只关心：如果大陆的革命堕落了，国坤大哥的赴死，和您的长久的囚锢，会不会终于成为比死、比半生囚禁更为残酷的徒然……

　　两天前，忽然间知道您竟平安回来了。贞柏桑，我是多么的高兴！三十多年的羁囚，也真辛苦了您了。在您不在的三十年中，人们兀自嫁娶、宴乐，把其他在荒远的孤岛上煎熬的人们，完全遗忘了。这样地想着，才忽然发现随着国木的立业与成家，我们的生活有了巨大的改善。早在十七年前，我们已搬离了台车道边那间土角厝。七年前，我们迁到台北。而我，受到国木一家敬谨的孝顺，过着舒适、悠闲的生活。就这几天，我突然对于国木寸寸建立起来的房子、地毯、冷暖气、沙发、彩色电视、音响和汽丰，感到刺心的羞耻。那不是我不断地教育和督促国木"避开政治""力求出世"的忠实的结果吗？自苦、折磨自己、不敢轻死以赎回我的可耻的家族的罪您的我的初心，在最后的七年中，竟完全地被我遗忘了。

我感到绝望性的、废然的心怀。长时间以来，自以为弃绝了自己的家人，刻意自苦，去为他人而活的一生，到了在黄泉之下的一日，能讨得您和国坤大哥的赞赏。有时候，我甚至幻想着穿着白衣、戴着红花的自己，站在您和国坤大哥中间，仿佛要一道去接受像神明一般的勤劳者的褒赏。

如今，您的出狱，惊醒了我，被资本主义商品驯化、饲养了的、家畜般的我自己，突然因为您的出狱，而惊恐地回想那艰苦，却充满着生命的森林。然则惊醒的一刻，却同时感到自己已经油尽灯灭了。

在《赵南栋》中，同样是一位善良而有责任感的女性李春美，充当了故事的穿针引线人。她曾经无辜地被关入监狱，见证了革命者宋蓉萱的坚贞不屈，宋蓉萱则在遇难前，将在监狱中出生的婴儿赵南栋托付给李春美。宋蓉萱的丈夫赵庆云，和妻子一道作为政治犯被抓到监狱里，在残酷迫害下始终没有屈服。他和陈映真自己相仿，1975年遇到大赦获释。仍然持有强烈的理想与信念的赵庆云，在生命垂危之际，依旧在幻觉中展开其光辉的历史想象。为了让赵南栋与临终的父亲赵庆云见面告别，哥哥赵尔平煞费苦心地寻找赵南栋。可怜出生在监狱中的赵南栋长大成人，容貌俊朗而心灵空虚，被许多女性爱慕却一无所爱，放纵身体欲望，频繁地更换女朋友，吸毒，搞同性恋。赵尔平呢，和李国木相似，苦孩子一个，只有刻苦读书，在跨国公司里苦打苦拼事业有成，但公司内部的腐败与内斗，侵蚀了他的心灵，他堕落为不择手段地追逐金钱的职场蠹虫。正如论者所言：这是一个真正的悲剧，但具有不同的层次。首先这是一个伦理的悲剧，是一个父亲的悲剧，也是两个儿子各自的悲剧；其次，这是一个身份的悲剧，是一个"革命者"的悲剧，也是跨国公司"精英"的悲剧，同时也是"叛逆青年"的悲剧；然而归根到底，在主题上这是一个"时间"的悲剧，或者是一个"隔绝""背叛"的悲剧。正是在时光的流转与社会思潮的变迁中，父亲与两个儿子被彼此区隔，"革命者"来到了不属于他的时代，"精英"被跨国公司的生产与生活方式异化，"叛逆青年"陷入了迷茫、彷徨与绝望之中，"革命者"的后代背叛了革命的理想。在这里，陈映真将莎士比亚式的生动与陀思妥耶夫斯基式的思想悲剧结合起来，为我们描绘出了后革命时代最为触目惊心的一幕。（《〈赵南栋〉与文化领导权问题》，李云雷著，中国文学网）父子三人的各自境遇，具有如此大的反差，个中情味耐人寻思。而作品结束处，李春美把因吸毒导致神志不清的赵南栋带回到乡下去，是否也是含有拯救的可能性，是鲁迅所言"绝望之为虚妄，正与希望相同"之一种？

"不合时宜"：知其不可而为之

于是，陈映真在海峡两岸，都成为"不合时宜"的思想者。这种"不合时宜"，不仅是源于思想感受的差异性，还由于人生经历的跌宕错舛。1983年陈映真在美国爱荷华大学国际写作中心遇到大陆青年作家王安忆和她的母亲茹志鹃，两代人的交叉，撞击出什么样的火花呢？其时，他正在写作《山路》，王安忆也是赵南栋这一代人，她是大陆革命者的后代，其父亲王啸平和母亲茹志鹃都是新四军战士，但是，她对于《山路》的反应，却让陈映真大为吃惊。她也是一个"叛逆青年"，只不过与赵南栋所取的方式不同。王安忆在中篇小说《乌托邦诗篇》中写到了这一幕：

> 他像个少先队员似的，喜欢听我母亲讲述战争年代里的英雄故事，根据地的生活令他向往，人们像兄弟姊妹一样，生活在一起，令他心旷神怡。那时他刚写作了一篇小说，关于一个革命党人的妻子，而我总是在最关键的时刻，尖锐地指出他思想的弊病，以社会主义过渡时期出现的问题为例证，说明母亲们的牺牲，反而使历史走上了歧途。他起先还耐心地告诉我，一个工业化、资本化的现代社会中，人性的可怕危机，个人主义是维持此种社会机能的动力基础，个人是一种被使用的工具，个人其实已经

被社会限定到一无个人可言，个人只是一个假象，而我却越发火起，觉得他享了个人主义的好处，却来卖乖。

查建英在《八十年代访谈录》中与阿城的对话中，说到了陈映真在大陆遭遇的另一件事："我见到陈映真是在山东威海的一个会上，那都九几年了。他可能真是台湾七十年代构成的一种性格，强烈的社会主义倾向、精英意识、怀旧，特别严肃、认真、纯粹。但是他在上头发言，底下那些大陆人就在那里交换眼光。你想那满场的老运动员啊。陈映真不管，他很忧虑啊，对年轻一代，对时事。那个会讨论的是环境与文化，然后就上来一个张贤亮发言，上来就调侃，说：'我呼吁全世界的投资商赶快上我们宁夏来搞污染，你们来污染我们才能脱贫哇！'后来听说陈映真会下去找张贤亮交流探讨，可是张贤亮说：'唉呀，两个男人到一起不谈女人谈什么国家命运民族前途，多晦气啊！'这也变成段子了。"

陈映真不愧是一条汉子，具有虽千万人吾往矣的独行侠精神——我看到过一张彩色照片，英姿勃发的陈映真，高举一面抗争的大旗，行走在游行示威的工人队伍前面，身形魁伟，硬骨铮铮。开办印刷厂小有所获，陈映真又创办了《人间》杂志和人间出版社，致力于打捞被湮没的历史记忆，寻访台湾本土的底层民众和边缘群落，发现白色恐怖时期的受难者及其家属。他也在顽强的求索中赢得了自己的追随者，前面讲到的蓝博洲，就是受到陈映真的感召，在大学毕业之后，参加《人间》杂志的工作。在相应的采访中，蓝博洲本来是要通过蒋碧玉，了解其养父蒋渭水的生平事迹，却意外得知蒋碧玉和钟浩东的生死恋情，进而创作文字版《幌马车之歌》。

陈映真精神的另一个传承者是台湾著名的云门舞集的创办者林怀民，他将影响其人生数十年的陈映真作品搬上舞台。据资讯介绍，2004年9月18日晚上，云门舞集的《陈映真·风景》在台湾最高的艺术殿堂首演。林怀民将他在年轻岁月读陈映真的小说《将军族》《兀自照耀着的太阳》《哦！苏珊娜》

《山路》等所受到的感动与意象编成一出舞作，再配上德彪西的音乐、李临秋作词的台湾老歌《补破网》以及蒋勋的朗诵等作为背景音响。首演获得很大的成功，结束后掌声雷动，久久不止。报纸如此描述："云门舞集《陈映真·风景》昨晚首演，陈映真笔下台湾卑微的小人物，在舞台上迸发生命的力量。首演结束时，林怀民把玫瑰花束传递给坐在观众席的陈映真，陈映真红着眼眶三次起身致谢，巨大的身影在昏暗的聚光灯下如他的作品幽微却隐隐含光。"（《陈映真与台湾的"六十年代"——试论台湾战后新生代的自我实现》，郑鸿生著，《联合报》2004年9月19日，人文与社会网站）

按照郑鸿生的描述，陈映真的作品，具有一种超越左右两翼而征服一代青年人的魅力。我所非常推崇的台湾美学家，中学时期做过陈映真学生的蒋勋如是说：

> 曾经影响我阅读的一个人是我的老师陈映真。阅读陈映真的小说，真的是一种审美。今年，我们在台湾开了一个很大的向陈映真致敬的会。在会上我朗诵了他早期的小说《我的弟弟康雄》。他的写作与李敖、龙应台那种批判性的思潮不同。
>
> 陈映真早期的小说里，几乎每一个人物都自杀了，因为他都是带着梦想走向一个让他痛苦的现实，最后他没有办法面对这样的现实，就自杀了。我觉得今天，21世纪，再读陈映真是非常重要的，因为我们今天刚好是梦想消失的年代。《我的弟弟康雄》是他大学时候写的小说，它深深地打动我，有点像屠格涅夫的《罗亭》、歌德的《少年维特的烦恼》。其实，我们青春期都有过梦想。曾几何时，那个梦想你自己都不相信。
>
> （《最喜欢〈世说新语〉和陈映真》，蒋勋著）

也许，这就是"知其不可而为之"的执若和魅力。理想主义，永远是属于少数智慧而高洁的人士的，但是，他们在孤寂的求索中又频频向大众发出呼唤，希望能够赢得后者的理解和追随。在"吾道不孤"与"众人皆醉我独醒"两者间的去留弃取许是永远的两难选择吧。

附记

由台北返回北京后不久，非常偶然，在凤凰卫视的一档追述节目中，得知在北京西山森林公园中，有一个无名烈士纪念广场，2013年落成，就是专门纪念当年牺牲在台湾的中共地下工作者的。有关资料介绍说：

> 2013年10月解放军总政治部于西山国家森林公园建起无名英雄纪念广场，占地3000平方米，是为了纪念上世纪五十年代为国家统一、人民解放事业牺牲于台湾的大批隐蔽战线无名英雄而建。1949年前后，我军按照中央关于解放台湾的决策部署，秘密派遣1500余名干部入台。50年代初，由于叛徒出卖，地下党组织遭受破坏，被国党当局公审处决1100余人。这些忠贞不渝、宁死不屈的英雄们，"别亲离子而赴水火，易面事敌而求大同"，然而"风萧水寒，旌霜履血，或成或败囚或殁，人不知之，乃至隐后无名"。（《西山国家森林公园建起无名英雄纪念广场》，千龙网·中国首都网）

2016年春节期间，我特意前往西山森林公园，寻找无名英雄纪念广场，也逐一查看了纪念碑上镂刻的英雄姓名。在846位牺牲者的姓名中，我发现了台湾地下党的军委书记张志忠，台湾抗日义勇总队队长李友邦，但是，确实没有李苍降，也没有钟浩东。那么，如何回应李素慧女士的质询呢？我的理解是，这座无名英雄纪念碑，从它的主建单位，到它的建设宗旨，似乎都不是为了建一座全台湾的中共地下党员殉难者纪念碑——那应该是中共中央组织部或者国务院民政部的事，张志忠和李友邦等应该是主要角色。现在的建筑格局，着眼的是当年做秘密情报工作的人员，这从纪念碑主体的四座人物塑像，吴石、陈宝仓、聂曦、朱谌之的身份即可见出。当然，我也希望，如新近到访过北京西山无名英雄纪念碑并为之献花的龙应台先生所言，"会关心纪念碑这件事情的，当然是台湾的政犯里头的统派，他们把这846个名字跟在台湾被枪毙的，现在登记在案的8000多个被枪毙的名字去作比对，他们认为其中有一些人不是因为他的地下党的工作而被枪毙的，换句话说，他可能不是共产党，而且被枪毙的理由也跟（红色）中国无关。而有些真正为共产党牺牲的，名字并没有列上去。所以我是觉得，负责这件事情的人，可能应该实地去走一遍台湾，把这些名单做一个彻底的整理。"（《10067件受难者卷宗》，摘自《南方周末》）毕竟，这是一个越海峡两岸长达近70年的重大话题，理应慎之又慎。

补记："幌马车之歌"——钟浩东、蒋碧玉纪念特展于2016年4月26日在上海揭幕。展览以珍贵的历史图片和影音资料展示了这一对革命伉俪的生命史。此次特展由台盟上海市委、上海市台湾同胞联谊会共同主办。

原载《长城》2018年第1期

骨头的姿势

詹谷丰

姿势是人体丰富多彩的表情。人的一生中，坐、立、卧、跪、拜、二郎腿、倒卧等多种动作交织变换，折射了一个人隐秘的内心世界。

人体的每一种姿势，都和骨头关联，没有一种动作可以游离于骨头之外。姿势有难易之别，有卑微和高尚之分，但所有的分别，并不是永恒不朽的石头，在时间、场景和对象的变换中，沸腾的热血，展示了一根骨头的硬度。

有的人，精神伟岸，但他的骨头，却从最卑微的下跪开始。

一、下跪

在人前下跪，我一直以为是奴才的姿势，是软骨的病状。1912年，中华民国政府以庄严的法律形式正式废除延续了千年的跪拜礼，和1949年毛泽东在天安门城楼"中国人民从此站起来了"的国家宣示，都为我的观点提供了有力的例证。

清华国学院的学生刘节，从小被父亲灌输了站立做人的理念。家传的庭训，在这个读书人心中种下了拒绝屈膝的种子。但是，1927年6月清华园中的一幕，却重新塑造了他的膝盖。

清华国学院导师王国维的投湖自尽，犹如在平静的颐和园里投下了一颗威力巨大的炸弹。刘节随同导师陈寅恪等人赶到那个悲伤的地方。除了那份简短从容的遗书之外，再也没有找到一代大儒告别人世的任何因由。

刘节在王国维的遗容中看到了拒绝生还的决绝表情，遗书中那些平静的文字从此就一直刻进了他的脑海："五十之年，只欠一死，经此世变，义无再辱。我死后当草草棺殓，即行藁葬于清华茔地……书籍可托陈、吴二先生处理……"

刘节参加了王国维遗体的入殓仪式。曹云祥校长，梅贻琦教务长，吴宓、陈达、梁启超、梁漱溟以及北京大学马衡、燕京大学容庚等名教授西服齐整，神情庄重，他们头颅低垂，弯下腰身，用三次沉重的鞠躬，向静安先生作最后的告别。

陈寅恪教授出现的时候，所有的师生，都看见了他那身一丝不苟的长衫，玄色庄重，布鞋绵软。陈寅恪步履沉重地来到灵前，缓缓撩起长衫的下摆，双膝跪地，将头颅重重地磕在砖地上。所有的人都被这个瞬间惊呆了，校长、教授、朋友、学生，在陈寅恪头颅叩地的三响声中，突然清醒过来，一齐列队站在陈教授身后，跪下，磕头，重重地磕头。

刘节，就是此刻在教授们身后跪倒的一个学生。当他站起来的时候，突然间明白了，在向他的导师，一代大儒王国维先生告别的时候，下跪，磕头，才是最好的方式，才是最庄重的礼节。这样的仪式，才能和先生的马褂以及头上那根遗世的发辫融为一体。望着陈寅恪教授远去的背影，刘节想，陈先生用了一种骨头触地的姿势，完成了对王国维先生的永别。陈寅恪教授，不仅仅是王国维先生遗世书籍处理的最好委托之人，更是对死者文化精神和死因的理解之人。

王国维先生纪念碑上的文字，此刻穿透时光提前到达了刘节身边。两年之后才出现在陈寅恪教授笔下的王国维先生纪念碑碑文，突然在陈寅恪教授下跪的瞬间落地。刘节成了这段碑文的播种之人。

王国维先生纪念碑，经过时间的打磨，两年之后，屹立在清华园中。在以刘节为首的学生们的请求下，陈寅恪教授提起了那支沉重的羊毫，用金石般的文字，破译了王国维的殉世之谜，用独立精神自由思想的主张彰显了学术人格的本质精髓。

陈寅恪教授的一个肢体动作，无意中改变了刘节对"下跪"这个词的认识和理解，并从此以后影响他的终生。陈寅恪教授，把对王国维的纪念，刻在了坚硬的石头上；刘节先生，则把那段文字刻进了柔软的心里。

二、站立

跪拜，是一种庄严的心灵仪式。但是，并不是所有的庄重场所都要用这种仪式来表现。站立，就是跪拜这种礼节另一种形式的体现。

清华国学院放了暑假，刘节和一群学生跟着导师陈寅恪去上海，他们要去拜见仰慕已久的同光体诗歌领袖陈三立老人。

陈寅恪教授出生在文化世家，他有一个非常优秀的父亲，这就是民国三公子之一的陈三立。叶兆言先生则反证说："在中国历史上，诗人注定没什么政治地位，作为诗坛领袖，散原老人（陈三立）更像是一个文学小圈子里的人物，好在有个争气又充满传奇的儿子，你可能不认识他爹，但你不会不知道陈寅恪。"

叶兆言站在21世纪语境下论述人物，带有鲜明的时代特点，但20世纪的人绝不会不知道陈三立。这个别称散原老人的人物在民国历史上是可以用"如雷贯耳"这个成语来形容的。汪辟疆的《光宣诗坛点将录》，将陈三立尊为"及时雨宋江"，在一百单八将中名列首位，由此可见三立老人的地位和影响。

刘节是在上海聆听陈三立教诲的学生之一，在陈家那个并不宽敞的简朴客厅里，学生们同晚清诗坛领袖三立老人围坐一圈。学生们以为名人都有架子，不免用拘束和小心来打扮自己。谁知三立老人开朗随和，用带有长沙口音的普通话同晚辈们谈笑风生。学生们对汪辟疆《光宣诗坛点将录》中的往事淡薄了，倒是都对1924年诗人徐志摩陪同印度诗人泰戈尔到杭州拜访陈三立的故事兴趣盎然。

印度诗人泰戈尔随身带来了1913年获诺贝尔文学奖的诗集《吉檀迦利》，他郑重地签上自己的名字，赠给他心目中最杰出的中国诗人。泰戈尔以为"更部诗名满海内"的陈三立会将他的《散原精舍诗集》回赠,不料三立老人却用微笑和谦虚婉拒了他的期望。三立先生说:"您是一位世界闻名的大诗人,是足以代表贵国诗坛的。而我呢,不敢以中国之诗人代表自居。"

泰戈尔没有得到陈三立的诗集,他知道这是一个中国诗人的谦虚。在徐志摩和杨杏佛的提议下,两位诗坛巨匠在西湖边合影,纪念一个属于诗歌和诗人的美好瞬间。

在刘节的记忆中,还有同学提到了陈衍、郑孝胥、陈宝琛、林旭、沈曾植等《光宣诗坛点将录》中的重要诗人。这个时候,细心的刘节发现,他们的导师一直未坐,自始至终站立在父亲身边。

立即有学生起立,要将座位让给陈寅恪,却被制止了。陈寅恪说,我的凳子就在身后。在课堂上,我是老师,但是,在父亲面前,我是儿子。今天,我不能与你们平起平坐了。

所有的学生,都无法接受老师的观点。导师的站立,让他们瞬间感受到了腰肢的酸胀和腿脚的疼痛。大家同时站立起来。刘节用一句话代表了所有人的心声:老师站立,学生岂能安坐?

所有学生的屁股,最后在陈三立老人的劝说下回到了椅凳之上。而陈寅恪教授呢,依然以一种恭敬的姿态,垂手站在父亲身后。诗坛领袖说,安坐与站立,都是规矩,世代可以更替,但伦理不可错乱!

刘节记忆中的那个上午,清华国学院导师陈寅恪教授整整站立了两个时辰,在父亲与学生愉快的交谈中,陈寅恪教授静静地站成了一座巍峨的大山。

三、跪拜

许多年之后,当刘节教授在岭南大学的校园里见到陈寅恪的时候,他没有想到"跪拜"这两个汉字组合的仪式就这样突然来临了。

在国民党败退逃往台湾的混乱中,陈寅恪拒绝了蒋介石的重金诱惑,在岭南大学校长陈序经的礼聘中来到了温暖潮湿的广州。而他的学生刘节,则早他三年到达广东，在并无约定的时光中等候同老师的再度相逢。

在美丽的康乐园里，学生们知道历史系主任刘节和历史系教授陈寅恪，似乎没有人了解他们过去的师生关系。但是，每逢传统节日，学生们都可以看到令他们惊诧的一幕。

节日来到陈寅恪教授家里的系主任，彻底脱去了平日西装革履的装束，一袭干净整洁的长衫，布鞋皂袜，一派民国风度。见到陈寅恪先生的刹那，刘节教授便亲切地喊一声先生，撩起长衫，跨前一步，跪拜行礼。

在刘节教授庄重的磕头礼中，学生们终于知道了刘节主任和陈寅恪教授的师生因缘，也知道了这对师生1927年6月在王国维先生遗体入殓仪式上通过庄重的下跪产生的心灵交集。

学生们从刘节主任的磕头下跪中完成了对旧时代的认识。当握手成为一个时代礼节的唯一标志，当鞠躬的身影都只能在教科书中寻找，大学生们开始了对长袍、马褂、布鞋的重新打量，他们的目光看到了陈寅恪教授1927年下跪磕头的情景。

刘节教授用跪拜的仪式展示尊敬和感恩的时候，岭南大学的长衫被时代的世风脱下了，康乐园里换上了中山大学的新装。在课堂上，刘节教授将陈寅恪撰写的王国维纪念碑文移到了黑板上。刘节教授眨眼之间，新旧两个时代的交替就像时光从沙漏中间穿过，然后又聚集在他的掌上。

士之读书治学，盖将以脱心志于俗谛之桎梏，真理因得以发扬。思想而不自由，毋宁死耳。斯古今仁圣所同殉之精义，夫岂庸鄙之敢望。先生以一死见其独立自由之意志，非所论于一人之恩怨，一姓之兴亡。呜呼！树兹石于讲舍，系哀思而不忘。表哲人之奇节，诉真宰之茫茫。来世不可知者也，先生之著述，或有时而不彰。先生之学说，或有时而可商。惟此独立之精神，自由之思想，历千万祀，与天壤而同久，共三光而永光。

刘节教授说，骨头虽然坚硬，但一定得用皮肉包裹。深刻的思想精髓，必定在文字的深处。下跪，磕头，站立，鞠躬，已经不再常见，但当它出现的时候，一定比握手高贵。

四、站立

一个崭新的人民共和国，注定是人体姿势集中展示的舞台，是检验一个人骨头硬度的炉火。

刘节教授在课堂上回忆完陈寅恪在王国维遗体告别仪式下跪磕头和带领学生拜见父亲，在父亲身后垂手站立的两种截然不同的肢体动作之后，考验就不知不觉地来到了他的身边。

对刘节的检验是从他的老师身上开始的。1958年的夏天，历史系的学生用大字报引燃了焚烧陈寅恪的烈火，"拳打老顽固，脚踢假权威""烈火烧朽骨，神医割毒瘤"，这些杀气腾腾的文字，让刘节不仅感受到了烈焰的温度，而且还看到了火焰如同毒蛇一般迅速朝他蔓延过来。

几天之后，刘节得到了一个暗示，只要批判陈寅恪，他就可以过关。然而，刘节却没有过关的意图。在批判会上，他不仅没有批判自己的老师，反而为陈寅恪做了许多辩护。

引火上身。这绝对不是刘节围魏救赵声东击西的兵法，这只是一个骨头如铁的读书人的真实性情。陆键东先生的《陈寅恪的最后20年》中有一段话，对刘节的引火上身做了准确的评价："敢于在批判台上将1958年的政治运动比喻为清代的文字狱，未知刘节可否称为神州学界第一人？至于公开为陈寅恪鸣不平，刘节是当之无愧的第一人！"

对于一身硬骨的刘节来说，用语言为他的老师辩护，根本算不了什么。真正让世人震惊和敬佩的，则是他日后的行为姿势。

与"大跃进"时期的语言批判相比，"文化大革命"中的武力批斗可以用残忍来形容了。1967年的陈寅恪，生命的火堆只剩下了余烬。当他在病床上奄奄一息的时候，红卫兵竟然欲用箩筐把他抬到会场批斗。陈夫人唐筼女士以身相阻，竟被红卫兵推倒在地。刘节教授出现在了这个无人胆敢阻止的场合，他说，请你们放过这个生命垂危的老人，我愿意代替陈寅恪教授接受批斗。刘节用站立的姿势，挺身在批斗台上。红卫兵强令他跪下，他昂起头，斩钉截铁地说，这不是下跪的场所，在这里我只能站立！那些本该落在陈寅恪身上的拳脚，毫不留情地落在了他身上。

刘节不肯跪下，宁可更多更重的拳脚让他肉体受伤，心灵疼痛。我猜想，那一刻，打手们一定百思不解，一个在节日里长袍端庄，用最庄严的下跪磕头向老师致敬的人，为何打死也不在批斗会上弯腰？宁肯打倒，也不跪下，一介文弱书生，凭什么支撑他的脊梁？

无计可施的红卫兵，只好用反问来羞辱他。谈到他的批斗感想，刘节说，能代替老师接受批斗，我感到很光荣！

刘节教授在陈寅恪即将被失去了人性的红卫兵强行用箩筐抬去批斗的时候出现，我不知道这是上帝的安排，还是陈寅恪和刘节生命中必然的巧合，我唯一能够推断的是，气息奄奄的陈寅恪，一旦进入了批斗会场，无所不能的上帝，也无法拯救他的生命了。

病床上的陈寅恪教授，无法看到会场上刘节的鼻青脸肿，但他在朦胧中看到了刘节笔挺站立的姿势。站立，有时比下跪更疼痛，而下跪呢，往往比安坐更高大！

刘节，字子植，号青松，浙江温州人。"节"，气节，节操。刘节的父亲刘景晨，亦是秉性耿直，刚正不阿之人。无论跪拜还是站立，刘节的姿势，都无愧于"气节""青松"这些不朽的汉字。

五、下跪

献身学术，终生教书的陈寅恪，桃李遍天下。中山大学偌大的校园里，他教过的学生，远远不止刘节一人。

1940年香港大学的校园里，金应熙是陈寅恪教授最优秀的门生。1949年之后的中山大学，金应熙已为人师表，以讲师的身份跟随陈寅恪教授钻研学问。

无法统计陈寅恪先生一生教过多少学生，我想，如果有一份学生名单，那个名单的长度大约可以打破人类撑竿跳高的纪录吧。周一良、王永兴、汪篯、蒋天枢、季羡林、刘节、姜亮夫、蓝文征、陈哲三、劳干、罗香林、周祖谟、杨联升、邓广铭、石泉、王力、吴晗、卞僧慧、蔡鸿生、陆侃如等等，都是陈先生学生队列中领头的人物。

作为这份名单中一个人物，金应熙被公认为才华横溢。与他的老师相似的是，金应熙记忆惊人，懂多门外语，博览群书，学识渊博。在中山大学，金应熙文史知识博古通今，被人称为"金师"。

陈寅恪曾经发过感慨，认为他教过的最好学生，都是共产党员。我猜测，作为共产党员，金应熙的名字当列在老师认为的最好学生名单之中。

然而，就是这样被老师和同事看好的人才，却紧跟政治形势，迎合潮流，见风使舵。在人生关键时刻，违背良知，在"文化大革命"中将批判的矛头对准了自己的老师。由于对老师的学术、著作和性格太过熟悉，金应熙的每一篇文章，都能有的放矢，犹如一个知己知彼的高手，洞穿了对手的命门。金应熙的那些批判文章，每一个字都是一把利刃，扎在老师的心上。对于一个洞穿了历史人性的智者，这样的伤害招招致命。

在被学生出卖背叛的痛苦中，陈寅恪愤怒地表示，"永远不让金应熙进家门！"

政治运动的风头终于过了，金应熙想到了负荆请罪。但是，他知道，一把插在心尖上的利刃，是不容易轻易拔得出来的，即使，匕首拔出来了，伤口如何止血？要多长的时光愈合？金应熙搬出了同陈寅恪私交甚好的前岭南大学校长陈序经，他希望陈序经是一剂万应灵丹，能够让一个伤痕累累的人瞬间康复。

见到陈寅恪的瞬间，金应熙怯生生地叫了一声老师，然后双膝下跪，磕了重重一串响头。金应熙抬起头来，将请求宽恕，还做老师的学生之类事先构思好的话小心地叙述了一遍。

双目失明的陈寅恪，无法看到这个曾经的弟子跪地的姿势和面部表情，但是他听见了金应熙双膝触地和头颅撞击的声响。陈寅恪教授面无表情，他淡淡地说："你走吧，免我误人子弟！"

陈寅恪在金应熙面前关上了那扇沉重的家门，他兑现了"永远不让金应熙进家门"的诺言。关上家门的那一刻，陈寅恪突然想起了1927年他在王国维先生遗体前的一跪，想起了之后他写的王国维纪念碑碑文。

"跪"，从"足"，从汉代前的"席地而坐"演变而来，表示人类的一种肢体动作。所有的汉字中，还没有哪一个汉字具有"跪"字丰富的内涵和精神价值。有的时候，受跪之人，也是下跪之人。"跪"，以时间和场所为界，以心灵为门，相同的一个汉字，相同的一个肢体动作，表现了不同的精神与人格。

六、二郎腿

腿是人体的一个重要部位，失去了腿，人类将无法行走。爬行，那不是人类的动作。

二郎腿，是人腿在自由状态下的一种姿势，这种姿势的本质是为了让人体舒服。然而，在社会的进化过程中，二郎腿却派生出了多种意义，甚至，在特定的场合下，面对不同对象，还暗示了人物复杂的心理、心态。这个时候，腿的姿势成了一种无声的语言和生动的表情。

二郎腿第一次通过我的肢体展示的时候，我还是个无知的少年。父母严厉地呵斥了我，他们让我明白了，在长辈和客人面前架着二郎腿，是失礼和缺乏教养的表现。从那以后，当我需要用二郎腿松弛神经舒展身体的时候，绝对是我独处的场合。当我坐在松软的沙发上捧书入读的时候，一个人的世界里，绝对不会对他人带来轻视、睥睨和冒犯。此时的二郎腿，真正回到了本质意义出发的地方。

其实，二郎腿也并非同尊敬、平等、友好等美好的词汇绝缘。当你同一个身份、地位、财富相当，心灵相通的朋友一起会心交谈开心大笑的时候，身体的任何姿势都不会冒犯朋友的尊严，更不会成为心灵的障碍。

当一个地位显赫，狂妄自大，目空一切的人接见别人的时候，二郎腿往往成了这种不平等场合的主角。一条腿用不平等条约强制另一条腿，用一只骄傲的脚尖作内心自负的旗帜。在我半百的人生经历中，多次见到过这种仗势欺人的表演。当别人成为受辱的主角时，我往往闭口，内心却张扬起抵抗的旗帜。当受辱者变成自己时，我则用不屑的神情和敷衍的态度还击，然后迅速撤离战场。

用二郎腿张扬狂妄、自大的人必须先安抚好自己的屁股，当屁股有了安全的支撑之后，才能让轻薄的脚尖摇头摆脑呈现得意之色。这种人往往不是皇帝，他们在地位、官职、财富不如自己的人面前风光无限，而在另一些人面前却头颅低垂，腰肢无骨，如同贾桂复活，从《法门寺》的唱腔里穿越而来，低低地叫一声，奴才站惯了。

曾经担任过中国作协党组书记、副主席的冯雪峰，有一次在家里接待一个高官。由于级别相当，话题投机，聊天中冯雪峰不知不觉跷起了二郎腿，对方也不在意，一直满脸笑容。客人告别之时两人紧紧握手，冯雪峰一直将他送到门口。当高官的专用小汽车缓缓开来，停在身边时，客人依然站立不动，并不去拉开车门。这个人人都能伸手完成的开门动作，轻而易举，然而却出现了意料之外的结局。司机打开驾驶室的车门，从车头前面绕过来，躬下腰，替官员拉开车门，小心翼翼地护着他坐进车中，然后轻轻关上车门，再经过车头，回到驾驶座位上。

这个动作瞬间点燃了冯雪峰胸中的怒火，他没有想到，有的人，一旦晋升了职务，当了高官，就在下级面前趾高气扬，下雨让人打伞，出入让人开关车门。出行前呼后拥，有人拿公文包，有人捧保温杯。望着渐渐远去的小车，冯雪峰狠狠地摔了自家的大门，大声骂道：架子大过了皇帝，却是一副小人嘴脸，从此决不让他再进家门！

冯雪峰大发雷霆的时候，古老的中国，万岁的皇帝早已绝迹了。但是，看着那个远去了的高官，他突然想到的却是固定在龙椅上的那个名词。一种推翻了的制度，化作幽灵，附在了后人的身上。

七、安坐

安坐是屁股的仪式，由于腿的功能退居幕后，屁股的表情便更加隐蔽。客观来说，人的屁股在严密的纺织品包裹之中，不露声色，所以，屁股的真实嘴脸，有时便曲折婉转地借助语言和手、脚来表现。

其实，有史以来，屁股始终是不平等的。龙椅上，只供有皇帝的屁股，别人是不能染指的。当皇帝安坐在威严的龙椅上的时候，所有的文臣武将，都只能肃立或者下跪。

在一张1958年的旧照片上，我看到了两张普通的木椅，木椅上面安坐的是两个民国历史上声名显赫的人物。蒋介石和胡适，以并肩而坐的姿势，穿越辽阔的海峡和五十七年的漫长时光，出现在一个写作者的眼前。

蒋介石的神情气度保持了他一贯的严肃和威仪，符合一个领袖的身份，他正襟危坐，服饰严整，身姿端正。出乎我们意料的是，胡适却二郎腿高跷，神情轻松，一副旁若无人的样子。

照片是真实的，但仅仅是瞬间的记录。胡适的二郎腿和领袖的正襟危坐构成了巨大的疑问，它让我一直思考，在威严如日中天，人人见而敬畏的蒋介石面前，胡适用高傲的二郎腿，难道是为了展示一个独立知识分子的内心世界？

我在那幅照片的深处，终于寻觅到了胡适和他那条著名的二郎腿的真相。就在同蒋介石合影之前，胡适在"中央研究院"院长就职典礼暨第三届院士会议上，同蒋介石发生了激烈的交锋。胡适对会上蒋介石以领袖身份发表的讲话极其不满，他认为蒋介石要求"中央研究院"责无旁贷地担负起复兴民族文化的大任，"目前大家共同努力的唯一工作目标，为早日完成'反共抗俄'使命，如果此一工作不能完成则吾人一切努力终将落空，因此希望今后学术研究，亦能配合此一工作来求其发展"，以及"五四运动""打倒孔家店"的论述违反了学术研究的独立原则，干涉了学术研究的自由。

胡适的答谢词以石破天惊的愤怒开头。"总统，你错了！"胡适的当头棒喝让毫无防备的领袖眼冒金花。在蒋介石的极度错愕中，胡适又毫不客气地说："我所谓的打倒，是打倒孔家店的权威性、神秘性，世界上任何的思想、学说，凡是不允许人家怀疑的、批评的，我都要打倒！"

蒋介石愤怒的引信瞬间点燃了，他勃然变色，拂袖站立，若不是张群、陈诚等人拉住，他肯定会踢翻座椅，扬长而去。

照片上的蒋介石，不露声色。照片背后的蒋介石却一腔怒火，屈辱让他长夜难眠。他在日记中写道："今天实为我平生所遭遇的第二次最大的横逆之来。第一次乃是民国十五年冬、十六年初在武汉受鲍尔廷宴会中之侮辱。而今天在中央研究院听胡适就职典礼中之答拜的侮辱，亦可说是求全之毁，我不知其人之狂妄荒谬至此，真是一狂人……因胡事终日抑郁，服药后方可安眠。"

我相信，蒋介石在同胡适的会后合影中，他愤怒的潮汐依然没有消退，惊涛裂岸的声音依然让随从们胆战心惊。

二郎腿，是安坐之后的后续和延伸动作。安坐，很多时候是二郎腿的前奏。胡适同蒋介石合影中的二郎腿，被他的学生傅斯年看在眼里，而蒋介石胸中愤怒的潮汐，也在傅斯年的胸中撞响。

从精神的姿态来说，傅斯年是老师衣钵的传人。这个"五四"学生运动的总指挥，在1919年5月4日上午，扛着大旗走在游行队伍的前列，一直冲进赵家楼。徐百柯先生说："这样一个敢说敢骂的山东好汉，在台湾，人们称他是唯一一个敢在蒋介石面前跷起二郎腿放胆直言的人。"

傅斯年拒绝从政，一生精力投入学术和教育。这个对蒋介石和国民党忠心耿耿的读书人，对贪污腐败恨入骨髓。抗战时期，他以国民政府参政员的身份搜集行政院长孔祥熙贪赃枉法、以权谋私的证据材料。时任中华民国驻美大使的胡适写信，出于对学生的爱护，劝其不要惹火烧身。

为了保护孔祥熙，平息傅斯年的怒火，国家和军队的最高领袖蒋介石专门置设筵席，宴请傅斯年。

宾主落座之后，傅斯年虽然跷起了二郎腿，但却没有半点不恭敬的意思。然而，接下来的对话，却让蒋介石颜面难堪，一众陪客大惊失色。

蒋介石问："孟真先生信任我吗？"

"绝对信任！"傅斯年回答毫不犹豫。

此刻的蒋介石，满脸轻松，笑容亲切。"你既然信任我，那么，就应该信任我所用的人。"

傅斯年瞬间就明白了蒋委员长设宴的目的，也明确无误地断定，领袖话中的"我所用的人"的所指。他突然血往上涌，斩钉截铁地说："委员长我是信任的。至于说因为信任你也就该信任你所用的人，那么，砍掉我的脑袋，我也不能这样说！"

孔祥熙之后的另一任行政院长宋子文，更是施展权力，利用战后接收敌伪产业等各种手段积聚巨额财富。傅斯年愤怒至极，连续写下《这个样子的宋子文非走开不可》《宋子文的失败》和《论豪门资本之必须铲除》三篇战斗力极强的檄文，在《世纪评论》和《观察》发表。傅斯年一针见血地直指腐败根源："古今中外有一个公例，凡是一个朝代、一个政权，要垮台，并不由于革命的势力，而由于自己的崩溃。有时是自身的矛盾、分裂，有时是有些人专心致力，加速自蚀运动，唯恐其不乱，如秦朝'指鹿为马'的赵高，明朝的魏忠贤，真好比一个人身体中的寄生虫，加紧繁殖，使这个人的身体迅速死掉。"

中华民国历史上两任贪污腐败的行政院长，因为傅斯年揭发弹劾而下台。而孔祥熙和宋子文，一个是蒋介石的连襟，一个则是蒋介石的妻舅。所以，他的老师，敢于在蒋介石面前架着二郎腿的胡适，也为他担心，劝他小心行事。

新闻照片，不仅是现场的真实记录，也是人物心灵的自然流露。傅斯年的二郎腿，不仅在领袖面前骄傲地展示，在作为国宾的洋人面前，他也没有刻意地掩饰和收敛。

国民党败退台湾的那一年，盟军统帅麦克阿瑟将军访问台湾。蒋介石率领五院院长、三军总司令等政要到机场迎接这位美国的五星上将。在第二天报纸刊登的新闻照片中，蒋介石、麦克阿瑟和傅斯年三人在贵宾室就座，五院院长等政要们垂手恭候，三军司令立正挺身。傅斯年安坐在松软的沙发上，口衔烟斗，跷着二郎腿，吞云吐雾，潇洒自若。新闻报道说："在机场贵宾室，敢与总统及麦帅平坐者，唯傅斯年一人。"这个让人惊叹的场景，引出了别人的评价，那是《后汉书》中范晔评价郭林宗的语言的借用："隐不违亲，贞不绝俗，天子不得臣，诸侯不得友，吾不知其他。"

徐百柯先生说：在大陆，傅斯年一度被当作"反动史学研究方向"的代表人物而遭到狠批，进而几乎被遗忘。近年来，"回到傅斯年"渐渐成为学界的一种声音，关于他的一些介绍文字也开始见诸媒体。有人发出这样的感叹："傅斯年是中国历史上最有学问、最有志气、最有血性和最有修养的伟大知识分子中的一个典范，在这个伟大知识分子几近绝迹的世界上，也许不会有人知道，我是多么深沉而热烈地怀念着他们中间的每一个人。"而有关蒋、傅之间的谈话，人们评价："这样的君臣对话，如此之豪杰气，当今之士，且不说有过，又可曾梦想过？"

有的时候，安坐着跷起二郎腿，就是血性的一种姿势。

八、跪拜

陈寅恪、刘节、金应熙、蒋天枢、冯雪峰、胡适、蒋介石、傅斯年，这些先后出场的人物，用他们不同的人体姿势和故事情节，引领我走过了跪拜、站立、安坐的漫长演变。这些动作姿势同人类的历史一样古老漫长，从猿到人的进化过程，同时也是肉体姿势的演变过程。

由于发明了作揖、鞠躬、握手等简化了的礼节，跪拜这种古老、复杂而又具有一定难度的仪式逐渐淡出了人们的日常生活。即使在婚丧嫁娶的重大场合和中秋、端午、春节等重要传统节日中，我们也无法轻易窥视到它们的隆重身影，我们只能从古籍和影视的旧时光中去寻找它们久远的踪迹。

我没有想到跪拜消失多年之后，突然以一种集体行为复活在公共媒体上，它们借助了学校这个特殊的场所，将一种古老庄严的礼节，通过表演的形式展示在我们这个传统文化日渐淡薄了的商业时代。多家报纸报道，北京一家书院的开学典礼导演了一个学员集体跪拜老师的场合，一群身穿灰布长衫的学生，排成队列，双膝跪地，而他们磕头的对象老师，则安坐在舒适的藤椅上，神情庄严，俨然两千多年前的大成至圣先师孔子。另有报道说，上海嘉定区民办斌心学校举办"孝敬文化节"，800多名学生齐刷刷地在父母面前下跪磕头，场面声势浩大，仿如影视大片。

这些出现在教书育人场所中的表演，让我想起每年的某个时间，我生活的这个城市，总能看到一群身穿汉服的青年，打着弘扬民族文化的幌子，其招摇过市的行状，让行人恍惚，不知今夕何年，以为穿越到了汉武帝时代的宫廷。

这些在校方精心策划下的尊师孝长表演，没有让我产生任何的感动，更无法让我与陈寅恪、刘节的跪拜产生一丝一毫的联想，我只觉得一股霉味，直冲脑门。陈寅恪在王国维灵前的跪拜和刘节在陈寅恪面前的跪拜，是尊师的崇高礼节，是一个人灵魂的安妥，而我们这个时代的跪拜，无论对象是谁，都是精神的强制和奴性的培植。

膝盖，是用皮肤掩护的骨头，它不仅用来站立，也用来下跪；屁股，是用纺织品遮盖的赘肉，它唯一的功能就是安坐；二郎腿，则是屁股和膝盖共同配合的连贯动作。在人的肢体中，这些名词密切关联，它们共同组合为一个整体，它们的最高指挥官是灵魂。

跪拜这个姿势，在20世纪50年代刘节那里结束；站立，也在蒋天枢那里终止；只有二郎腿，被胡适、傅斯年带去了台湾。我们如今只用握手来展示心灵。有些姿势，是属于一个时代的。其实，坐、卧、起、立、跪，乃至作揖、鞠躬、握手，所有的动作，都是心灵的姿势，都需要一根骨头支撑。没有了骨头，卧床的身体，也只是一具皮囊。

原载《北京文学》2018年第7期

长相思，忆长安

——写在长安建都1400年之际

李 舫

绛帻鸡人报晓筹，

尚衣方进翠云裘。

九天阊阖开宫殿，

万国衣冠拜冕旒。

日色才临仙掌动，

香烟欲傍衮龙浮。

朝罢须裁五色诏，

佩声归到凤池头。

——王维《和贾舍人早朝大明宫之作》

壹

数不清的诗词歌赋、数不清的记事本末，从数不清的侧面记载了开元十七年的那场盛宴。

这是公元729年，八月五日，唐玄宗李隆基为自己40岁大寿举行了盛大的庆贺活动，并诏令四方，以每年八月五日为千秋节。

夏末秋初的长安，刚刚从淋漓溽暑中走来，像丰韵的少妇，更像成熟的智者，美得雍容华贵，美得不可方物。红尘紫陌，斜阳暮草，朝元阁峻临秦岭，羯鼓楼高俯渭河，难得的天高云淡、满城的普天同庆。在沟壑纵横的黄土高原上，这座城堪称是一个奇迹——它有红墙、碧瓦、金吾卫，也有霓裳、胭脂、堕马髻。它有宫阙九重，廊腰缦回，也有渊渟岳峙，马咽车阗。它有宫苑依傍着山明，也有夜弦追逐着朝歌。

这是大唐的长安，也是长安的大唐。一个充满自信的大唐王朝，一个万种风流的大唐皇都。

一千余年后，20世纪70年代的某一天，日本作家池田大作见到英国历史学家汤因比，两位风云人物抵膝畅谈。池田大作问道："假如给你一次机会，你愿意生活在中国这五千年漫长历史中的哪个朝代？"汤因比毫不犹豫地回答："要是出现这种可能性的话，我会选择唐代。"池田大作哈哈大笑："那么，你首选的居住之地，必定是长安了！"

"九天阊阖开宫殿，万国衣冠拜冕旒。"被后世誉为"诗佛"的王维在一首奉和中书舍人贾至的诗中，无比自豪地写道。凭借着过人的音乐天赋和一手好书画，王维15岁时已名动长安。《唐国史补》记载了这样一段故事：一次，一个人弄到一幅奏乐图，但不知题名为何。王维见后答曰："这是《霓裳羽衣曲》的第三叠第一拍。"此人请来乐师演奏，果然分毫不差。开元十七年，王维28岁，他还不知道，两年之后，他将要状元及第。此时，他自豪于自己置身的伟大恢宏的时代，唱出无比真挚热忱的歌吟。

这一年，"诗仙"李白同样28岁了。5年前，23岁的青年才子满怀抱负，离开故乡江油，踏上远游的征途。他由德阳至成都、眉州，然后舟楫东行，下至渝州。次年，李白出蜀，"仗剑去国，辞亲远游"。再次年，李白春往会稽，秋病卧扬州，冬游汝州，抵达安陆。途经陈州时与李邕相遇，结识孟浩然。越明年，全国63州水灾，17州霜旱，吐蕃屡次入侵，唐玄宗诏令"民间有文武之高才者，可到朝廷自荐"，天下慨然应者云集。

开元十六年早春，李白走到了江夏，在这里，他与孟浩然欣然相逢，开怀畅饮。此时的李白，摩拳擦掌，踌躇满志，他将要发出"天生我材必有用，千金散尽还复来"的长啸。开元十七年，李白终于来到了江汉平原北部的安陆。这里离他向往的长安还很远、很远，然而，西北望长安，不夜城的音讯比鸿雁飞得还快——暗闻歌吹声，知是长安路。对于李白来说，暗夜之旅不啻一条光明大路。

又一年过去了，李白终于从安陆长途跋涉来到心中的圣地——长安。他欢呼雀跃，欣喜若狂，腹中已经酝酿着"幸陪鸾辇出鸿都，身骑飞龙天马驹。王公大人借颜色，金璋紫绶来相趋"这样的诗句。可惜，此时的长安，车水马龙，人才浩荡，政治、经济、文学、艺术、农桑、军事、人口、外交……世界各地的能人才子皆聚于此，与造化争锋。小小一个李白，还只是一个无名之辈。

这一年，京兆望族的纨绔子弟杜甫不满17岁，还在写着"庭前八月梨枣熟，一日上树能千回"的顽皮诗句。14岁的岑参刚刚经历父丧之痛，正准备举家从晋州移居嵩阳。作为关中望姓之首韦家的重要接班人，豪纵不羁的少年韦应物才满8岁，他同样不知道，7年之后，他将以三卫郎身份作为唐玄宗近侍，趾高气扬地出入宫闱，扈从游幸。

再过40余年，古文运动倡导者、被苏东坡评价"文起八代之衰，而道济天下之溺"的韩愈，共同倡导新乐府运动的白居易与元稹，被欧阳修赞为"投以空旷地，纵横放天才"的柳宗元……才会接踵而至。李贺、杜牧、温庭筠、李商隐、皮日休、陆龟蒙、刘禹锡……这些将要在中国文学长河中熠熠发光的名字，还都是漫天飘洒的尘埃。然而，在未来的两个多世纪里，他们将络绎不绝地聚集在同一个城市——长安。

贰

长安周边，八水环绕。泾水、渭水、灞水、浐水、沣水、滈水、潏水和涝水相互依傍，形成密布的水道。

时光，如黉夜的水波，诡谲又鬼魅。

开元十七年，这是大唐王朝近三百年中平凡而又不平凡的一年，是注定被时光湮没又注定被时光铭刻的一年。

——这一年，天才佛学家、思想家、翻译家、旅行家、外交家玄奘法师驾鹤西去已逾65载。这位出身于书香世家的行者历经17年，行程5万里，在印度学经交流，并带回来经论657部，开创了一条从中国经西域、波斯到印度全境的文化之路。玄奘回到长安，又潜心翻译经书近20年，留下1000多卷佛经译本和《大唐西域记》一书，使得源于印度的佛教，在大唐发扬光大。如今，中国佛教八大宗派中的六个祖庭都在长安。玄奘不安于现状，历经千辛万苦去寻求真理、追求卓越，从而不断超越自我的精神，是那个时代的写照，也是大唐王朝走向辉煌的动力之源。

——这一年，唐玄宗加封66岁的宋璟为尚书右丞相，授开府仪同三司，晋爵广平郡公。此时，天才政治家姚崇已驾鹤西去，文武双全的张说、忠耿尽职的张九龄即将登场。开元元年，姚崇密奏的"十事要说"，此后力排众议灭蝗救荒，他将为政之道归结为简单的四个字"崇实充实"，襄助唐玄宗打开开元初期的艰难局面。姚崇、宋璟、张说、张九龄，作为有唐一代四位名相，他们各尽其才，忘身殉难，终于辅佐唐玄宗成就盛世伟业。

——这一年，大唐王朝的天才书法家张旭早就过了知天命之年。史料典籍无从显示这一年的张旭是否在唐玄宗的盛宴嘉宾名单里，然而，"草圣"的名号早已传遍长安的大街小巷——醉辄草书，点画之间，旁若无人，挥毫落纸如云烟，以头濡墨而书之，天下呼为"张颠"。这个姓张的天才加疯子，满街狂叫，狂走，狂书，醒后狂赞自己的作品。不在这个海纳百川的时代，焉得有这样的俊杰脱颖而出？不说今日，纵是当时，人们只要得到张旭的片纸只字，都视若珍品，奔走相告，世袭珍藏。张旭逝后，杜甫入蜀曾见其遗墨，万分伤感巨星之陨落，挥毫写下："斯人已云亡，草圣秘难得。及兹烦见示，满目一凄恻。"

——这一年，大唐王朝的天才音乐家李龟年已过而立之年。在这场盛宴中，他是唐玄宗当之无愧的座上客。作为宫廷御用的乐工，李龟年常在贵族豪门歌唱。唐玄宗时，李龟年、李彭年、李鹤年兄弟三人都有文艺天分，李彭年善舞，李龟年、李鹤年则善歌，李龟年还擅吹筚篥，擅奏羯鼓，擅长作曲。他们创作的《渭川曲》是那个时代的绝唱，在数千年音乐史中也堪称绝响。

——这一年，大唐王朝的天才军事家王忠嗣还不满23岁。数年前，唐玄宗将在"武阶之战"中牺牲的烈士王海宾的幼子接入宫中抚养，收为义子，赐名忠嗣。此时，当年的孩童已成长为勇猛刚毅、富于谋略的猛将。寡言少语的王忠嗣一定不会知道，这场盛宴的翌年，唐玄宗便将重担交付他，派他出任兵马使，随河西节度使萧嵩出征。初出茅庐，王忠嗣便锋芒毕露，以三百轻骑偷袭吐蕃，斩敌数千。此后20余年，王忠嗣北出雁门关讨伐契丹，大败突厥叶护部落，大破吐蕃决战青海湖，一时间勇猛无双，威震边疆。正是缘于无数个忠心耿耿、征战边陲、不惜抛洒一腔热血的王忠嗣，才有了大唐王朝的和平崛起，有了中华民族的赓戌绵延。

无数的天才会聚到唐都长安。他们往来穿梭，尽情讴歌这座伟大的城市，礼赞这个伟大的时代。岑参写道，"花迎剑佩星初落，柳拂旌旗露未干"；刘禹锡说，"莫道两京非远别，春明门外即天涯"；骆宾王则挥毫，"三条九陌丽城隈，万户千门平旦开。复道斜通鳷鹊观，交衢直指凤凰台"。

这时的长安，是世界的中心，是中国精神的文化符号。开放的胸怀、开明的风尚、包容的气度，纵使今天的美国纽约、日本东京、英国伦敦、法国巴黎，都无法与之比肩。全盛时期的长安，正如唐代诗人时常吟咏的"长安城中百万家"，总人口超过了一百万，是无可争议的国际第一大都会，其中各国侨民、外国居民超过五万人，仅仅是流寓在长安的西域各国使者就达四千余人。

哥伦比亚大学历史学教授卡林顿·古德里奇在《中国人民简史》中感慨："长安不仅是一个传教的地方，并且是一座有世界性格的都城，内中叙利亚人、阿拉伯人、波斯人、达旦人、朝鲜人、日本人、安南人和其他种族与信仰不同的人都能在此和平共处，这与当时欧洲因人种及宗教而发生凶狠的争端相较，成为一个鲜明的对照。"

的确，长安是"一座有世界性格的都城"，它不是一个人的长安，却是每一个人的长安，它是中国的长安，更是世界的长安——君王、美人、使者、名士、商贾、游侠、僧侣、王侯、将相。满城金甲的征战武士，夜夜笙歌的勾栏瓦肆，日暮云沙的边塞烽火，皎洁月色里的万户捣衣声……长安的记忆何尝不是中国的国家记忆？夜半不敢眠，忽然追忆起——秦川人家的炊烟，是怎样的遥袤？异域凛冽的酒香，是怎样的醉人？江湖侠客的芙蓉剑，应该何时出鞘？西市胡姬的紫罗裙，又是何等妖娆？

这是真正的盛世气象。

百花齐放，姹紫嫣红。在政治上，整顿武周以来的弊政，择贤臣为良相，整饬腐败吏治，建立完善的考察制度，精简官僚，裁减冗官；在经济上，推崇节俭，加强义仓制度，通过括户等手段缓解土地兼并导致的逃户弊端；在军事上，改府兵制为募兵制，兴复马政，对外收复了辽西营州、河西九曲之地，并再次降服契丹、奚、室韦、靺鞨等民族，吞并大小勃律并且攻灭突骑施，降服复国的后突厥。

在唐玄宗李隆基的带领下，大唐王朝休养生息，春种秋藏，正在沉稳地走向它的巅峰。毫无疑问，开元盛世——这是中国历史最傲岸挺拔的时刻，是中国社会最繁华鼎盛的时期，是中国文明最光辉璀璨的时代。

叁

让我们将时间的指针再向前拨动111年。公元618年6月18日，唐朝建都长安。

这一天，恰值端午，满眼所见，皆是情不自禁的歌舞与欢语。

时光宛若一条柔软的丝线，隔着1400年的风尘，隔着遥远的山河与旧梦，我们在这一端的遥望，便会牵动那一端的驻守，牵动那一刻的长安、那一端的大唐。沉淀在岁月深处中的辉煌、荣耀、骄傲和尊严，清晰地浮出水面，又被曝晒在干涸的河床。

秦川雄帝宅，函谷壮皇居。

绮殿千寻起，离宫百雉余。

连薨遥接汉，飞观迥凌虚。

云日隐层阙，风烟出绮疏。

唐太宗李世民一首《帝京篇》，以其君临天下的豪迈气魄，写意挥洒的笔触，描摹了唐代都城长安的盛景。

长安是中国古代数个朝代的建都之地，而大唐长安更是作为中国历史最鼎盛时期的都城，曾经以东方最大最繁华都市的身份，尽享全世界的荣耀，美誉数千年。

实际上，大唐长安是在隋大兴城基础之上兴建而成的。

杨坚建立隋朝后，因沿袭下来的汉城城区狭小，无法适应新建的大隋王朝之需，而且"水皆咸卤，不甚宜人"，于是在582年6月18日这一天，隋文帝下令宇文凯在原汉城的东南侧修建新城。宇文凯参考了北魏洛阳和北齐邺都的建筑布局，只用了一年多时间，新的隋大兴城便竣工了。

谁料想，短暂隋王朝历30余年而亡。武德元年（618），唐国公李渊于晋阳起兵，逼迫隋恭帝禅位，建立唐朝。他对集隋唐两代建筑的都城进一步扩建，将大兴城改为长安城。

唐都长安基本保留了旧城的布局，但后来在郭城、街坊、道路及东西两市进行了改造和扩建，以适应这个东方大帝国政治、经济、文化各方面的需要。整个长安城坐北向南，布局极为规整，正南正北，左右对称。正如白居易所写："千百家似围棋局，十二街如种菜畦。"

外郭城中包括皇城和宫城。唐代延续了汉代"左祖右社"的制度，即祖庙在宫殿左侧（东），社稷在宫殿的右侧（西）。城内分为110个坊，东西共14条大街，南北共11条大街。城中以朱雀大街为界，将长安城分为东西两半，街西辖55坊，归长安县管；街东辖55坊，归万年县管。朱雀大街宽达150米，南北走向，宽广平坦。这是大唐帝国都城的博大气势。

唐长安的主要宫殿是太极宫、大明宫和兴庆宫。前两宫在城内北侧。太极宫在长安正中偏北，皇城之内，沿用了隋代的大兴宫。太极宫是唐高宗、唐太宗当年理政之处，"贞观之治"的很多诏令都出自太极宫，这里也有不少唐太宗和魏征君臣之间进谏和纳谏的故事，后来高宗时将理政移至大明宫。

大明宫建于贞观八年（634），在城北的龙首原上，地势较高，"北据高原，南望爽垲"。大明宫的正门是丹凤门，门前是宽达176米的丹凤门大街。丹凤门正北方向是大明宫的中轴线，由南向北依次建有含元殿、宣政殿、紫宸殿、蓬莱殿、含凉殿、玄武殿。丹凤门和含元殿、紫宸殿建在龙首原最高点，高大雄伟。遥望1400年前的长安，从这些规制严谨的建筑、含义隽永的名字，展示了唐王朝的威严和强大。

大明宫中由龙首渠引水入内，修太液池。这样不但解决了宫内吃水问题，也大大改善了环境园林。后来高宗皇帝令增修麟德殿，在大明宫北部偏西，另建有殿和观、亭、楼诸如拾翠殿、跑马楼、斗鸡台等设施30余处，供自己和后宫享乐。

长安城共有12座城门，即东面的延兴门、春明门、通化门，南面的启夏门、明德门、安化门，西面的开远门、金光门、延平门，北面的玄武门、方林门、光化门。其中明德门为南面正门。

杜甫在诗中吟道："秦中自古帝王州。"唐朝是一个辉煌的时代，长安是一座伟大的城市。再没有一座城能像大唐的长安那般让人心驰神往。唐都长安不仅在当时创造了巨大的物质财富，而且积淀了自信自豪、开明开放、创新创优、卓越超越、求实务实的精神财富。

这是中国历史上真正文化自信的时代。

肆

公元717年，19岁的日本贵族士子阿倍仲麻吕以遣唐留学生的身份来到长安，进入当时的国立大学——国子监太学学习。

阿倍仲麻吕聪明勤奋，成绩优异，太学毕业后参加科举考试，一举就考中了进士。之后他一直在唐朝做官，73岁在长安去世，生前最高官职是光禄大夫兼御史中丞，是国家最高监察机构中权力仅次于御史大夫的高官。

像阿倍仲麻吕这样在唐朝做官的外国人数以百计。唐玄宗创造的大唐极盛之世，国力强盛，中外交往异常频繁，高丽、新罗、百济（均在朝鲜半岛）、日本、林邑（今越南）、泥婆罗（今尼泊尔）、骠国（今缅甸）、赤土（今泰国）、真腊（今柬埔寨）、室利佛逝（今印尼苏门答腊）、诃陵（今印尼爪哇）、天竺（今印度、巴基斯坦、孟加拉）、狮子国（今斯里兰卡）、大食（今阿拉伯）、波斯（今伊朗）等国都与唐朝有广泛的经济文化交流。长安城内包括做官、求学、经商的外国人，曾超过10万人，留学生最多的时候达到8000多人。朝廷允许外国人及其他民族的人在唐朝居住、结婚，也极大地促进了民族融合、文化交流。

当时的唐都长安，有东市、西市两个繁荣的市场，东市主要从事国内贸易，西市主要从事国际贸易。西市占地1600多亩，有220多个行业、4万多家固定商铺，聚集了世界各地的客商，从酒店到药店，从食店到粮店，可谓名副其实的"自由贸易区"，不能不承认，早在一千多年前，长安人就已经过上了"买全球、卖全球"的生活。

西市不仅是商贸的平台，也是创业的舞台。唐代中期的窦义，从西市起步，务实经营，不断创新，从种树、卖树的小生意，发展到"商业地产开发"，不仅成为长安首富，还把商铺"窦家店"开到了遥远的罗马城。

特别值得一提的是，随着"丝绸之路"的日益繁荣，中外经济文化交流空前频繁，长安城经济繁华一时。作为当之无愧的世界的政治中心、经济中心、时尚中心、商贸中心，长安的中国读本早已经成为世界读本了。

由长安出发的"丝绸之路"把世界的东方与西方联系了起来；航海事业蓬勃发展，三条水路可以直达日本，还有从广州、泉州等地越南海到东南亚、西亚及埃及和东非的海上交通。通过绵延万里的"丝绸之路"而来的西域、西亚乃至欧洲、非洲的客商或官员，来自日本、朝鲜半岛的客商及留学生、留学僧们，在长安的大街上三五成群，悠闲漫步。当时像阿倍仲麻吕这样在朝廷做官的外国人比比皆是，正是大唐对外开放、包容的态度，引得万邦来朝。据记载，当时与唐朝交往的国家多达70多个，外国贵族委派子弟到长安的太学学习中国文化，不少僧人在唐长安的寺院里学习佛学。

世界各地的游客以造访长安为荣耀。爱尔兰记者、摄影师、人类学家基恩在《北亚和东亚》中描述说，长安是维系鞑靼斯坦、西藏和四川与中华帝国腹地贸易的要地，向甘肃运送陶器和瓷器、棉花、丝绸、茶叶以及小麦，接受兰州的烟草、豆油、毛皮、药材与麝香，宝石也通过这里输送到西藏与蒙古。

大唐长安，不仅是世界上第一个人口超过一百万的国际化大都市，而且城市面积超过80平方公里，相当于6个巴格达、7个拜占庭、7个古罗马。有唐一朝不仅经济发达，而且文化繁荣，影响遍及世界，直到今天余音依然绕梁不绝，海外华人聚集区仍被称为"唐人街"，中国传统服饰仍被称为"唐装"。

伍

开元十七年那场盛宴，端的是绣衣朱履，觥筹交错，开琼筵以坐花，飞羽觞而醉月。然而，酒香未散，弦歌未尽，华灯依旧，岁月却已经走过了20余个春秋。

承平日久，国家无事，唐玄宗沉溺宫闱，渐生懈怠之心，公元742年，将年号由开元改为天宝。公元天宝十四年（755）11月，手握重兵的胡人安禄山趁朝廷政治腐败、军事空虚之机发动叛乱，次年12月，攻入洛阳，唐玄宗率众仓皇出奔。

历史上将这场长达8年的叛乱称为"安史之乱"。这次叛乱，让大唐王朝元气大伤，一蹶不振，为其衰落埋下了伏笔，尽管贞观之治、开元盛世之后还有过元和中兴、会昌中兴、大中之治等短暂的复苏，大唐却始终未能回到曾经的巅峰。

其兴也勃焉，其亡也忽焉。

繁华的长安，于晚年的唐玄宗而言，不仅是遥远的往昔，更是不可追悼的故乡。一代中兴之主，终生未归长安。此前，唐玄宗领养的义子王忠嗣，数次上书奏言安禄山将大乱天下，唐玄宗始终置之不理。对于大唐的危机，唐玄宗没有丝毫察觉，听闻王忠嗣之言，却暴跳如雷，对其严加审讯，意欲处以极刑。昏聩若此，怎不危机四伏；忠言逆耳，岂止忠嗣一人？

大唐建都长安，到今天，已经整整1400年。寂寥扬子居畔的桂花芬芳犹然在侧，金阶白玉堂前的青松仍是昔时模样，时光却似流水，一去不复返了。永远的荣耀，变成了深长的忧叹。

长安，依旧繁华如梦。但是，这里不再是唐玄宗的长安，也不再是李白的长安了。抽刀断水水更流，举杯销愁愁更愁，豪放不羁的诗仙终于厌倦了长安的生活，远走他乡，仗剑遍游天下。多年以后，李白一反其诗词的豪迈飘逸，用汉乐府歌辞的寄寓手法，写下了缠绵悱恻的《长相思》：

> 长相思，在长安。
>
> 络纬秋啼金井阑，微霜凄凄簟色寒。
>
> 孤灯不明思欲绝，卷帷望月空长叹。
>
> 美人如花隔云端！
>
> 上有青冥之长天，下有渌水之波澜。
>
> 天长路远魂飞苦，梦魂不到关山难。
>
> 长相思，摧心肝！

原载《光明日报》2018年10月19日

一团美玉似的敦煌

阿 来

对我来说，世界上从来没有一个地方，那样反复阅读在心，又从未身临其境。不是没有机会，而总是觉得要再做准备，再做些准备。这次前去还是没有做好准备。好多地方，都是叫自己早些去，早些去吧。偏偏这个地方，总对自己说，还是知道再多一点，再多一点。

这个地方，就是敦煌。

中国境内的丝绸之路沿线，好些地方都去过不止一次。只有今年，就去过吐鲁番，看高昌和交河。又入天山，去伊犁河谷。不久前，再去武威，为我向导的作家朋友叶舟已经做了从武威穿河西走廊直上敦煌的安排，但我还是取消行程，飞回了四川。

这次却因为不能推辞的活动，不得不上路了。

其实，有时候自己也不知道这到底是因为什么。唯一的理由，似乎是因为这地方的文化遗存如此丰富。丰富的另一种表达，就是复杂。丰富或复杂，正是头绪繁多的深远历史决定的。总在纸上读历史。以前读过的不算。今年又重读唐代的边塞诗与凉州词，读斯坦因和伯希和的考古记录，读林则徐和谢彬的西行日记。其间敦煌这个地名，都是最吸引我的字眼。当然，还有那些传法和

162

求法路上中西僧人的行迹。这个地方，法显去过，鸠摩罗什来过，后来，唐玄奘去过，也来过。

还有那么多不同民族的身影在这条曾经的国际大通道上出现过，那么多不同的语言在这个时空中响起过。他们彼此刀兵相向，用那些语言嘶喊；他们交易，用那些语言讨价还价；他们和亲通婚，用那些语言歌唱。这些人血缘驳杂而精神健旺。他们传播并接纳彼此的文化，用不同的语言讲述儒家和道家的经典；讲述祆教、景教和佛教的教义；他们从不同的方向彼此走近，用不同的语言彼此打探互为远方的消息：国家、人民、信仰，风习、工具、衣冠，以及物产。

命名了丝绸之路的李希霍芬谈到张骞通西域这段历史时，不是只注意军事与政治的角力。他说："张骞建立了关系，使得其后几年里能把栽培的植物传到中国来。"

有记载说，张骞通西域发现中亚的汗血宝马时，发现这种马嗜食的草料是中国没有的苜蓿。于是，他从大宛国带回了苜蓿种子。汉武帝命人在皇宫旁的空地上遍植此草。这样的历史细节，中国史书中也有记载。比如创作于六世纪的《述异记》还记有此草由来："张骞苜蓿园在今洛中，苜蓿本胡中菜，骞始于西国得之。"

后来，这种本是牧草的植物还进入了中国人的食谱。南北朝时期的陶弘景留下了这样的文字记录："长安中有苜蓿园，北人甚重之，江南不甚食之。"

张骞从中亚带回的植物还有如今广泛种植的葡萄。

这些植物已然改变了中国大地的面貌，也改变了中国人的生活。

"葡萄美酒夜光杯，欲饮琵琶马上催。"

人是饮了葡萄酒的人，马是食了苜蓿草的马，何况还有琵琶!

"凉州七里十万户，胡人半解弹琵琶。"

琵琶就是敦煌石窟飞天女手里的那个琵琶。乐音响起时，苜蓿花已经在中国原野开放，葡萄藤正在中国田园的篱架上攀爬。这些植物都曾和携带他们的远行者一起，经过了敦煌。

飞机下降，敦煌在望，在机翼前方。我从舷窗俯瞰，看见过去称为南山的祁连，积雪的山峰，绵延的山脉。融雪水顺着清晰的沟岔流下。有些流进了绿洲，有些还未及滋润出一点绿色，一丛草，一根树，一个村庄，就在赭红色的荒漠中消失不见。

这时，我想到的不是敦煌那些著名景点，只是专注地眺望着雪山水浇灌的绿洲。最迫切的愿望就是要亲手触摸到融雪水滋润的绿色，要到绿树环绕、田畴整饬的绿洲上走走看看。

一下飞机，我就走向绿洲，这很容易，因为敦煌这个城市就置身于绿洲中间。

一条水渠把我引向了田野。

我看到了田野里的葡萄园，看到了刚过花期的苜蓿草。两千年过去，它们已经从汉代皇家宫苑中种植的西方异草，逸生为寻常的野生植物。我在渠边的白杨树下发现了它们，不是很多，但确实是苜蓿。我所以留意于此，是因为法国人伯希和于1908年到达敦煌的时候，也注意这种可作中西交流史证明的植物。他认为，张骞当年是在康居国采集到的苜蓿种子。他在日记中写道："在新疆，至处都是苜蓿。""到达敦煌以来，我们就再也见不到它们了，也可能直到北京都再也见不到它们了。"此前，我曾在走进敦煌南倚的祁连山中时，见到过逸生到野外的苜蓿。伯希和写这篇日记的时间是2月24日，那时的敦煌还没有春天的气息，那些去秋枯萎的植株早就被风沙摧折扫荡干净了，所以他才没有发现吧。

敦煌是有苜蓿的，而且古代敦煌还种植苜蓿。敦煌遗书中有这样的记载："五月廿日，粟四斗，垒苜蓿园……"这是说，用了四斗粟，付雇人垒苜蓿园的工钱。苜蓿不只是优良饲草，青嫩的苗尖还可以作为蔬菜食用。最新版的《敦煌市志》对古代敦煌农作物考据详细。将苜蓿列为古代敦煌主要的八种蔬菜之一。"茎叶嫩时可做蔬菜，苜蓿花可以提取香料。"并引敦煌遗书，某年端午节一位陈姓小吏送上司贺节礼："香枣花两盘，苜蓿香两盘，青木香根两盘，艾两盘，酒两瓮。"真是清雅可爱。

敦煌此地，即便不是从复杂的历史、文化、语言寻找入口，就是从一株野草闲花、一种看似寻常的植物入手，其蕴含也是如此丰富，如此充满历史况味。我走过一些麦地、一些瓜田、一些果园，灌溉这片绿洲的渠水在白杨树阴凉下哗哗流淌，在阳光下闪闪发光。

在这里，植物也是我自己的历史课上的生动材料。

西域的植物经过敦煌东来中国。中国的植物也借由丝绸之路，经过敦煌去往了世界。美国人劳费尔关于物质交流史的著作《伊朗中国编》就说道，中国的桃和杏就是借由这个通道传到了外国。劳费尔说："尽管出产野杏树的地带从突厥斯坦一直延伸到逊加里亚，蒙古东南部和喜马拉雅山，但中国人从古代起就最先种植这种果树，这却是一件历史事实。"

"以前的作者把桃杏向西方移植这件事很公平地看作与中国在张骞出使西域之后和西亚来往密切是有关联的。"

关于中国的桃树在印度的出现，玄奘在《大唐西域记》中也有记载。印度有一个叫司乞特的王国，一名叫作加腻色迦的国王在朝时，一些甘肃河西的人到了那个王国，这位国王善待这些来自中国的人，分配给他们土地和宅邸。他们居住的地方就叫中国地。这些中国人在中国地上栽种了他们带来的桃和梨。以后，这个王国的人就把桃叫作"至那你"，意思就是中国桃。而中国梨的名字则叫作"至那罗阇弗旦逻"，意思是中国王子。

唐玄奘去印度求法取经时，经过敦煌时虚心苦身，回来再经敦煌，除了满心佛学上的正知正见，还从异国带回了这样美丽的中国故事。"人面不知何处去，桃花依旧笑春风。"那些当年进入印度的中国人的行藏早就无处踪迹，但桃花却在异国春天永远开放。

晚上，在酒店吃着醒酒的瓜，又想起这些汁液甘甜的果实的来历，想起它们对不同自然条件与文化习惯的适应，想起因此而起的品种改良与增加。更想起它们的流布，敦煌都是一个绕不开的中转站。

这里是一个国际性的文明集散地、文化中转站。

这里发生的故事，不只有不同族群间的流血冲突，不只是不同文化在生存竞争中一较高下，还有交往、交流、交融。交融是最终的结果。即便最初的形式，文明的竞争以流血开始，最后的结果还是相互融合。即便是失败的一方，也还向胜利的一方输送了某些生命基因与生存的智慧和经验。在我们这个国度，大多数人的历史观的养成靠那些演义体的小说或小说体的历史书。网络时代了，这种历史观反倒得以更方便地蔓延。在这种历史观的笼罩下，民族间的历史就是战争故事。每个人心中都是一部胜者为王败者为寇的简洁版攻伐史与谋略史。随便哪朝哪代都是某朝"那些事"，而真正的历史应该是一部文明成长史。

在敦煌这个地方，如果愿意做一个求知者，而不是一个满足于到此一游的游客，确实可以学到很多东西。因为时时处处，文明史都在这里现身说法。

第一个敦煌之夜，我把一些涌入脑海的零碎想法记在纸上，由此想到关于中国纸流传到西域的文字。

马可·波罗曾经写下他在中国见到的造纸方法："……取下某一种树的皮，其实就是桑树，叶子是喂蚕用的——这种树非常多，到处都是，所取下来的是树里面的木质与外面厚皮之间的白色薄皮，把这薄皮制成很像纸张的东西，但却是黑色的。纸张造好了时，便裁成大小不同的块。"马可·波罗记载的纸，不是普通的纸，而是用于制造纸币的纸。美国学者劳费尔说："尽人皆知中国人是钞票创造者。元朝统治者最早在1294年就把纸币传到波斯。这些纸币完全模仿忽必烈的纸币，连中国字都照抄下来作为票面上图案的一部分……关于这件事最有趣的一点是，在那一年中国的木版印刷第一次在塔不利思用来印这些钞票。"

其实在更早的唐代，敦煌这个地方就开始造纸了。敦煌文书里就有多则涉及造纸匠人的记载。特别是从唐末到宋初的归义军统治时期，敦煌地区大部分时候与内地隔绝，但此地因为佛教的昌盛而对纸张有大量的需求。那个时代表达信仰、营造石窟当然是上上功德，但那窟可不是随便一个人就可以造得起的。退而求其次就是写经，绘制菩萨像，都需要消耗大量纸张。于是，敦煌本地的造纸业也就发达起来。造纸除了技术，还有原材料问题，敦煌造纸不像内地有楮与竹一类的广布资源。敦煌是完全的灌溉农业，造纸原料主要是麻。麻在古代是重要的农作物，中国虽然以盛产丝绸闻名于世，但大多数老百姓，日常与劳作中的穿着，还是布，即麻布。麻籽更是重要的油料来源。古代的油除了食用，还有一个重要用途就是照明。为了造出品质更好数量更多的纸张，必然带动种植业的进步。造出更好品质的纸不只是技术问题，很多时候原料的品质更是关键。归义军时期，敦煌有很多造纸作坊，由以经商才能闻名于世的粟特人开办经营。如此看来，粟特人不仅全民族投入古丝绸之路的商贸流通，也在从事着节节传递先进技术的工作。

1907年，斯坦因就在敦煌地区的汉长城遗址中发掘出了汉代的纸。他的《西域考古史》有一章《沿着古代中国长城发现的东西》，有一段这样说："我已经说过不能在此处把有趣味的发现品一一说到，但是有一件我要说一说，我在这段长城一座烽燧尘封堆积的室中发现了八封干干净净用古窣利文字体写在纸上的书函……其中有些找到时外面用绢包裹，有些只用绳缠住。这种字体因为过于弯曲以及其他缘故，极难认识。现在知道这是中亚一带商人到中国以后发回的私人通信。"

斯坦因说，这些中亚商人"显然很喜欢用新发明的纸作书写材料"。

斯坦因把这些纸带回欧洲请造纸史权威进行了研究，"证明这些书函的材料是现在所知道的最古的纸，制法是把麻织物弄成浆，然后由浆以造纸，正同中国史书所记载西元105年纸初发明的方法一样。"想想，那时纸才发明出来不久，就有来到中国从事贸易的外国商人用异国的文字在上面书写了。

造纸术在敦煌繁盛的时期，纺织业也在这一地区得到发展。除了传统中国麻的纺织、丝的纺织，更有意味的是棉纺织业在敦煌的出现与发展。棉花也是一种外来植物。中国史书就记载了与敦煌近邻的高昌（今新疆吐鲁番）种植棉花的情况："（高昌）多草木，草实如茧，草中线如丝纩，名为白叠子，国人多取织以为布。"用棉花织出来的布，不仅自用，还用于市场交易。"布甚软白，交市用焉。"

敦煌与高昌在地理上是近邻，自然条件相似，受其影响，学得植棉纺棉的技术有着优越条件。

敦煌遗书中就多有关于棉布的记载。那时，把棉布叫作"緤"。而且也甚为珍重。人死了，所遗财物中緤是重要物品。一个叫孔员信的人死了，其子女为分遗产闹纠纷，状子递到官府，所争之物中就有"安西緤二丈"和"立机一疋"。"疋"，同匹。"立机"，是刚下织机未经洗染的生棉布。一个名叫杨将头的人死后，留与小妻的遗物清单中也有"白緤袄子"。一个人的母亲去世，在寺庙"设斋施舍回向"，施舍的重头也是棉布："施细緤一匹，粗緤二匹，布一匹。"

归义军时期，官方税收也有棉布。敦煌遗书中有《官布籍》数件，其中就规定了具体的征收标准：每250亩地征收官布一匹。

考古学证实，棉花是由南北两路向中国传播。南路是印度的亚洲棉，经东南亚传入海南和两广，再渐次传入福建、两湖与四川等地。北路则是非洲棉经西亚传入新疆和河西走廊，再传入陕西渭水流域一带。这个传播时间非常漫长，到达陕西渭水流域时，已经是十三世纪了。这也说明，敦煌不只是一个贸易的中转站，也是一个技术的中转站。

短暂的两天多时间，我要离开敦煌了。下午四点，飞机起飞。这一回，和来时不同，我没有眺望南山和南山上的千年雪，没有去看南山的融雪水如何到达敦煌绿洲，或者未能到达便消失于茫茫戈壁。这一回，我只看着那片绿洲，那些蓬勃生长的树；那些围绕着村庄的田畴，水渠和道路将田野擘划出规则的图案。飞机越飞越高，越飞越远。飞机向东飞去，而太阳正在沉向西方的地平线，终于，地面的绿色消失了，消失在西斜的太阳放出的万道金光中。

如此，敦煌在我心中已是一个绿意葱茏的具体存在。再见敦煌！

在与中原隔绝的归义军时期，为表达对故国的忠心与向化，敦煌常遣人向唐，向五代诸国，向宋进献美玉。那时用的一个关于玉的计量单位是团。公元924年，"沙州曹议金进玉三团"。932年"沙州进玉三十六团"。965年，"甘州回鹘可汗，于阗国王及瓜州皆遣使朝宋，献玉五百团"。

是的，当敦煌渐渐从视线中消失，我已经开始回忆。

我依然注视着绿洲上的绿，任凭那绿意越来越模糊、越来越遥远。这时的敦煌，在我眼前幻化成一块美玉，绿意漾动，悬挂在黝黑、赤红、金黄的色块相互交织的大戈壁胸前。有一个声音在高声诵念："美玉一团！""美玉一团！"

再见！敦煌。

敦煌就是那些东来西去的植物染绿的最美的美玉一团！

原载《青年作家》2018年第1期

把 手

张承志

一

那是在二十岁之前年轻的时候，骑马驰骋，是那时的最爱。那一年在玉树的巴塘马场，我骑着一匹大走马，在暮色苍茫之际赶路。

如今用蒙古语描述，那是一匹"嘎石德乐"（褐色黑鬃嘴微白）。身躯高大，比乌珠穆沁马恐怕要整整高出一个马头，跨在鞍上，两脚直直地踩紧铁镫，姿态舒服。我黄昏独骑，是去轰马呢，还是去哪儿？只记得马头又沉又重，汹汹地坠着，我要使上一半劲勒紧马嚼。

玉树的巴塘是一道川，宽阔的草滩被两侧的雪山夹着，草高风冷。那时的我们心中不存畏惧，骑上马后最要紧的是显示姿势的地道，还有要纵声高唱——不把学来的两首藏语歌唱出声来，马骑着会不对劲。

刚刚十九岁的我，骑着那匹马心里渐渐有一丝不安。我绷紧的神经一直在对付它，而我愈来愈觉出来：我驾驭不了它。

那匹马很凶。显然吃饱了豌豆和豆饼的它盘算着怎么挣脱我。我只能死命拉紧嚼子，但勒得马头高仰，马的脾气更被惹起来了。不得已时我看准地势，在上坡时踩稳夹紧，几次松开缰绳。一霎间马如炮弹，只感到它从胯下蹿出，猛地身下抽空，只剩两脚与马连着。

我死命夹着马腹，踩住脚镫，风呼呼地灌进耳朵。即便冲向坡上，蹄音仍然密如鼓点，转瞬到了山顶——我倒抽凉气，决死地使劲勒紧马缰，逼它小步走着下山。马头几乎被我扯得转到怀里，若没有嚼铁，我猜它会回头咬我。就这么，它圆睁着眼，神情恐怖，我唯有勒紧缰绳，几乎喘不过气——就在人马角力之间，暮色沉降山峦背后，四野陡然暗了。

马头忽左忽右地挣扎，我着意控缰骑稳，绕过高寒草滩密布的草疙瘩，两膝被潮湿的蒿草唰唰擦着，心里只有一个念头：刚才是朝着那个山凹，后来朝左，又绕向右，回家的方向是……

迷路以后，马似乎比人更显得急躁。它挣扭着我手里的牛毛缰绳，甩着两个穿着锃亮蹄铁的前脚，狠狠地跺着草地。

后日我当了蒙古的牧民，但几年也没有骑过那么口硬的马。职业牧民是"贫下中牧"，没有豌豆和豆饼，更没有给马治病的鸡蛋清。所以理解是后来追忆时才获得的：纯粹的牧区，很少有这种厩养的烈马。

还有习俗带来的滋味。青海甘肃的牧区用的缰绳，不像乌珠穆沁是结实滑软的牛皮条，而是粗硬刺手的马鬃绳——久久扯着偏缰，手又疼又累，缰绳在手上绕了两圈，扳转着马头判断着方向，手似乎失去了知觉。

——"噗噗"的两声溅在肩头：好像，要下雨了！

我的心一下乱了。一迟疑，手松了，嘎石德乐猛地把头一低，疯狂地挖开铁蹄蹿了出去，若不是鞍子备得牢，我连在鞍子上，它会把我和鞍子都甩在屁股后面——我忙扯缰，已不可能，马劫掠着我，向着空旷草滩嗖嗖驰骤，呼呼的风灌进耳朵。

我想歇息一下，索性放开了它。心里这么一想，力气就抽掉了，我无奈也偷空地放松了姿势，一口气冲过了平川。

马跑累了，松开了死咬住的嚼铁，步子也缓和下来。我重新勒缰，昏茫的视野里，隔着一片草疙瘩，前面是一道石头碴子裸露的山梁——那个山梁，我有印象，就在我们帐篷的西边。

我长长嘘了一口气，换个姿势歪坐鞍上。走了两步，突然发现，马打了个响鼻仰起头来，它的前腿，正陷进草地。

二

十九岁的我没有想到，在暮色四合的巴塘草滩上，我一骑一人误入了沼泽。草疙瘩地貌是乌珠穆沁没有的，在一堆草疙瘩中央，嘎石德乐在下陷、下陷——

蹬着脚镫的靴子下面，就是黑油油翻起的泥巴。

陷入沼泽，不是别人而是我，正在一丝丝地下陷。丑恶的污泥正挣破草皮，凶险地翻动着从马的膝盖一分分露出头来，我攥着缰绳的手硬了。

恐怖像一个魔鬼抱住了我。我想喊叫，但知道没谁会听。我想下马，但下面是泥潭。我好像从嗓子眼里呜呜哭了一声，又不觉止住了。只有胯下的狂傲的河曲走马，它呼呼喘着粗气，挣一下，腿拔出来，又停一下，再陷下一点。

我只有竭尽全力，勒住缰绳，嘎石德乐也借着我的拉扯，愤怒地高昂马头，一次次地奋力跃起。

它猛地挣扎一跳，两条前腿一霎跃出了泥巴露出来，但落下时又噗咚一声踏回原地，陷得比刚才更深！

时光一刻刻地流逝，我不知是已经绝望还是一念侥幸，脑子已经不会思索，我唯有死命地抓紧缰绳，扯高马头，好像我只有通过缰绳，为身下的马助一臂之力，又是一阵噗噗的雨点落下，天色更加阴沉，四野已昏黑难辨。

又陷下去一层，我的靴子连同马镫，咕的一声没入了泥浆！马绝望了，它罕见地嘶了一声，在淹到腹部的泥里猛地转了一个身。

我们的眼前，对准了一个草疙瘩。我突然，不，是马突然意识到这个草疙瘩应该是干燥的。不知是什么使我重重地一扯马缰，仿佛在腔子里喊了声什

172

么。就在那一刹，马踢起前腿，猛地一跃，两条前腿同时落在了那草疙瘩上。

攀住了！

那一瞬仿佛立刻就要再滑回泥里，但那个草疙瘩是神异的，它不仅没垮塌而且意外地结实。就在马的两腿扒住草丛尚未滑落的一刻，我死命一抖缰绳一磕马腹——

胯下的河曲走马，我生命的私人密友，前腿抓住草丛，身躯弓着，又是一跃！……我们跳出了沼泽，站在了硬硬的草地上。

留意踏着一个个的草疙瘩，我学会了辨别干燥草原和湿地，也学会了寻找生存的路径。当借助一个个隆起草滩的疙瘩草丛，登上了那道石砬子的山梁以后，我不禁回头，想寻找刚才救了我们人马两命的，那个草丛。

但一望迷蒙，什么也看不见了。

回到巴塘马场的帐篷，接过一碗冒着热气的茶。我看见自己刚才拉着缰绳的左手，三条指缝都鲜血淋漓。

滚烫的奶茶，一口口熨烙般流过肠胃。

不知为什么，我没有对帐篷里的人讲起刚才的险境。按我的毛病本该吹嘘一番的。但那一夜若有所思，我没有开口。不知是因为那恐怖太丑恶，还是因为那草疙瘩太坚实，包括离开玉树以后，我一直不愿提起它。

三

后来偶然一次，我和一个藏民聊起了这件事。他笑着说，这是每一个吐蕃男人都经历过的事。不仅在巴塘，哪怕你跑到松潘，一直跑到阿里，尤其在若尔盖大草地，绿油油的草地下面，到处都有暗藏的泥潭。

若是跳不出来呢，人就会陷进去死掉么？我问。

被沼泽吃掉的可怜人有哟，要是他抓不住佛伸给他的手。

豹皮帽下，安多汉子睁着清澈的眼睛，直视着我。

"伸给他的手"……我忘了后来我们谈了什么，也没有多琢磨他的话。

更偶然的一次，在伊犁的夏台山谷，我与一个哈萨克老人同路。几句哈语问候的话很快罄尽了，一眼看见山麓棋布着葱绿的草疙瘩，我寻到了话题。

我比画着：bir kun da（有一天），Tubut-tingjer-de（在藏族地方），menneng at（我的马）——我没词儿了，急得策马跑到一个草丛旁边，一边指着一边夸张地"噗"地一比画，形容自己连人带马陷了进去，又忽然一跳蹦了出来，"呜"地跳到了平地上。

那老人哈哈大笑。他威严地白髯一飘，手向上空一挥：

Urwat！

我听不懂"乌尔瓦特"是什么，Nemene（什么）？

他举起手指，肯定地重复：Urwat！

见我茫然，他左右寻找，拍拍翘起的哈族式鞍桥：乌鲁特。又一把抓住了鞍子上捆行李的皮条：乌尔瓦特。

究竟什么是乌尔瓦特（Urwat）呢？我百思不得其解。

归途上，我一会儿摸摸鞍桥，这是一个半圆的铁环。一会儿揪揪鞍上的皮条，这是一束捆马褂子或雨衣的皮条。见我不得要领，老人从马上伸手拉我转过头，他指着天空，扯开嗓门重复：乌尔瓦特！

——回到了炊烟缭绕的毡房，老人迫不及待下马，我也赶快跳下马来。他牵着我的手，大步走到毡房门前，一把拉开了木门。然后对我指着拉着的门把手，喊道：Urwat！

我一下子懂了：这个词的意思，是"把手"。

四

实话说，我是最近才回忆起早在人生肇始之初的那件体验的。思索安多藏民的"手"和伊犁哈萨克的"乌尔瓦特"，也是不久前的事。

其实藏民和哈萨克人的见解一模一样，佛伸给他的手，就是从天而降的乌

174

尔瓦特。亚洲腹地的两大游牧民族，他们清澈的眼神，深邃的信念，像两部巨大的辞书，伴随我的左右。

就像那天巴塘的独骑，今天我依然胯下骏马，继续着一世一度的长旅。但我已经不会松开——这是最简单的，也是终极的依靠。它是知识在终点之上，也是人在限界上的抓揽。我常常禁不住失声赞叹：嘿，多么简洁的比喻啊，把它叫作"把手"！

那一天就是它向我伸了过来。今天我确实抓住了它，结实的把手。

其中的话语是强大的。当然，人若是从十九岁就踏上了那条路，遭遇如此的体验，不过是早晚的事。

原载《山花》2018年第5期

等待莫言

宁　肯

2018年《十月》第一期发表了莫言新作《等待摩西》，此前因为一些缘起对莫言也有等待性质。莫言获诺奖后缄默了五年，人们等待了五年，莫言会以什么样的文字重返公众的视野？这是一个巨大的悬念。众所周知莫言是第一个获诺贝尔文学奖的中国作家，不要说作品本身的意义，就是结束了一年一度中国人的焦虑，本身就意义重大。接下来是一个人获了诺奖后还怎么样写作？这有点像一个人去了月球后还怎样生活，也是世界性的问题。

去年八月微信圈突然传来《收获》将发表莫言新作的消息，后来证实是《人民文学》首发，不管谁首发都让《十月》有种踏空的感觉。我认为莫言的首个作品应发在《十月》上。因为莫言的获奖代表作品《生死疲劳》便发表在《十月》上。看到消息的当天，我便给莫言写了邮件，莫言当天回了邮件，允诺稿约，心里算有了些底儿。但等了几天没有动静，不太放心，恰好我刚出了一本写北京七十年代的散文集《北京：城与年》，作品往来往往是最好的催稿理由，于是写邮件问莫言书寄到单位还是家。其实这是不用问的，但是要问，这便是"往来"。信中最后坦陈"寄书是幌子，期待大作是真"。莫言给了地址，并说记着稿子的事。但我并未马上寄书，我想如一段时间还不见稿子，寄书时附言又是催稿的由头。做编辑不容易，老得惦记别人，还得比较艺术。结果书还未寄出，9月23日收到莫言短信，告知稿子已发我信箱。回家打开信箱，清晰地看到一个短篇，《等待摩西》，以及一首诗《高速公路上的外星人》。

大大松了一口气，说真的，并没马上看，当时最大的感受是卸下一个重任，感谢莫言。非常喜欢这个题目，一看题目就有种发光的直觉。摩西是何等人物？仅次于上帝。果然，在微信朋友圈披露了小说题目后，上海的吴亮先生立刻发论："很有悬念，又是摩西，又是等待……险啊。"我回："险得不可思议，却力敌千斤闸，老莫真的神力。"邱华栋说："蛋落在《十月》的筐里了。"仅凭题目，大家便有此敏感，非同道不能如此。

确实，摩西是一个宗教人物，一个先知，一个经历过大苦大难的人，一个回归信仰的人，一个带领以色列走出埃及的人，这个先知的繁复程度同样仅次于上帝，堪称西方文化之渊薮。莫言通过《等待摩西》把这一西方文化符号嫁接到东方，且是无缝儿对接，又异趣盎然，读完感叹莫言的天才。我以为也只有莫言能处理这一如此"险"的题材。感慨系之，第二天在办公室给莫言敲微信。"莫言老师：早晨读完《等待摩西》——您完全不需要恭维，我的是第一反应：我看到一个伟大的短篇。叙事技巧不用说——也极高超，但这是可学的；关键是一种大的情怀，一种大的精神视野，一种中国现实、中国氛围、中国的讲述传统与以基督教文明为基础的西方文化如此自洽、水乳不可分的融合；大悲悯，大善恶，东方的，西方的——天作之合。再一个关键是它如此落地，如此中国方式，中国现实，真的，我是心服口服。我自视并不低，但这种融合能力让我叹服。题目也非常好，恰如其分。同时还有一种轻的东西：浪漫，风趣，颠覆，元小说的后现代调性。这个小说是一种照耀，好小说都是照耀，但这是更广阔的照耀。某种意义我个人更感谢这篇小说，我看到我的哪怕微弱的可能。谢谢，我也代表杂志向您致谢，感谢您给了我们这么重要的作品！"

没想敲这么多，也没细想要说什么，却一发不可收。一会儿莫言便回了信："宁肯兄，借用前人一句话：人生得一知己足矣，斯世当以同怀视之。"说真的，知己不敢当，我只是觉得作为同行读懂了莫言，不仅仅作为编辑。写作者的眼光与编辑的眼光无论如何还是有所不同的，即便激赏也有所不同。莫言归来，既是过去的莫言，又是新的莫言，小说内在张力很大，又写得松弛，举重若轻，后者是过去莫言少有的。这个跨度需要精神上的高度技巧，甚至蜘蛛吐丝一样灵巧。当然更需要一种叙事态度，事实上有时是态度产生了技巧。

小说中的柳卫东原名柳摩西，"文革"改为柳卫东，历经五十年沧桑又改回柳摩西。"文革"改名，多有所见，俗不可耐，本身荒诞而又魔幻，写时难有新意，莫言却在大朽之上化出神奇，看似云淡风轻，随意腾挪，却概括出大历史，大寓意，很像巨蜘吐丝搭网，几下格局就有了。如果说柳摩西是刀锋，他的妻子马秀美就是刀身，没有刀身哪来刀锋？把刀身写好，写得有力，刀锋才有力，身有多长锋有多尖，莫言将马秀美的等待写得极其出色，锥骨动人，且像谜一样，她的等待某种意义就像一部《圣经》。柳卫东莫名失踪三十年，再次出现对小说是巨大考验。如果说写得一波三折算经受住考验，那么柳卫东荒诞而又幽默的身份则独属莫言的设计：出人意表，十分喜剧，让绷得很紧的悬念化莞尔，再次达到举重若轻甚至解构的效果。

小说的叙述者非常接近莫言，这使得小说具有了至关重要的"态度"，这"态度"几乎具有了非虚构的特点，好像一种纪实。甚至同时在文中谈及这篇"小说"写作的困难，具有了元小说的特点，对小说再次拆解。前面提到的整体叙事风格松弛，云淡风轻，有如拂尘在身，正好来自上面两个特点。这是归来的莫言明显的变化，有人或许不适应莫这种变化，认为莫言复出后的这批小说不够文学，有戏说味道，表面看是这样，实际暗渡机心，完成了一次嬗变。最后最值得一提的是这部小说的结尾：神秘失踪三十年的柳卫东回到家——基督信仰者妻子马秀美的家——名字改回了小时的柳摩西，这时家里的小院石榴树掩映，白云飘过，阳光融融，柳摩西在教友中的身影时隐时现。"一切都很正常，"小说最后写道，"只有我不正常，于是我退出了小院。"小说到此结束了。这一笔有如"八大"最后的点睛之笔，怪诞又轻松，张力太大了。小说中的叙述者自始至终都是正常的，代表着理性：多少次回乡，多少次打听，寻找，及至非虚构的表征与元小说的手法都代表着理性结构，代表着正常，但是最后这一切却是不正常的。这种颠覆是致命的，却又是属于文学的。在我看来好的短篇小说应该是一张拉满的弓，最后箭射向目标，直取目标，但更好的小说是颠覆了这个目标，小说关闭又敞开，一如关上一扇门又打开了一扇窗。透过窗户我们又能看到什么？

　　说起来，与莫言第一次见面已快二十年了，2001年春天，或秋天，我记不太清了。当时我还在一家行业报工作，《收获》的钟红明来北京组稿，与我约了见面时间，后来因为时间紧把与我见面的时间与莫言拼在了一起。钟红明给我发来了地址，我们先在平安里的莫言家门口见了面，然后进了莫言家。莫言住在胡同里的单元楼。周围是低矮的四合院，那几座楼高出来，这在北京的胡同尽管有但也还不太多。是砖混的老楼，不算高，四五层，莫言住的一个两居室（或三居？）。不论两居三居，莫言的书房只占了一小间的小部分，看上去逼仄，满满当当。除了书还有一些日常杂物，没有沙发，不可能有放沙发的地儿。莫言坐在电脑后面，电脑桌靠近阳台，差不多与阳台连在一起。桌上堆着书，纸笔，便签，烟盒，满是烟蒂的烟缸，拆开与未拆开的各地寄来的杂志，摞在一起，上面落着烟灰。电脑隆起于杂物中间，由于看到的是背部，莫言在电脑后是正面，感觉很奇妙，像是在柜台外面。我们坐在电脑桌与墙形成的过道里，由于阳台门开着或者打通就没有门，阳台也不大，我一直有一种印象：莫言在阳台上写作。一个作家与一个很小的杂乱的空间，简直像一个钟表店复杂的空间。钟表匠坐在他的世界里，终年与时间打交道，修理时间，或创造时间，与街上的市井又有着千丝万缕联系，而一个年深日久的小说家也差不多就是这样，或者就该这样。

到莫言家已是临近中午，坐了没多一会儿莫言带我们到下边去吃饭。莫言已订了家对面的"谭鱼头"，夸那家店好。莫言请朋友大体都在这家店。平安里是个热闹地界，老北京与现代都市混杂，虽然不兼容，但时间长了也有某种强行扭结在一起的自恰，因为不管老的新的建筑都打上了时间烙印。时间是通行证，是法则的法则。机动车自行车三轮车在路中央搅在一起，车水马龙，过马路不容易，莫言显然走惯了也得躲躲闪闪，险象环生（多年后在京师大厦，莫言向我展示了手腕上的膏药，便说是前几天骑车从胡同口出来，被一个骑车的打工妇女一下撞上，他本骑得很慢，但打工妇女骑得很快，一下撞上了，手腕受伤）。我们顺利地躲过各种车辆，到了有明显牌匾的"谭鱼头"。在二楼，包间的窗子临街，稍欠身即可见街上的车流人流。刚点完菜或者还没点，或点到一半，也不知怎么说起了格非，莫言当即打通电话给格非，让他过来。我不知道格非住什么地方，那时格非好像博士毕业刚到清华大学任教。莫言对我和钟红明称格非是中国最有学问的作家，读书最多，不长时间格非就到了。席间说到作品翻译，莫言告诉格非，法国有个文学活动，他们可以一起去，法国方面会给格非发邀请（莫言作品在法国翻译得最多，最早，影响也最大，一般认为莫言获奖是葛浩文的翻译起了决定作用，事实上是法国的诸多译本起了重要作用，莫言在斯德哥尔摩领奖时，瑞典王后告诉莫言她读的就是法文译本，评委也大多读的法文。葛浩文有作用，但不是主要作用）。那天还谈到了王朔，我认为王朔读书不多，莫言说王朔其实读书很多，对王朔评价很高。

　　那次见面虽留了联系方式，却联系不多，仅有少量信件往来，一晃十多年没见。而这十多年正是诺贝尔文学奖折磨中国人的十多年，一是猜中国人谁会获奖，一是中国人会不会获奖。后者争论很大，引申而来的是对中国当代文学的批评，以至出现了顾彬中国文学垃圾说，影响甚大。种种原因，我个人也觉得中国离诺奖还有距离。到了2012年9月，偶然在网上看到一篇李欧梵写莫言的文章，分析了莫言的价值与大世界的分量，感觉莫言真有可能获奖，甚至或许就在今年。这种直觉一时非常强烈，换句话说莫言获不获奖都已到了水准。

李欧梵的文章学术性强，媒体层面影响很小，网络时代理性声音往往是这样。倒是顾彬时时掀起狂澜，似乎总是有众多的人托着他举着他游行，灌他酒。

那年正好有家外国版权代理公司要代理我的作品，希望有一些当代同行对我的评价。我给莫言写了信。我是2012年9月6日上午8点40写的邮件，10点钟莫言便回了邮件："宁肯兄：我在高密。几句话的确很难概括你丰富多变的写作，但还是写几句供你参考：宁肯的作品将尖锐的政治批评与深刻的人性解剖结合在一起，将瑰丽的边疆风情与喧嚣的都市场景联系在一起，将现实的无奈生活与对理想人生境界的苦苦追求融为一体，更为重要的是，他用丰沛的想象力和博取众采的胸怀，创作了属于他自己的故事和文体。"莫言对我作品的了解与评价都让我惊讶，同时感到莫言的某种愉快。

果然，2012年10月8日晚，莫言获奖的消息传来，莫言一锤定音终结了一年一度折磨国人的吵吵。这是一个伟大的时刻。我也特别愉快，预感被证实。消息传来，我正在《人民文学》组织的南水北调采风团路上，之前在大巴上人们就进行了最后的猜测。王刚说昨晚梦见莫言获奖，但莫言请客却没请他很是郁闷。王刚、邱华栋为此写了精彩文章，提到这件事。我向莫言发去了祝贺。

莫言消失了一样，无声无息，显然他关闭了所有信息。2013年11月下旬我见到了莫言，在《十月》创刊三十五周年纪念会上。我代表《十月》向莫言发出邀请。那是一次盛会，文坛很多名宿都来了，张洁，王蒙，张贤亮，铁凝，张承志，贾平凹，陈世旭，梁晓声，池莉，方方……人们百感交集，据说中国作协也难开这样全的会了，那是一次历史的盛会。许多多年未见的人见到了，一言难尽，寒暄，拥抱，握手，拉着手不放，合影。每个人都是历史，是历史与历史合影。莫言是一个结果，这结果不仅是莫言的，也是中国文学的，那天人们感到这种东西。

尽管拿到了《等待摩西》《高速公路上的外星人》，我还是给莫言寄去了《北京：城与年》，并附了短笺。已不关稿子的事，而是请莫言为我的新书房题写斋名。自从前年在顺义有了新书房，一直想请莫言题个斋名。我知道现在让莫言题字不太容易，书寄出的时间有点长了，差不多忘了此事。我想莫言的沉默也完全说得通，尽管只是题斋名，与讨字有所不同，但也不容易。10日26日下午接到莫言短信，告之斋名已题好，并告知了微信号。我觉得莫言了不起。彼时我正骑着车在路上，赴为捷克翻译家李素、爱理饯行的晚宴，地点在玛吉阿米。这会儿李素正在译我的《天·藏》，赵雪芹特别安排了西藏风格的餐厅让李素多少体会一下西藏风情。正值北京十月文学月，十月文学院有个外国翻译家在北京的驻留计划，邀请了李素、爱理。作为北京十月文艺出版社编辑，赵雪芹具体负责这项目。赵雪芹跟莫言很熟，她曾是《丰乳肥臀》的责编，多有往来，手中有多幅莫言的字。到玛吉阿米（北青店）还早，坐在厚重藏式装饰风格的原木椅上，加上了莫言的微信。很快便连上了，莫言将题写的斋名立马发过来，瞬间，有辉煌感。色调，字体，与玛吉阿米的厚重色调竟有点相似，仿佛有佛光照耀。整体的黄色调中"琴湖斋"三字古奥，厚重，活跃，与莫言以前的墨迹颇不一样。首先不是行书，过去多见过莫言左书，随性自在。这次一笔一画，每笔都压得住，哪怕随性的地方也稳稳当当。体操运动员最终是要站住的，字也要站住，立定。

酒量颇好、沉默寡言的汉学家爱理恰好也是莫言的译者，他翻译过《丰乳肥臀》和《酒国》，他看到莫言的字挑起大拇指。李素与爱理是琴瑟，总之各种与莫言有关的缘起今天偶然地在这儿交会，似乎莫言主导着什么。我把赵雪芹的微信名片发给了莫言，不一会他们也连上了。关于这幅字，微信上莫言要我到北师大来取或他给我寄来都行。当然是去取，取时邀莫言小酌。莫言说下周找个时间，等他通知。午夜，回到家中，酒的感觉颇好，熏然中写下一条微博并上了图片："今天收到莫言为我的新书房题字：古奥，幽默，自性。幽默是最难得的，这字越来越接近莫言。"很快微友书道中人归朴堂先生评："以楷写隶"。又把微博转到微信上，第二日晨酒醒锁上微博。

30日是周一，一早莫言便发来微信："明晚是否有空，如可，请到京师大厦一聚。"随后与莫言定下了具体时间：晚上六点。莫言又发来房间号：京师大厦二楼968号房间。我想莫言大概在京师大厦开会，这是房间号，遂微信请莫言帮我订京师大厦餐厅的包间。莫言回说刚发的就是包间号。难道不是开会？

还真不是开会，这就是他订的地方。我准备请莫言的好友李亚作陪，告诉了莫言。莫言问赵雪芹是否愿来？莫言就是莫言，这也正是接下来我要提议的。第二天晚六点前我到了京师大厦二楼968，赵雪芹，李亚，已等待莫言。李亚说莫言对你真是好，现在很难要到莫言的字。李亚也是我的朋友，小说写得既民间又颇现代，是我欣赏的作家。正谈着《生死疲劳》，莫言在服务员引领下到了，气色很好，紫色夹克，毛背心，衬衫，戴一顶深色帽子，与赵雪芹拥抱，也多年未见，非常亲切。莫言说：当年你还是少女，现在……莫言没继续说，赵雪芹说现在变老了。现在是少妇，莫言笑道，然后从皮包里拿出了字。

说实话，莫言也老了，或者我们都老了，时光就是这样，是公平的。经过2013年《十月》那次纪念会，我就觉得中国文坛老了。年轻人虽也顶上来了，但没这拨人势大，而且老了势还这么大。历史的运动有时就是这样，开始大后面也大，一如今晚的主题是书法书道是必然的。见到真迹，就在莫言手上，人字相证，既身外又一体。真迹整体感盎然有道，有种扑面而来的东西：古奥，幽默，自性。我提到了那晚微博上写到的，莫言说用幽默形容很新鲜，很有意思。我这是直感，不专业，我说书家归朴堂先生的"以楷写隶"可是行家。莫言品了一下这四字，仿佛说中了自己的感觉，十分认可。的确，这幅字有种混合的楷隶风格，庄严又浪漫。

服务员倒茶，莫言与这儿的服务员很熟，叫住服务员："今天我买单，谁找你买都不行，听见了没有？要是买了我可……"大家笑。莫言不但写了字，还要做东请饭。有这样送字的吗？一系列缘起如此深刻，根本无法用世俗的东西概括，因此感觉才特别不同。同时又特别生活化，特别真性情。那么一个人的神性也一定是建立在最普通最生活化之上，就是说始终从根部泛上来，并不来自天上。莫言是有着大地深深根性的人，他的作品他的人都显示着这点。很多人成了事根性没有了，或者变味了，或面目全非，似是而非。唯莫言，始终如此完整。

莫言还请了书法家魏彪先生，魏彪要迟一会儿才来，我们先小酌起来。我带来了"十月酒"，是《十月》与四川宜宾李庄合作的一款文人酒，类五粮液。魏彪是莫言以前部队的同事，书篆均了得，席间莫言讲了这位书法家痛批自己字的逸事。魏彪到了后，自然再次展示莫言的字。魏彪评点，从整体感，节奏感，布局，用墨，笔触，直到落款，钤印。完全技术派，结论是又有进境。莫言也说这是南京回来写的第一幅字，不知南京对莫言有什么意义。然后举字合影，留念。我后来才忽然明白，邀书法家朋友来也是莫言重视这幅字。同时如此谦逊，虚心向技术派求教，这在文人字中也不多见。

文人字多自性，莫言看起来也如此，但事实并非如此。

这幅字也应是等待莫言的内容之一。

原载《山花》2018年第10期

怎样握住一颗眼泪

李青松

我跟海子接触有四年时间。因之诗社和诗。

1983年9月，我入政法时，海子也入政法。不过，我当时的身份是学生，海子的身份是教工。我说的政法，是指北京市海淀区学院路41号——中国政法大学（当时校门口牌子上的字是彭真的手书，现在改为邓小平手书了。入校时校长是刘复之，毕业时校长是邹瑜）。那一年，中国政法大学是在全国范围内首届招生（之前为北京政法学院），一下子就从内蒙古招来50人。我是其中之一。哐当哐当！哐当哐当！我是坐了一夜的草原列车进京的。当我背着行李，拎着网袋（里面装着洗脸盆和牙具），步履兴奋地被人流裹挟着，走出布满煤尘、异味弥漫的西直门火车站出站口的时候，天就亮了。

我知道，草原和沙地离我远去，新的一页已经掀开。

政法大学南校门之外就是小月河。河里蛙鸣喧嚣，河岸荒草连天。我当时想，若是把老家的羊赶来，一定会个个吃得膘肥体壮。城里的草，就那么白白长着，派不上用场，真是可惜了。

我本来第一志愿报的是北京广播学院，偏偏没被录取，却被第二志愿的中国政法大学录取了。当时，政法大学还没有分系分专业，可见当时办学之仓促

185

（好像入学半年后才分系分专业）。

入校后给校刊投稿，就认识了校刊编辑吴霖和海子。吴霖有两个笔名，也叫江南，也叫陈默，毕业于华东政法学院。海子原名查海生，毕业于北京大学。吴霖和海子在一个办公室，面对面办公。我当时在校刊发表的第一首诗是《老教授的书屋》，责任编辑是吴霖。虽说中国政法大学是以培养法官、检察官和律师为主的政法高等院校，但法律课堂上的许多大学生仍然做着文学梦。这是一种悖谬——法律的功能是使每个人都成为理性的人；而文学的功能是使每个人成为感性的人。

法律是收敛和约束情感，使看不见的东西不被看见。而文学则是张扬和放大情感，使看不见的东西被看见——而且不光是使自己看见，更是通过自己的表达使别人看见。

从本质上说，每个人都渴望看见——看见青春的美，看见生活的美，看见世界的美。

那个年代，正是校园诗歌盛行时期。那个年代，正是校园文学气象万千的时代。今天，当我转过身去，向着那个时代遥望的时候，腾的一下，浑身有一股热流在澎湃涌动。——我们应该向那个时代致敬！

在吴霖的鼓动之下，经校团委和校学生会批准，我便不知天高地厚地发起成立了中国政法大学诗社。海报刚刚贴出去，就有上百人报名参加。我们还是从严掌握的——最后通过审核作品和面试，录取了55名同学为诗社成员。我被任命为首任社长。副社长是王彦、张国森。骨干有曹洪波、李艳丽、王淑敏、郁红祥、齐晓天、王光、孔平、贾梅、李成林、孟朝来、荀红艳、武彦彬、商磊、庞琼珍、付洪伟等。同时，我们还创办了一本诗刊《星尘》。我任主编。刊名是吴霖起的，"星尘"二字是我们班的同学朱宏霞手书的。那家伙来自内蒙古乌兰察布盟，从来不去上课，整天躺在宿舍床上读《红楼梦》。是个烟鬼，床底下全是烟屁股。面黄肌瘦的，就像旧社会受苦受难的人。

当时，校领导江平、宋振国、解战原、张晋藩及老师高潮、宁致远、张效文、王洁、隋彭生、于波、马宏俊、唐师曾、丁元力等都很支持诗社的工作。校记者团团长、学兄毛磊也给予热情的帮助。

在我的建议下，吴霖被聘为诗社名誉社长，海子被诗社聘为顾问。也就是从那时起，海子发表诗歌开始用"海子"这个笔名了。海子生就一张娃娃脸，那时没有多少人注意他。海子生活上过于邋遢，不修边幅，胡子乱蓬蓬的。吴霖是上海人，戴一副眼镜，风流倜傥，满腹经纶，我们都称他吴老师。但对海子从没唤过老师，就叫小查。他的额头和鼻尖总是汗津津的，一副羞涩的样子。当时的海子"一穷二白"，没有底气没有自信。

唐师曾（当时是教国际政治课的老师，后来成了新华社著名记者）为讨诗社漂亮女生欢心，哐当哐当躺在地上拍照片，拿给海子要求在校刊上发表，却每每都被海子说"不"。于是，"唐老鸭"给海子起了个绰号"扎卡"——大概是因为海子的面相长得有点像印度电影《流浪者》里的坏蛋扎卡吧。不过，海子反过来也给唐师曾起了个绰号——"糖包子"。一个"扎卡"，一个"糖包子"，都无恶意，算是一对一抵消了。他们教工之间的事，我们不便多嘴。毕竟，我们是学生。

诗社活动搞得轰轰烈烈——办刊物，举办诗歌朗诵会（朗诵会多半是由查卫民和张卫宁主持。朗诵会上，曹洪波每每都会登台，以咬牙切齿的表情朗诵一首自己的诗作——啊！风！——啊！雨！——啊！闪电！常会引来满堂笑声），搞诗歌讲座……政法大学成为当时高校诗歌重镇。我曾带人专门去臧克家先生的家里拜访，请教老先生一些诗歌问题。我们请邹荻帆、梁晓声、刘湛秋、徐刚、顾城等作家和诗人来学校跟诗社成员座谈。北大、师大、人大、邮电等诗社的人常过来交流。北大的西川（刘军）来政法次数最多。当然，他来的次数稠密，除诗歌之外，还另有原因。什么原因？别问我，问我我也不会说。

诗社没有办公场所，实际上，我的宿舍就是诗社办公室。当时，全国几十所高校的诗社负责人跟我有过联系，我每天都能接到六七封，甚至十几封信件。当然，不光都是投稿，也有探讨诗歌创作方面的信，也有油印的刊物，油印的诗集，也有——也有朦朦胧胧表白那个意思的信。读信，是我每天最快乐的事。

回想当年，我们的青春和梦想都是与诗相伴的。诗，让我们沉浸在幸福中。

有一次，我们请某诗人来校讲座，结果，那个诗人因故没来，我就跑到校刊编辑部找吴霖救场，偏巧吴霖不在，就跟海子说："小查，你来救场吧，你讲。"海子说："讲什么啊？"我说："你就讲朦胧诗吧，对付一个多小时就行。"

海子说："不行，临时抱佛脚，我哪有那本事啊！"

我说："今天听讲座的可全是漂亮女生，你不去讲会后悔的。"海子的眼里放出欢喜的光芒。海子是鱼，女生是鱼钩。漂亮女生，是钓海子这条鱼的鱼钩。于是，海子就跟我来到那间教室。

不过，确实有点难为海子了。那次讲座由我主持，海子都讲了什么，我一句都记不得了。只记得他的额头和鼻尖上浸满了汗珠，讲话的逻辑有些凌乱。然而，我万万没想到的是——就是在那次讲座的现场，他的目光与坐在头排认真听讲的一位女生的目光，倏地碰撞在一起——海子的初恋开始了。

那位女生叫……我还是不说她的名字了吧。——替别人保守秘密是一种修养。但可以透露的是，那个女生有一双忽闪忽闪的大眼睛，个子不是很高，走路时双肩有点向上一拱一拱的。看得出，海子陷得很深。寂寞时，海子经常用手指在桌面上一遍一遍写她的名字。后来，我才知晓，那时海子写的许多诗，其实都是写给她的。

我在中国政法大学读书时，除了担任诗社社长兼《星尘》主编外，还是刊物《法官的摇篮》（也发表一定数量的文艺作品）主编。两个刊物需要大量稿件。我当时的宿舍跟校刊编辑部只有一墙之隔（准确地说，是一板之隔——同一座楼，楼道用纤维板隔开，一边是教工办公区，一边是学生宿舍区。——应该是七号楼吧。好久未回学校了，不知现在什么情形），海子为了投稿方便，就把纤维板隔离墙抠开一个洞。我们约定暗号——他在洞那边嘭嘭嘭敲三下，我在这边把稿子接过来。

海子当时写作用蘸水钢笔，字体是斜的，有点像雷锋的字体。刊物大样从打字社（那时用四通打字机打字排版）取回来，往往有的版面就会出现五六行或者七八行的空白。我就拿着大样去找海子，让他补白。海子经常是先翻翻外国诗选，找找灵感，就能很快提起蘸水钢笔唰唰把白补上。

1985年3月，第二期《星尘》第53页至55页发过海子一组情诗——《夏天的太阳》，小标题分别是：《主人》《你的手》《窗户》《渔人》《行路人》《日落》。海子对《主人》中开头几行洋洋得意——

我在鱼市上
寻找上弦月
我在月光下
经过小河流

你在婚礼上
使用红筷子
我在向阳坡
栽了两行竹

我当然知道，这一组情诗，他是写给谁的。一个字没动，原稿照发了。我还特意叮嘱编辑，每个小标题上下加横线处理，以示醒目。诗尾有两行作者简介：海子，男，安徽人，校刊编辑。曾在《滇池》等刊物发表过诗作。

当时四通打字机打不出"滇"字，我便用圆珠笔手写到蜡纸上，刻出了一个"滇"字。现在拿出那期刊物看看，有点不好意思——那个"滇"字写得太丑了。

实际上，海子当时仅在《草原》《十月》《滇池》发过几首诗，大部分诗作还是发在我们诗社的《星尘》上。海子后来的成名和巨大的影响，让我着实深感意外。

在我担任法律系团委宣传部长期间，团委刊物《共青团员》要出一期文学专刊，由诗社组稿（实际上就是由我来组稿主编）。我说，既然是文学专刊，那就起个专刊刊名吧——于是，就起了《蓝天与宝剑》。我当时好像正读一本苏联方面的小说，受捷尔仁斯基说过的一句话影响很深——那句话大意是"法律就是蓝天下出鞘的宝剑"。校党委副书记宋振国说："这名字好！——既有正义感，又有艺术性。"

我当时激情澎湃，亲自撰写了刊首寄语。吴霖写了一组诗《在远方》，海子写了《我是太阳的儿子》等五首诗。还有郁红祥、张国森、葛庆学、王旗等同学的作品。由于海子这5首诗各自都是独立的主题，不能按组诗编发，只能每首单独发——这就带来一个问题：海子的名字就要在同一期刊物上出现5次。这样似乎不妥。我跟海子商量，能不能用不同的笔名，把这5首诗一次发出来。海子说，行啊！能发出来就行。

打字室那边催大样了，刊物出版流程不能再耽搁了。我便自行决定，除了查海生和海子之外，又给他起了另外三个笔名——"海生""阿米子""小楂"。

"海生"——这个简单，查海生三个字去掉一个字。"阿米子"——因为海子喜欢凡·高，在诗中常称其瘦哥哥，我随手就给他起了这个外国名字。"小楂"——也没什么特别的寓意，只是当时我由查字联想到山楂树，就在查字前面加了木字旁。

事后，海子对这几个笔名也都很认可。

在那期《蓝天与宝剑》文学专号上——海子《我是太阳的儿子》，阿米子《雕塑》，查海生《渡神》，小楂《阿尔的太阳》，海生《新娘》等，其实都是海子一个人的作品。至于，"阿米子""小楂""海生"等笔名，海子在别处用没用过，我就不得而知了。

海子似乎没有什么爱好，唯一的爱好可能就是喜欢逛书店。他多半逛的是西四书店或者三联书店。

一个周末，海子在那边猛砸纤维板墙——嘭嘭嘭！——嘭嘭嘭！我以为他又要投稿，可这次却不是。原来，他逛书店刚刚回来，却忘记带钥匙了，门打不开，进不了办公室。叫我过去，看看有什么办法。

我过去一看——好家伙！一捆书戳在门口，足有二十几本。有哲学书，有文学书。文学书好像有梭罗的《瓦尔登湖》、惠特曼的《草叶集》和泰戈尔的《飞鸟集》等，——其他一概想不起来了。

那蔚蓝色的门紧锁着，海子用硬纸片和铁丝折腾半天了，也没有弄开。我问他，上面的天窗能打开吗？他说不知道。我说，我个子高，肩着你，你爬上去试试看，如果能打开，就从天窗翻进去，从里面把门锁打开。如此这般，这般如此，他照做了。果然，哗啦一下，门打开了。

满脸通红，汗水淋漓的海子，孩子一般乐了。他从桌子底下掏出一桶橙汁，为我倒上一杯，为自己倒上一杯。

我赶紧帮他把那捆书提进屋里，说，够读一年了吧！他说，有的书也可能压根儿就不看，但必须得买回来，否则心里闹得慌。他解开捆书的绳子，一本一本摆上书架。然后，坐到椅子上，举起那杯橙汁，一仰脖儿，咕嘟咕嘟！——干了。用手擦了擦嘴角，心满意足。

我也端起海子为我倒上的那杯橙汁，却没有喝。

你还好吗？问。

不好。他说。

怎么啦？我有些诧异。

但我从来没有这么好过。他说。我愣了一下，笑了。咕嘟咕嘟！也喝掉了那杯橙汁。——海子经常这样，说一些逻辑悖谬、出人意料的话。

1987年，我大学毕业后，就跟海子很少见面了。必须承认，我对海子的内心世界，还了解不多。我们的交往也仅局限于诗社活动及诗歌创作。毕竟，我的主要心思还是用在功课上。

海子在《我是太阳的儿子》里写道："人，应该知道自己是什么，应该知道自己的河流和历史是浑浊而不是透明的，应该知道自己血管里流的是血。"也是在这篇文章中，海子继续写道，"成熟是不知不觉来到的。当我们似乎寂寞地过着日子，没有了任何依靠的心理，歪歪斜斜地上路的时候，我们突然沉默起来。"——海子，为什么要沉默？是看穿了生活的真相吗？

可是，生活的真相就是看起来如此，其实并非如此。

在世俗的眼里，海子至多是一枚青涩的果子，可能永远都不会成熟。然而，他对这个世界的认识，对人生的思考可能超越了许多人。

我们会不会在历史的细纹里消失呢？一定的。人生，是短暂的。其实，诗不在喧嚣中，而在寂寞里。寂寞，是我们熟悉的面孔。寂寞，众声喧嚣的尽头还是寂寞。青春更是如此。然而，诗并不是我们生活的全部。我们究竟需要怎样的生活？

海子说："寂寞，可能就是我们渴望燃烧。寂寞，也就是因为我们还没有充分燃烧。让土地知道它是土地，让种子知道它是种子。"爱情也需要燃烧吗？当然。

可惜，海子的爱情注定是一场悲剧。海子的内心是相当孤独的。正因为孤独，所以他选择了诗歌。在我看来，与其说海子是有诗歌信仰的人，不如说他是选择了诗歌的方式来表达和倾诉的人。

时间，磨尽了悲伤和孤独之后，生命的光彩，便在他的诗中喷涌而出，而且是那么干净美好。

有的人生来伟大，有的人追求伟大，有的人被人硬说成了伟大。没有不朽的伟大，伟大是可以被颠覆的，所有的伟大到最后都化作了尘埃。当然，海子跟任何伟大都没有关系，但是，海子的诗——《面朝大海，春暖花开》《五月麦地》《日记》却传奇般地流传下来。诗歌，需要一个神。旧的神过气了，需要新的神取代。于是，信徒们便把海子推上了神的宝座。顶礼膜拜，欢呼不已。

然而，这一切跟海子还有关系吗？

我忽然想起卡夫卡说过的一段话：

> 你没有必要离开屋子，待在桌边听着就行。甚至听也不必去听，等着就行。甚至等也不必去等，只要保持着沉默和孤独就行。大千世界会主动走来，由你揭去面具。

可是，海子再也不可能揭去这个世界的面具了。

跟海子见的最后一面，应该是1988年秋天了。当时，我回学校去昌平校区看望一位老师。我记得，是在去昌平校区的班车上见到了海子。他当时很疲惫，眼神迷离，好像刚从西藏回来。我们坐在最后一排座位。他告诉我，他已不在校刊编辑部当编辑，而到哲学教研室教自然辩证法课了。

奇怪，我们当时的话题并没有聊到诗，而是别的什么（海子似乎谈到练气功的一些事情）。聊着聊着，话就寡淡了，渐渐就稀疏了，渐渐就没话了。我能感觉到，诗已经离我们远去。海子的心，已经被一种魔力占据了。诗，在那个时代，曾经是我们的梦。人生的痛苦在于——梦醒了，就无路可走了。

1989年春天的某日，从母校中国政法大学传来令人震惊的消息——海子在山海关卧轨自杀了。

我，半晌无语。泪流满面。

想起海子的两句诗：

草原尽头我两手空空
悲痛时握不住一颗眼泪

原载《北京文学》2018年第10期

是为文成

杨海蒂

2013年 中国 思想随笔排行榜

沧桑阅尽，会感觉到微笑的苍白；世态看尽，会越来越向往单纯。即便是出游，我现在也不喜"烟柳繁华地，温柔富贵乡"，而更倾心于巍巍高原、莽莽群山、苍苍大漠、茫茫草原……

但是，温州文成吸引了我，因为它是大明王朝第一谋臣刘伯温（刘基）的故乡。刘伯温，世人比之诸葛亮，朱元璋则多次称其为"吾之子房也"，赞其"学贯天人，资兼文武；其气刚正，其才宏博。议论之顷，驰骋乎千古；扰攘之际，控御乎一方。慷慨见予，首陈远略；经邦纲目，用兵后先……凡所建明，悉有成效。"

刘伯温吸引我，因为他文韬武略：政治家、军事家、思想家、文学家、法学家、道学家。因为他功勋卓著："三分天下诸葛亮，一统天下刘伯温"。因为他自有风骨："嫉恶如仇，与人往往不合"。因为他扑朔迷离：早慧神童、洞悉天机、神机妙算、运筹帷幄、英雄落幕、结局离奇、后主追赐、民间神化。

"后主"明武宗对刘伯温推崇备至："慷慨有志，刚毅多谋，学为帝师，才称王佐"，"占事考祥，明有征验；运筹画计，动中机宜"，称其为"天下策士无双，开国文臣第一"，故"今特赠尔为太师，谥号文成。"

经天纬地为"文"，安民立政为"成"。刘伯温，令人仰止。刘基家乡，从此定名，是为文成。

中秋前夕，我来到文成南田，走进了刘基故里。华夏子孙过中秋吃月饼的习俗，来自于江南人纪念八月十五杀家鞑子，民间流传杀鞑子是刘伯温策划的，这个说法难以考证，但足以说明刘伯温有多么深入民心。在民间传说中，刘伯温是神人、先知先觉者、料事如神的预言家，"上知天文，下知地理，前知五百年，后知五百年"，老百姓甚至演绎出神话故事：刘伯温本是玉帝身前的天神，元末明初天下大乱，战火不断、饥荒遍地，玉帝便令刘伯温转世辅佐明君，以定天下、造福苍生。所谓"明君"，即大明王朝开国皇帝朱元璋。

历朝历代的开国元勋，有些人固然能得高官厚禄，有些人却逃脱不了"狡兔死走狗烹，飞鸟尽良弓藏"的魔咒。以杀伐起家的明太祖高皇帝，对大功臣不会那么温良恭俭让，好在刘伯温未雨绸缪，决意远离庙堂远遁江湖，故乡的山河大地接纳了他。据《洞天福地记》载："古称七十二福地，南田居其一"，位列"天下第六福地"。刘伯温写诗如此赞美乡土、乡亲、乡俗：

> 我昔住在南山头，连山下带山清幽。
> 山巅出泉宜种稻，绕屋尽是良田畴。
> 家家种田耻商贩，有足懒登县与州。
> ……
> 东邻西舍迭宾主，老幼合坐意绸缪。
> 山花野叶插巾帽，竹箸漆碗兼瓷瓯。
> 酒酣大笑杂语话，跪拜交错礼数稠。

"南山头"乃"万山之巅，独开平壤数十里，号南田福地。"

此诗画面生动，有清奇之气。我在刘基故里读到其诗作《春蚕》，含义深远，乃其境遇自况："可笑春蚕独苦辛，为谁成茧却焚身。不如无用蜘蛛网，用尽蜚虫不畏人。"《即事》一诗，低沉消极，令人心情郁结："春半余寒似暮秋，掩门高坐日悠悠。树头独立知风鹊，屋角双鸣唤雨鸠。芳意自随流水逝，华年不为老人留。浮花冶叶休相笑，自古英贤总一沤。"《四库全书总目提要》评价刘伯温"其诗沉郁顿挫，自成一家……"清内阁学士兼礼部侍郎、诗论"格调说"创立者沈德潜，在著述《明诗别裁》中，对其评价更高："元代诗都尚辞华，文成独标高格，时欲追韩杜，故超然独胜，允为一代之冠。"

刘伯温有二十卷文集传世，绝大多数重要作品是在"告老还乡"后完成的，其学术醇深、文章古茂，《明史》誉之"所为文章，气昌而奇，与宋濂并为一代之宗"。《卖柑者言》一篇，已成经典，"金玉其外，败絮其中"一句，家喻户晓。他还有不少格言警句传世："大器欲虚，至理欲实。""夫大丈夫能左右天下者，必先能左右自己。曰：大其心容天下之物，虚其心爱天下之善，平其心论天下之事，潜其心观天下之势，定其心应天下之变。"透过这些文字，我感受到一颗丰富的心。刘伯温经世致用的文学思想，为鼎革、振举明初新一代文风举旗开道，对晚明讽刺小品的勃兴也起了先导作用，同时，也使他本人成为举足轻重的诗文大家。

南田现存的明清建筑有刘基故居、刘基庙、参政公祠、忠节公祠、盘古亭、辞岭亭、武阳亭、刘基墓等。后人谒刘基墓诗云"卧龙名大终黄土"，让我想起恭亲王那悲凉透骨的诗句："千古是非输蝴蝶，到头难与运相争。金紫满身皆外物，文章千古亦虚名。"刘伯温与恭亲王，诗文与命运何其相似。

不。文章既千古，又岂是虚名？虽说逝者如斯、生命短暂，但人总还是能抓住一些永恒的东西。美国现代哲学家詹姆士有言："不朽是人的伟大的精神需要之一。"我的理解，"不朽"，既指向宗教性的永生不死，比如灵魂不灭生命轮回，也指向俗世性的永恒价值，比如"立德、立功、立言三不朽"。刘伯温，就被后人称为"三不朽伟人"，明朝吏部右侍郎兼文史家杨守陈如此评说他："汉以降，佐命元勋多崛起草莽甲兵间，谙文墨者殊鲜，子房之策不见辞章，玄龄之文仅办符檄，未见树开国之勋业而兼传世之文章如公者，公可谓千古之人豪矣。"日本学者奥野纯的评价与杨守陈之说异曲同工："际会风云，平定海宇，既辟一代之规模，又阐一代之文章，盖诚意伯刘公一人而已矣。"真应该感谢那位"明君"，冥冥中让他走上了一条通往不朽的道路；那些弄权得势者又如何，他们有官运没有命运，"尔曹身与名俱灭，不废江河万古流"。

文成还有一大名胜古迹——药师佛道场安福寺，坐落于西坑镇天圣山。安福寺始建于唐宪宗元和三年，四面环山，东有百丈漈，南临飞云湖，西接铜铃峡，北靠刘基故里。佛教与儒道文化有着深层、内在、高度的契合，那就是：自我修炼，自力解脱。综观刘伯温生平，他正是这样做的，而且做到了极致。传说中最终出家当了和尚的清世祖顺治帝，曾为安福寺亲笔御书"大雄宝殿"；乾隆年间，该寺属皇帝敕封的皇家寺院；光绪年间，"安福寺"石匾刻成，现保存于寺院且完整无损。我猜测，皇恩浩荡于安福寺，与刘基有关，与文成有关。因为，忠心正气，千古不磨；因为，辉煌会黯淡生命会消亡，而文学、文化、文成永恒。

原载《江南游报》2018年10月12日

无关诗意的闲话

任芙康

一行男女，生熟相间；一台大巴，半新不旧。车与人依附，人与车缠绵，数日不弃，周旋于湘东平江县境内。这里的山，峰高林密，分布着七处国家级森林公园；这里的水，溪多河清，流淌着闻名古今的汨罗江。我混迹其间，就是冲着这条河来的。二千二百九十六年前的某天，屈原悲愤难抑，扎进汨罗江的水中。无独有偶，一千二百四十八年前的某天，杜甫贫病交加，殁于汨罗江的船上。中国诗歌史里，屈原乃诗祖，杜甫为诗圣。两位外乡人，相隔一千零四十八年的时差，在同一个季节，赴同一个空间，完结了自己。这当然属于凑巧，但巧合出"邀约"与"追随"之相，遂令千年风雨诗坛，平添无穷话题。儿时的故乡小城，让人惦记的节庆，除了春节、中秋，好耍莫过端阳。"五月五，过端午，又划龙船又打鼓。"于我而言，知道屈原，早于杜甫；但诵读杜诗，却先于屈赋。直到二十三四岁，接触屈原《离骚》。全诗三百多行，每逢单句，皆以"兮"字收尾。此字神妙，你一旦念出，必得拖长，不由自主，会摇头晃脑起来。为弄准诗意，找来郭沫若与游国恩的译本。对照啃过，觉得前者飞扬，饱含韵律感；后者素朴，讲究准确性。一来二去，忽生念头，伸脚动手，重译《离骚》。完工之际，十分得意，自视"信、达、雅"，既保留了大师所长，又弥补了先贤所短。拙译有幸，刊于1974年某期《南开大学学报》。如今回想往事，只觉汗颜。初出茅庐，读过几句楚辞，即或有点体会，无非皮相之见，竟敢照虎画鼠，遑能解读，实在不晓得天高地厚啊。

所谓文人聚会，向来别出心裁。就说这回，众人心甘情愿走出都市，追逐于此，只因山川草木，着实原始少见，索性就盛满了时尚的乡愁、诗意，成为意念中标准的远方。汨罗江头，有三闾大夫的"长太息以掩涕兮，哀民生之多艰"，"路漫漫其修远兮，吾将上下而求索"；杜甫墓祠，有少陵野老的"正是江南好风景，落花时节又逢君"，"尔曹身与名俱灭，不废江河万古流"。游伴多有个性，或是默然静诵，或是朗声出口，皆心诚，无做作，全由着情绪颠簸。又看罢彭德怀起兵的纪念馆，不觉心有所动。凡与平江有缘，无论古时扬善的贤良，还是近代造反的志士，个个圣洁而坦荡，命运又都殊途同归，文人与武人，上场都很辉煌，下场都很悲壮。

话说这日午后，到得一处叫坪上书院的老屋。听人推崇，湖南民居样板，问世于公元1758年。院落数重，古樟蔽日；青石垫路，黛砖铺墙。这架势，衬出二百六十年房龄的乡村建筑，帅得非同寻常。第二道大门两侧，悬一副对子："几百年旧家无非积德，第一等好事还是读书。"十八枚行书，看似轻描淡写，实则浓墨重彩，描画出主人世辈传承的立家之本与修身之术。进得大厅，先行到达的当地作家，纷纷站立，引座送茶。片刻又经招呼，四五十人分作两层，围拢一张硕大条桌。听罢"座谈会"开场白，方知时光紧迫，此会免去对谈，只听远客说话。"您前辈，请先讲。"这批外来"和尚"，号称有编辑家、小说家、评论家。因尊老爱幼，我这"老人家"，在长官讲话后，获率先张嘴的指令。自然有些心乱，瞧瞧张张生脸，一时不知从何说起。对"他们"，我其实是熟悉的。1980年代开始，文联、作协、创办一类牌匾，东西南北，蔚然成风地悬挂开来。大大小小的市县，五花八门的行业，各自培育出以文为业的才郎才女。他们无一不本事过人，有的读书多，有的经验多；有的能写作，有的能运作。面对各怀绝技的听众，让你无的放矢地"盲谈"，自会左右为难。是说文学呢，还是说文坛？说文学，自己捉襟见肘，容易露怯；说文坛，各人好恶不同，容易招事儿。情急之下，便二者掺和，使用庞杂叙事，借以应付门面。老屋的容貌，大排档的神态，叫人开口很轻松、随意，甚而可说很潦草、懒怠。但是，自觉"来对了"的场合，你必得真心说话，才对得起安逸的时辰。我那天边说边想，思路跌跌撞撞，预想出一堆可以"交流"的货色。事实上，我并非话痨，当时一多半的念头都被收捡起来，直到今天才移进文章。文学山高水深，听人答疑释惑，于基层作家而言，向来喜欢。难怪"布道"样式的游戏，成为常见节目。但高高讲台，请谁来坐，丝毫含混不得。比方，因礼节而靠前发言的前辈意见，其实最无分量。因所知所识，明显老化，已蜕变为下等见解。人们给你啰唆机会，那叫不耻下问。彼此姑妄言之、姑妄听之而已。核验当日来客名单，说话一言九鼎的，唯有刊物人士。而此番莅临的几位，无论男女，个个神色沉稳，全是驾驭版面的头目。他们以刊物名义讲话，最应洗耳恭听。如运气好，碰上的恰是心地良善之人，点拨作者的只言片语，就相当于"投稿指南"。喜欢什么，讨厌什么，往往会有实用的建议。而这通常是读破刊物"编者按"，都无法悟出的干货。见诸纸面的话，越是煞有介事，越让人不明就里。编辑的耳提面命，就是取舍的尺和秤。换句话，你言听计从，就可能投稿灵验；你充耳不闻，就肯定发表无望。

编辑为人仰视，远非今日始。打有出版以来，一部作品问世，编辑都是绕不开的接生婆，或是帮人作嫁衣的缝纫匠。单看上世纪文坛，二三十年代开始，伯乐相马的故事，可以一数一大把。建国以后，尤其八九十年代，编校人员终日伏案，求贤若渴，编织出众多披沙拣金的佳话。新世纪到来，文学遭逢冷遇，降格为鸡肋。但出人意料，文学刊物却反常，大步滑进商业化、贵族化、衙门化。南来北往中，面相可信、可爱的编辑，一天天稀罕起来。而漫不经心、薄情寡义，似已成为行当的标配。当年京城"四大名编"式的个人魅力，则幻化为依稀记忆，甚或只是缥缈的传说。北京一朋友，文坛资深"园丁"，某天问我："有人让推荐作品，我转给从前相熟的编辑，却再无下文。

这种事，你碰到过吗？"看他一脸懵懂，我不问详情，并答非所问："你的行市变了，对方的行规变了，俩变化，碰一块儿，就是到手的尴尬。"此事可做参照，名流尚且如此，非名流更不应奢望所谓正常待遇。无亲无故的作者，面对刊物，无非两种选择。一是照我前头所说，唯编辑马首是瞻，以求发稿顺遂；一是照我此刻所言，让自己静心伏案，写出骨肉文章。第二种选择，又省心又可靠，建议自重、自信的作者，不妨一试。写作之途，常有意外。远离急于求成，不计较一时短长，顺乎自然，良工心苦，反倒可能东边无光西边亮，今年无收明年有。编辑家讲课的实效性，自不待言。从趣味角度，又莫过于听小说家说书。你或许早已耳闻他擅长虚构的声名，当鲜活的真人坐在面前，你会随其或一本正经，或插科打诨的表演，轻易地快活起来，惊诧起来。但你也许难以佩服起来，写小说的人不少，把小说当学问琢磨的却不多。眼前小说家中，摇笔的技术与摇唇的技术，像毕飞宇《小说课》那般腾挪有致的，挨挨挤挤的文坛，屈指不过三几人。

倒回去二三十年，曾是文学高烧年月，满耳满眼，充斥着观念及流派的邪说，弥漫着怪相迭出的仿效。时至今日，当年的活跃分子，张三、李四，扒拉扒拉，大都已弃文休息。只有少量老骥伏枥者，被文坛掮客发掘出来，捧作各地讲坛的师爷。七十开外的昔日写手，如今登台，章法另有不同。他们偏爱把自己装进话语，夸张真真假假的轶事；又热衷拿时下作为靶标，品评虚虚实实的弊端。几乎雷同昔日路数，原料都属于大是非、大视野，人物都怀着小心机、小见识。对此类无关文学本身的拉家常，饱个耳福，聊作消遣，虽于创作无补，仍算无害。作家的价值，蕴藏于作品。故去作家的价值，完全看作品；健在作家的价值，多半看作品。后者旦夕之间离开这个世界，其价值认定，即刻归类前者。故而，不必刻意四处聆听小说家的宣讲，他们谁也不能指教你成功的诀窍，因创作本身实无诀窍可言。我并无不恭的意思是，成就卓著的作家，其光芒始终印照在作品之中。那我们就干干脆脆，不再荒废周旋的光阴，而专注领会作家的成果。

当日在书院现场的阿袁，是我头回见面。读她的小说，则是多年前的事了。一度喜欢，碰到必看，是在习惯的阅读里，又领略到一个陌生的地盘。亦曾在某一场合，徒劳无益地为她做过推荐。阿袁是中文系教授，谙熟自身的职业环境。笔下内容，因了周到的搭建与得体的涂抹，无不引人入胜。私心里觉得，如若有个"校园文学"的分类，她是有资格坐头几把交椅的。假设真有这么一座文学的山头，印象深的作家，还有位外文系教授蔡小容。本是撰写学术随笔的高手，出手第一部长篇小说《关关雎鸠》，便直指大学生活。数年前读过，一直印象不褪。她在小说里邀来一帮年轻教师，特别耐烦地，勾勒他们的种种正事或种种玩闹事，种种算计或种种不设防，种种严谨或种种二百五，种种高冷或种种接地气。在老油条眼里，无非一些涉世初期的幼稚把戏。蔡小容写着写着，竟生出一种担忧，害怕完工那一天，应该分手，她却舍不得这群人了。像这般写而入迷、入戏的，还有位文学院教授严英秀，甘南长大的藏人。上小学尚不会一句汉语的她，成人后先做文学批评，被公认眼光独到。再用小说测试高校，又显出藏女的执拗。她的文字，俨然雪域高原，不动声色，而又挺拔、浪漫。困窘的生存，难言的凄惶，幅幅画面，脱尽校园精英斑驳的面纱。

读不少小说家的成品，故事、人物、立意都不呆，不笨，不俗，套句天津腔，要嘛有嘛。但与上述几位一比，独独欠缺一种叫书卷气的东西，也就少了层最起码的底色。有的人，文圈里风光一辈子，仍在文学语言的窗外探头探脑。虽只隔着一层纸，但就是咫尺天涯进不去。当然亦有例外。这天在场的葛水平，就算得引人注目的大姐大。当初出名，带着一种突袭，仿佛从太行山里一下跳将出来，且无教学之余读书、读书之余写书的幸运。但在文字里徐徐呼出的那份雅致，分明源于百般揉搓之后的释放。她的中、短篇不消说得，炼字炼句，臻于炉火纯青。再读她的长篇《裸地》，见血见肉的人文抚摸，全靠手法娴熟的文字调配。于是，瘦田薄土的一片裸地，因了纸面的风流倜傥，生生经营出深宅一座。三十几万字的黄土高坡故事，居然缠住你，一个字一个字地读到头。

一部小说，尤其长篇，是考验写手艺术耐力的硬活儿。将那些能让人从头读到尾的作品，认定为优秀，大致无误。此说肯定片面，但通常可靠。葛水平家居太行山右手的山西，而大山的左手，则对应出个山东。山东有位作家，写出长篇小说《你在高原》，拿去申报茅奖，一举成功。有人质疑，十卷本，四百五十万字，评委们读完了么？就有评委赧然摇头。其实点头就万事大吉了。摇头的后头，必是更大的不妙。哗然声中，一位大佬评委，为扭转局面，慷慨发声：经验丰富的评论家，判断一部作品的优劣，完全不需要文本的整体阅读。话音落地，杂音顿消。约定俗成的规矩告诉大家，此言正确一半。换句话，否定一部劣作，的确不必读完"足本"；肯定一部佳构，则务必一字不漏。此君冲撞常识，且如此振振有词，这个"天"，还能聊下去吗？谁再啰唆，绝非别人无礼，只属自己无聊。自然，就都懒得较真了。听评论家说事，显然不必当真。如确乎过意不去，脸上保留几分好奇就礼貌了。这些伙计最明白，哪些话，必须所见略同，才符合众口一词的要求；哪些话，应该见仁见智，方凑够七嘴八舌的繁荣。更多时候，他们完全是说来"耍"的。

陕西作家红柯，连续四届茅奖，先入围，后落选。此奖四年一届，意味着十六年的长途，只有跋涉，而无终点。红柯的孤独、苍凉，各位可以想见。但这些都不稀奇。怪异的只是，年初红柯去世，其人其作，瞬间升值。人，被评论家惊为奇人；小说，则说成无人能及。就好像，有谁的脑瓜，要识别不出红柯的价值，都不配继续在脖子上晃悠。某些口吐颂辞的悍将，充任过多届茅奖评委，却至少有十六年没有睡醒，如今甫一翻身便心如明镜。天才已逝，再也听不进廉价的赞歌。具有丰富想象力的红柯，生前断然猜不出，茅奖评委中的高士，把活人说死，把死人说活，坦然自若地，成为他身后的知音。长期以来，许多作者的愿望，是拥有机构栽培的"档案"。近些年有了变化，开始有人疑惑，受训于评论家者流，到底有多大作用？人世间五行八作的技艺，皆可培训，唯文学不能。然而就是这顶顶难办的事情，却在文坛八方花开，捷报频传。一开始，讲究慢节奏；到后来，全成高速度。分题材，分体裁，分民族，分地域，四处设灶埋锅，通通冠以"高级"。十天八天之前，扯上横幅，各种人语重心长，寄语培训开班；十天八天之后，再度横幅高悬，各种人笑逐颜开，欢庆人才出炉。如此等同笑料的履历，几无荣光可言，不要也罢。此外，类似的场面游戏，如代表会、创作会、表彰会、研讨会、首发式，等等等等，无不虚浮、虚幻、虚妄，无论浅层的意思，还是深层的意义，一概值得推敲。适当见识，无可无不可；过度向往，万万使不得。文学的勾引，非常害人，它往往给予美好的错觉，让人产生生活的依赖。一旦上瘾，才慢慢发现，文学原本是一副真实、具体的担子。上肩才觉出趣味有限，甚至走着走着，还给添上莫名的焦虑，让你品尝种种苦不堪言。而且，越是有才华的人，有激情的人，越是使劲往里拱。如愿之后，才华、激情往往被调教成偏执与缺心眼儿。许多年前，《文学自由谈》刊发一篇文章，拉出当时一百零八名活跃诗人，逐一画像，且以打磨为主。结果，所涉对象倒无反应，编辑部接到的十数通电话，全是落榜诗人气喘吁吁的国骂。文章让诗星们从"一百单八将"出局，骨子里的敏感、脆弱、自卑，发酵为真实的野性，而抹光以往扭捏呻吟的诗性。往事让人萌生叹息，诗人队列太过雄壮，此刻对卓越的男性诗者，暂且略而不计吧。

上世纪七十年代末，忽忽兴旺的诗坛，女性尤其显眼。福建舒婷，凭着《致橡树》《这也是一切》几首短诗，一夜之间，在中国诗歌江湖，混出了大名鼎鼎。沉鱼落雁的舒诗，没有一句疾言厉色，而对读者心灵的拍击，超越无数披头散发的呐喊。骨子里的忧郁、血液里的浪漫、灵魂里的哲思、生命里的典雅，这套系列配备，为舒婷独有，他人皆无。不仅在当时，就是在而今，依然紧俏、稀缺。回看四十年诗歌园子，盘点女性领地，舒婷常青树，无人可比肩。过了若干年，伊蕾出场。《独身女人的卧室》，一个膨胀欲念的符号，吸引了无数人的目光。组诗十四首，每首末句的"你不来与我同居"，以赤裸的呼唤，将种种情感病痛，诸如欲望、幽怨、无助、绝望，痛快淋漓地宣泄一尽。所有诗行，无任何标点，繁复的含义，全凭读者自己领悟。但实际上，智慧的诗人，已然标示出大功告成的句号。不愧为"短、平、快"高手的她，扬名不久，毫不恋栈，决绝地掩埋掉诗人身份，任由绘画的痴迷，吸附走自己生命的激情。没有了伊蕾的诗坛，效仿者众，且花样翻新。"师父"的诉求由"弟子"器官化，器官再被形态化。后来者企望的，是充当更彻头彻尾的女性"代理"。但所有的折腾无效，顶多搅拌出杯中水花，均未翻腾起伊氏般的大浪。从此，女性诗歌，归于实质上的平淡。而且持续得颇有年头，以至让众人习以为常。就在一个不经意的时刻，余秀华亮相。《穿过大半个中国去睡你》，以久违的简洁，直面社会忌讳的字眼，将读者的眼睛晃亮。千里迢迢的辽远，被穿过；策马扬鞭的女人，去睡你。动词，带出干脆的节奏；情色，自有命中的体验。十几句的短诗，快意、凶狠、霸气，无一字费解，产生难以置信的魔力，将久已出局的女性气场，请回来，牵引到大庭广众中，铺展开堂而皇之的张扬。之后，余秀华的两本诗集出版，听说卖出了时下新诗的最高销量。这是很气人的啊。

气人不好。文学应该让人快乐。但这个"应该"，却经常大打折扣，有时甚至折扣得无理可讲。仍说女性与诗歌。成千上万的女人写诗，仿佛都能被尊为著名女诗人。但高级称谓与高级诗句相得益彰的，实在寥寥无几。前述三位女性，出落为诗坛顶级"成功人士"，羡煞无数写诗的同性，从旁睥睨着，溢出满眶醋意。抵达这一境界，其实比登天还难。一个作者走红、出彩，无论你是像舒婷的瓜熟而蒂落，还是像伊蕾、余秀华的歪打而正着，天赋、勤奋、运气、人脉，四者缺一不可。信奉孤注一掷的人，爱好文学，会爱得格外辛苦；懂得适可而止的人，爱好文学，会爱得异常洒脱。没有哪部文学史，空出页码在等你。我认得几位昔日的文坛枭雄，时过境迁，一看势头不对，便翩然跳槽，把玩别的物事去了。有时旧情难忘，做做文坛义工；偶尔心潮涌动，写写小小文章。没有奢望的日子，反叫旁人读出了心中的欢喜。华夏文脉，源远流长，发源地之一，就包括平江。来到圣地，让人惭愧，诗意充盈的地方，理应多想文学，少谈文坛。文学才是畅想远方的温床，而文坛往往是窒息诗情画意的牢房。坪上书院里坐着，有樟叶和竹枝的浓荫遮掩，不待太阳下山，就早早有些暗了。恍惚中瞧见主持人开始走神儿，知道程序接近尾声。一丝对晚饭的想象，悄悄爬进心里。以上无头无绪的内容，其实大半未说。当时没有多余钟点，来吸纳这些唠叨。即或沾边的话题，亦三言两语带过。此文记下的碎片，只是些无关诗意的闲话。

原载《文学自由谈》2018年第5期

人到中年，潮到岸边

刘　汀

　　人到中年，潮到岸边

　　浪头一波压过一波

　　沙子哪有机会回到故乡

父亲进城

　　距离父亲上一次来北京，已经快十年了。

　　他这一次出行，带着浓重的被迫色彩。和因为要帮我或弟弟带小孩经常奔波的母亲不同，父亲对外出怀有很重的戒备，他的理由常常是：我不愿意坐长途汽车，我不喜欢抽水马桶，我讨厌大街上到处都是人。这一切，都是他自己拒绝自己的理由。我和弟弟无数次告诉他，不要再耕种那几亩入不敷出的薄田，不要再养那几只廉价的羊，放寒假和暑假时到城里来住一段，休息一下。他总是犹豫不决，仿佛那几间土坯房一旦离开，就会被荒草占据，而他半生的岁月也会因此失落。在这一点上，母亲跟父亲没有本质的不同，他们的生活认同，仍然是在内蒙古北部那个偏僻的山村之中。母亲的说法更彻底：无论如何，那儿是我和你爸的家，我们经营了一辈子的地方。我理解这种情感，但并

207

不认同。

最终说服他的，不是任何人，而是越来越难以忍受的病痛。女儿还小的时候，有两年母亲在北京，只留父亲一个人在家，经营近百只羊，收割庄稼。冬日的寒冷清晨，他需要早早起来，烧热锅炉，顺便热一点剩饭，然后去给羊圈里的羊添加草料。一切收拾停当，白而弱小的太阳已经跃上天空，他再开车去四里路外的乡村小学去上班。班里只有几个孩子，但他必须时刻钉在那儿。放学后，回到家里还是一个人生火做饭，喂羊，把散落在院子里的鸡都赶回它们的窝。更何况，那时候他还经常醉酒，半夜摇摇晃晃地从亲戚家独自回去，独自睡着。这段时日对他的健康造成了影响，大概从前年开始，他的身体经常病痛，除了已经确定的糖尿病和脂肪肝，还有严重到右臂很难抬起来的肩周炎。而每一次疼痛降临，他都固执地不愿意去镇子上的医院，而是自己到村口的赤脚医生或小药店里去买药来吃，一种吃了几天，没效果，又换一种。我猜想，很多药物不但没有帮他治病，反而伤害了他。终于，我们全家商量，无论如何也要在这个暑期到北京来，做一个全面的身体检查了。

他终于点头。即便如此，他对于再一次出门远行，还是抱有些微的恐惧。

六月底的一个凌晨两点钟，我从六里桥长途汽车站把父亲和母亲接回家里。那时的北京已经很热了，他们走进屋子时，汗津津的。我从冰箱里拿出两瓶冰镇的矿泉水，母亲接过了一瓶，说：你爸不能喝这个。她从随身的包里，掏出了另一个矿泉水瓶子，里面装的是凉开水。母亲说，父亲如果喝了凉水或生水，肠胃可能会不舒服。我听了心头一酸，我早知道父亲的身体有不舒服，却没想到连喝水也如此小心了。我永远都记得，在多年前，从山上打秋草或收庄稼回来，父亲第一件事就是从洋井里抽出清澈凛冽的水，咕咚咕咚喝上半瓢的。

从这天起，无论什么时候外出，母亲的包里总是早早给他备好一瓶凉开水，还有每天要吃的药。

喝了几口水，两个人悄悄去大卧室，借着客厅的灯光看了看正睡得张牙舞爪的孙女暖暖。那一刻，他们疲惫的脸上，显出了动人的笑。哦对了，这时我才想起，说服父亲远行的理由还有孙女。暖暖已经四岁半，跟爷爷在一起相处的时间，加起来也才半个月。但是暖暖对爷爷，抱有特别的喜爱和热情，甚至超过了从小带她的奶奶。跟家里视频，暖暖会说邀请爷爷来北京，而不让奶奶来。这玩笑话里，包含着小朋友狡黠的小心思，但我觉得更有那种血缘上的神秘主义气息存在。亲人和亲人之间，总是有一些我们无法证实却能真切感知的东西，它们有时比可见的联系更牢固恒久。

我先带父亲去了按摩医院，大夫看了他的肩膀后，开了理疗和按摩。这里几乎成了我家的必来之地。十年前，我刚刚硕士毕业，当了半年编辑腰椎就出了问题，一个前同事介绍到了这里，做了一段按摩理疗，效果很好。从此之后，每隔半年多就要来一次，缓解腰部的问题。后来是妻子，她的颈椎问题更严重，常常会头晕，也要不时过来调理。现在是父亲了。如果说，我们现在活得了一点点生活的能力和基础，那是因为除却超出旁人的努力，我们还早早透支了身体。对比同年入大学留京或经历相似的朋友、同事，很容易就能发现这种区别。我们六十岁的父亲和母亲，与城里六十岁的老人相比，身体的基本状况差得大概有十年；我们和那些从小家庭情况优越（甚至无须优越，只是一般的城里人）的同龄人，一样要差五到十年。王侯将相宁有种乎？王侯将相或许没有，但一个人的出身对他整个人生轨迹的影响的确很大。

从第二天开始，父亲和母亲背上一瓶凉开水，背上充电宝，早早地坐公交车到按摩医院，按摩、理疗，然后两个人商量着坐地铁或公交去北京的某处景点。那些天，北京的温度还没那么高，行走在路上尚能忍受。他们有时候坐错了车，有时候换错了地铁，但是要去的前门、颐和园、圆明园、天坛、北海公园等等，他们都抵达了。下午的时候，我会发微信问他们是否回去，是否吃了午饭。大都是母亲回给我，说他们已经到家，正准备午休，午饭吃了盖饭。那些天，我带着父母去吃家附近的烧烤、麻辣烫、涮羊肉、烤鱼，把我觉得好吃的东西全部让他们尝一遍。我也总让他们从外面回来不要做饭，想吃什么就在附近的餐馆吃，然而父亲更喜欢的竟然是家附近一家快餐店的盖饭，十几块钱一份。"他们盖饭的菜有味道。"父亲说。因为多年来的生活习惯，他们更喜欢吃浓油重酱盐多的，虽然明知这种饮食不太健康。

我们的故乡在胃里——这个论调的话已经被太多的人言说和实践过了。这一次，我似乎带着一些潜意识，试图从胃部开始改变父亲身上某些顽固的观念，比如他对于村庄的眷恋和对外面世界的抵触。在我看来，这是一种小心而谨慎的保守，他喜欢躲在一个熟悉的空间里，和那些认识了大半生的人闲聊，而不愿意置身陌生而喧闹的环境中。所以我带他们去吃那些在老家吃不到或不怎么吃的东西，某种程度上，我成功了，比如他会对某一次在湘菜馆里吃到的剁椒鱼头念念不忘，比如几乎每一次在小店吃早餐，他都要吃油条豆腐脑。其实，他是从陌生的菜里面寻找那种对味蕾及记忆的刺激，好让自己产生一种替换了内容的熟悉感。作为一个读了几十年书，也写了很多书的人，我无数次叙述故乡或乡愁，甚至还用各种理论去分析它，但我从未站在父亲的角度去理解那片村庄。对他里说，和对我来说，那个村庄以及它的道路、牛羊、人群的意义是截然不同的。

我未曾想过彻底改变他的认知，毕竟父亲几十天后还要回到那里，继续他未完成的乡村生活。但此刻，他既然来到了城市，我就一定要努力让他看到，世界远比他想象的丰富和有趣。他很快适应了这里，跟母亲两个人成了城市的背包客，逛了他们能走的地方。尽管——他依然一走进小区就会转向，分不清东南西北，但他对城市已没有了最初的那种恐惧。他也能适应抽水马桶了。每天晚上，他都享受着跟孙女一起玩的时间。暖暖在和他们玩幼儿园的游戏：点兵点将，谁是我的好兵，谁是我的好将。几乎每一次，她的手指都会最终落在爷爷身上。然后，祖孙三人哈哈大笑。母亲嗔怪暖暖：为什么每次都是爷爷？父亲不说话，暖暖扑到爷爷身上说：因为我喜欢爷爷，爷爷也喜欢我。父亲会天真地笑。

很快，他能自己过马路了，他自己下楼去买烟，抽一支，然后再上楼。

几天后，拿到了父母的体检报告，谢天谢地，他们虽然都有着老年人常有的小毛病，却没有大问题，我长长松了一口气。小毛病也不能掉以轻心，我带着他们去北医三院挂号看病，因为有了体检报告，省去了再做许多检查的麻烦。一路看下来，小毛病似乎也只要按时吃药、健身。

但是我和父亲之间，似乎还缺点什么。直到我们即将离开北京的前一天，我才明白，我们缺少一场暴雨。去年，有位朋友介绍了一位中医，妻子去看过几次，调理身体，蛮有成效。有一次跟父亲提起，父亲说，他也想去看看。相比较于大医院里穿白大褂的大夫和各种看不懂的仪器，他更愿意相信一些老中医的言辞和判断，就像多年来他对老家的那位大夫的信任那样。

那几天北京开始下雨。一大早，我带父亲坐地铁去找老中医。我们出门的时候，下了半夜的雨刚刚停，空气湿润凉爽，是入伏后难得的清凉。我们从北苑站出来，路面上积水很多，只能不断绕行。踩着稀疏的砖头和防洪沙袋，我们一路到了中医店所在的小区。时间还早，我们在一家小店吃早餐，不出意外，父亲选择了豆腐脑。然后就去看，大夫给他开了两个星期的汤药，让他戒烟戒酒，控制体重，并没有什么特别的。但我觉得，到这时，父亲看病的心才彻底放松下来。在很多时候，中医扮演着半个心理医生的角色，他们会和颜悦色地跟你解释你的病是怎么回事，并且给你信心。

我们出门时，大雨又下来了。

走吗？还是等一会？我问他。

走吧，他说，等也不定什么时候停。

我们打着伞，走进雨幕里。雨很大，风也很大，雨伞几乎没什么作用。才走出去几步，鞋子和裤腿就湿透了，很快肩膀也被雨水打湿。我走在前面，父亲走在后面。那些淋在我身上的雨水，淌到地上，又从他脚下流过。我无须回头，就能感觉到他在我身后两米处，大雨帮我们隔开了所有其他人和物，那一刻，天地之间只有一对父子。我们走到地铁站，两个人都有种被洗礼的感觉，仿佛有什么东西被雨水冲刷走了，又仿佛有什么东西被洗净擦亮。我很清楚，并没有什么，但从这一刻起，我终于明白了自己和他之间的位置互换完成了。

我仍然记得三四岁的时候，父亲挑着两桶水，从爷爷家的院子回我们刚盖好的土坯房，我跟在他身后。七八岁时，上小学，他骑着自行车，我坐在车后。十几岁时，去田里拉大豆和玉米秸秆，他赶着马车，我也在他后面。几十年来，我们之间都处在这样一种视觉关系中，哦，那个你们早已经熟悉的词语——背影，或者另一个作家所说的"目送"。但我现在觉得，他们所写的并不完整，只不过是一代人和另一代人关系的一半。在我们长大到一定年纪，这个视觉关系就会翻转过来，那背影并不是父辈的，而是我们自身。是他们在看着我们的背影，目送我们走去远方。我回忆起，在北京的所有行走中，我都有意无意地走在前面，父母跟在后面，经过路口或有车过来，我就会回头看看。

不是么？从初中开始，总是我们离开他们，送到村口，送到乡里，送到镇子上，他们始终在原地，我们才是那个留下背影的人。

这场雨，以及我和父亲半身湿透可是神情清爽的样子，必然会永恒地留在我的记忆里。

带着全家去旅行

这场旅行在我心里酝酿至少有三年了，这次父母来京，是实现它最好的时机。

从暖暖两岁开始，春节前或暑假，我都会带妻子和她出去旅行一趟，地方都不太远，大概是高铁五个小时圈。我也一直规划着包括弟弟一家的全家人旅行。其实，我个人对于所有的游玩都没有什么兴趣，但我愿意创造这样的机会，全家人在一处陌生之地生活几天。无须精准计算，我们都知道这种团圆的时刻珍贵而有限。

这个暑假，父母下定决心出一次远门，他们留出了两个月的时间。他们有太多的第一次要去尝试：第一次坐飞机，第一次看海，第一次不是因为要办某件事而去一个城市。几经考虑，我定好了线路：北京飞大连，大连待四天；然后高铁到哈尔滨，哈尔滨三天；然后高铁到珲春，珲春三天；我送妻子和暖暖回松原姥姥家，我回北京上班，父母留在珲春，在弟弟家待一个月左右。

这次出行有点像一个拖了很久的仪式：我与父母之间的角色和位置，终于完成了大转换。从现在开始，他们要像个孩子一样，处处听从我的安排了。我没有问过父母对此的感受，但对我来说，确实是在无数次打车、买票、找饭馆、买单等等的张罗中，寻回了一种家庭的凝聚感。

这是父母第一次坐飞机，运气不错，没有晚点，而且天气晴朗，他们能透过舷窗看到外面渐渐远离的大地和层层叠叠的云海。现在，绝大部分飞机上已经允许手机开启飞行模式了，他们还能拍拍照片。我和妻子、女儿坐在前排，父亲和母亲坐我们后一排，不用回头，我就能听见他们的好奇和兴奋。特别是母亲，年届六十的农村老人，像个刚出生的孩子那样，带着无尽的好奇，如果条件允许，她几乎敢于尝试所有新事物。

一路上，我也越发看清了自身的轮廓。在机场排队的时候，他们很自然地跟陌生人聊着天，问东问西。有几次，我甚至想提醒他们，对于他们这样不怎么经常出远门的人来说，哪怕是成年人，对陌生人也应该抱有足够的警惕。但我忍住了，我想我就在旁边，应该不会出什么事，而他们眼中的世界仍然像乡村一样，完整和传统，他们并不相信这个人间有那么多恶意，即便已经从各类新闻中看到过许多报道，他们也不相信那些事会被自己碰到。所以，我尽力保护着他们的兴奋。而我自己，却对外界保持着冷漠。现在的我，几乎不再给地铁和路上的乞丐钱，绝不会跟陌生人聊任何个人的事，即便是打车，遇见话多的司机，我提供给他们的信息也都是半真半假。我会以自己为原型，虚构出无数个新的自我：一个编辑，但是在出版公司的图书编辑；一个写小说的人，但是是写网络小说的；一个公务员，一个公司白领，我从来不会让真正的那个自我呈现在陌生人面前。

飞机很快降落了，两位老人有点意犹未尽，他们没想到第一次乘坐飞机时间如此短暂。我安慰说，以后还会坐的。旅行真正开始了，那些对我来说毫不新鲜的事物，开始以新鲜的面貌出现在他们面前。

黄昏与大海

大连天气晴朗，我们到预订的旅店后，才上午十点左右，还不能办理入住。按照妻子做的攻略，我们先去了离这里不远的圣亚海洋公园。看海底世界，买十五块钱一袋的食物喂海鸥，让女儿跟海狮照相，观看精彩的海象表演。在看表演时，一群穿得花花绿绿的服务生端着饮料、烤鱿鱼叫卖，女儿不出意外地想试试，父亲也对鱿鱼很感兴趣。我给他们买了一份，看着父亲撕咬鱿鱼，我心里升起一些隐隐的担心，但实在不愿意去破坏他的美味。

近三点才吃午餐，然后回旅店休息。父母很快睡着了，只有暖暖的兴奋劲一直持续着。终于，她也困了，我和妻子才得机睡一会儿。

起床时，已经晚上六点多，夕阳落山，城市落在阴影中，但灯光渐渐亮起。我们住在星海广场旁边，那儿一面有高而方的玻璃大厦，另一面则是黄昏中的大海。大连啤酒节的招牌已经竖起来，在我们离开的第二天，这个著名的啤酒节即将开幕。我们步行去找晚饭。尽管在网上搜索了很久，却很难在附近找到一家比较满意的餐馆。到海边，肯定要尝尝海鲜，但对于常年吃牛羊肉的纯粹北方人来说，海鲜顶多是尝尝，并不习惯大规模食用。我们找到一家餐馆，点了菜，坐在露天的方桌旁，喝着本地的啤酒。晚风是温和而略带凉爽的，夜幕也有着温柔光色。我喝了一口啤酒，看着吃饭的父母妻女，禁不住想：其实，之所以要出来旅行，对我而言，要获得的只是这安静温馨的一刻。或许，那些伟大的人对此毫无感觉，他们心中想的永远是风云大事，我心中亦有莫测风云，但我不会为此而失去这平常的夜晚聚餐。

父亲突然说了一句：好像有点喘不过气来。我顿时心惊，那种从中午就泛起的隐隐担心，陡然间强烈起来。有一年父亲去弟弟家，弟弟带他去吃海鲜，他过敏反应严重，胸闷、腿脚发软，不得不连夜去医院里输液。中午他吃鱿鱼的时候，我就有点担心，好在吃得不多，后来也没有什么反应。晚饭时，我点菜时特地海鲜和不含海鲜的一半一半，但父亲还是喝了几碗海鲜汤，吃了一点贝类。我看他脸色有些发沉，心里也发沉，虽然他嘴上说：没事，没事。但我还是以最快的速度在手机上查了离这里最近的医院，甚至在滴滴上设置好了目的地。

父亲不再吃东西，站起来跟着在旁边玩的暖暖，我心里没底，又不敢表现出过分担心，只好喝酒压制情绪。我们开始往回走，似乎……父亲并没有显出更多的不适，为了宽慰他们，也为了宽慰自己，我笑着说：我看你这就是心理作用，根本没事。父亲也似乎终于找到了一个略微合理的解释，立刻笑了，说：可能是。我们回到宾馆时，他已经恢复状态，看起来确实没事了。我的心才放下。

他们都睡着了。我躺在床上，才感觉到回忆的力量。十七年前，我曾独自一人来到这座城市，在一个税务学校里生活了一个月，又毅然决然地回去复读。这段经历我几次写到，但如今我再次踏入这片土地，十七年前的细节依然清晰，可那种少年心性却再也没有了。我还记得在这里发生的几乎所有的事，可我内心产生的感慨，只不过是一条朋友圈的容量。我不由得想，是不是经过这么多年的生活锤炼，我变得麻木了？或者，只有从另一个角度去思考，生活才会显现出它复杂的迷人的本相：如果，我当年没有退学回家，一切会怎么样？是的，除了如果，我们无法让自己的人生找到另一条"林中路"，如果不能让任何人或事回到过去，却能在一瞬间让我们"失去现在"。如果……那么我现在所拥有和经历的一切都不复存在，我可能过得更好或更坏，但即便是更好，那种可能性真的值得吗？

我终于睡着了，并没有梦见另一种未来，甚至我都没有做梦。

第二天的行程是先去棒棰岛，然后去威尼斯水城。

据滴滴司机介绍，威尼斯水城这一片土地全部是填海填出来的。此刻，仍然能看到很多吊车在施工。这里布满了仿西方建筑的新楼，但你总能随时看到规划的匆忙和施工的粗糙。一座小桥的石板，到处都是裂缝，而绝大多数的楼里，没有任何人居住。我们走上了沿河的一条小街——所谓的东方威尼斯，怎么可能没有一条河贯穿呢。小街上有售卖小商品的和卖果汁、烤鱿鱼的摊位，人不多，我们走走停停。母亲、妻子和女儿，被卖耳环和头饰的小摊位吸引，开始挑选自己喜欢的物件。我没有催促，任由她们去选、试。我知道，回去之后，这些小商品肯定会被很快丢弃，顶多是存在某个角落，作为这次旅行的某段路程的提醒。但这一刻的快乐也是必要而值得的，就让她们尽情去体验吧。

假的威尼斯也是威尼斯，当沿河的楼宇曲折地延伸出去，放眼看去，整个空间确实显示出了一些欧洲模样，至少是一个和中式建筑不同的空间。我们开始拍照，坐在台阶上拍，靠着栅栏拍，抱着巨大的啤酒桶拍，钻进红色的电话亭拍，管他是假威尼斯还是真水城呢，想象同样能构成世界。旅行的真正意义就是，在一个时间段之内你可以不去想任何杂事，而专注于眼前那些所见即所得的具体事物。但这是一个永恒的悖论，当旅行结束，我们回看照片，又总会觉得除了人是真实的，那些景物都像是刻意设定的道具。

这个下午悠闲而从容，走走停停，随意看看。

晚上，我们才去近在咫尺的星海广场。这是一处巨大的海边游乐场，女儿被木马、碰碰车和恐怖馆吸引，每一个都想尝试。我们带她坐了几个，然后去一处石头栈桥，看人们洗海澡。还有些皮肤黝黑、身材瘦长的人，从水里爬上岸，用一块布遮住身体，换下泳衣。岸边摆着一些海星和贝壳，等着喜欢的游客购买。海水拍打着礁石，一次又一次，在我们有限的人生里，海不会枯，石头也不会烂，它们必将比我们更长久。

父母去海边，我和妻子租了一辆四人自行车，带着暖暖沿着广场骑行。这一刻黄昏将尽，海风舒服极了，远处的跨海大桥上亮起了彩灯，如同给大海系上的一条五彩斑斓的围巾。我们把车停在海岸边，找一个人来帮忙拍照。看镜头，笑一下，她不出意外地说着。我们看着手机，笑，好吧，这一刻我必须承认，我们的笑容里有大海的蔚蓝色。

当然，夜晚还是会笼罩一切。海边湿气大，云雾低，那些亮着灯光的高楼仿佛置身在天宫之上。我们就踩着湿漉漉的灯光往回走，明天，我们得去另外一个地方，看另一片海水了。

第三天去的是发现王国。出发去看地质公园，但走了一段路之后，感觉到前行困难。因为要不停登山，父母的体力不一定够，女儿也需要不时抱一会儿，何况那时已到中午，我们还没有吃午餐。后来商量了一下，我们原路回到宾馆附近，赶紧午餐，然后回去休息。

下午天气转凉，我们到不远处的海滩玩。那天风渐起，海浪略大，但还算不上波涛怒吼。我们都在沙滩上，父亲在海边走着，有时会抽一颗烟，我时刻盯着玩水枪和沙子的女儿，妻子和母亲追逐海浪拍照。大海的远处，看不见任何波浪，只是无尽的水。女儿很快浑身湿透，赶紧给她换了一身衣服。我的裤子也湿透了，没有的换，索性让更多的海水浸染我身。

夜晚来临，从海边走回，原来打算到住地附近吃晚饭的。但海边到处都是海鲜大排档，我们经不住诱惑，坐在了一家的桌子旁。吃了海鲜，再往回走时，路上人车稀少，灯光昏昏，天色湛湛，月亮从半圆向圆满变化，渐渐趋于丰盈。我走在最后面，看着前面路上走着的四个人，那种特殊一刻的感觉再次袭来。女儿拉着爷爷奶奶，跟他们说，我是sunny，我是sunshine。奶奶说，你跟我说中国话，外国话我听不懂。暖暖就会笑，然后再说几句英文。我所满足的，不过是这些人获得满足。

马迭尔与老虎

我感到自己同时享用着暴躁和宁静。

有时候，我对这个世界有着无尽的耐心，有时候又缺少必要的耐心。比如，女儿总是光着脚跑来跑去，有时我就会不停地追着她，递给她鞋子，另外一些时候，我就会大声地呵斥她，让她自己穿好。我很清楚，对一个孩子来说，这种行为很正常，但是大人们在面对时却并没有统一的准则，而是常常根据自己当时的情绪来应对。再比如，给父亲在北京开的药，有时候他会不想吃，我就 不由自主地用严肃的口吻说：为什么不吃？你总是不遵守大夫的话，药该吃就是要吃。我常常与自己的这种矛盾做斗争，我赢了，我输了，我在深夜复盘一个白天，总是留下许多懊恼。

我们在大连的几天里，正是假疫苗事件爆发的时间。我一边不断转各种信息，一边享受着难得一家人的天伦之乐，可是我的心里感受到悲哀，我不知女儿打的是哪些疫苗，有没有假的。就算我知道又能怎么样？我的反抗可能都走不出朋友圈，只有一腔怒火毫无意义。毫无疑问，这并不是一个云集响应的时代，这是一个分化和犬儒的时代。有一天刷微博，看到网红李诞在网上解释他那句网络名言——"人间不值得"。人间呀，本身的确不值得，你必须必须找到足够量的美好的东西，抵消和平衡这些悲剧。

带着这种情绪，我们转战哈尔滨。

到哈尔滨的那天晚上，一位老师请我们吃饭。她说，如果是你一个人来，我不一定要见你，但是看到你带着家人来，我很感动，一定要请你们吃饭。我们吃了有名的东北菜。饭后，下起了小雨，那位老师打车回家，我们撑着伞沿中央大街回宾馆。妻子跟暖暖说，脚下的方石，都是一百年前的。暖暖问：是一百年前的吗？我说，是啊。暖暖又问，那一千年呢？我不禁愣，一千年之后，这里也许不复存在。那些被千万人踩踏过的石头，浸润了雨水之后，稍微显得滑腻了些，但并不会让人摔倒。一千年之后，没有了中央大街，但石头还是石头吧。

第二天下午，去太阳岛玩了之后，我们又走在这条街上了。我们到那家老马迭尔冰棍店，买五根冰棍，一家人站在大街上吃。每次吃完，暖暖都会开心地问：我问问你们，谁是第一个吃完的呀？能吃冰棍，她太开心了；看到她那么开心，我也太开心了。

吃完冰棍，暖暖说，爸爸，来玩切西瓜的游戏吧。所谓切西瓜的游戏，就是我和妻子还有爷爷奶奶手拉手，她是切西瓜的人，用小手在任何两只拉着的手之间切开。我拉着父亲，妻子拉着我，母亲又拉着妻子……对我来说，这个游戏最特别的地方在于，至少有三十年了，我没有再拉过父亲的手，甚至我们也没有过任何肢体上的接触。握住他的手的那一刻，我感到既熟悉又陌生，我不知道熟悉的是什么，我却清楚陌生的是三十年间的距离。他的手并没有很多老茧，比我的手肉要多一些，握上去是厚实而温暖的。我能感觉到，他同样带着某种小心翼翼，试探着该用多大的力气握着我。父子俩的两只手，就这么握着，然后被暖暖的手切开，再握着，再切开。

切，切，切西瓜。这个游戏，某种程度上就是一对父子和一对父女间的隐喻吧？

这就像，我是那么喜欢握着女儿的手。走在路上，她把小手伸过来，我握住，拉着她向前走。那一时刻，我比世界上的任何石头都坚定，我必须百分之两百地确定她在我手中的安全。有时候，她安静地睡着了，我也会悄悄握握她的小手，或者把我的手指放在她手里，她睡梦中也会无意识地轻轻握一下。我不知道，也不会去问父亲在我和弟弟小的时候，是否有过类似的行为。但是从这一天起，每当我想起父亲，我必然首先想起握着他的手的感觉。啊，那就是一辈人和另一辈人的交接仪式。他老了，我已长大。她在长大，我在变老。

我们还去了东北虎林园。先是看马戏团表演，并没有什么特别的，但妻子和女儿都没有看过。我小时候，马戏团曾有几次到村里演出，我看过表演，只是母亲已经忘记了这件事。我能复述出那时的很多细节。马戏团的老虎表演很简单，不管是驯兽师还是几只老虎，都有些敷衍。

然后我们坐特制的车去看老虎。这里有一部分自然放养的老虎，天气炎热，它们大都匍匐在树荫或水池里。开车的司机不停地向车上的人兜售鸡羊，希望我们凑钱买了，给老虎去吃。他说，你们难道不想看看老虎把一只鸡撕碎的样子吗？大部分人并不响应，只有一两个想买，但是无人搭腔也就作罢。司机有点不开心，匆匆把我们拉出了散养区。

看老虎的途中，我在手机上写下了一首诗：

在虎林园

在东北虎林园
司机不断推销死亡
一只鸡八十
一只羊一千二
还有套餐组合

车外撕咬的老虎
哪里知道
它们每天吃的
不过是游客
血淋淋的好奇心

小城与矿山

下一站是珲春，一个北方小城。2005年春节后，弟弟只身从内蒙古到这座小城附近的矿山上上班，然后就留在了这里，娶妻生子。而我，是第一次来。

我们从高铁站下来的时候，珲春的气温高达三十五度，这是在往年不曾有过的。因为下午安排了一场讲座，把他们送到家后，我和弟弟就一起去讲座现场。讲了两个小时，拒绝了主办方的晚餐安排，我们两个去一家餐馆吃牛尾汤——几个小时前，父母和妻子他们也是在这里吃的。我们一家人的第一顿团圆饭，是通过接力的形式实现的。

弟弟家的空调坏了，因为每年高温的天数实在有限，再买一个似乎不太划算，他开车去商场买了两个电扇。

那天晚上，弟弟家的双胞胎叮叮、当当和暖暖都要跟爷爷睡一个房间。暖暖还让我哄她睡觉，然后再离开。我和父亲一起，跟他们三个在大卧室。她们开始入睡，虽然有一个电扇，但房间还是很热。父亲在床的一边，用扇子给叮叮当当扇风，我在另一边，用一本书给暖暖扇风。三个小家伙翻翻滚滚地睡着了，我跟父亲不停地给他们扇着风。

这时候，弟弟从外面买来了一些宵夜的鸡爪、鸭肠、笋干什么的，母亲把早就冰好的啤酒拎出来，我们走到客厅去吃东西。父亲没有出来，他基本已经戒酒，也更愿意躺在孙子孙女旁边，跟他们一起享用黑夜。母亲特别兴奋，她一直期盼着这样的夜晚，一家人在孩子睡后，喝喝酒，吃吃东西。大家都很开心，夜晚的闷热不是什么问题，甚至，必须有闷热，这冰凉的啤酒才能让我们体会到团聚的快乐。

第二天，弟弟请了假，我们开车去这里的一个旅游区玩。这里最特别的地方，是跟邻国朝鲜接壤。我们到了防川，这里有一座桥，桥的这边是中国，那边就是朝鲜。对这个神秘的国度，我们有太多似是而非的了解，某种程度上，它只存在于想象之中。乘坐一辆观光车，我们进入防川，司机说：这座桥走到栏杆那里，绝对不能再往前走，否则就越过了国界，对面的人会开枪。我们略有紧张地叮嘱几个孩子，绝不可以乱跑——他们哪里知道什么国界线啊。

那条河并不深，对岸是没有森林的草坪，据说曾经是有森林的，后来都被砍伐了。我看到几只羊在岸边吃草，还有几只鸭子在河里游，它们也并不知道一条河分属两个不同的国家。我们走上去看了看，看不到任何有特殊性的东西，就回来了。对面的白色房子，也只是几栋房子而已。这个景观的象征意义，远大于实际意义。

后来，我们找到了另一条河。河水清浅而温热，底部全是沙子，孩子们兴奋地冲进去，不一会就脱得只剩下内衣玩水。当我们在河里走来走去，河底的沙尘被踩动翻起，河水显得浑浊，泥沙中有一些带着金光的东西，不知道是什么矿物。

暖暖从来没有在一条河里这么玩过，她几乎变成了一条泥鳅，用水枪把大人们的衣服弄湿，趴在水里假装自己游泳。

第二天，我要跟弟弟去他工作的矿山。十几年前，他独自一人到这里工作，大雪封山，他住在冰冷的宿舍里，手脚冻得肿胀如馒头。我无数次想象过他在大山之野的生活。清晨五点钟，我们早早起床，到街边的小店吃早餐。珲春城太小了，但是安静，这里除了汉族人、朝鲜族人，还有很多俄罗斯人。据说这些俄罗斯人，喜欢过关到中国，买很多小商品带回去售卖，就能换得几个月的生活费。小店的包子，竟然出人意料地好吃，我吃了三个，感到了饱腹，然后我们开车出发。这可真是大山之深，盘山道不停转弯，至少有几百个弯道，曲折胜过羊肠。路两边都是深密的森林，每年都能看到新闻，有东北虎在这片山野出没，甚至叼走了半山腰的几户人家的鸡羊。不时能看到一条土路，从公路向森林中延伸出去。弟弟说，那里曾经也是矿区。我幻想着有一头老虎跳出来，站在路边，目送我们离开。

老虎没有出现，只有被车轮压死的蛇，和草丛里跳跃的野兔。在山路旋转中，我已不辨方向。快看，弟弟把车停下说。我们到了一处开阔的山腰，右边远处太阳正要喷薄而出，而云雾之海已经笼罩了整座山。大地如蒸笼，山峰像绿色的馒头。

我们终于到矿区了。比我想象的要小一些。弟弟把我送到他的临时宿舍，就去上班了。我一个人闷坐了一会儿，走出宿舍，在矿区闲逛。我看到楼下有一个篮球场，而且有两颗球摆在那里，立刻兴奋地去投了几个球。天太热了，很快变得口渴。

　　我沿着那条主路走。这里像一个功能齐全但人口略少的镇子，路两边是各种厂房和废弃的机械，还有一些简易的居民房，形成了一片棚户区。棚户区里住的大都是老矿工，他们有的几十年都不曾走出这里，最远不过是到珲春城。棚户区的道路上，到处是腐烂发霉的杂草，没有什么规整的院墙，不过是用木头或铁丝网围起的栅栏。所有的门窗都很破旧，院子里停着摩托车或电动车，也有小汽车。一根铁丝拉起晾衣绳，一家人的花花绿绿的衣服在微风中轻轻荡着。我还看到一张棕色的沙发，被安放在萋萋荒草之中，阳光下闪耀着光泽。这种景象太奇怪了，我忍不住去坐了坐，沙发的缝隙里立刻渗出前几天下雨积存的雨水，把我的裤子浸湿出一个难以形容的图案。

　　我找到了一家小商店，跟老板娘攀谈了几句，买了一根冰棍，一瓶可乐。一口冰镇可乐灌进去，我的肚腹似乎立刻被碳酸的现代感激活，我看到了更多废弃的汽车。路边一栋灰色的旧楼，上面有三个大字"俱乐部"，另一栋破旧的房子写着"劳动服务公司浴池"，还有一家小小的医院、派出所。可以想见，在矿区最繁华的时日，这里就是大山深处的一个小小飞地，人们能在这里获得绝大部分生活需要。后来弟弟说，在多年前，这里不但有许多家小饭馆、烤串店，甚至还有一片小小的红灯区。附近的警察对此心知肚明，也就睁一只眼闭一只眼，既是一种人道主义，也是从侧面来防止强奸等犯罪的发生。

　　中午，弟弟从食堂打来饭菜，我们就在他的宿舍里，简单地吃了午饭。饭菜味道不错，至少比我所在的北京的单位食堂要好些。我在想，如果闭关写长篇，这里是个不错的地方。有食堂，有大山，有不多不少的人，甚至有猛虎在林中出没。不过，这座矿山在不久的将来也将废弃，因为国家要把这里设置成一个巨大的保护区。

因为第二天我们即将离开，下午六点钟，我和弟弟开车下山。我们回到珲春城时，天色已暗。小城的街边路灯，赤橙红绿，甚至一些早已下班的政府大楼和宾馆，也在外面布满了彩灯，小城的夜晚看上去比白日更辉煌。似乎北方的城市都是这样，特别喜欢用大红大绿的灯光去装饰一切。我们对于繁华的认识，一定程度就是灯红酒绿。

一路上，我不止一次看到路边有人挑着担子，售卖一种水果。出乎意料，竟然是杧果。这样一个不产杧果的地方，怎么会那么多人在卖杧果呢？我好奇地问弟弟，他没有准确的答案。车速很快，一回头，矿山早已经看不见任何踪影了，我只见漫漫的稻田后面，是莽莽苍山。

杂草与尘埃

旅行彻底结束，我们要离开珲春。

拎着行李下楼，我和妻子女儿上车。母亲还在跟暖暖说笑，父亲转过头去，我清楚地看见，眼泪从他脸上滑落。其实，这一次旅程里我已经清楚地感觉到，他比任何人都更脆弱。这脆弱，包裹在他的保守和一丝顽固之中，很少显露出来。但我庆幸自己安排了这次旅程，只有这样的形式，才能撬动他五十余年人生所形成的生活定式，才能让远方和他人成为他真切的体验。他当然还要回到内蒙古北部的乡村，回到那所待了几十年的小学，继续去跟几岁的孩子一起学写字、念课文。但他毕竟见过了大海和波涛，见过了猛虎和细沙。生命的区别，有时也只在这些事物中。

我们无话，上车后给父亲发语音，告诉他按时吃药。他只回：知道了。

到长春，出站然后进站。一个小时后，我把妻子和女儿送上去松原的火车；两个小时后，我独自登上回北京的高铁；九个小时后，我下火车，坐地铁，从牡丹园站出来，我已到家。

一进屋，我打开电闸，倒在卧室的床上，掏出手机，告诉家人我已到京，然后翻看备忘录里这些天写的诗，竟然有十首之多。我放下手机，感觉到自己的身体，正在缓慢地沉入床中。我蓦然坐起来，除了北京家里的床，不能在任何其他地方的床上找到这种踏实感。这些年经常外出，每一次回到北京，都是回家的感觉。我的家人四散各地，我的家已成了北京。

二十天后，父母从弟弟家回到老家，他们这次出行刚好两个月。家庭群里，母亲发来一张照片和一个小视频，老家院子中长满了一米高的杂草，菜园子里豆角已经被青草覆盖，有些枝蔓已经爬上了墙头。只不过几十天没有人在这里生活，一处三十几年的院落，就会显得荒芜。而在城市中，人们出门一段时间回来，花盆里的植物大多已经枯黄，屋子里堆积的，却是灰尘。看来，的确只有人才是抵御时间的根本，只有那日出日落间的细碎劳作，在为我们的生活提供防腐剂。

再几个小时后，母亲又发来一个小视频，她和父亲坐在了土炕上，吃着一餐简单的晚饭。我想，在对最日常的食物的咀嚼和吞咽中，被时光侵蚀的家，正一点一点回到他们心里。记忆缓缓苏醒，生活重新接续到原来的轨道，然后按照曾经的惯性，继续向前。

只是对于身在北京的我来说，人到中年，潮到岸边，老家已成远方，他乡已是故乡。

原载《中华文学选刊》2018年第11期

相识经年，唯几言可嚼

汤世杰

交谈乃人与人相识相知的便捷方式之一。所谓"与君一席话，胜读十年书"便是。而人生诡谲，有的人，与之相识虽已几十年，总共倒只跟他说过几句话，比如于坚。早年，我们在一个院子里做事，虽说一直是他做他的，我做我的，碰头见面的机会说来也不算少，可细细一想，从80年代中期到现在，三十多年一晃而过，我和他总共竟只说过那么几句话，很短，很有限。这事，想想还真有点怪。

上世纪80年代，正理想主义盛行。1985年3月初，我刚刚从一家企业，到云南省作协做事。那是我从没想象过的，仿佛天上掉馅饼。去后我干的头一件活，就是筹办全省青年诗人作品研讨会，初选了几个年轻诗人，名单交给当年的主席，诗人晓雪，说可以，便着手准备。其中一位就是于坚。其时于坚以口语入诗见长，由此显出了与另一些诗人的区别。那是诗歌铺天盖地大行其道的年代，老老少少都在写诗，诗如潮水，汹涌澎湃，淹没了几乎所有俗常的日子——曾经的神祇应声塌陷，转瞬便为中国腾出了一个巨大的精神空间，"诗"——包括广义的"文"——迅即作为一种空无的替代，成了新的神明。深究起来，其实，诗文从来就是这个古老国家的神，几千年来一直盘踞游荡斯

226

土斯民。作为无神之神，诗一直存在，只是在那十来年间，除了几个伪文人的奉命之作，大多都被弄得灰头土脸，甚至被蛮横地遮蔽，看似消失，却如地火，潜行于世。这个有着几千年诗教传统的民族，诗的基因强大坚韧，一遇合适的土壤与气候，便以星火燎原之势，一呼百应，攻城掠寨，所向披靡。

那之前，我在一家企业做事，编着一份小报副刊。出于职业与喜欢，认识了许多诗人，包括不少后来成为云南和外省诗界中坚的爱诗者和写诗人，于坚是其中之一。好像——恕我记得不大准确了——那时他已在本地报刊和远在西北的《飞天》上，发表过一些诗作。我和他在一个院子里上班，倒不在一幢楼，为了那个活动，专意跑到他那里，请他把发表的作品拿给我，为研讨会做些准备。他说好，后来就拿了一沓复印的剪报给我，说，就这些。我说好。其实，那比我原先预想的要多。

那以后，我们偶尔在院子里碰到，也就点个头。我们从没有特意地，或说正经地聊过天。忽有一天，我竟和于坚在院子的一个巷道里狭路相逢。那个院子，旧时是个公馆，变成文联的院子后，到处乱盖房子，房间距离很小，巷道丛生，如迷魂阵。我就在一个只能让单车、行人通过的小巷道里，与于坚迎面相遇。于坚忽然站住，靠着墙，神秘地问我，你说，我该不该要娃娃了？那个询问完全出乎我的意料，我脑子飞转，寻思那会是一句诗吗？往常，我们见面也就点个头，笑笑而已。可那天他说："我该不该要娃娃了？"如果那真是一句诗，我就该用诗的语言回答他。但他说话的口气，完全不像在那个研讨会上讨论诗的调子，于是我断然否定了我的惊异与胡思乱想。随即我就想大笑，怎么可能呢？一个诗人，怎么会突然跟我这个只是偶尔见见面，见了也只是点个头的人，打探虽是人生必经却如此私密的问题呢？顿时，他从我想象中不食人间烟火的诗之骄子，还原成了一个也要考虑人生百事的人，如果不说是个江湖俗人的话。心想，他不会是在开玩笑吧？不像，看样子不是开玩笑，他满脸满眼的期待神色，让我静了下来。我的目光透过巷道，看着院子里那个小小花坛。阳光清亮，不太灿烂，花木扶疏，疏朗有致。我极力忍住刚才那股想笑的劲头，说，此时不要，更待何时？尽管我极力压低嗓门，但声音可能还是有些大。他怔怔地看看我，点了点头，转身走了，扬长而去。剩下我呆呆地在那里站了好一会儿，才走出巷道。望着他远去的背影——我第一次发现他的背影宽阔而厚实——我想，他会不会把我的回答当成开玩笑啊？我可是认真的。一个当过几年工人，又读了几年大学，上了几年班的人，结婚，生个娃娃，是人生游戏的一套规定动作，顺理成章的事，还用问吗？特别是，还用去问一个跟他原来的日子几乎毫不相干的人吗？但事实证明他没有误解，他向我询问这事，也完全正常——毕竟，我比他年长了十多岁。

于坚询问那事真正的隐喻在于，在那样一个几乎全民为诗疯狂的年代，诗人那时自身遇到的，并不是，或说至少不完全是一个个纯粹又纯粹的诗学问题，而是一个人生的日常问题。他们发现，比诗学更现实的，是生活，甚至生存。其实，那是一个较之本义的"诗学"博大得多也深邃得多的、更大的"诗学"问题。意识到于坚所问问题这一隐喻的内涵，深感其间意味深长。作为一个曾经的锻工，曾经的大学生诗人，整日整夜埋头于诗的日子，已经过去。于坚已开始思索生命自身的生存问题。生命的延续恰是其中的重要一环，而他对此，对要回到生命的日常，或许有些迷惑，甚至没有足够的准备。后来，于坚的许多作品写到过他的日常，幼时的，成年的，林林总总。但对结婚生子这个日常不过的问题，那时他还没有准备，或说还没做好准备。其实他的困惑，远不止于他个人的困惑。那是诗的困惑。事实上，与他同时期的另外一些年轻诗人，遇到的也是形式尽管不同但性质完全一样的问题：生存。许多自以为是为诗而生的人，开始为自己的未来如何才能立足于世焦虑万分。一些人转行去经商了，去教书了。他们彻底地置他们曾经奉为圭臬的缪斯于不顾，投身到尘世之中，还原为一个为蝇头小利斤斤计较的俗人。传说中有某诗人在菜市场为跟小贩讨价还价直至亮出"我是诗人"的故事，虽乃笑话，倒在某种程度上显出了生活的真实。诗情的燃烧毕竟也是燃烧。燃烧即消耗。不久，我们就能见到燃烧之后留下的满目疮痍满眼灰烬——这个世界，永远都严格遵守着能量守恒定律。

还好，于坚没有沦陷。

不久，我听说于坚当父亲了，孩子叫于果，我想，于坚这家伙，心里想的肯定是"雨果"吧？幸运的是，就像我后来看到的那样，于坚并没有像许多抛别缪斯的人那样寡情，从此跌进生活的旋涡而难以自拔——初初听到"于果"那样一个名字，我已从中嗅出了于坚的某种志向，甚或说是野心——诗还在。还在他心里。他还要向前走。怎么走，往哪里走，我不知道。但随即，于坚的那些写昆明写昆明日常生活的诗文陆续问世。诗不再高蹈凌虚，从半空中落下尘世，发现了俗常之美。他把人对日常生活的尊重、怀念和不可分离，变成了他的文字，诗，摄影，以及散文。

又一次，记不清年份了，反正，那是一段有些艰难的日子，无形的、看不见的，却又让你分明能感受得到的艰难。在另外一个同样狭窄的巷道——那些巷道让那个院子有如迷宫——于坚碰到我，突然说，你还是要写。呵呵，我们似乎总是相逢在路上。我一时有些惊愕，不知他那话从何说起。我想我没有听错，他就是那样说的。他又说，有的人写得远不如你，你怎么不写了？我仍不知他那话从何说起，愣着，没有吭声。时间流逝，分分秒秒。那一刻的寂静分量千钧。日子突然变得严峻，更加严峻，不仅是生存的压力，还有一些来自不明方向的压力。我没吭气。我在想是怎么回事。

——许久之后，我听说，就在那条巷道，于坚干过一件很江湖的事，豪迈无比：他恰好在那里碰到了一个在背后说他坏话、近乎向克格勃告密一类的人，他把那人堵在巷道里，厉声告诉那人说，你要再敢胡说八道，我就把你的另一条腿打断。这个真实性存疑的故事，曾在那个院子里添油加醋地广为流传。又过了许多年，我见一个不知从哪里冒出来的公众号链接，把于坚和那个疑似告密者的人并列在一起，我看了只好付之一笑。那些人肯定不知道，巷道曾经发生过的那精彩一幕。

那时，于坚又说，你要写！我知道，你的名气比有些人大多了。我说，我会写啊。我想，他是在恭维我吗？恭维我有什么必要？我断然否定了那个念头。他不是要恭维我，他从不恭维什么人。我很想问问他，怎么会突然跟我说起这个话题，是听到了什么吗？何况，我也从没说过我不再写作了，只是因了一些事，有些伤心，有些感慨，如此而已。后来我听说，那次他是刚刚从外地，也许是北京之类的地方回来，不知是不是偶尔听说了什么。而我们共同生活的小地方，不时会有些比那些大地方更大的风浪。我至今不大明白，那天他所指究竟为何。但我愿意相信，他那句近乎没头没脑的话，全然是出于好意。好意出于他的在意，对一个人的在意，对一个同事的在意，对一种写作的在意，而无其他。我想我没听错他的话中之话。我当然会继续写作。但我没有那样跟他说。

日子一天天过去。一切依旧，平淡如昨。许多时候，我们见了面，连话也不说，只是相互点个头。不说话，不等于无话可说。人在世间，有许多话，是不必挂在嘴上的。在谎言流行的时候，不妨把嘴巴换成眼神。对一个诗人，尤其如此。诗，思也。而思者，心田也。岂非诗即心耶？你读他的作品，好的作品，即见其人，明其心。阅读就是交谈，以心对心。有些人，你读了他的作品，就是读不到心，读到的尽皆语词的洪流，铺天盖地，华丽多彩，唯不见心；或充满机巧，小聪明，炫技，看上去睿智如哲人，如大师，就是见不到心。心躲在很远很深很暗的地方，看上去在写作，其实是在干别的什么，究竟是什么，不说别人也知道，但都装作不知道，看他做。于坚的诗文，其实我所读不多，但每读都可读出心来。读出他在干什么，想什么，至少大体知道。就那样，我们不说话，或很少说话，偶尔说两句，都是短语，见了照样点点头，相安无事。

但有一天，我终于忍不住了，实在忍不住了，直接打上门去，找他。我说，于坚，你能不能不再半夜三更地打印啊？那时电脑刚刚兴起，所用打印机还是针式的。那种打印机的打印速度很慢，打一份几千字的文稿，需要很长时间。我记得我曾为打印一部长篇小说，花了整整五天时间。我与于坚的窗户中间，只隔着不到三米的距离。有时，他会在零点之后开动打印机，滋啦滋啦地打印新成的文稿，而那时，我刚刚要进入梦乡。我被那种让整个身体发酸的声音弄得无法入睡。他说他是赶个稿子。他说他会注意的。我听了，转身就走了——你还能怎么着？

长诗《0档案》发表后，表面平静的大院，一时议论蜂起，说什么的都有。我特意找来读了，先是有些不习惯，再读，有味道了，心想，很好啊，很有意思啊！一个隐蔽的伤疤，被扒了开来，里面是一团荒谬与荒唐。也有人不那么高兴了，说东的说东，说西的说西。见仁见智，你可以不高兴，不喜欢，不理会，公开评论，却无须也不该藏在暗处，施用文学以外的手段。压力会很大吗？看样子有点大。偶尔看见，于坚在院子里匆匆而行，一脸的凝重。我很想跟他说几句什么，到了也没说。我在想，当事人如果是我，该怎么办？还能怎么办？任别人说去吧！一个人，到了那样的年龄，总是要经受些什么的。借此想想自己的来路去路，未必不是好事。

一晃多年。新世纪之初，一次我们一起到铁路参加一个文学活动，末了，请大家都发发言，最后我也讲了几句，其中说到，中国古人的世界观，从来都是以山河湖海为中心的。我举例说，古人有句话，叫"孔子过泰山侧"，而不是说孔子从曲阜边走过。我说，那不仅仅是个修辞。曲阜无非一座人造的城，泰山才是大自然生成的庞然大物。大块。大块假我以文章。城可一朝毁败，山却万世不朽。一句"孔子过泰山侧"，把孔子和大千世界，和一座巍然大山连在了一起。说孔子过曲阜，只点明了方位，说"孔子过泰山侧"，不仅点明了方位，还把孔子和泰山连在了一起，那是个宏大的、能给予人无限想象空间的画面，意象磅礴，其味深远。散会时于坚边走边对我说，讲得好，"孔子过泰山侧"，可以好好写篇大文章！我说是吗？我说我正在写。那之前，我读于坚的作品，总有些"现代""解构"的印象，如《0档案》。我没想到他会赞同我的说法。我想他不会轻易赞同谁的说法。许久之后，我发现于坚文风有变——那当然与我无关——他好像迷上了谈经论道，文中随时随地会出现"大块假我以文章""道法自然"之类的古典名句。他在向中国几千年的古典致敬。那种致敬并不空洞。古典里的中国日常，以及日常里的古典中国，成了他的在意。那与他对故乡或说乡土的追索，一并成了他诗文的两翼。他的追索固执到让人心疼心颤。过往的一切都成了美好回忆。他哀滇池。哀旧时昆明。哀他的亲人。哀他曾大汗淋漓的厂房。哀那一切俗常而有味道的日子。

初，我以为那已近偏执：昆明，未尝都好，昆明往昔，亦非尽可怀念。而他继续铺排，动辄万言，洋洋洒洒，如乡土文学，如鲁迅所谓："凡在北京用笔写出他的胸臆来的人们，无论他自称为用主观或客观，其实往往是乡土文学。"细想不然，深味，或道存于中。先前的鲁迅、沈从文，如今的莫言、贾平凹，都乡土过。而鲁迅的乡土不是沈从文的乡土，"鲁镇"也绝不是"湘西"。各人借用乡土的一角，意在各自心里的一个中国寓言。网上见有人为《建水记》站台，谓该书在歌颂建水的美好生活，该文读来仿佛在营销一本旅游读物，所言不唯非关宏旨，甚或相去万千里。我发微信给他："我还没看到书，但微信上一些人的评说简直没摸到门，让我笑死！这肯定不是在告诉人们建水好在好玩，说那里尚存一种古老生活，哪跟哪啊？你是在对这个时代做出诗人的应答，这是责任，即西川所谓处理这个时代。"一个诗人、作家，不"处理时代"，不对时代发声、定位，亦白当了。于坚亦发出声明："此书非关旅游。是关于那些被粗暴而轻蔑地拆迁掉的是什么。老中国在空间上已经彼岸化了。唯新是从，猎奇式怀旧，骨子里崇拜未来主义的旅游加速了这种彼岸化。所幸者时间还在汉语中幸存，也仅将碎片连缀起来。这是一种朝向废墟的、穷途末路的写作。"

诚是。我更喜欢他的散文。说到他新出的《挪动》，他说，那是"我近年的中篇散文合集。上一本是十年前出版《相遇了几分钟》。汉语写作的不朽道统是散文（我更喜欢随笔这个及物的词），小说是西方文化影响下的产物。西人很少或不译散文可证，散文深植汉语中，译不过去。白话一百年后，能穿越时间，可传者依然是散文。鲁迅、周作人之重都在散文上。散文自古影响着汉文明。《赤壁赋》鼎立如《圣经》。如果文明复兴，小说必日渐黯然。小说只是散文中的细节，《红楼梦》是个典范。20世纪西方先锋派的写作趋势其实是走向散文化。当代，散文、随笔已经被汪洋大海的花边文学搞成了雕虫小技。《左传》乃重器，具有歌德、普鲁斯特、乔伊斯、托尔斯泰式的重量，影响到政治、国本、语速、材质、文明进程"。足见在中国，散文一以贯之，可记史、抒怀，可言志、明理，可发而为檄文，可系之于幽情，而当下小清新、小浪漫一类，无《史记》之恢宏，无《左传》之凝重，无《水经注》之俯察山川，无《世说新语》之济世悯人……已全然败坏国人胃口。那么，诗呢？诗依然在，在它自己，也在好的散文之中。化而为魂。目前，我刚写完一篇非虚构文字，看来看去，总像少了点什么，兴未尽，意未结。正踌躇中，偶尔看到于坚微信上的两句话："时间啊，请严加拷打，我全部如实招供。"正好，想用作引语，电话问他可以吧，他的回答仍只有两字：当然。

　　——与一个人，相识多年，寻寻常常，平平淡淡，唯几言可嚼，幸耶？不幸耶？唯吾自知耳。

原载《鸭绿江》2018年第4期

垃圾鸟

王　彬

2017年，我和妻子去澳大利亚与新西兰旅游。在澳大利亚看到垃圾鸟与秧鸡，在新西兰看到了羊驼，一种很萌的小动物。对我而言，无论是垃圾鸟、秧鸡与羊驼，都是第一次见到，因此观察得格外仔细，而在日记中做了一些功课。近日闲暇翻检旧屉，引起了对那些鸟和动物的思念，于是略作描摹而成为当下这个样子。

日人妹尾河童在一本关于旅行的文图书《素描本》中，记录他去维也纳旅游，看到史提芬大教堂前的观光马车，驾车的辕马走在光滑的石板路上一点也不打滑，感到这里的马蹄铁好像与众不同，于是拜托马夫老爹说"可以让我瞧瞧吗？"那个老爹听到这样的请求，感到滑稽，便笑着说："要求看马脚底的，你可是第一人唷！"于是把马的脚掌翻上来，让他看，果然穿着防滑的钉鞋。

妹尾河童极想索要这只钉鞋作旅游纪念品，但是不好意思张口。用他的话说是"虽然好想要，但是不行，要忍耐"。我想，即便是马夫老爹肯于给他，估计拉车的辕马也未必答应，毕竟拉车的是它，而不是那个老爹。但无论怎样，妹尾河童想看人家马的脚底，毕竟还可以看到，这样的愿望，或者说是好奇心还是得以满足。而我在澳大利亚与新西兰看到的那些鸟与动物，即使想看它们的脚底也是不可能的。第一，找不到可以诉求的主人；第二，哪一只垃圾鸟，哪一只秧鸡或者羊驼，肯于高抬贵脚，让我们细细观察呢？

一

我们入住在棕榈湾Grand Chancellor酒店。

这是一家度假村式的酒店，被一条纤细的公路分为两部分，主楼在公路一侧，附楼在公路的另一侧，都是白色的二层楼房，我们住在附楼634房间。窗外是高耸的椰树、棕榈，还有海芋一类植物。原以为这是一处很安静的地方，却没有想到，深夜时候突然鸟声大作，把我们吵醒了。鸟声阁阁，短促而密集，仿佛无数只鸟用它们的利喙啄击我们的窗玻璃，在这骤雨一般的背景里，有时蓦然拉起一阵尖利的高音，从而增加了一丝惊悚的波澜。我想推门出去看看是什么鸟如此高调，妻子说，夜色浓重，你即使出去什么也看不见，而且不安全。

第二天早起，窗外一只鸟也没有，昨晚的鸟都飞向哪里了？

根据安排，今天去绿岛。在大堡礁中，绿岛是游人必去的地方，面积不大，前方是大海，右面是雨林。沙滩是贝壳一样灰白的颜色，有出售饮料的冰柜，黑色的遮阳伞与黑色的塑料躺椅，白种人、南亚人（有些是印度人）与中国人在浪花里游泳，赤膊的大人与小朋友在沙滩上漫步。去雨林的路上，我们在一家商店购买了一个白色的珊瑚。售货员是一位年轻女性，来自中国北方。说到故乡，她幽默地说，看看我的肚子——她怀孕了，腹部已然微微隆起。在澳大利亚，珊瑚是管制商品，徐请她开具两张证明，证明这是合法交易，随后又买了两个冰箱贴。走出商店，我突然注意到，商店的外形刻意做成船的形状，灰绿色的船头高耸起来，船舷上悬挂着红白相间的救生圈。

中午，在绿岛一家餐厅吃饭，我们点了面包、生蚝、薯条、黑咖啡与苹果酒。服务员不少是中国人，先是一位年轻的女性，之后又是一位年轻的先生。

面包不错，可以嚼出麦粒里阳光的滋味，薯条尤其好，八分焦而把土豆的香味播散出来。因为等候观看海底珊瑚的半潜船，而时间尚早，饭后我们在一处绿地休息。一位身着红格短袖衫的青年人坐在圆桌前面，徐问他可以坐吗？他说可以。坐下以后，徐说，你是地导吗？他很诧异，徐笑着说，你袖口上贴有标志。我看了一眼，在他袖口的折角上，果然有一个小巧的粉色即时贴。徐后来对我说，领队说过，领队在船上，地导在岛上，根据这句话，这个人必然是地导。此人高而微胖，精确说是"壮"，皮肤黧黑，我问他家乡，他说是台湾的高山族，怪不得脸容多少有异样。他多次去大陆参加活动，对杭州印象最好，在北京，常住三元桥一带，对北京的堵车印象深刻。去过南锣、中戏，见过演皇帝的陈建斌，他在一家文化公司工作，做演员推介。他递给我们一张名片，洁白的纸面上印着"星推"两个黑色的楷体字。春节的时候，他说，绿岛是中国人的岛。

　　说了一会儿话，徐掏出花生米喂一只麻灰颜色的鸟，刚丢出一粒花生米，又来了一只，早来的将花生米吞进去，另一只围拢在徐的脚下转，徐又扔出一粒花生米。再要扔出第三粒时，年轻人劝她不要喂了，不要招惹它们。为什么？他说，这种鸟叫秧鸡，发情时厉害得很，有一次啄了一个小孩子的眼睛。眼下正是秧鸡的发情期。我问他秧鸡的叫声，他模拟了几声，我们昨晚听到的，正是秧鸡。我当时的感受是，在他说出秧鸡两字时，脑海里霍地一闪，升起一阵银色的欢快的焰火。在西方与俄国的小说中，秧鸡是一种常见的鸟类，但在我国的小说，至少在我的阅读经验中则似乎没有，而在民间，关于秧鸡却多见记录。我记得有这样一首歌谣："大田薅秧排对排，一对秧鸡飞出来。秧鸡跟着秧鸡走，小妹跟着阿哥来。"江南稻田多有秧鸡，秧鸡之"秧"便应该由此而来，收稻子的时候，秧鸡往往成为农夫的俘获物，这对于秧鸡而言，当然是不幸的事情。

　　据说，秧鸡的味道不错，因此不仅受农夫喜欢，也往往沦为猎人枪口下的牺牲品。当然也不都是这样。契诃夫写过一个颇长的短篇小说《农民》，揭示沙俄时代农村的凋败与农民的穷困与愚昧，一个丧失了丈夫的妻子离开农村去城里寻找出路。小说的结尾是：路旁的树丛中，云雀不停地婉转啼唱，远处的山沟里，鹌鹑的呼叫声此起彼伏。"倏地，一只秧鸡断断续续急促地啼叫，仿佛有人往石板上丢出一个铁环一样。"对于秧鸡的叫声，契诃夫的描绘真切生动，在这方面，俄国的作家有一种天生的基因，契诃夫是其中的圣手。在他的腕底，即便随意涂抹的文字也使人难忘，我记得《契诃夫手记》中有这样一句："她脸上的皮肤不够用，睁眼的时候必须把嘴闭上；张嘴的时候必须把眼睛闭上。"这是一个什么样的女人呢？

还是说秧鸡。去绿岛沙滩的路上，我们也遇到了它们。徐对我说，在那里，她就喂过秧鸡，也是花生米。有一只秧鸡十分强悍的样子，很快地吞下一粒花生米，别的秧鸡看着它，想吃花生米，又不敢过来。徐特意把一粒花生米丢给一个身形幼小的秧鸡，强悍的赶过来，花生米已经被那只吃掉了。这秧鸡颇有些恼怒，怒目而视，徐有些害怕。这当然，徐说只是自己的感受，秧鸡未必是这样。徐害怕小动物。2015年我们去俄罗斯旅游，在彼得堡的森林里喂一只松鼠。那松鼠敏捷地从树上爬下来，站在道路中央，站起来看着我们。徐掏出——也是花生米抛过去，松鼠吃了又追过来，徐赶紧把一把花生米扔出去，躲开了那只松鼠。

如果是猎人呢？当然，我从来没有见过以松鼠为猎物的记载，不像是秧鸡被写进屠格涅夫的短篇小说《美人梅齐河的卡西央》，后来收进《猎人笔记》中。小说的主角是"我"，另一个是卡西央。"我"是猎人，卡西央是农夫。走了很长时间，没有遇到任何鸟——都飞向哪里了？在远处，靠近树林的地方，只有斧头在"钝重地响着"，"一棵葱茏的树木像鞠躬一般伸展手臂，庄严地、徐徐倒下来"。失望之际，广阔的生着苦艾的橡树丛中突然飞出一只鸟，而那鸟，恰是秧鸡，"我打了一枪；它在空中翻了个身"，便石头一般掉下来。卡西央走到秧鸡落下的地方，附身在撒着血迹的草丛，愤怒地质问："你为什么打死它？""我"有些吃惊地说，秧鸡是野味，可以吃嘛！"你自己不是也吃鸡或鹅之类的东西吗？"卡西央反驳道："那些东西是上帝规定给人吃的。可是秧鸡是树林里的野鸟"，不仅是秧鸡，还有许多，所有树林里的生物、田野和河里的生物、沼地里和草地上的——杀死它们都是罪过，人类吃的东西是有规定的，"人另外有吃的东西和喝的东西：面包——上帝的恩惠——和天降下来的水，还有祖先传下来的家畜"。

俄罗斯人信奉东正教，而东正教是基督教的分支，认为人是大地与海洋的管理者，哪些可以吃，哪些不可以吃上帝是有规定的，超过这个规定便是犯罪，而鱼是可以吃的，因为鱼不会说话，它身体里的血不是活物。"血是神圣的东西！血不能见到天上的太阳，血要回避光明，……把血暴露在光天化日之下，是极大的罪恶和恐怖。"卡西央的这些话正是这种教义的反映。但教义是教义，现实是现实，圣像面前魔鬼多，何况人又不是圣徒！

还是在绿岛餐厅，我们也见到了秧鸡，有一只在餐桌之间穿梭，踮起脚，伸长脖子瞄着餐桌上的食品，没有人给它们食物。逡巡了一会，有一桌客人吃完饭起身离开，秧鸡倏地跳上去，啄食桌上的残迹，似乎也并没有什么可以吃的，于是很快跳下来，继续在餐桌之间踱来踱去。秧鸡是沼泽中的鸟类，个头比母鸡小，拙于飞翔而善于奔跑，脸颊有红或白色的线条。澳大利亚是海洋国家，因此秧鸡很多。记得近年看到关于澳大利亚女作家阿特伍德小说《秧鸡与羚羊》的介绍，大意是说，在二十世纪下半叶，人类遭到毁灭性打击，所有人都死光了，只剩下一个叫"雪人"的人，只有他是真实的人类，余者皆为"秧鸡人"，而"秧鸡人"是用生物制造技术制造的人，没有任何缺陷而完美无缺。小说的宗旨是警醒人类对滥用生物技术的忧虑，是一个现代版的创世纪故事。我当时很奇怪，为什么要将秧鸡与人类转嫁接，来到这里明白了，人与秧鸡原来是这样一种关系！

离开绿岛，在邮轮上，我见到那个高山族的导游坐在后排，很高兴地和同排的年轻人说笑，看到他们欢乐的模样，我也很高兴。我猜测他们可能是同行，我告诉徐，徐回头看看也很高兴。下船的时候，他从我们身边经过，我向他打招呼，他踟蹰了一下，似乎在搜索，便向我们笑笑。他在脑海里搜索什么呢？是刚才关于秧鸡的谈话吗？可能是也可能不是，在斑驳的落日余晖里，一只秧鸡在闪烁地奔跑。

哦，秧鸡！

二

中午去鱼市场。

鱼市场位于悉尼边缘，是当地海鲜产品的集散地，也是游客观光与就餐之处。市场很大，也很拥挤，通道两侧是硕大的玻璃缸，各种鱼类游来游去，展示在游客面前。

我们点了一只红色龙虾，三枚甜虾和三个生蚝。龙虾两吃，后部冷吃，前部熟吃。陪同我们的导游说，新鲜的海产品，一是脆，一是甜。我们果然吃出了这两种感觉。

就餐的地方在鱼市场外部，栏杆外面是港湾，海浪慵懒波动，雪白的海鸥贴着栏杆飞。地面上，也有海鸟，在餐桌之间安静地走来走去。白色的羽毛，但是黑嘴、黑脑袋、黑脖子、黑尾羽，腿和脚也是黑色的。问导游说是白鹮，俗称垃圾鸟。眼看着一只垃圾鸟跳上一张空餐桌，啄食上面的残余食品。它的嘴尖而长，弯弯的宛如一把镰刀。突然，坐在我前面的食客站起来，准备离开餐桌取东西，而就在这时，餐桌上空，呼地掠过一道白光，人们不禁发出仓促的惊呼，原来是一只海鸥俯冲过来，要叼走餐桌上的鱼，那个食客急忙回身，用双手捂住。人们关切地问，叼走了吗？他说没有。大家也就默然。徐坐在我的对面，没有看到背后情景，听到惊呼，问我发生了什么事，我告诉她一只海鸥在与一个天津人争夺一条"香喷喷"的鱼。

那也是一名中国游客，在澳大利亚，中国的游客也真多，鱼市场就是缩影，稍不留神眼睛看眼睛的都是中国人。海鸥呢？却似乎不是，在我的印象中，在中国，海鸥不是这种蛮横的强盗样子，而是作为一种哲学象征，最著名的当然是《列子》讲的那个故事："海上之人有好鸥鸟者"，一个小孩子"每旦之海上，从鸥鸟游"，与海鸥嬉戏。然而，好事难以长久，小孩子的父亲说，既然你与海鸥的关系这样亲密，那么你捉两只来也让我玩玩。第二天，小孩子来到海边，准备捉几只海鸥，但海鸥看透了他的心思，不再和他亲近而哄然散佚，用《列子》的表述是："明日之海上，鸥鸟舞而不下也"，只是在他的头顶盘旋不再和他亲昵了。这当然是中国故事，在澳大利亚，比如今天这里的鱼市场，则没有这样复杂。不过是人要吃鱼，海鸥也要吃鱼，海里捉不来就到餐桌上抢，这样一种简单的自然法则而没有更多文化含量。

当然这样的法则，对垃圾鸟则不是，它没有这样的胆魄，温婉而言，或者说不喜欢这样做，只是睁大眼睛，小心且耐心地待食客走后，跳到餐桌上啄食遗撒的残屑。更多则是在垃圾桶附近蹀躞，捡食人们丢弃的食物。这就使人感到难堪。它们本是滨水的鸟类，以捕鱼为生，应该是"出没风波里"的渔夫模样，在这里，怎么会堕落为肮脏的城市流浪汉呢？如果是在埃及，在埃及的古代，这种鸟是被尊为神鸟，称为圣鹮的。在埃及，古王国晚期的《金字塔铭文》中，讲述了一个法老的故事，祝愿他在前往永生之地的时候，"化作一只圣鹮而超越千难万险"。在云端的黄金帐幔内，那个法老如果听到曾经的圣鹮，如今沦落为与垃圾为伍的"脏"鸟，会升起怎样感喟的思绪呢？

在澳热的阳光中，海风如缕，习习吹过。一只小船慢慢驶来，靠上码头，下来几个工人把货物从船舱里搬出来，因为距离远，看不清是什么货物，只能看清包装盒子是暗白色的，里面是刚刚捞上来的龙虾吗？工人们穿着白色的工作服，有一位是橘红的颜色，光斑似的在码头闪动。突然想起阿尔勒，想起曾经的凡·高在那里作画，浪花翻卷溅湿了他的画架，而身后是肥沃的谷地，万千条淡紫色的犁沟伸向天边，群山巍峨，云层壮丽。为什么在鱼市场突然想到凡·高，实在是说不清。有一只类似鸬鹚的大鸟游过来，而在它的附近，有一艘深绿色的轮船浮在那里一动不动，更多的船聚集在对岸，降下帆的桅杆裸露在水面上宛如茂密的森林，而另一侧的堤岸上，有一座双孔小桥，后面是一座生锈的类于堤坝的建筑，究竟是什么建筑，同样由于距离远而看不清。能够看清的只是海鸥，仿佛灿烂的雪花，在夹杂波浪的海风里飘。突然一只俯冲下来，炸弹似的急剧坠落，接近浪尖的瞬间，又蓦然折返蓝天。好像是，在《圣经》中没有提过海鸥，只是反对同性相恋。怪异的是，在上世纪七十年代，一个鸟类学者在一座无名岛上，发现有两只雌性海鸥在爱巢里共同抚养幼鸟。据调查，这个岛有百分之十四的海鸥家庭是由同性恋者组成，鸟类学者把这样的家庭定为"拉拉家庭"。基督教认为，在上帝创造的世界里，不存在同性恋的动物，因此人类的同性恋也是罪恶而不可以的。然而，不信基督的海鸥飞来了，把上帝的神谕快乐地啄了一个透明的洞。2015年，我和妻子去瑞典旅行，在接近斯德哥尔摩的时候，司机接到通知说市中心有同性恋的游行队伍，许多道路被封闭了，建议他采取回避措施。于是，我们远远下车走到市中心，果然看到一只浩荡的队伍，花花绿绿，有人裸腿也有人赤膊，军鼓高击，频呼口号，裹挟着潮水般的兴奋呼啸而来。海鸥呢？并没有加入他们的队伍，也没有在他们的头顶上飞。有诗人说，海鸥是上帝的泳裤，没有海鸥的上帝不敢乱动，被上帝嫌弃的海鸥呢？

附近的餐桌空了，又一只垃圾鸟，瞅个空档，轻轻跳上去，啄取遗落的残渣。我看看它的嘴，因为是弯曲的，啄食的时候，十分笨拙。但这可能只是我的感觉，垃圾鸟也许并没有感觉到。在古埃及的传说中，这弯曲的嘴使人联想皎洁的新月，因此垃圾鸟被尊为月神，而它鸡爪一样的脚趾，会在沼泽的土地上留下痕迹，对埃及人也多有启发，从而产生了象形文字，因此垃圾鸟又被尊为文字之神。这样的神，颈项以下是人的身体，颈项以上是垃圾鸟的头。这当然是依稀远古的传说，如果在现实的阳光下面中，我们看到这样一个人，黢黑的鸟嘴对接洁白的人体，我们可以接受吗？大多数人，包括我在内肯定会惊倒，有谁会将他与埃及的神祇联系一起呢？在中国，这样的神祇则是仓颉："观鸟迹虫文，始制文字，以代结绳之政"，当然此人也相貌古怪，有四只眼睛，"天雨粟，鬼夜哭"，能使天象异常、惊悚、诡异的人物，难道可以是普通人的貌相？这自然是可以理解的。然而，现实是，这是在今天，在澳大利亚海滨，鱼翔鸥舞穿过阳光的另一种风景。李太白有诗："仙人有待乘黄鹤，海客无心随白鸥"，没有丝毫机心，如果面对的是朱鹮——垃圾鸟呢？李，又会是一种怎样心态？这就使我想起了苏子瞻，"时夜将半，四顾寂寥"的那样一种高冷，"玄裳缟衣"的那样一只大鸟，横江东来，"戛然长鸣，掠余舟而西也"。飞到什么地方去了，不得而知。这当然是中国的高蹈之鹤，不是海鸥，也不会是垃圾鸟。

那只垃圾鸟，已经跳下餐桌，在餐桌之间走来走去，过了一会儿便泯然于众，不知走到哪里去了。

三

关于羊驼，没有到新西兰之前，我的知识处于盲区。只听说在中国的网络上，羊驼被"恶搞"为"草泥马"（Grass Mud Horse），对这样的污名，如果是羊驼，它们知道了，肯定会抓狂，气得跳上天。

今年五月，我和妻子去新西兰旅游，在一家农场见到了这种小动物。农场的名字叫"皇家爱哥顿"。一辆大轮拖拉机，牵引一辆笨重的拖车，游客就坐在拖车里。司机是一位白种人与毛利人的混血儿，一位中年女性，身材很小巧，头发黄黄的扎在脑后。导游呢？也是女性，年龄也相仿，却高高胖胖，皮肤黝黑，自称是"华二代"，不是官二代，富二代，也不是星二代，而是第二代华裔，操一口广东的普通话，对我们说，在中国她的名字叫眯眯笑。我们被拉到一片有羊驼的草场上。眯眯笑把手伸进一只羊驼的毛里，问我们，厚不厚。大家都不说话，只是看那羊驼，沾满了黑色的泥污。在新西兰包括邻国澳大利亚，所有的羊，当然也包括羊驼，都没有固定的宿营地，当地人解释，羊原本是野生动物，没有宿营地的饲养才符合它们的生长环境。因此，干净的不是真实的，脏乎乎的才是，是这样吗？

眯眯笑把她的手伸进一个铁皮桶里，不断地掏出黄色的，有小拇指长的饲料棒，分给大家，让我们放在手心里，把手掌伸开，让羊驼舔。不要害怕，眯眯笑说，羊驼没有下门牙，不会咬你们的手。我张开手掌，走过一只大些的羊驼，舔我手掌里的饲料棒，很快就吃完了。又走过来几只羊驼，笑吟吟地看着我，我张开手表示没有了，但是它们似乎没有看到我这个动作而继续走过来，形成一种合围之态，我一时有些紧张。徐在旁边给我照相，却一张也没有照上，她害怕小动物。其实是，无论是她还是我，都不应该怕它们。这些羊驼都很可爱，神态呆萌，天然的毛绒玩具，哪里会有伤人的可能？但我们还是紧张。

在新西兰，城市之外，公路两侧都是翠色连天的牧场。牧场都很辽阔，即便是小牧场也有四十公顷。牧场划分二十六个方格，主人让羊群一天吃一个方格里面的草。照此进行，二十六天之后，再返回到第一个方格，而这时获得喘息的草已经是苍翠欲滴了。这里的草，不是自然生长，而是人工种植的三叶草与黑麦草。三年以后，这些草便枯萎了，需要重新播种。在新西兰，牧场主们，饲养绵羊，也饲养牛与羊驼，但绝对不会做山羊的主人。原因是山羊上下都有门牙，吃草的时候连草根都吃掉，采取一种竭泽而渔的办法，而绵羊，当然包括羊驼，只有上门牙，因此只能吃草叶。牛呢？只吃草尖。中国人讥讽老夫少妻是"老牛吃嫩草"，其实是符合牛的吃草规律的。如果既有牛又有羊，牧场主则先把牛放到方格里，牛吃饱了，再把羊放进去，牛吃草尖，羊吃草叶，各取所需。

新西兰的牧场主就是如此精明，而这应该是有文化传统与遥远的生存方式基因的。在《圣经》，亚伯拉罕是个笃信上帝的人。一天，为了试验他的忠心，上帝呼叫亚伯拉罕，命他把自己的长子以撒杀掉而作为祭品。亚伯兰罕虽然极度痛苦，但依然接受了这个残酷的天命。他带着以撒去摩利亚山，以撒不知道自己就是祭品，问父亲既然祭祀上帝，为什么没有祭品呢？到了山上，亚伯拉罕把以撒捆绑起来，掏出尖刀准备动手，这时上帝的使者在天空呼叫他，说你不可以这样做，我知道你对上帝是敬畏的了。而在这时，亚伯拉罕发现一只肥硕的公羊被困在稠密的灌木丛里，于是便杀掉公羊，代替他的儿子供奉给上帝。从此，上帝授命亚伯拉罕为人世间的代理者。亚伯拉罕属于游牧民族，以牧羊为生，自然精通牧羊之道。耶稣说，我是好牧羊人，而好牧羊人为羊舍命——引领羊进入天堂之门。在基督教常见的画像中，上帝的怀里抱着一只羔羊，便是那神谕的表征。而现实是，或者说，这样的神谕与羊驼有什么关系吗？

我们转到拖拉机的另一侧，向眯眯笑又要了一把饲料棒，羊驼围拢过来，我摊开手掌，走来一只羊驼，把嘴唇贴在我的掌心上，我仔细谛视它的牙，并非没有下门牙，只是牙齿很短，而上门牙很长，二者不成比例，羊驼不咬人的原因就在这里。吃过饲料棒，那只羊驼仍不肯走，笑眯眯地看着我，它的眼睛很清澄，面对这样的眼睛，我觉得我的心突然干净了。这当然只是我的刹那感觉，与羊驼没有任何关系。我同时奇怪，在中国的网民那里，为什么要把这么可爱的小动物列为十大神兽之首？在这样的不公正面前，即便是巴兰的驴，也会高声抗议，而反唇相讥吧！在《圣经》中不是有十大恶人：加略人犹大、希律王、耶弗他、耶洗别、罗得、亚比米勒、犹大约兰、该隐、希罗底与希律·安提帕，从羊驼的角度，中国的网民应该取代谁的位置呢？

更多的羊驼走过来，把我围在中间，笑微微地看着我，精确说是盯着我的手，我把手掌上的饲料棒伸到一只高个的羊驼面前，它张开嘴舔食。我又俯身喂一只小羊驼，很小的一只羊驼，估计相当人类的童年，眼神更加清澈、无邪，毛是柔软的淡紫的颜色。徐问我，喂羊驼的时候有什么感觉，我说可以感到从羊驼嘴里呼出的温热气息。我把饲料棒递给她，她不要，她还是怕。看到她这样，眯眯笑说不要怕，怕什么呢？是的，怕什么呢？

眯眯笑招呼我们回到拖车上，有人问，羊驼是羊还是骆驼。眯眯笑不回答，说你们自己到手机上搜索一下就知道了。当然是骆驼，原本生长在南美的安第斯山脉，属于偶蹄目、骆驼科，是一种小型的骆驼，体重只有五六十公斤从而接近羊。牧人说，羊驼胆小，性情温顺，如果你喂它，它一定要等你走开以后才去吃。是这样吗？眯眯笑说，天下事情哪有绝对的？我们这儿的羊驼是羊驼里的明星，巴不得你喂呢！你不要以为羊驼脾气好，可以随便欺负它，它也会发脾气，你如果让它不高兴，它也有办法让你难堪，要不像骆驼那样从鼻孔里喷出粪便，或者向你的脸上吐一口唾液！听眯眯笑这样说，我不禁一愣，同时不由得涌起另一个念头，第一个把羊驼污名为"草泥马"的人可要小心了，千万不要来新西兰，不要来"皇家爱哥顿"，弄不好会被羊驼的唾沫淹死。真的要是到了那步田地，聪明的，那就学学莫言的打油诗，效仿那样的策略："好汉不提当年勇"，"忍把浮名换玉盏"吧！当然，如果是公园里的雕塑品则肯定不会，因为那是它的衍生产品，与羊驼无涉，当一扇门为你关闭，万幸的是，上帝说，一定会有一扇窗为你打开。

　　真的会是这样吗？还是努力敲吧，门终究会打开的！

原载《人民文学》2018年第5期

回头是岸

熊育群

一

新德里下飞机，一个皮肤黝黑的男子，粗壮的双手拿着花环往我脖子上套。花环很大，椭圆的花环垂到我肚脐眼儿下了。花朵也大，红白两色相间的花瓣。淡淡的花香散发着陌生植物的味道。我闻到的印度味道首先就是这种鲜花散发出来的，带有水气的香。男子的肤色与夜色混为一体，让我想起了南亚次大陆猛烈的阳光。

冬夜里的风一阵又一阵，迎面吹来。我仰望了一下夜空。这是与"梵"相连的天空，神秘夜色里看见了黯淡的星月。天气虽冷，钻进怀里的风却并无寒意。

印度属热带季风性气候，只有冬、夏和雨季。想不到冬季带的衣服不对，新德里白天也是炎热的。街头穿衬衫和裙子的人很多。男人的衣服全世界都差不多，差别大的是女人的服装。印度男人的不同体现在锡克教男子裹红色、黑色的头帕，裹得像顶大冬帽，在额前一个大交叉。炎热的季节不知道他们是怎么坚持下来的。

印度女人的裙子很特别，它既不是阿拉伯女人穿的长袍，也非僧服，但又似乎与这两者脱不了干系。它宽大、松弛，像裹着一张床单，颜色大多为暗红色、玉绿色、紫色、黄色。艳丽得有些刺眼。尤其是暗红色的颜色最为普遍，色彩与僧袍极为近似。印度女人披头巾不是像阿拉伯妇女那样紧裹，头巾在印度也不叫头巾而叫纱丽。她们没有把头和脸包裹起来，只是披在头上。但我还是情不自禁想起了阿拉伯妇女。穿裤子的女人很少，即使穿上裤子也在外面套上裙子。有的女子把饰物戴到了额头和脚腕上。

穿越新德里街道。脑子里还是关于阿拉伯的联想，特别是第一天就去阿格拉，看过泰姬陵。再进阿格拉城堡，从女人的衣服上读出了印度的历史——穆斯林的痕迹。一个文明古国，遥远如公元前哈拉帕、吠陀和孔雀王朝。本土文明如此辉煌，我看到的却是伊斯兰建筑。而作为殖民地，被英国统治了近两百年，却难以嗅到西方的气息。

V.S.奈保尔在《印度：受伤的文明》中称印度为老印度，他观察印度深陷旧文明的景象。旧文明不是伊斯兰的，而是印度教的。伊斯兰教在印度存在了五百多年，印度教在这片土地却延续了一千多年。阿拉伯人的入侵开始于公元7世纪，伊斯兰对印度的真正征服则在11世纪，占领印度的是中亚突厥人。德里苏丹王朝、莫卧儿王朝是伊斯兰教盛行时期。泰姬陵、阿格拉城堡就是莫卧儿王朝的建筑。前者洁白无瑕，后者赭红一色，前者成了印度的象征。也许正是泰姬陵的误导，让我以伊斯兰的视角打量着印度。

二

我愿意回顾一下20世纪70年代的印度，无疑与奈保尔的印度三部曲有关。他对那个时期的印度有着非常深刻的观察，从他的书中我看到了一个异样的世界，虽然我们与印度为邻，对它的了解却远不及遥远的西方，甚至陌生如中东，我们了解的也比它要多。奈保尔的祖先一百多年前离开印度的恒河平原移民到了特里尼达，他回到印度的祖籍地，是一种血缘的召唤吧。

印度似乎在自己的一种古老时空里与世隔绝。奈保尔在印度乡村与城市间访问，他十三年里三次来到印度。在1971年中期选举时，他跟随一位参加选举的盲人议员下乡，在老议员眼里，印度的贫穷是个很特别的东西，他不希望有人破坏它。他不喜欢机器，反对将输水管道和电力引到村庄，他认为管道水和电是"道德败坏的"，村庄里的妇女会因此而拒绝珍贵的劳作，变得怠惰，她们的健康也会受到损害，再也没有人"从井里汲取健康的水"，再也没有人用老式石磨来碾玉米，所有的东西都西方化了。

盲人议员的观念具有典型性。甘地曾经号召人民回到大地，号召妇女坚持织布，号召人们穿印度土布，纺车是神圣的，如同瑜伽，令人心灵宁静。他用古典精神来对抗现代主义。泰戈尔也认为西方在以自己的物质思想来征服东方的精神生活，使得印度的最高文化受到强大的压迫。这是欧洲人共同的罪恶。

印度人在往过去的旧历史中走去。有的甚至幻想让人类回到森林。在很长一段时期内，印度都在拒绝机器，拒绝资本。这力量正是来自它的旧文明。印度人生活极俭，除了食物与生存，没有更多的欲求。他们安于自己所知的世界，相信一个完美均衡的世界是由神来安排的——今生所没有的，来世也会有。

甘地继承者维诺巴·巴韦，他的理想就是回到中古。他发起过"捐地"活动，印度独立不久，他就徒步周游印度，请求人们给无地者土地。他期望凭借宗教激情实现土地的再分配。跟巴韦一起走成了那时的时尚。但他的行动却效果甚微。这一切曾给印度带来了危机。在一个充满物欲的世界，一个注重精神生活的民族注定难以独善其身。不喜欢机器的结果就是，印度人投入到用中层技术来设计和改良牛车上，譬如改用金属轮、轴承、橡胶轮胎，改良牛轭，研究阉牛在提拽时的拉力问题，围绕这个问题他们还最现代的监视技术都用上了，阉牛的装备复杂得像个太空人。据说对牛车的投资与投资铁路相当。好的牛车比进口二手汽车还贵。有个号称牛车之王的科学家大受欢迎，他忙得团团转，应付着各种研讨会、座谈会和基金会。奈保尔看到高速公路上几乎没有小汽车，牛车倒有很多。还有就是卡车，卡车超载严重，轮胎磨得溜光，经常翻车。

三

四十年时光流逝，从奈保尔的访问到现在，我眼前的印度变与不变十分清晰：印度人毕竟抵挡不了机器，工业化的道路他们虽然走得蹒跚，但还是不可避免地走上来了。新德里的工业区就如当年深圳特区一样厂房密集。新区的钢筋混凝土高楼一副全球化的模样，难以印度化，甚至不如阿拉伯地区仍能留下伊斯兰的某些痕迹。

印度总理莫迪推动着修宪，他要完成的是一个非常古老的任务：统一税法、市场和法律。作为一个现代国家这是必备的，世界上绝大多数国家早在20世纪甚至19世纪就已完成。在一个至今还是国中之国、各邦割据的印度，他们在做的还是机器到来之前的古老事情。

在城市，新德里街头车流汹涌，汽车就像动物一样四处乱窜，每一台车都碰得遍体鳞伤，它们又脏又破，一辆紧挨一辆，不肯留点间隙。汽车在印度人手里就是一件工具，对待它们的态度似乎与当年抵抗机器有关，似乎他们对机器的恨意难消，要狠狠地糟蹋这些吃石油却没有灵魂的家伙！

他们对待火车的态度更加过火，就像蚂蚁发动对大象的战争。火车内外都是人，车棚顶上也是，人头攒动，如同顽童，人们带着战胜者的笑脸，犹如举行一场嘉年华。火车变人龙的景象成了印度的奇观。

在新德里通往阿格拉的高速公路上，虽然跑的车很少，但再也看不到牛车了。服务区也是全球化的：商场、加油站和卫生间。只是屋顶简陋，盖的是绿色纤维板。空荡荡的停车坪，稀稀拉拉的小车和大巴，下车的大多是男人，他们穿旅游鞋。直到现在我才悟到，印度教珍爱生命，他们不太可能穿动物皮做的鞋，尤其是牛皮鞋。牛是神牛，神圣不可侵犯。正如他们吃素食，道理是相同的。

北部大平原，形似八哥的鸟，成群结队飞来高速路边，停在金属护栏和路边草地上。田野上的树一棵一棵散布开来，点缀在田间地头，树冠如伞，远远近近四处撑开。这种景象在我家乡的洞庭湖平原极难看到，因为树会遮挡阳光，影响庄稼生长。大树能够在庄稼地上保留，也许是印度人珍爱生命的又一表现——树有它们生长的权利。

看不出种的什么庄稼，土地上只是一片绿色。远处的薄雾，早晨地平线上橘红的太阳，泥土的路，仿佛《罗摩衍那》《摩诃婆罗多》中的王子公主还没走远，两千年古老的诗句闪烁着，风一样无形。次大陆被薄雾轻笼，朦胧总与虚幻和梦境相连。

间或有蒙古包形状的小屋，砖和茅草砌盖，不知是劳作时小憩的还是放置农具的，或者就是劳作者的住所。很少看到大的村庄，出现的平房大都是孤零零的，有的两层，上面一层并不连贯，只有一两间间断而随意地升上去。有的房屋地坪前停着拖拉机，机器早已进入了乡村。一座小尖塔耸立地头。那可能是宗教建筑，想到商羯罗最初的寺庙，想到吠檀多，一切有形之物皆为虚幻。

四

阿格拉市区塞车，人行道上也是车，逆行的车与人力三轮车堵在一起，卡车车身涂得花里胡哨，低矮的旧屋也涂得色彩斑斑。动力三轮车门都卸了，挤在车上的人半个身子露在车外。摩托车、行人走到了马路上。

大幅广告牌立在路边，四处是电线、电缆、水泥杆。街道堆放的货物、乱停的车辆、地摊饮食店、流动摊贩与无所事事的人群，令人眼花缭乱。有个女人用头顶着货物慢慢行走。一个宾馆门岗胡子浓密，长满两腮。胡子上翘与下弯，不同种姓绝不可混淆。

这是发展中国家的写照吧。阿格拉也是印度的写照。我们观照世界的眼光只有物质这一项了。世界都以物质标准分出等级。至于发展中国家是在南美洲，还是在亚洲、非洲，哪怕他们差异巨大，内涵丰赡，都是可以遭到忽略的。

阿格拉虽然脏乱，但你能感受到人在城市里的自由。男人喜欢站在街头发呆、闲聊，看街上来来往往的行人和汽车。新德里也一样，到处是无所事事的人。有人干脆在人行道上搭起帐篷，安营扎寨。他们生起火，喝着茶。有人在大街上洗澡，望着来人笑。有人乞讨，一个少年甩动长辫，辫子在他头顶旋转，下巴夸张地伸缩着，滑稽而可爱。来自中东的难民儿童，车一停，他们就奔向车旁行乞。乞讨者就像在做一场游戏，他们嘻嘻哈哈，脸上并无忧愁。据说讨来的钱，他们一部分用来奉献给寺庙。

天黑时分，我看到城市干道交通岛上，有人把被子在草地上铺开，城市就在这一瞬间变成了他的客厅。一棵菩提树就是一户人家。

五

印度的变化是从发现贫穷开始的，因为他们中有人不再视贫穷为神圣了，贫穷好像是突然产生的，有人以此质问当政者。他们要努力去做的是"我们必须生活在这个时代"。这样的改变发生在20世纪70年代，中国正是在那个时候开始改革开放。我们对贫穷的态度体现在对待贫下中农的极端尊重中。两者路径完全不同，但都把贫穷神圣化了。中国的传统也有对安贫乐道的称赞。也是一个看重土地看重农民的国家，自给自足的小农经济，长期的封关自守。农耕文明的道德都看重节俭。只有在一个物质化的世界，工业文明的时代，感受到个人的贫穷几乎是普遍的心理，即使是物资高度丰富的现代社会，大多数人仍然感觉到了自己的贫穷。这是个悖论：真正的贫穷不会感觉贫穷，而富裕却让人感受到了贫穷。贫穷与富有变成了一场物资占有量的竞赛。

印度向着现代世界转身是艰难的。毕竟"当代"意味着旧文明的溃退。甘地曾经反对"没有原则的政治，没有牺牲的崇拜，没有人性的科学，没有道德的商业，没有是非的知识，没有良知的快乐，没有劳动的富裕"。这些原则几乎都被现代社会所推翻。这是令人伤感的事实。现代文明变得越来越野蛮，早已失去了优雅、从容、温情、高贵，甚至是忧伤。

20世纪60年代印度就出现了普遍的道德迷茫。印度作家纳拉扬的小说《糖果贩》写出了那个时期的困惑：一位叫贾干的糖果贩，他曾是甘地主义的追随者，参加反抗英国人的不合作运动，在一次示威中他被人毒打，他没有做任何反抗，他坚信自己追求的是圣洁的真理，从暴打中他找到了对自身美德的确证，他想象着国家在他的流血中正在得到净化。

他是个鳏夫。但有一个儿子，他一直宠爱着他。一天，儿子向他宣布要当作家，用家里的钱订了一张去美国的机票，他要去一所写作学校。儿子回来也是突然的，他还带回了一个女人。女人是韩国人与美国人的混血儿，他们用贾干的钱设厂生产"故事编写机"。贾干喜欢走路，儿子要骑摩托车，要用电话机，贾干吃素，儿子吃肉了，父子俩从此纠葛不断。

贾干处处防备着这对年轻人。他发现他们没有结婚。女人本就没有种姓，她在这里没有自己的位置。儿子的计划失败，女人离开，儿子还因车上放了一瓶酒被捕，根据禁酒令他得坐两年牢……

几乎所有的规矩都被破坏了，维系社会的虔诚和尊敬，还有"业"，都在分崩离析。贾干的失落无以名状，他觉得自己的家已被玷污，他想着归隐。他把糖果半送半卖给穷人，却招来了同行的抗议。于是，他去了荒野，去过一种沉思冥想的生活。他要向雅利安的历史隐退，向遥远的祖先回归。这正是印度教奉行的退隐哲学。特殊的虔诚、默想、禁欲和对永恒真理的理解，可以避免生命的转世轮回。

时代的变迁与转型也同时挑战着种姓制度。U.R.阿南塔默提的小说《祭礼》写的就是这种挑战。他写了一位婆罗门对身份认同的丧失。《祭礼》在20世纪70年代出版，被拍成了电影，在印度影响一时。

种姓制度已有两三千年的历史，它几乎成了印度人的本能与基因。人们生而知道自己的种姓和位置，每个群体自古至今都生活在划定的区域之内，坚守着自己的本分。中国也有守本分的道德观念，讲究安分守己，骂人不守本分是很重的话。也许，这个观念就是随着佛教从印度传入中国的。《薄伽梵歌》中写道："尽你该尽之责，哪怕其卑微。不要去管其他人的责任，哪怕其伟大。在自己的职责中死，这是生；在他人的职责中活，这才是死。"

《祭礼》中的主人公阿查雅是一支婆罗门社团的精神领袖，他自幼认定自己是个"善人"，这是他的本性他的"业"。他因此娶了一位又瘸又丑的女人。这种牺牲与慈悲让他感到骄傲和快乐，他从每天对妻子的伺候中获得救赎。他因此声名远播。

社团中有一个自甘堕落的人。他喝酒，捕捉圣鱼，和穆斯林打成一片，还养了一个情妇。情妇的种姓属于最低等的"不可接触者"。阿查雅要把他逐出社团，但困难很大，一是出于慈悲，二是这个堕落者威胁要是他被驱逐，他就加入穆斯林。这种改宗行为会影响甚至破坏整个社团。

这个邪恶的婆罗门终于死了，死于瘟疫。想不到更大的危机出现了：只有婆罗门才能为婆罗门举行祭仪，死者却不配；如果用一个较低等级的婆罗门阶层来举行，又会令社团名誉扫地。天气炎热，尸体开始腐烂，瘟疫扩散的危险逼近。婆罗门也饥饿难忍，在死者没有火化之前他们是不能进食的。

陷入困境的阿查雅查找棕榈叶经典，他希望从中找到答案。瘟疫开始出现了，一些"不可接触者"死了。他的妻子也染上了瘟疫。阿查雅不得不信巫术，他去寺庙求神显灵。直到天黑，神也没有理睬他。

离开神庙，他在树林中遇到了堕落者的情妇，她尊敬他关心他，想为他生一个孩子。她的乳房碰到了阿查雅，瞬间他就被迷惑了。发生性关系后，他被吓坏了，不肯承担责任。夜晚，情妇把死者火化了。阿查雅却消失了，开始了痛苦的流浪生涯……

从《祭礼》中不难看出，严厉的种姓制度，彻底地界定了一个人，它的规矩、仪式、禁忌，几乎每个行为细节都被规范了，就连碗要在早餐前洗、性接触要用左手这样的细节都有规定。而团体的属性又使得个人不能孤立于他人，这就对人的观察力和判断力带来了很大的影响，没人去分析与反思，相反，人们愿意沉湎于自我的经验，喜欢冥思和静修，喜欢追求无限，喜欢迷失自我的极乐。

这种自我沉浸在甘地身上也得到了很好的体现。他在自传《我体验真理的故事》中写到了自己第一次出国，他在英国生活了三年，印度与伦敦反差巨大，一个正常人都会感到某种震撼，但他的自传竟然对伦敦的街景、季候和人提都没提过。特别是他在南非生活了二十年，非洲人几乎没有出现在他笔下。他专注的只是自己内心的混乱，沉浮在"我是谁"的念头里。

这种转向内心的思考，无疑与印度教也有关系，印度教教人摒弃虚幻不实的物质世界，追求本我与"梵"的合一。但是，当一个民族沉迷于自己的内心，他们的确会看不见这个世界。

六

很多印度人仍然安贫若素。在漫长的历史中，"有为"被认为是虚妄的。印度人仍然坚持保护神牛，坚持素食主义，因为最高的神仍在，即使车在高速路上奔跑，车里仍然燃着香，悬挂着神像，播放着诵经。印度仍是一个圣地。"不可接触者"渐渐消失，但种姓系统却还在。他们没有拒绝工业文明。现代政治上的自由、民主与平等，他们接受了前两者。

印度人精神世界的外在体现便是城市的脏乱与破旧，这恰恰是旧文明的表征。它呈现出传统的逻辑与方式，代表着一种道路，甚至可比世外桃源——世界虽不完美，但一派安宁。

我们看见的脏乱与破旧，恰恰是在西方文明视角下的景象，"脏乱与破旧"是西方文明的命名。在速朽的物质世界，本来就无一物不走向破旧。在这里，外来者分出先进与落后，印度旧文明没有先进与落后的区分。时间在这里消失或者恒定、停滞。如果说有时间，那也是过去的时间。印度人之所以自信，不是来自他们的物质，恰恰是来自它自己的文明。

印度曾经就是真理。在印度人看来，印度可以与世界分离，世界可以分为印度与非印度。印度是不能被评判的，外面世界要以它们自己的标准来评判。如果说印度文明是受伤的文明，恰恰是因为它面对当今世界的挑战。但是，不管世界怎样，哪怕全球化风潮四起，印度也不会有要与世界接轨的疯狂想法。

只有到了印度，我才理解20世纪30年代泰戈尔的中国之行，那是一次多么不愉快的旅行。泰戈尔对中国文人提出了恳切的忠告：请尊重中国自己的传统！他看到西方的物质思想正在征服东方精神的生活，正在使得东方文化与西方文明所有相异点消失殆尽，世界正在统一于西方物质文明之下。这对当时奉行拿来主义的五四知识分子不啻棒喝。泰戈尔引来了一场论争。但他的好意却遭到了攻击与羞辱。他在告别演说中表达了自己的痛苦："你们一部分的国人曾经担着忧心，怕我印度带来提倡精神生活的传染毒症，怕我摇动你们崇拜金钱与物质主义的强悍的信仰……我没有力量来阻碍你们健旺与进步的前程，我没有本领可以阻止你们奔赴贸利的闹市。"

的确，作为一个世俗文明，中国走到了只重GDP的今天。处在东西方之间的中东、西亚坚持了自己的伊斯兰文明，更早接触西方并被英国殖民了近两个世纪的印度坚持了自己的文明，地处东亚的中华文明作为人类的一种文明类型，我们现在还有多少属于自己民族的东西？我们曾发生过疯狂的自我否定，搞过历史虚无主义。而一个文化自信都没有的民族又谈何希望？

七

我的面前出现了贫民窟。这一天，我来到了购买印度精油的地方。这是一片低矮的房屋，屋顶上竖满了各种广告牌，地坪停满了小车和摩托车，店铺前面也被车辆占据。黑色的泥浆积聚在低洼处。这是个专做外国人生意的地方。这里看不到一个印度女人。不远处，高档的别墅区似乎是另一个世界。沿着马路朝前走，在一条满坡塑料垃圾的水沟边，贫民窟出现了。

奈保尔在《印度：受伤的文明》中写道："那种由泥巴、锡罐、瓦片和旧木板搭成的低矮棚户，可能会是城市空地上任意漂移的人类废墟。"四十年过去了，他对贫民窟的描写仍然适用于我眼前的景象："入口通道是故意弄得那么小的，以阻挡马车和小汽车。进去之后，空间突然奇缺。建筑结构低，非常低，小门通向细小昏暗的单间，紧挨着的其他建筑看上去是商店，时常瞥见有人在地面的绳床上。人及其需求全都萎缩了。"奈保尔叫它"占地居民的聚居区"。他穿过聚居区，"在喷涌的细流、烟头和弯曲的人类粪便之间择路而行"。

我眼前的聚居区并不大，棚顶盖的纤维板、铁皮、塑料布，上面压着砖头、废轮胎、棍子，这些主要是为了防风。棚顶由铁棍、木棍支撑。墙壁几乎没有，各种稀疏的棍条间胡乱塞了一些东西。一道道绳子高高低低横挂着，晾满了密密麻麻的旧衣服、旧床单、旧被子。地面有木条钉的箱和塑料桶，大的木箱上也搭着床单。聚居区就像个垃圾场。

一个小男孩在聚居区入口玩着击石游戏——挥杆击中他手里抛出的石子。如果他上学，应该是小学二年级吧。这是太原始的玩耍，是大地的游戏，只需要一截树枝与一小堆石子。他乐此不疲，哼着歌，玩得津津有味。阳光照在他的身上，黧黑的皮肤闪着光泽。微卷的黑发下，额头上冒出了小小汗珠。我在他面前站了好半天，他也没有注意到我。这是印度人喜欢玩的体育项目，在德里门广场，到处是挥杆的孩子。

从农村来到城市，这些离开祖先的居住地、没有土地、被压迫而一无所有的人，出来寻找机会，这么多年来，他们不断地占据着城市的边缘、铁路和高速公路沿线，有的立稳了脚跟从聚居区搬了出去，这毕竟是极少数幸运者。绝大多数人一直生活在这里，后来者不断涌入。奈保尔写到一个来自山区的男人，他是被夷平了的聚居区的贫民，三十岁已经有了四个孩子，他又把弟弟一家带来了。聚居区被强行清除，这是常有的事，人们要么流浪街头，要么去别的地方重又支起一片棚子，就如同潮涨潮落。

以前有跑到山区落草为寇的。大批"不可接触者"响应贱民领袖阿姆倍伽尔博士的号召，放弃了印度教，皈依了佛教。20世纪70年代，孟加拉邦的纳萨尔巴里地区酝酿了纳萨尔派运动，他们杀地主，没收土地。这一运动影响深远，很多大学生也加入了他们的行列。最后这个地区被严加管治，运动被瓦解天折了。

让人觉得刺眼的是，马路对面就是豪华的别墅区，一栋栋掩映在树木之中，如此强烈的反差，印度人却习以为常。

回到宾馆，在二楼大平台等候午餐，我看到了一场露天婚宴：男人们大腹便便，穿西装戴红色锡克教头巾，仪表堂堂。女人都没有戴纱丽，她们长发披肩，戴高档墨镜，轻盈的长裙色彩艳丽，几乎是原色的红、黄、蓝的颜色，手腕、手指、脖子和头上戴满了金银珠宝等首饰。

高大的大理石门柱上挂了大圈的鲜花。草坪上的遮阳篷，柱子包金箔，篷下吊着红色和白色花球，圆形餐桌排成两行，泳池边也排了零星的席位，席间摆放了花瓶、花柱。遮阳篷、餐桌布、靠背椅一色橙黄，与绿色草坪相互映照。

各种美食一字排开，服务生手托餐盘，在宾客间鱼贯穿行，有人取小盘点心、水果，有人拿高脚酒杯，他们或坐或站，握手、问候、聊天……

突然感觉这一刻特别的印度，阿拉伯的幻觉消失了，阳光和风都是印度的。风来自遥远的阿拉伯海。吹过南亚次大陆，它就是印度风了。阳光在所有物体上闪烁，它是如此强烈，在这正午时分跳跃，执意要把人的皮肤晒黑。只有环绕酒店的树林是幽深的，从这幽深里我生出了淡淡乡愁。并非陷入印度教的冥思，一种纠缠，仿佛深入到了次大陆幽暗的部位，让我沉默。雅利安人生动的面容正在穿越时空，向我蜂拥而至，让我变得难以呼吸……

原载《十月》2018年第1期

西北望长安

郭保林

"西北望长安，可怜无数山"，我童年时代就读过辛稼轩的词，对他那种"栏杆拍遍"、扼腕长叹的悲愤，怎么也激发不出历史的感悟，还责怪一个南宋的臣子管人家大唐的国都长安做什么？后来才渐渐理解了这位"挥手起风雷，落笔著华章"的一代将军词人站在镇江的北固楼上，望着早已沦陷的故都汴京，山河破碎，壮志难酬，怎能不感叹唏嘘啊！而今在金钱喧哗、商海舟乱的年代，想静下心来，发点历史之幽情也是困难的。我几次去古都西安，古城墙的垛堞、大雁塔的古砖、碑林里的拓片，还有大唐的朱雀门街、街面上的莲花砖、金元殿依级而上的巍巍殿基、大汉的灞河桥头、鹳雀台门的金铺玉户、华榱璧珰的未央宫殿，及至秦咸阳的冀阙、阿房宫的廊柱，以及周京丰镐的颓垣……虽然在我心灵里荡起几缕历史的波纹，但很快又消逝了！

然而，在这个春雨霏霏的日子，我站在阳台上，望着窗外高楼耸峙、烟波荡漾的故城，读上几句唐诗宋词汉大赋，忽然感到长安是一座多么伟大的古城啊！中国历史若抹去了长安，那简直把一部二十六史删削得瘦骨嶙峋，轻薄得不屑一顾了！

长安，十三个王朝在这里坐胎、分娩，怎能不令人感叹这片土地的天高之

258

恩、海阔之德啊！

一

不过，我对《西京赋》和《三都赋》中对长安极尽铺排夸饰的赞誉，心存异议：是否有些浮夸？是否存在五光十色的泡沫？我觉得那重重叠叠的宫阙里既有皇权的九五之尊，也有奸佞的险恶；锦帷翠幄里既有贵妇人的妖艳，也有腥风血雨的阴冷；碧砖青瓦朱户簪缨之内弥漫着皇戚贵胄的奢靡，也漫溢着恐怖肃杀的气氛。尽管那里有秦皇汉武唐宗，也曾住过司马相如、太史公、李白、杜甫、白居易、李长吉——代代光照千秋的政治巨人和文化巨匠，然而人事代谢，古往今来，江山胜迹，都成了历史的凭吊，都有一种巨大的悲剧感悟。

长安旧迹很多，细论，宫殿名气似乎最大，它不仅仅建筑恢宏壮美，而且会引出许多同人相关的故事，钧史海之沉像是不难。

阿房宫"覆压三百余里，隔离天日"，"五步一楼，十步一阁；廊腰缦回，檐牙高啄；各抱地势，钧心斗角"。杜牧的《阿房宫赋》怕是中国文人都读过的，现在仍可以在西安城西郊三桥镇之南看到阿房宫的旧址，两千多年前的宏伟富丽辉煌壮观不仅是中国之最，怕是世界与之相媲美的也不多。希腊神庙、泰姬陵、吴哥窟……气势远不如阿房宫磅礴。秦始皇每年征发七十万人修建阿房宫和他的陵墓，以至"男子力耕不足粮饷，女子纺绩不足衣服"，竭尽天下之财富，垒砌起覆压三百余里的宫殿。这豪华的宫殿演绎了一幕幕悲剧和正剧。某年某月某日秦始皇突然心血来潮，一简御旨传诏天下，于是出现了两千多年之后被列入世界八大奇迹之一的兵马俑，出现了万里长城，当然也出现了流传千古的孟姜女的悲剧，出现了车同轨、衡同制的肃穆，也出现了焚书坑儒的暴虐。古老的象形文字经李斯那双白皙而绵软的手变成优美的小篆，揭天盖地、浩浩荡荡贯满华夏大地。

历代皇帝一登基首先想到的就是宫殿和坟墓，前者为生，后者为死，实际上最关心的是"住"的问题。

说也怪，浩浩荡荡的二十六史，兴亡荣枯演绎排练的只有两个舞台：一是战场，二是宫殿。战场不必细说，阔野万里，金戈铁马，驰骋杀伐，血肉迸溅，天崩地坼，那雄雄烈烈的场面无论胜与负、生与死，都是在阳光下生命与生命的撞击，那是生命力的张扬和升华。而后者宫殿，却是阴谋、陷阱、摇唇鼓舌、搬弄是非、奸佞小人施展伎俩的舞台，实在看不出崇高和伟大。但是，这宫殿有时占据导演历史的中心位置，朝代的更替往往是从这里引发的。

就是那个太监赵高在阿房宫里颐指气使，指鹿为马，信口雌黄，杀死扶苏扶胡亥登上龙座；还是那个白白胖胖手无缚鸡之力的最卑鄙无耻的奴才，竟然，手指轻轻一点，隆隆奔驰的秦王朝的列车就脱了轨，一下子改变了一个王朝的命运；也是这位说话公鸭嗓门的太监，惹得陈胜、吴广爷儿们号令天下，揭竿而起，义旗连天，干戈如林，接着是楚汉相争，血染华夏，尸伏千里，最后这个宫殿连同秦王朝被楚霸王一把火烧成灰烬！

汉刘邦夺得天下，初始，在咸阳残城无所可居，暂栖栎阳。一天刘邦作战归来，见城内大兴土木，宫阙壮甚，大怒，责问萧何："天下匈匈，苦战数岁，成败未可知，是何治宫室过度也？"萧何说："天子以四海为家，非壮丽无以重威。"刘邦高兴了，当然也就默许了。其实刘邦也不过装装样子，展示一下创业者的艰苦奋斗的风采，这未央宫并不亚于阿房宫，未央宫周长九千多米，台殿四十三座，占长安总面积七分之一。有史料记载："前殿东西五十丈，深五十丈，高三十五丈。以木兰为棼橑，文杏为梁柱。金铺玉户，华榱璧珰，雕楹玉碣，重轩镂槛，青琐丹墀，左碱右平。黄金为壁带，间以和氏珍玉，风至，其声玲珑然也。"

当时，长安城内宫殿棋布，楼台亭榭林立，除未央宫，还有长乐宫，长乐宫又有十四殿，奢侈豪华，令人咋舌。在长乐宫内就发生过一件震撼千古的悲剧。那是高祖十年，大将军韩信叱咤风云，横扫楚霸王四十万大军，胜利归来，这时刘家江山已经定鼎，但是刘邦的夫人吕雉以韩信谋反为借口，与萧何设计，将韩信招至长乐宫，在屏风后面设下埋伏，不用吹灰之力，杀掉了这位军功赫赫的大将军。山埋伏、水埋伏、十面埋伏，却躲不过屏风后面的埋伏，韩信终于用生命祭了刘氏江山的祭坛，为古老的汉语留下了"兔死狗烹"的典故。

悲欢离合，生死歌哭，大起大伏的悲剧在宫帷中层出不穷地演出一幕又一幕。大概也是在未央宫吧，这位吕后极其刻毒，刘邦在世时，她就忌恨高祖宠爱的戚姬，刘邦驾崩，尸骨未寒，当即吩咐宫役，先把戚姬剃光头发，勒令她春米。然后又卸下她的宫妆，穿一身赭服，接着又挖去戚夫人的两眼，用铁链锁住双脚，把她关进永巷掖庭，砍断四肢，熏聋耳朵，药哑喉咙，变成"人彘"。吕后除掉戚姬，毒死其子赵王如意，吓得惠帝不敢上朝。待惠帝驾崩，吕后便"临朝称制"，史称高后元年（前187）。吕后一上台就对初建的汉王朝大动手术，剪除刘氏根基，重用吕氏家族，有朝一日变刘氏江山为吕氏天下。先是罢了刘邦的忠臣王陵，任陈平为右丞相，审食其为左丞相，一口气又分封好些吕氏王侯，并追认她的亡父为宣王，亡兄为悼武王，又封侄儿吕台为吕王，封吕种为沛侯，吕平为扶柳侯，吕禄为胡陵侯，吕他为俞侯，吕更始为赘其侯，吕忿为吕城侯，甚至连吕后的妹妹，也受封为临光侯。一场没有刀光剑影、腥风血雨的宫廷政变在未央宫里实现了。但是仇恨和怨愤也种下了，当吕后一死，一场讨伐吕氏政权的斗争在宫廷内外展开了。陈平、周勃都是刘邦时代功盖天下的老臣，他们有位无权，对吕后专擅早已怀恨在心。他们内外联合，来了个血洗未央宫。刘章杀死了相国吕产、长乐宫卫尉吕更始，控制了首都军权，周勃又分头捕杀了吕后的党徒，接着又铲除非刘氏血统的小皇帝，推荐了刘邦的儿子代王刘恒继承大统。刘氏王朝又走向正道。吕后与后来的武则天有大壤之别，虽然都有阴险毒辣的手腕，但一个是阴谋家，一个是政治家。武则天的胸怀比吕后宽宏得多，这是后话。

二

至汉武帝时，国力雄厚，汉武帝本有好大喜功之嗜好，他下诏建造建章宫，殿宇台阁林立，宏伟、侈靡程度远远超过未央宫。其宫殿错落参差，气度恢宏，屋瓦鳞鳞，烟波荡漾，一派富丽繁华的气魄。

长安是皇都，一代汉大赋，一部千古绝唱的《史记》，都源于斯，成就于斯。

司马相如和卓文君的爱情故事千古流传。我青年时代读司马相如的赋，感到这位才华盖世风流倜傥的才子和卓文君相恋私奔的故事，就是一部爱情的经典。他们吹竹弹丝，鼓琴弄瑟，吟诗作赋，红袖添香，秋波云鬓，烹茶兼调素琴，寻求梦境之美，那种古典的浪漫，即使现代派青年也会倾慕。我走进古城那幽幽青砖灰瓦的小巷，仿佛还能听到扫眉才子的温雅谈吐，甜柔歌哭。

那是一个细雨霏霏的日子，我顶一把雨伞，也顶着一天细雨，徜徉在古都的街巷里，雨珠在伞上跳荡，在秦砖汉瓦上跳荡，像卓文君弹奏着一曲凄清的古乐。

司马相如被传入宫，甚感惊讶，见到养狗太监杨得意问："我在千里之外的蜀郡，皇帝陛下如何得知？"这位太监说："那是你的《子虚赋》被皇上看到，皇上以为你是前朝人，叹道：'朕独不能与司马相如生于同时，未见他一面，实是件憾事！'当时我在皇帝身旁，说你是我老乡，现在蜀郡闲度，这样就传诏你进京。"

汉武帝是重文治而不轻武功的，爱才惜才，一见司马相如，便对这位相貌堂堂、风度翩翩的文坛巨子产生好感。二人便谈辞论赋，从《子虚赋》谈到枚乘的《七发》。这次汉武帝召他来写篇《上林赋》，同时被召的还有枚乘的儿子枚皋，文星荟萃，俊采星驰，各展才华。枚皋才华横溢，笔有神助，很快写出了《上林赋》，但汉武帝看了并不满意，由于推敲不严，文中常有累句。而司马相如决心超过枚皋，自然不敢怠慢，日思夜想，广采博引，字斟句酌，惨淡经营，一写就是几个月，连汉武帝也不耐烦了，催之，司马相如才献上《上林赋》。汉武帝看罢甚喜，赋中歌颂了大一统的中央王朝的气魄和声威，渲染了宫廷生活的豪华，迎合了年轻天子的好大喜功、志壮凌云的口味。这篇赋控引天地，错综古今，包蕴宇宙，总揽人物，辞章华美，文字典雅，成为千古之名篇。

汉大赋这种鸿篇巨制的创立，也只有在汉代这样的开放朝代，纵横恣肆地描写山河的壮丽、都邑的繁华、宫室的靡丽、祭祀的庄严、射猎的热烈、饮宴的畅快。

对文人的重视，像汉武帝这样的一代君主是不多的。他设金马门——大概是一座很豪华的宾馆，让文士待诏于此。文士们冥思苦想，日月献纳。据班固记载，到汉成帝时，奏给皇上的赋就有一千多篇，可谓云蒸霞蔚，郁郁葱葱，成为中国文学史上一道壮观的风景。当时在长安城里就住着司马相如、东方朔、枚皋、王褒、刘向、倪宽、孔臧、董仲舒、刘德、萧望之等这一作家群体的佼佼者。试想除唐朝，哪个朝代还有如此文坛之辉煌？

司马相如一篇《长门赋》竟撼动圣心，使汉武帝被废的陈皇后重新受宠。陈皇后住在长门宫，愁闷悲思，孤独凄清，为了重新得到皇上的宠幸，不惜重金赠给当时的文豪司马相如，请他代作骚体赋向皇上表表忠心，司马相如于是才思如涌，写下凄切而悲恸的《长门赋》。汉武帝看罢，大为感动，陈皇后重新回到正宫。其实陈皇后被废的原因，是因为她本人太娇骄，又没有生下儿子，失宠后被废到长门宫，卫子夫被立为皇后。

这位陈皇后被打进冷宫，终日郁郁，以泪洗面，天天盼君王到来，却是一场空幻，哀婉跌宕，悲切凄苦，望眼欲穿，多少次独上兰台遥望灯火辉煌的未央宫，更是悲痛欲绝，"雷殷殷而响起兮，声象君之车音"，凝神远望已经产生了错觉，错把雷声当成皇帝的御驾来临。走下兰台，回到冷宫，更觉得形单影只，孤独寂苦，看窗外明月高悬，空照孤影，弹琴变调，愁思如云，往事涌来，不禁"涕流离而从横"。其绝望萎靡可谓令人肝胆碎裂，汉武帝也非铁石心肠，读到此，我想也会目光湿润，心潮难抑吧！《西厢记》里说"文章无用"，谁说文章无用？一篇文章挽救了一个女子的命运，这不能不说是一段佳话。

汉武帝时代长安的繁荣也达到鼎盛时期。古都长安对西方诸国带来巨大的诱惑，豪商富贾不避风寒，跋山涉水来到长安，带来西域各地的葡萄、胡桃、红花、胡麻、蚕豆、大蒜、芫荽、胡萝卜、石榴、黄瓜、苜蓿，还有骏马、香料、宝石、象牙、犀角、玳瑁、火浣布（石棉布）以及珍禽异兽，以至"明珠、文甲、通犀、翠羽之珍盈于后宫；蒲梢、龙文、鱼目、汗血之马充于黄门；巨象、狮子、猛犬、大雀（鸵鸟）之群食于外囿。殊方异物，四面而至"。上林苑还有观象观、虎圈观、犬台宫、葡萄宫、走马观，应该说繁华至极，昌盛至隆。这样的时代，的确是产生汉大赋的时代。

三

腥风血雨送走了南北朝，送走了隋王朝的侈靡，长安在大唐三百年的历史中可谓走进中国两千多年封建史辉煌的顶巅，成了国际级大都市。

我漫步在西安街头，寻觅旧朝遗迹，让我思索蹒跚的依然是女人和文人。唐朝有两个女人知名度最高，一是武则天，二是杨贵妃。

皇城又名子城，在城内东西五街和南北七街交错的街道，整齐地排列着尚书省、门下外省、中书外省、秘书省、御史台、太仆寺、鸿胪寺、鸿胪客馆、太庙、左右领军卫、左右千牛卫、左右武卫、左右卫率府等文武官署。柳宗元、刘禹锡、韩愈、白居易、元稹等人曾在这里办公，相当于现在的中央各部委办的衙署。

盛唐时，长安已是"四方珍奇，皆所积集"，商贾如云，店铺相连，有上万家胡人居于城内。长安城酒肆饭铺的胡姬又带来异国情调，使得长安城内充满扑朔迷离的胡风。李白在《少年行》中描述道："落花踏尽游何处，笑入胡姬酒肆中。"长安东西都有一些资本雄厚的"货赂山积"的富商。据说，有一富豪名邹凤炽，由于背驼，人称邹骆驼。《太平广记》中记载他"尝谒见高宗，请市终南山中树"，说一树若值绢一匹，"山树虽尽，臣绢未竭"。这富商竟向高宗皇帝夸富，可见邹凤炽家垄断了多少丝绸！

商业的繁荣，使金钱大量集中，出现了专门经营串钱绳索的商店，就在宣平坊贺知章家的对门。贺知章自称为"四明狂客"，曾任礼部侍郎、秘书监等官。这位大诗人很有眼力，且心胸豁达，他重才爱才，是他发现了李白。李白入长安前，知名度就很高，贺读了李白的《乌夜啼》《乌栖曲》大为赞赏，称之为"天上谪仙人也"。于是李谪仙便名冠京城。贺知章又将李白推荐给唐明皇，于是便有了李白为杨贵妃写赞美诗的故事。其实李白这两首诗都是乐府诗中很旧的题材，写男女离别相思之苦，可李白别出新意，言简意赅，博得贺知章的赏识。李白来长安的目的是求官，本来机会很好，可是他狂傲不羁，放荡纵横，人家唐明皇让你写几首诗，不过利用你的笔、你的才华，博得杨贵妃的欢愉，你可好，倒端起架子来了，又是让唐明皇的宠臣，一介新贵杨国忠铺纸磨墨，又是让高力士脱靴，那做派比皇上还皇上，这样的人还能做官？李白的文化人格决定了他不是当官的材料，所以在长安混了一些日子，除了喝酒就是吟诗，终日里酩酊放浪，酒助诗兴，诗借酒胆，酒诗相生，诗酒相伴。喝醉了还躺在大街上耍酒疯："天子呼来不上船！"

恩格斯在评论古希腊建筑时说："古希腊建筑如灿烂的、阳光普照的白昼。"大唐帝国的宫殿楼堂，气势磅礴，高贵端庄，不是丽日中天、盛世豪华的表征吗？那些宫殿都是木与石的飞歌狂舞，都散发着无言的、黄金般的神秘魅力。

走出东西市场，前路像是还未至尽头。我素来喜欢山水园林。盛唐时曲江池是最好的去处，瓦肆勾栏，朱阁绮户，花卉环园，烟水明媚，彩幄翠帱，匝于堤岸，入夏则菰蒲葱翠，柳荫四合，碧波红蕖，湛然可爱。唐代很多诗人在这里驰骋笔墨，拈花赋诗，对酒联句，倾尽才华，有白居易的《早春独游曲江》、卢纶的《曲江春望》、秦韬玉的《曲江》、王棨的《曲江赋》。安史之乱后，曲江两岸高台楼阁被毁，曲江池污泥淤积，一片衰败景象，杜甫触景生情，写道："少陵野老吞声哭，春日潜行曲江曲。江头宫殿锁千门，细柳新蒲为谁绿。"杜甫离乱之后回到长安，来到曲江岸边，触景生情，感慨唏嘘，满腹悲怆。相传后来唐文宗读到这首诗，也颇感悲哀，立即传旨，命人清理曲江污泥，重修紫云阁、落霞亭等建筑物。

唐长安人有浓厚的春游习气，每年三月三游人如织，花繁锦簇的曲江岸，"日照香尘逐马蹄，风吹浪溅几回堤""江头数顷杏花开，车马争先尽此来"。王公贵胄嫔妃丽人当然是锦幡彩幢，翠华摇摇。踏青游春，是唐人的风习，即使平民百姓也来游春，农家姑娘也采一朵杏花插在鬓边。"莫怪杏园憔悴去，满城多少插花人。"唐人妇女喜欢采鲜花插在发鬓上，野外的春景阑珊了，而城内却仍然满眼春色。

不过现在的曲江池已是人烟稠密，屋宇拥挤，是一片都市里的村庄。江水、池水早已干涸湮灭。没有了柳丝冉冉青莲碧荷，没有了亭阁香榭风流豪华。那些落仕弟子感怀伤时的悲叹已不再，那些怀才不遇的志士豪俊的诗赋歌吹的浪漫已不再，烟柳画桥的良宵已不再，舞池灯畔的轻歌曼舞已不再……风流总被雨打风吹去，鸡鸣狗吠，人声嘈杂的声浪已将历史淹没。

四

现在，我们再回到唐朝的宫殿里来。唐太宗在《帝京篇》中赞美"皇宫和离宫""秦川雄帝宅，函谷壮皇居。绮殿千寻起，离宫百雉余。连薨遥接汉，飞观迥凌虚。云日隐层阙，风烟出绮疏"。唐太宗除在城内修建了太极宫、大明宫、永庆宫，以及禁苑、东苑、西苑、芙蓉宫等，还在四处郊区修建了翠微宫、玉华宫、望贤宫、华清宫、万金宫、九城宫、永善宫等消夏避暑的离宫。可谓九重宫阙，屋瓦鳞鳞，栉比鳞次，画阁凌虚构，遥瞻在九天。"霭霭浮元气，亭亭出瑞烟"，庞大的建筑群，峨峨岌岌，若云兴雾涌，豪华之极，宏伟之势，空前绝后。那是一部英雄的乐章，是世界建筑史上的辉煌。它以史诗般的语言，展示了盛唐时代恢宏的气魄、旺盛的精力、蓬勃的元气、汹涌澎湃的青春激情。正如现代建筑大师勒·柯布西耶称赞古希腊建筑多立克柱时的感慨一样："在人类的作品当中，有哪些东西曾经攀登到如此高度啊！"

太极宫，是唐朝最早建筑的宫城。李渊在太极宫登基。太极宫附近有两仪殿，平时皇上在这里处理朝政。两仪殿之北又有甘露殿。甘露殿东北有凌云阁。贞观年间，唐太宗命绘画大师阎立本将长孙无忌、房玄龄、杜如晦、魏徵、李勣、尉迟敬德、程咬金等二十四位功臣像画在阁上，太宗一一撰诗赞扬，并由著名书法家褚遂良题于阁上。

还有一个女人不能忘记，那就是唐太宗的长孙皇后。长孙皇后在政治上给唐太宗极大的帮助，她孝事高祖，恭顺妃嫔，尽力弥逢，以存内助，一句话是有政治头脑的贤内助。玄武门政变时，她是发动政变的决策人之一，政变成功，她亲自慰问将士。更为可贵的是，唐太宗走上政坛后，她极力限制长孙家族人仕进，支持唐太宗重用魏徵、房玄龄等直臣，并督促唐太宗保持纳谏的作风。长孙皇后临终前还嘱咐太宗："妾生既无益于时，今死不可厚葬。且葬者，藏也，欲人之不见。自古圣贤，皆崇俭薄，惟无道之世，大起山陵，劳费天下，为有识者笑。"唐太宗遵嘱没有大事铺张，采取了"因山起陵"的办法，将长孙皇后葬于昭陵。

大明宫原是永安宫扩建而成，书载唐大明宫是极其豪华庄严的宫殿，层层叠叠的宫殿大门如九重天门，迤逦打开，深邃伟丽，玉阶丹墀，气势非凡，是唐太宗后历代皇帝早朝和接见外宾的场所。一代女皇武则天就是从后宫走进大明宫而登基的。

与长孙皇后恰恰相反，武则天不是贤妻良母，而是很有手腕的政治家。武则天参与执政，掌握朝政长达四十六年。武则天虽女流之辈，且出身低微，却有唐太宗之风度，多权谋，能纳谏，敢说敢干，敢作敢为，心胸宏阔，坦坦荡荡，她有那个时代的大度和自信。当她见撰写《讨武曌檄》的骆宾王檄文写得慷慨激昂，有"一抔之土未干，六尺之孤安在"等句子时，甚为动容，她对臣下说："宰相之过也。人有如此之才，而使流落不偶乎！"可见武则天非凡之胸襟。她执政时，既重用酷吏，又重用人才；既从谏如流，又敢剪除逆党；既重视发展经济，又重视科举和官吏的选拔；既重视文治，更注重武威。她训练了强大的军队，连隋文帝、隋炀帝甚至唐太宗都没征服的高丽，她派军队一举征服了。她既把国家管理得兴旺发达，纲纪肃严，井井有条，又挣破封建宗法的缰索，纳男宠，满足放荡不羁的性生活，张昌宗和张易之兄弟，薛怀义、侯祥云便是宠臣。这是个性格极为复杂的女人，誉满天下，谤满天下。制定"建言十二事"，也就是发展生产，广开言路，重用人才，减轻徭赋等大政方针。她的政绩上承贞观，下启开元，巩固和发展了唐代中国的国际地位，"九天阊阖开宫殿，万国衣冠拜冕旒"。在男尊女卑封建宗法极其严酷的社会，一个女人登上政治舞台，且驾驭着这只庞大的舰船在诡波谲涛里破浪航行，谈何容易！千秋功罪，任与评说！所以她死后，在乾陵上竖起无字碑。

勤政殿，故址尚存。走进这片宫阙遗址，整个盛唐在我眼前一幕幕出现，魏徵的铮言，唐太宗的雄心壮志，武则天的宫廷政变……然而，我脑海中却蓦然跳出个很不起眼的小人物，这就是张祜的诗告诉我的："八月平时花萼楼，万方同乐奏千秋。倾城人看长竿出，一伎初成赵解愁。"

赵解愁是唐代很著名的杂技表演艺术家，善"马舞"。相传当时曾"以百匹马，盛饰分左右，施三重榻，舞倾杯数十曲"，这些马"衣以文绣，以金铃，饰其鬣间，杂以珠玉"。奏乐开始后，舞马"奋首鼓尾，纵横应节。又施三层板床，乘马而上，抃转如飞。或命壮士举一榻，马舞于榻上，乐工数十人立于左右前后，皆衣淡黄衫，文玉带。"这位赵解愁绝技在身，轰动倾城倾国，其马术可谓空前绝后。可惜赵解愁的绝技失传，不然中国会在奥运会马术比赛中一举夺冠，震惊天下。

还有位"女歌星"姓许名永新。也叫许和子，此人音质优美，音域宏朗，声情绝佳，是那个时代最走红的大腕。每当勤政楼前举行大的庆典活动，人山人海，喧嚣不已，其他节目演出时听不清声音，就请来许永新出台压场。她一上台，貌压群芳，声夺群星。万人引颈，屏息专注，凝神倾听，"至是广场寂寂若无一人"。其歌声使喜者闻之气勇，愁者闻之肠绝。看来，大唐时期，中国就出现了"追星族"。

还有舞剑的，弹琴的，卖画的，挥毫的……文学与艺术发展到如此境地，怕是五千华夏历史唯大唐一朝。

有个诗人名叫郑嵎，名气不大，却写过一首诗真实记述了勤政殿前千秋节的盛况："千秋御节在八月，会同万国朝华夷。花萼楼南大合乐，八音九奏鸾来仪。都卢寻橦诚龌龊，公孙剑伎方神奇。马知舞彻下床榻，人惜曲终更羽衣"。那时候，皇上令宫女头梳骑仙髻，身着孔雀翠衣，佩七宝璎珞，为"霓裳羽衣"。曲终人散，遗落地上的珠翠可用笤帚来扫，可见场面之宏大，奢华之极致。

五

兴庆宫中有一汪碧水，名九龙池，是地下水溢出汇集而成。岸上嫩竹茂密，新荷摇翠，殿台楼阁，倒映水中，如诗如画。池边细草柳枝和水中浮萍，酿就一汪浓酽的春色。风吹冉冉，覆岸离离，金堤带色，玉树影移。唐明皇常携杨贵妃到此处赏花，并亲自吹笛，让一代名演奏家李龟年演唱李白为杨贵妃写的《清平调》。

玄宗是唐朝皇帝中最富有音乐修养的人，他善于吹笛，能打羯鼓，会制谱作乐，既是一个作曲家，又是一个演奏家，而且他还是乐曲指挥家。他在皇家梨园里教授数百名乐工习艺，以致后世称戏班为"梨园"，将玄宗奉为梨园之祖。唐玄宗的音乐代表作便是《霓裳羽衣曲》，据说此曲是改编西凉节度使杨敬述所献西域《婆罗门曲》而成。唐玄宗对他改定的这支舞曲很满意。相传他刚得到杨贵妃时，进见之日便奏此曲以导之。杨贵妃也熟悉这一舞蹈。玄宗想起汉武帝为瘦而轻的赵飞燕修造了七宝避风台，见杨贵妃体态丰腴，便笑问："尔则任吹多少？"贵妃答道："《霓裳羽衣》一曲，可掩前古。"她又"醉中舞《霓裳羽衣》一曲"，使玄宗大为高兴。这故事就发生在华清宫。

长安千里之外是血迸肉溅、剑戈相击的古战场，"夜听胡笳折杨柳，教人意气忆长安"。而长安城内则是雅琴颂瑟的吹音，月色轻笼，瑶席金樽，风月清景，吹竹弹丝，悠缓的舞曲里，闪过杨柳般袅娜的情影。偎红依翠的唐明皇，和杨太真欣赏《霓裳羽衣曲》，这位"三千宠爱在一身"的贵妇人，云鬓高髻，雪肤花貌。谁知渔阳鼙鼓动起来，到头来红泪飞雨，化血为碧，马嵬驿外，一丘荒冢葬芳魂。

《霓裳羽衣曲》正如《玉树后庭花》，是一曲亡国之音。几声渔阳鼙鼓，狼烟四起，烽火烛天，安禄山率大军直逼京畿。蝉鸣西风，乌啼凉月，一代盛唐，几度云烟，便被折腾得面目全非，冷落衰败。

西安也叫长安。长安，长安，长治久安。安全包括两个层面。一是生命财产的安全，二是精神灵魂的安全。为前者，历代统治不惜代价修城墙、外墙、内城、皇城，一道道高墙大垒，巍峨厚重，砖石相加，堞堞连连，固若金汤；为后者则大建寺院、道观，祭祀的祠堂。在欧洲不管城市大小都有教堂，中国历史也是这样，西安也有很多寺院，大兴善寺、开元寺、青龙寺、法门寺，大慈恩寺、大雁塔、小雁塔，那是精神的庇护所，灵魂的安放之地。然而这一切都未阻挡住安禄山的金戈铁马，杨贵妃那样美妙绝伦的绝代佳人，最后一条白绫结束了如花的生命。

大唐二百八十年间，除末世，在整整一个盛唐时期，音乐歌舞，书法绘画，雕刻建筑，诗歌文学，宗教传播，文化教育，对外交流等等，都创中国历史之最，当时与大唐交往的，包括来长安的外国使节，留学士子，僧侣商贾，计有一百七十多个国家和地区。泱泱大国，皇皇国都，盛极、大极，成为世界文明史上的一座辉煌的丰碑。

六

今年四月，我又一次来到西安。几年未见，西安发生了惊天动地的变化。

满城高楼大厦，马路纵横，宽街阔衢，两旁绿树如幄，车水马龙，商场胪列，琳琅满目。古都再现了它气势磅礴的风度，成了大西北繁华昌隆的重都大邑，现代化的名城了。

我走在古都的街道上，目光触及之处，总幻化出千年的风景，我匆匆的脚步惊醒了一个个王朝的历史。千年的遗韵激起我邈邈情思，校点历史，批注风月，纵览十三个王朝在这里隆重登场，兴衰荣枯，没有"春风得意马蹄疾，一朝看遍长安花"的潇洒浪漫，却有"念天地之悠悠，独怆然而涕下"的感念畴昔。

在这巨大的时空里，王朝的更迭升沉，喧嚣沸腾的历史都云飞烟灭了。风华千古的诗人，风流绝世的美女，威加四海、声震九垓的帝王将相都已销匿在岁月的苍茫中了。但那众多的宫殿遗址，琼楼玉宇、朱楼翠馆的遗迹，秦砖汉瓦，汉柏唐槐，名寺古塔，还有郊外多如繁星的陵墓，依然无声地向我叙述着它昔日的繁华和昌隆，昔日的恢宏和庄严，昔日的壮烈和悲哀。

历史总是呈线性发展，由无数个点连接起来。每个点横向延伸开去，才能看到相关联的广阔的生活画面。毕竟是西安啊，这里的繁华鼎盛，歌舞升平；这里的金戈铁马，呐喊嘶鸣；这里的骄奢淫逸，酒池肉林；这里的血溅簪缨，尸横朱门；这里的慷慨激昂，长吟当啸……触景生情，犹如放在档案橱落满时光尘埃的胶片，用显影液稍加冲洗，历史便鲜亮亮地展现在眼前。汉代歌舞场面的宏大，动作雄健，音容旷朗，充分展示了一种豪迈气概；雕塑的古拙粗放，浑厚凝重，简洁雄强，则体现了那个时代大气磅礴的精神；而唐王朝那种细腻、丰腴，多元文化的融合，任情适性的自由，阔大的胸襟，富丽的绘画，华美的雕塑，宏伟的建筑，旷朗的书法，欢腾酣畅的乐舞，扑朔迷离的胡风，还有那百室连歌、千筵接舞、高楼大观、金堂玉户、丝哇管语的盛世豪华，则体现了尊卑有序的儒家思想，又融合了道法自然的道家精神，成为我国建筑史上的奇迹，也为当时周边国家都城建筑提供了范本。

长安让我肃目凝神。登上古城墙，放牧视线，这繁华的古都，巍巍大雁塔作为古长安的标志依然在，塔檐叠涩浑然一体的小雁塔依然在，华清宫亭台楼阁碧波清泉依然在，以及远郊存在的和湮灭的汉唐陵阙，让今人依然能读到历史的苍茫，岁月的悠远，文化的厚重。有道是文章照千古，汉赋唐诗已成为中国文化发展史上永恒的风景。不灭的是汉唐雄气，不老的是汉唐精神，不偃的是汉唐风骨，不死是华夏民族开拓创造、踔厉风发的灵魂。你看到那碑林了吗？那林林总总三千多块碑碣雕刻，依然闪耀震撼千古的艺术魅力，或风骨俊逸，或雄健凝重肃穆典雅，或仗剑纵舞呼风唤雨，潇洒的笔迹，绝代的精湛，依然体现着汉唐魏晋时代荦荦大端的气度。一代代大师用心血和灵肉冶炼的艺术菁华怎能不让后人五体投地顶礼膜拜呢？怎能不产生高山仰止的情感呢？我对西安的兴趣更多的是历史文化的辉煌。古城墙虽非大唐盛世的建筑，但那厚重的砖石，雄伟的墙体，长满时间的苍苔，又怎么不让人肃穆起敬呢？它仅仅是圈住了一段历史吗？站在古城墙上纵目驰骋，现代高层建筑、高科技开发区、绿树裹挟的大学城，夹杂在古老的建筑丛里，使你感到历史并未断章，华夏子孙正在谱写着新的续篇。水有源，树有根。苍天在上，古墙在旁，泱泱华夏，皇皇古都，啊，西安！

原载《四川文学》2018年第1期

食　物

张羊羊

一

那日接孩子放学时，他捧了一只纸盒，看起来很是用心，像一个收藏家捧了贵重的藏品。那日风大，他一手握纸盒一手做遮掩状。他的小手明显不足以遮挡错乱的风向。当他把纸盒移交到我手中时，松了口气，显然放心了不少，他认为爸爸足够强大，可以保护好老师布置的作业不受损伤。

纸盒里有几片细小得可怜的桑叶，如果不仔细看的话，都不会察觉已经有几十个蠕动的蚕宝宝了。那日风大，我一手握纸盒一手做遮掩状，我的手大但也不足以遮挡错乱的风向。我尽力保持纸盒的平稳，慢挪细走一直到屋里，我也很紧张。差不多出了身汗。

那是四十多天前的事了。

蚕带回来那天，我首先要在家附近寻找桑树。已经很多年没注意过桑树，真要找它时却好像跟我躲猫猫。我问妈妈，蚕只吃桑叶吗？作为一个有着丰富乡村童年经验的人，这个问题简直是多余、好笑的。可有些不经意的事反而在成年后变成了一个问题，蚕为什么只吃一种食物，它的不挑剔显得尤其挑剔。

273

感谢昔日乡野的繁茂，最终还留下一棵桑树离我家不远。我每日干完所有的事务之外，多了一件采桑叶的大事。

偶然一天忘记摘桑叶了，我的心会很不安，一是怕哪条蚕宝宝食物不够吃饿死，二是怕孩子数数时少了。

当然，尽管我尽了很大的努力，还是有好几条小蚕夭折了。幸好，没过几日妈妈来和我们一起住，凭她多年的养蚕经验，这么个小盒子顶多算是个"玩具"。

孩子每天放学回来，第一件事就是蹲在盒子边，看有什么动静。蚕在长大，小纸盒很快换作了大木盒。那是个本来装象棋的木盒。

妈妈每天傍晚去摘桑叶，然后喂蚕。蚕沿着阔大桑叶爬呀爬呀，像一个绅士在湖边散步。然后，在叶边缘一个适合入口的齿处，温文尔雅地吃起来。

终于在四十天后，木盒里结出了第一个茧子，嫩黄的，悬挂在盒内的一角。孩子很是快乐，因为他同学养的蚕纷纷结出了茧子，他不晓得自己的奶奶晚来了好几天。

茧子从嫩黄慢慢厚实成金黄，之前透明的茧内，可以隐约见到蚕还在不停地编织房子。我第一次见这种颜色的茧子，小时候见到的茧子都是白白的。妈妈说，那是用了药水的缘故，一眠二眠三眠四眠时都得用药水。至于什么药水，她也说不清楚，反正那时屋子里总有一股怪怪的味道。

一直到因为孩子的这份作业，我才仔细观察了蚕吐丝结茧的过程。如果说，自然界蜂巢算个奇迹的话，蚕比蜜蜂更为神奇。它吃饱了，身体变得透亮，就要"上山"了。因为没有蚕龙，它们在木盒里结茧异常艰难。它们需要吐更多的丝才能布置好一个相对稳固的结构，然后造椭圆形的房子把自己关起来。有一条蚕，因为结茧的位置难以选定，东吐几口，西试几口，总觉得没找到安全感，最后留下结了很薄一层的茧子就丝尽而亡的残局，我看了很难受。（1979年夏天，妈妈生我的当天还在地里挣工分，一天三角钱。她感到阵痛时，正在收割麦子，我与成熟谷物间相隔了一层肚皮，仿佛被麦芒挠惹了。

1981年，妈妈生妹妹时已到了承包责任田的年月，农事以外还有了蚕桑之事。我的童年，在割草喂羊之外也多了帮大人采摘桑叶的事。那时养蚕，以"纸"为量，我家养的不多，两张纸。炽热灯泡下两张蚕卵从孵化开始长个最后铺满了整间平房。等蚕吃桑叶变成沙沙的雨声后，很快它们就要"上山"了。"上山"的工具叫"蚕龙"：在两根三四米长的草绳间均匀铺上四十厘米左右的稻草秆，一端套在木棍上，一个人拿着木棍旋转，一个人一手压着铺好的草杆，一手顺着木棍旋转带来的转力拨动草杆……然后一直旋转到终点，形成了错开的十字形草簇。蚕会被一条条拎起，在灯光下挑选，身体透明的就放到蚕龙上，我更喜欢把蚕龙写成"蚕垄"，就像种地一样"种茧"了。那时我贪玩，从未去好好看它们吐丝结茧的过程。只记得摘下来白花花一片茧子，去茧站可以卖一百多块钱，当年妈妈的喜悦神情关乎我和妹妹的学费和日常的油盐酱醋。）

这个过程到了李商隐眼里，有了一句赞美无私奉献的诗，至今还在广为传颂。我想他根本不懂蚕奇妙的生理结构，我也不懂。许多小时候没去想过的问题长大了却一个个成了问题。从卵到蚕到蛹到蛾再到卵，我搞不清楚这种动物如此费力的绕来绕去的生命历程。一个人有幼年、青年、中年和晚年，我却找不到蚕晚年的对应状态。以为蛹那般苍老的形态总是晚年了吧，它却破茧而出，脱胎换骨，过起了交配的青年生活。

生命进化产生了千姿万态的个体。为什么要吃食物？活下去。蚕似乎是"为了活下去"的群体中较为独特的一种。吃饱了睡睡醒了吃，最后造了间房子，它根本不知道，有人会破坏它的房子，吃掉了它时处蛹的状态。更不知道它的房子改变过世界的一个格局：丝绸之路——我特别喜欢一个叫爱德华多·加莱亚诺的外国人的说法，"黄帝的妻子嫘祖创建了中国的丝绸艺术。根据说书人的讲法，嫘祖养了第一条蚕。她给蚕喂白桑树的叶子吃，不久之后，蚕开始用唾沫丝结茧，把自己的身体团团围住。嫘祖便伸出手指，小心翼翼地把这千米长丝一点一点抽取出来。于是，这本要化蝴蝶的蚕茧成了丝绸。丝绸又变成透明清纱、平纹细布、丝网眼纱和塔夫绸，与厚厚的天鹅绒、精美的织锦一起，加以珍珠点缀，成为女士先生们的衣裳。在中国之外，丝绸是严加保护的奢侈品。运送丝绸的道路，穿过白雪皑皑的群山、熊熊燃烧的沙漠和海盗出没的海域。"伟大的唾沫，一首荡气回肠的史诗，一部中国文学长卷（《诗经》、李白、白居易、杜甫、李商隐、陆游……《红楼梦》、《金瓶梅》）。蚕完全不知道。

蚕吃食物，那么优雅，可以说是世间上非常美好的饮食过程。这个世界，从《战国策》到"新战国策"，政党、元首、领袖们的想法很多，他们吃饱了，剔剔牙，在如何使用好一个叫"蚕食"的词语上绞尽脑汁。有时，干脆和"鲸吞"并用。

二

那个把手指吮得津津有味的婴儿，眨眼就长大了。且饮食习惯颇像我，什么爱吃什么不爱吃大多相同。他最喜欢我做的红汤面和蛋炒饭，他说爸爸做的蛋炒饭最好吃了。不仅他，我的好几个朋友也夸赞我做的蛋炒饭特别好吃。

那是一碗怎样的蛋炒饭呢？我只能说，肚子饿了，同样的东西会好吃很多。

"我叫王大卫，今年快五十了。我是个厨子，可是到现在还没炒成过一盘儿蛋炒饭。我爸说做啥事都得慢，做大事儿的人都是这样的。"这是电影《蛋炒饭》的开场白。主人公王大卫家是一个没落的御厨世家，他有个简单的理想，要做出世界上最好吃的蛋炒饭。他做的第一份蛋炒饭，温暖了女主人公却没留住她的心。最后他做出了世界上最好吃的蛋炒饭，被资深美食家金老爷子指出是失传已久的"菩提玉斋"。后来，王大卫每天只做80份蛋炒饭，连白宫都来订餐了。这么好吃的蛋炒饭用了什么配料呢？——米饭、鸡蛋、油和盐。

王大卫做的蛋炒饭究竟有多好吃，我不可能到电影里去尝一尝，但应该没我做的好吃。我的蛋炒饭里不放什么牛肉、香肠、玉米、胡萝卜、豌豆之类，那叫扬州炒饭，太复杂了。蛋炒饭就是蛋炒饭，得简单，我比王大卫的配料多了一丁点东西：在米饭、鸡蛋、油和盐之外加一撮葱花。别看这一点点缀物，可把色、香、味添得恰到好处。

孩子说，爸爸做的蛋炒饭最好吃了。

我不是个做大事儿的料，也压根没有做世界上最好吃的蛋炒饭的理想。我倒很想做这样一份蛋炒饭，配料依然是米饭、鸡蛋、油和盐。不过鸡蛋得用人造鸡蛋，油用的是地沟油，我要用好手艺把它炒出来，分给制作人造蛋和地沟油的人吃，都说能够配制这两种东西的人学历不低，可能还得读到博士，我想让他们分别尝尝对方的油和蛋是什么味道。葱花就不放了，他们的人品配不上。换我们那老人的话说，书都白念了。

提蛋炒饭这种食物，我更想说的是，简单的东西、不值钱的东西也能做出好味道的食物来。苏童有个小说《人民的鱼》，厨艺高超的张慧琴告诉柳月芳，买猫鱼给丈夫和孩子解馋，"拿肉膘熬油，炸猫鱼给他们吃，放一点干辣椒，哎，味道就是好，你要是不嫌弃，哪天我端一碗过来让你尝尝。"柳月芳表示同意，但对吃猫鱼还是有点障碍，她家送礼送来的大鱼都吃不完呢。柳月芳有回去张慧琴家串门，看见她一个人在吃饭，没有菜，只有一碗汤，是海带葱花汤，点了几滴麻油。柳月芳好奇，拿了勺子尝了一口，味道居然也很好！又是葱花。有葱花，儿时就着一碗酱油汤吃一大碗米饭也很美味。说的仿佛是口味的事，就多扯几句。

我有个朋友，老赶上十几公里去某个小镇吃早餐，说那里的"雪菜肉丝面"是吃到现在最好吃的面，出于好奇，跟他去了一回，还真不如家门口面馆做的好吃。当然，我也会赶很远的路去吃麻糕，大铁炉子烘出来的那种，在我的引诱下，他也跟我去了回，最后的结论是没他家附近的好吃。当然，我俩都觉得对方挺傻。

你可能会对着一盘"蒜茸粉丝蒸澳龙"大快朵颐，我偏爱湖里新鲜出水清煮一下的小白虾，个头不是问题，人活着不能不吃东西已是事实。但，我极其鄙视那些吃东西不好好吃的，非得玩些触目惊心的吃法。又或者说，可以替代的，尽量放过那些还在自由飞翔与奔跑的少数吧。遇见过这样一位，反复在我跟前感叹，十几年前有机会几千块钱吃只熊掌的，现在想吃上恐怕得花上十几万了。然后又在怀疑，十几万也未必找得到地方去吃了。嘀咕次数多了，我忍不住刺他，你纠结什么呢，为了可以告诉别人你吃过熊掌？他还算坦诚，对啊。有点不可理喻，想想身边也不乏炫耀吃过什么什么的人。《满汉全席》是美食艺术史，也是人类的罪供。《朱子语录》有："问：'饮食之间，孰为天理，孰为人欲？'曰：'饮食者，天理也；要求美味，人欲也。学者须是革尽人欲，复尽天理，方始是学。'"

见有人不吃狗肉，有人不吃兔肉，和我不吃羊肉似乎一样。仅是食物充足有得选择，饿得慌了，所谓的不吃也就不成立了。几日前，点了好几道菜招待朋友，甲鱼、龙虾居然都不下筷，才想起他说过不吃水里的东西。还有个朋友是不吃某种形状的，比如黄鳝、鳗鱼、蛇一类，有趣得算一种癖好了。

夜读《聊斋志异》，有《蛇癖》章：予乡王蒲令之仆吕奉宁，性嗜蛇。每得小蛇，则全吞之，如啖葱状。大者，以刀寸寸断之，始掬以食。嚼之铮铮，血水沾颐。且善嗅，尝隔墙闻蛇香，急奔墙外，果得蛇盈尺。时无佩刀，先噬其头，尾尚蜿蜒于口际。

能写得如此有滋有味，画面逼真，蒲松龄的笔力还真是出神入化。

我读完反胃，颇有悔意，又想起多年前那个在春天捧吃蝌蚪的傻孩子。

三

"食物"这样的主题，浩瀚如海。我只能写几个碎片，就像在沙滩上拣拾一些贝壳，有亮晶晶的喜悦，也有残破的悲伤。

画面一是《最后的莫希干人》：1757年，美洲殖民地，英法两国争夺这块大陆的领土之战已迈入第三个年头，在哈德逊河以西的边陲一带，一个即将灭绝的部落里仅存了最后三人。他们在丛林飞跃，追赶一头壮硕的鹿，枪声中那头鹿轰然倒下。炊烟从暮色中升起，永远像温暖的句子，莫希干人在鹿面前，神情凝重，"兄弟，我们很抱歉杀死你，对于你的勇气、速度和耐力，我们深感敬佩。"

面对食物，越古老的感恩，越是虔诚，近乎宗教。

时光到了1993年的纳米比亚，戈登·麦迪德以一帧《难以为生的猎杀部落》的摄影作品向世人诉说：南非丛林中猎户聚集区的旧有生活方式在现代文明的冲击下正处于崩溃边缘。一些村落依靠一些微薄的农作物和牛羊牲畜试图维持原始生活方式。因此，猎户们还得经常猎杀动物来补助生活。但平原上的动物基本捕完了，只剩下一些像野兔、狐狸这样靠洞穴生活的小动物。

画面二是普遍的西方镜头与《活着》的东方场景交织：人们唱着赞美诗，"感谢天父，赐我粮餐；感谢耶稣，赐我灵餐；恳求圣灵，助我心坚。阿门！"，随后画完十字，餐桌上响起叮叮当当的音乐。而在某个年代的中国，人们会在"只要铁水流的多，不怕汗水流成河"的条幅下赤膊上阵，把锅、破自行车扔进熔炉，炼成一块牛屎般的钢铁后，敲锣打鼓相信"食堂里庆功吃饺子，每个饺子里都包了一头猪"。

"那是鳄鱼与老虎交配时留下的／1958年痕迹"，数月前通过一本杂志我才知道莫言也写诗，"那是想入非非的年代／我奶奶想把水稻和芦苇嫁接在一起／试验了一千多次／我爷爷想让大象和猪杂交／但没弄到大象的精子／他遗憾了半辈子"，莫言在还原一个时代的痛与无奈，然后耐人寻味地说"我不敢嘲笑祖宗的梦想／我想把爷爷和奶奶的试验继续"。

我从老人嘴里听说过饿，也从许多书本里阅读过饿，但实在无法想象极限的饿对生理造成的恐慌和痛苦。因为我遭遇过的饿可能都谈不上真正的饥饿了。

再读汪曾祺的《黄油烙饼》，那个叫萧胜的孩子，就是一个普通的被奶奶一边呵责"你的脚上有牙，有嘴？"一边又在咽气前给他做好一双正合脚、一双大一些的鞋子的孩子。老人们都有打算，老人们在没条件打算的时候总是力所能及地打算。萧胜碰巧出生在一个把两口锅交上去吃食堂的年代，那个年代的食堂起初猪也肥、人也胖，后来猪也瘦、人也瘦了，连白面馒头都变成掺了糠的小米面饼子。奶奶死后，萧胜被爸爸接到"马铃薯工作站"生活。那个年代，萧胜的妈妈和我的妈妈也不一样，他的妈妈是学画画的，前几年老画两个娃娃拉不动的大萝卜啦，上面张个帆可以当作小船的豆荚啦。他的妈妈真是"想象派"画家。爸爸那的食堂伙食也慢慢变差，草籽面没有了，玉米面饼子也没有了，换成吃高粱饼子，喝甜菜叶子做的汤。萧胜有点饿怕了。

萧胜发现一个神奇的蘑菇圈后，一边用线穿蘑菇，一边流泪想起了奶奶。蘑菇是可以吃的啊！他终于知道奶奶是饿死的，"人不是一下饿死的，是慢慢地饿死的"。萧胜爸爸的食堂要开三级干部会，在北食堂吃红高粱饼子、喝甜菜叶子汤的社员，闻到南食堂飘来的"羊肉口蘑臊子蘸莜面"、"炖肉大米饭"甚至"黄油烙饼"，都说"好香好香"。这三样食物一点也不对我胃口，对我的鼻子也没什么吸引力。但红高粱饼子、喝甜菜叶子汤起码还算是"食物"，若对比下"夹边沟"的悲惨，那些作为"食物"的东西简直不可思议……

那已经饿成了什么样子？因为我们不够饿，所以我们缺乏想象。

萧胜妈妈最后用奶奶生前没动过的黄油，给他擀了两张黄油烙饼，他一边吃一边流着一串一串眼泪，黄油烙饼是甜的，眼泪是咸的。素有美食家之称的汪曾祺，也"穷酸"了一回。

四

袁枚写过一首诗《苔》，写得很一般，不知怎么回事，三百年后的春天，突然像竹笋般到处冒出来。我的孩子上学在唱，放学在唱，吃几口饭也在唱："白日不到处，青春恰自来。苔花如米小，也学牡丹开。"我查来查去，查不到苔花长什么样子。且听起来很阳光的几句，在写《随园食单》的袁枚嘴里，始终觉着有一种其他的味道。如果说如"米"小，有点像韭菜苔上的花苞。可因为"白日不到处"，看起来说的是苔藓，它不开花，也无种子，是孢子植物。它的"小芽儿"足以让杨万里"点捡苔花晕",真要以苔花励志,王维《田家》里那句"雀乳青苔井"多暖心啊,雀儿在长着青苔的井边洞穴中哺育小鸟。

"苔花"被一位乡村教师喻指山里的孩子,一经传唱,就十分容易感动中国。而且我的孩子,因为老师布置了唱苔花的作业,是那么专心致志。他反复唱啊唱啊,对桌子上的食物却挑三拣四。他爱吃蔬菜,很好,不怎么碰肉食,说可怜,也很好。

可我会想起七八岁的萧胜,六十年前七八岁的萧胜。我也会想起同时间轴上七八岁的叙利亚孩子,和我的孩子同年龄的孩子们。他们热爱书本和玩具,却只能在地下避难所度过童年。童年没有第二次,他们用泪水向世界问一个问题:"我们有什么错呢?我们只要水和食物,我们不要过这样的日子。"但各种名字的导弹和坦克不会去回答,它们在叙利亚大地上只发出"铁石心肠"的声音,它们分辨不出大人和孩子。

午睡前读詹姆斯·布鲁吉斯的《小小地球》,提到一个"生态足印",是按照某种生活方式养活一定数量的人口所必需的生产性土地。一个美国人或一个欧洲人需要从世界各地获得所需的食物、矿物质和石油,而他所消耗的所有这些东西都会使用到世界上有限的生产性土地的一部分:如果地球上的每个人都采取西方的生活方式,我们就得需要5个地球来供养我们。

直立行走,解放双手,人类身体里原始的欲望慢慢完善人类的身体结构,劳动是多么美好的事啊。后来,人们从大地上挖出各种矿石,利用大脑掌握的物理与化学智慧,制造了无数永远饥渴的东西。它们只热爱一种食物,一种黏稠的、深褐色液体,被称为"工业的血液"。它们吃饱了,又会继续寻找这种食物,凡是盛产这种东西的地方,灾难绵延。

《降临》里有一句话,是某将军的妻子临终时对他说的,"战争不成就英雄,只会留下孤儿寡母"。"我的弟弟死了""我的爸爸死了"……叙利亚的孩子在向全世界哭泣,不光是叙利亚的孩子在向全世界哭泣,许多看起来遥远的事情很快就可能发生在我们身边。王以培在《小王子》再版时写过一句"而我的朋友，那个曾经是孩子的大人，曾经是大人的孩子，仍生活在占领区，又冷又饿，正需要安慰……"。

詹姆斯·布鲁吉斯描述，在峇厘岛，水果自己会从树上掉下来，生活中充满了音乐和各种各样的节日；在肯尼亚，马阿塞人和移栖的牛群和谐共处。这一切都显示了我们人类起源的连续性——从为上帝所钟爱的亚伯，到亚伯被该隐所杀，再到现代的农场主和公园管理员。他甚至赞赏，中国拥有许多发明，却决意不使用它们（这已被迫成为过去式）。

因为"整个世界正在以巨大的能量朝着相反的方向移动"，詹姆斯·布鲁吉斯在后记中写下："人类文明正处于历史的转折点。我们可以改变方向，又或者像死去的鱼一样，跟着我们的领导人一起迈向深渊。"

五

食物是什么？定义是指能够满足机体正常生理和生化能量需求，并能延续正常寿命的物质。对人体而言，能够满足人的正常生活活动需求并利于寿命延长的物质称之为食物。食物通常是由碳水化合物、脂肪、蛋白质、水构成，能够借进食或是饮用为人类或者生物提供营养或愉悦的物质。食物的来源可以是植物、动物或者其他界的生物，例如真菌，抑或发酵产品比如酒精。人类借由采集、耕种、畜牧、狩猎、渔猎等许多种不同的方式获得食物。

真好，酒精也是食物。

"食物是我常用的一个主题，在某种程度上也是我自身的一个困扰。我对食物的困扰要回到我的童年，我是一个厌食者，曾经被送到一些疗养院强行喂食。"兴许特殊的童年经历，史云梅耶对食物题材情有独钟，思考得也尤为深刻。他在1993年拍出了继《对话的维度》后最好的短片《食物》：

早餐。一间屋子里由一架"自动售卖机"提供食物，每个人通过阅读上面的说明书来点餐。有意思的是，说明书上得拧住"自动售卖机"的鼻子，憋得他不得不张开嘴巴，然后掏出他的长舌头放上点餐的硬币，再猛击一下他的额头，用力戳一下他的左眼，食物才从他身体里运出来，打一拳他的下巴，餐具从两只耳朵里伸出来。最后狠踹他一脚，他的口袋冒出一张擦嘴巴用的纸巾。每个享受完早餐的新进者都取代原贡献者成为新一任"自动售卖机"为他人提供食物。在这里，每个人吃下去的东西经过循环又提供给别人。门一打开，人们依然排着长队在进入这个循环，一个个面目僵硬看起来像食物的奴隶。

午餐。两个人在餐厅相遇，坐在同一张桌子上。一个穿西装戴领带，看起来像是富人；一个穿着较为邋遢，代表穷人。富人取出上口袋的方巾优雅地擦拭刀具与餐盘，穷人没有方巾，吐了吐口水用袖子将它们擦了一遍。一切准备就绪，但，服务员一直没有招呼他们。他们只能慢慢吃掉桌子上的花与花瓶。服务员还是没有理会他们。他们继续吃自己的鞋子、皮带、衣服，甚至内裤，最后一丝不挂。服务员还是没有理会他们。他们最终吃掉了盘子、桌子。他们的吃法一个使用刀、叉，一个模仿不了就直接狼吞虎咽。再没有什么东西可吃的时候，富人假装吞下刀、叉，穷人跟着这么做后，富人从嘴里取出刀又逼向一无所有的穷人。

晚餐。一个绅士正在烹制自己的左手，用餐时取下了无名指上的结婚戒指；一个穿"24"号标牌的运动员在烹制自己的左腿，一个阔妇人用柠檬给自己的一对乳房调味，最后的画面结束于一个落魄的人准备吃自己的生殖器时，还特意捂住不让人偷看。四肢、乳房、生殖工具，各种阶层的人纷纷走到了一条绝路上来。

这个荒诞得令人震撼的短片，可以有很多的解读方式。史云梅耶拍摄的背景正值苏联解体。早餐看起来就像计划经济时代，人们在工业社会中也变得一切机械化。整个午餐过程，富人都采取主动的方式，穷人紧随其后吃掉了最后的防身工具，最终手无寸铁任其宰割。那个吃人的世界，文明与道德的外衣下人性如此丑恶。如果说早餐是平均主义公有制的话，午餐已经是竞争机制私有制了，晚餐怎么说呢？看起来可能是人们对美食的欲望太多了，吃来吃去想尝

283

尝自己的味道如何。

从一连串的细节，我的直觉更倾向于食物、资源真的没有了，最后只能吃自己。一天三餐，仿佛浓缩了人类的宿命。史云梅耶想说的实在太多，我想从我的角度借用他的《食物》说上一句："小小地球，留点吃的给我们的孩子。"

风

一起来猜个谜语吧：解落三秋叶，能开二月花。过江千尺浪，入竹万竿斜。

这是李峤的一首诗《风》，如果把诗题掩掉，估计也很难猜的。可我用在这篇文章的题目下，就容易猜多了。原本看不见、摸不着的风，一下满纸立体起来。

北风催眠了许多事物，南风唤醒了虫子。风以前的写法，是有虫字的。

好风吹着好水，微漾，柔软如一个人指纹。好风吹着好水，窃语，像一层细密的鱼嘴。

细雨茸茸湿楝花，南风树树熟枇杷。杨基这句子写得真好。南风的性格应该像和风吧，和风与细雨看起来就很搭配。楝花好看，枇杷好吃，都是这几日眼前的物事。去年此时，我在北方生活，那里的风一点都不好，吹起来满是沙子，脏兮兮的，一天得洗好几把脸。

好些年了，从来没有像今天这样快乐过，整整一天，都很快乐。我想起了风，看见了风，它的小指头那么真实地掀动着茅莓的叶子，果子红彤彤的，熟了！大概一个月前，我偶尔发现了现在居住的地方还有这样一株野生的茅莓，那时它繁花正茂，我就盼着它花落结果，隔三岔五去看它。有几日没见它了，上午在想，今天会不会熟了呢？当我远远地看见风在翻它的叶子，风懂我的心思，三三两两的红果子就露了出来，我愉悦地摘下一颗最饱满、最好看的果子塞进嘴巴，甜甜的，比水果铺子里的所有水果都好吃，我的乡村心脏。

我只摘了一颗果子，我很满足，我要留点给像我这样寻找童年的人。

今天，我的身体里走出一个人来，他又重回故乡的河坡，寻找到一个很好的角度坐下。风在摸他的脸，他在等落日，用双手做捧状等落日的脸。他离"大风起兮云飞扬"很遥远，他没有"风声鹤唳，草木皆兵"的紧张。今天，我甚至想起"人生若只如初见，何事秋风悲画扇"这样的句子都不觉着有什么难过的。我的眼前只有放纸鹞的原野，耳边有屋檐下风铃脆脆的声音，我的身后，还站了一个折叠纸飞机的少年。那个少年突然竖起耳朵，听见了木头敲击箱子的特有节奏，他央求爷爷给他一张五分钱的纸币，飞身出门。他买了一根赤豆棒冰，舔啊舔啊，杨树上不见丝毫风的动静，知了们越叫越渴。

午后，我去冷饮店买冰棍。在一大堆动辄十几块、几十块的有着洋文名字的冰激凌中，我惊喜地找到了一款老式的冰棍。它依然裹着一张薄薄的纸，一根扁平的木片插在身体里，"衣裳"上注明"赤豆冰棍"。它长着八十年代朴素的乡村面容，特别干净。我买了两根，三块钱。风吹着我，我一边舔一边往回走，似乎有好些人注意了一下我的样子。到家的时候，还剩下一小口，做作业的孩子放下笔望着我。我说真好吃，他眉头皱了一下。我假装把最后一丁点递到他嘴边，平时嫌我有酒味的孩子居然真把嘴巴凑上来。我又把手很快缩回来，一口把冰棍咬完了。果然，他大哭起来。我把藏在背后的左手举起来，一根完整的美丽的冰棍。他破涕而笑。叫我什么？"好爸爸。"好吃吗？"好吃，比妈妈买的冰激凌好吃。"

风吹进屋子，他长睫毛上的泪珠掉了下来，渗在作业本的一个方块字上。他已经学过了贺知章的那首诗，就是把春风比作剪刀裁出细叶的那首。

我读的是李贺的《南园》：花枝草蔓眼中开，小白长红越女腮。可怜日暮嫣香落，嫁与春风不用媒。有一丝丝叹息。但风真是个好媒人，风媒传粉比虫媒传粉更为原始，这么说吧，没有任何生命形式到来之前，风就在古老的大地上吹着，找啊找啊找朋友。后来有了植物，特别是禾本科植物，那些稻子、麦子、玉米们，当微风吹过，花药摇动就把花粉散布到空气中去了。风吹着吹着吹来了人类，人类被风吹着吹着头脑越吹越清醒，开始懂得享用被风吹熟的稻子、麦子、玉米们，风吹出了米粥、面条、烙饼、面包，吹出了南方与北方的口味。

想起这些，我就觉得十分美好。

今天的风很好，一整天没有远处那根大烟囱的味道。我走到枇杷树下，有枇杷的味道；我走到石榴树下，有石榴的味道。只要我想走，就有不同的好闻的味道。小时候，风的味道更加丰富，甚至有各种声音、颜色和形状。我和伙伴在田埂上放野火，火噼啪作响，忽明忽暗，时大时小，多年后我通过苇岸知道了风与火的关系，"北风吹着，风头很硬，火紧贴在地面上，火首却逆风而行，这让我吃惊。为了再次证实，我把火种引到另一片草上，火依旧溯风烧向北方。"我躺在门前的竹床上纳凉，看着天空，风在耳边还有奶奶的故事味道。我有好久没看星空了，也没什么星空可看，人们都可以飞到月球上去找什么东西了，童话也枯黄了。当然，我也见过坏脾气的风，它折断过树林、东墙上竹竿撑住的天线，连电视都几天看不成。那种风叫台风、龙卷风，有漏斗状的旋涡，哪怕你的脚长在土里，生了根，也会把你毫不费力地拔起。

今天的风很好，很温和。我吃到了茅莓，啃到了冰棍，想到了往事。黄昏，在屋子里，风吹进来，我还有书的味道。翻出蕾切尔·卡逊的《海风下》：当海浪扑打在水湾沙洲上时，北风撕裂浪尖，形成一片水雾。鲻鱼因风向转变而兴奋地在小渠中不停跳跃。在浅浅的河口与海湾的多个沙滩里，鱼群察觉了突然从空气中传到水里并掠过它们身体的一阵寒意。鲻鱼因此开始往深水处进发，那里储存着阳光的余热。现在，它们开始从海湾各处汇集，组成巨大的鱼群，向着海湾的峡道前进。

我有首诗《水乡谣》，被一个作曲家姐姐谱成了儿歌《念南方》，此刻，音乐响起，那个歌手在小河边欢快的声音中唱起"风婆婆，抱炊烟，鱼虾香，稻米甜"。加上蕾切尔·卡逊迷人的文字，那么多鱼儿在眼前游过，我恨不得挽起裤管，下床捉鱼了。这一天，我很快乐。

原载《钟山》2018年第4期

为了爱，所以坚持

杜卫东

葛敏在朋友圈说，她的北京之行很快结束，将返回老家南通。我留言：走之前请你吃饭。我知道，吃饭对于她无异于一场战争，每次吞咽都要靠求生的意志支撑。可是，我依然希望以此来表达对她的敬意。在我心中，她已经是一个人生传奇。

知道葛敏始于朋友介绍。三十六岁的她曾被幸运女神格外眷顾：小学四年级考上上海市舞蹈学校，毕业后成了上海市歌舞团主要演员，而后又到上海戏剧学院舞蹈系读大专。2003年考入北京舞蹈学院，完成了本硕连读，开始从事专业舞蹈教学。我看过她的教学和演出视频，芭蕾舞、民族舞、现代舞，她在聚光灯下矫若游龙，鸾回凤翥，举手投足间疑为天人——这哪里是跳舞，分明是一团生命的精灵在舞台上燃烧、绽放。

葛敏永远也忘不了那天。两年多前的一个冬日，雾霾弥漫，如雾如烟。

北医三院的专家认真为她检查身体，又仔细翻看了此前各个医院的病历，抬头望着葛敏，目光中竟闪过一缕令人揪心的同情：姑娘，如果我的判断没错，你得的是MND。葛敏对这个名字颇为陌生，她掏出手机迅速搜索：MND，又称渐冻症。患者先是脚，后是手臂、手指，最后全身肌肉都像被冰雪冻住一样，丧失行动能力，最终吞咽和呼吸功能丧失。目前病因不明，尚无有效的治疗手段，患者大多在发病三到五年死于呼吸衰竭。

怎么可能？我只是语音不清，吃鱼容易卡刺，医生怎么可以开这样的玩笑？她不想承认，更不敢面对。可是，语言功能的完全丧失和双臂渐渐麻木印证了专家的诊断。她绝望了。她想到了死。衣袂飘飘的轻盈舞者与全身僵硬的绝症病人，这中间的落差实在太大，葛敏柔弱的内心根本无法承受。伤心枕上三更雨，点滴霖霪。她终日以泪洗面、痛不欲生，觉得人生已被死神之翼完全覆盖，漆黑一团，伸手不见五指。

怨妇！自私鬼！可怜虫！葛敏没有想到，最终引领她走出黑暗的不仅是亲人、朋友的爱与劝慰，更是远在大洋彼岸一位朋友毫不留情的各种责骂。

——你难道不是怨妇吗？一天到晚哭天抹泪、自哀自怨，你以为世界上只有你最惨？告诉你，忧伤无人认领，如果泪水可以摆脱厄运，世界上就不会有一条干枯的河流了。

——你难道不是自私鬼吗？死很容易。你摆脱了、轻松了，可是你想到过满头白发的双亲吗？想到过天真无邪的儿子吗？想到过那么多爱你、关心你的同事，朋友和学生吗？

——如果你不想被家人嫌弃，不愿被朋友轻蔑，只能在生活中突围。你可以不够坚强，但是不能怯懦；你可以不够勇敢，但是不能退缩；你可以被生活打败，但是不应该被生活缴械！

葛敏在微信中告诉我，真的很感谢这位朋友，整整八个月，每天关注着葛敏情绪上的每一点细微变化，秒回她的各种抱怨和胡思乱想。她还给葛敏在网上订购了一本书：保罗的《当呼吸化为空气》。在人生道路上十分成功的保罗，忽然被诊断出患有第四期肺癌。作为医生和作家，他在这本书中直面死亡过程，告诉我们如何生存。葛敏觉得自己和保罗有很多相似之处：同样三十多岁年纪，同样在事业的高峰突然被命运抛入人生谷底，但是保罗对生活意义的坚守却令葛敏自惭形秽。她告诉我，怕年老的父母承受不住压力，确诊后半年她一直封锁消息，如果不是朋友日夜守护，为她点燃了一盏心灯，也许自己早在另一个世界了。

安置好悲伤，葛敏重新出发。

患病后最撕心裂肺的不仅是病痛，更是和儿子渐行渐远。四岁的儿子和小朋友玩累了，向妈妈撒娇求抱。因为手臂力量不足，葛敏放下孩子的瞬间竟把他的脑袋重重摔在运动器械上。渐渐的，葛敏吃饭都要人喂，生活已经不能自理。她感觉要远离儿子的世界了，所有的努力都无法摆脱被红牌判罚出场的宿命。

她不得不把儿子送到北京的阿姨家。一个月后她来到北京，因为她无法剪断对儿子的思念。等儿子睡着了，她由人搀扶着躺到儿子身旁。灯熄了，夜幕渐渐降临。月亮挂在树梢上，将一片惨淡的微光洒在床头。她想靠近儿子，她想把儿子蹬开的被子重新搭在他肚子上，她怕秋夜的寒风让儿子着凉。可是，她的身体和手臂一动也不能动，只能用牙咬着被角，一点点搭在儿子身上。夜深了，她眼睛一眨不眨地注视着儿子，默默倾听儿子的呼吸，那呼吸均匀而流畅，在万籁俱寂的子夜有如天籁。她的思绪随着儿子的呼吸一下子飘得很远很远。想到儿子将来上学、高考、参加工作、谈婚论嫁，作为母亲的她都可能缺席，不由得悲从心来，听凭泪水一滴滴顺着脸颊流进嘴里。儿子已经和她越来越陌生了，除了眼神，她无法用语言和行动表达对儿子的爱。对于一个不谙世事的幼童，又怎么能读懂母亲满怀深情的目光呢？早晨，儿子醒了，揉揉眼睛，看到躺在身旁的她，一骨碌爬起来，连鞋也没顾得上穿就跑到楼下找阿姨了。葛敏眼睛模糊了，也许，真的应该放手了。失去比得到痛苦，而痛苦是苦涩的咖啡，在生活的特定情景必须含泪啜饮。

葛敏把更多的精力投入公益事业。她和陌尘办了一个公众号，起名"冰语阁"。陌尘是她就诊时结识的病友，年届不惑、英俊潇洒，曾是一名警官。他的病情比葛敏发展迅速，但是他坚强、乐观，永不言败。他们要把"冰语阁"变成一个温暖的大家庭，让病友们感受彼此的呼吸、心跳和温暖。在这里，病友和家属们关注着MND的最新科研信息，解答着各种患病后遇到的问题，交流着各自的护理经验。如果有谁表现出了悲观和绝望，各种鼓励就会像春天的花瓣一样飘洒。葛敏把自己文章打赏得到的五万元钱，全部用在了"冰语阁"运营上，定时给生活困难的病友发放补贴。她还发出倡议，希望病友和家属拿起笔来写一本书。她为这本书确定的主题是：为了爱，所以坚持。

空下的时间葛敏还要做两件很重要的事：一件是办好舞蹈培训班。她不能跳舞，可她的生活中不能没有舞蹈。月色和星光缺失，高远的夜空还会迷人吗？她坐着轮椅来到课堂，认真观察学生的一招一式，把发现的问题和解决方案一一告诉现场的助理。舞蹈是脚步的诗歌，她想让学生理解，激情比技巧更能让心中的美绽放。我曾在她的文章后面读到过这样的留言：老师，今天吃晚饭时，妈妈听我说了您的情况，哭了，她让我以后下了课去抱抱您。再有一件事就是写作，写自己与病魔抗争的经历和感悟，更多的文字是写给儿子的。每一个重要人生节点，她都给儿子留下了一封信。她的身体可以缺席，她的爱却会像洁白的栀子花，永远盛开在儿子成长的路上。

在北京东北部的酒厂艺术区，我第一次见到了葛敏。这里原是一片废弃的厂房，如今有几十家艺术类公司安营扎寨，门面装修各异、风格前卫，很有一些现代气息。大家从不同的渠道走近了葛敏，走近了渐冻人群体；今天，又为了一件共同的社会公益事业聚集到一起：落实、解决《为了爱，所以坚持》一书的编辑、出版和新书发布会各项事宜。这本由渐冻人患者和家属撰写的书，是葛敏要展现给世界的一幅画卷。他们以情感着色，用心血描绘，画卷中有压在石板下的小草，也有掠过长空的苍鹰和傲立雪中的红梅。

葛敏来了。我扭头望去，只见落地窗外，一位梳着丸子头的青年女子正从轮椅上艰难站起，鸡心领练功服，黑色灯笼裤，看上去亭亭玉立。心理咨询师李青说，她的病情发展很快，医生说，过不了多久就要插管了。李青近来一直帮助葛敏整理书稿，熟悉情况。已经失去语言功能的葛敏发出的呜呜声，只有她能听懂；葛敏的眼神也只有她能领悟。在之后的交流中，她几乎成了葛敏的半个翻译。我印象中的渐冻人大都形容枯槁、骨瘦如柴，而坐在那里的葛敏如果不说话，分明就是一位随时准备起舞的舞者。她的同学、歌舞编导朴美花告诉我，葛敏因为注重锻炼使病情得以延缓，但身体还是一天不如一天。不过她的精神却越来越强大。你看，这是她不久前写给舞蹈圈的文字。我接过朴导的手机：各位亲，有大师说我能活八十岁，所以大家不用担心，等过几年解冻了，我依然会东山再起。现在我只是临时被上帝抽调去干些公益哈。

我向葛敏招手示意，发去一条微信：葛敏，你是最棒的。

"最黑的那一段路总要一个人走完。活着的每一天，我都会不哀怨，不气馁，不妥协！"

看着葛敏的回复，我一时百感交集：世间还有什么比注视着死亡一步步逼近更为残酷呢？全身肌肉萎缩，甚至连眼部几块微小的肌肉最终也会完全丧失功能，只有大脑始终清醒，眼睛始终明澈——感受死神的阴影一寸寸吞噬生命的天空，这需要多么坚强的内心和多么豁达的胸怀啊！坐在对面的葛敏目光是那么明澈，心中分明洒满了阳光；而且从始至终她一直绽放着灿烂的笑容，即便低头打字时，脸上的表情也祥和、恬静，在午后的阳光映照下像是圣洁的雕像。是的，厄运将她的生活击成齑粉，她却用坚韧、真诚与爱，将其重新塑造成一尊冰冻的女神，晶莹剔透、美丽而高贵。我知道，最终它会融化为水，但是它脚下的那片土地会因为水的润泽而丰茂，生长出一束束美丽的花来。

原载《人民日报》2018年10月10日

夜 书

习 习

夜半，忽地睁开眼睛，不知为何一下子醒了，懵懂里觉得有种情绪弥漫，有些阴暗，还有点儿让人惴惴，再想便是因着临睡前读的书。

有一种书，是黑的，写的都不是这个世上的事情，我叫它夜书。

《聊斋志异》我一直很爱，它算是夜书。读聊斋时，我想到很多小时候的事。深夜，果真常常听到隔着一个屋子的厨房碗柜里碗碟的碰撞声，娃娃的眼睛和耳朵都很干净，能听到和看到很多成人看不见的东西。姥姥和妈妈便嘀咕，先人们又来找吃的了。先人们都在羊头山上排得整整齐齐的坟里，隔那么远，他们定然会飞，而且总饿着肚子。一天，有病发烧，烧得迷迷糊糊，总听见母亲在一旁梳头，梳子刮过头发，一下一下地，又听到地里的小虫子在叫。母亲在上班，我们家也已搬到楼上，地板上怎么还有虫的叫声呢。那时，我常常能听到那种深深地藏在地下面的小虫的叫声，先时，在平房的时候，我听到它们在炕底下叫，没人信。我后来一直搜寻它们，无果。再后来看书时，总算差强人意地找到一个对应物：蛩。是"蛩"吗？我查了资料，说蛩即是俗称的"蚱蜢"，我很不喜这个俗名，且也觉得不是我感觉中那种深藏在地下的小虫，又查到，"蛩蛩"和"距虚"是古代传说中的两个异兽，更是大相径庭。

292

但我还是比较认定那些小虫子就是"蛩"，不知是因为读它时的声音，还是这字的样子。

但聊斋里的很多篇什是有俗世的温暖的，甚而是明媚的。蒲松龄借由那些非现实的人事，表达的是俗世上的爱憎。

有些书，一些尖细的细节会扎到人身心里。读日本推理小说，读到一个情节，一个人深夜临窗，无意间瞥到窗外一件隐秘的事，之后便被人无尽追杀。后来，就特别不敢深夜里往窗外看，特别是那阒无人迹月光白白的街巷。那也算一篇夜故事。

然后真正读到的西方的夜书就是这本《炼金术士及其他鬼故事》。浓重的黑白封面，是一幅名叫《一座宅邸》的铜版画。老宅邸、圆月、云影、宅邸前一个额头惨白的披发鬼魅。

要说用文字制造气氛，中国古典文学功力很是强大。蒲松龄的聊斋当然如是，有时短短几个字，便已情境毕现，然后在情境里把故事放进去。超现实的故事越是出离常规当然越是吸引人。不知为何，我对神异故事一直很偏好。这本《炼金术士及其他鬼故事》的作者M.R.詹姆斯，在他的一本鬼故事的序言中说得明白："每个人对超自然话题都有种天生的热爱。"

詹姆斯出生于1862年的英国，被誉为"最伟大的超现实主义小说大师"。偏偏写出这一篇篇鬼故事的詹姆斯又是个大学教授，是中世纪手稿及早期基督教领域杰出的学者。看上去，严谨的科学研究与超自然的鬼故事似乎很是矛盾。但詹姆斯痴迷于中世纪手稿，并且骑自行车跑遍了当时法国存有的143座中世纪教堂中的141座，他说只有来自时间深处的鬼故事才更打动人。不知是怎样的发端触发了他对讲述鬼故事的爱好，但他的故事里依旧有老派英国学者的彬彬有礼，制造惊悚和暗黑时不荒诞，保持着平静压抑的节奏。书里遍布教堂、老宅邸。事情总发生在黑夜，一应的是面目模糊的鬼魅，唯一让读者近距离看到的脸也是一张亚麻布的脸。望不到边际的海、树林，都在黑黑地涌动。

《炼金术士及其他鬼故事》里那篇名叫《铜版画》的故事给人印象深刻。

故事里的那个铜版画，画上是一个老旧的宅邸，前方是很大一片草坪。画面一直暗暗发生着变化，月光渐渐亮起，画框最低端出现了一个面向宅邸的很小的人头，之后，这个人在向宅邸行进，再之后，升起的月亮洒下一片亮白，让人惊心的是宅邸最低一层的一扇窗户打开了，那个草坪上的身影不见了。楼上一定会发生一些什么事情，然后，一个身影再次出现在草坪上，是个鬼魅，手里抱着某样东西。这篇小说里的故事讲述者及他的朋友们终于在一个相关的史书中查到了铜版画上的这个宅邸，是个中世纪的宅邸，宅邸家族的最后一个继承人在1802年神秘失踪，他父亲是一个业余铜版画作者，在其子失踪的第三年，人们发现他死于宅邸，并且刚刚完成了一幅铜版画，就是故事中的这个铜版画。

詹姆斯把每个故事都讲得非常浑圆、真实，故事行进中处处放进貌似确凿的文献证据，故事外的他俨然就是个一丝不苟的学者。

和《聊斋志异》一样，不得不佩服詹姆斯无中生有的能力，比如一到深夜便忽然多出一个房间的《十三号房间》、房间里发生的匪夷所思的事情。比起书里别的故事，《校园怪谈》让人想起儿时喜好鬼故事的情形，显得比较明亮，但也是冷冷的亮白，好像滤尽了别的色彩。

那么这些故事的意义呢？总有人从故事里抽出身来这样刨根问底一下。有文以载道的传统，蒲松龄总喜欢在故事最后给读者讲一些道理。詹姆斯却不想教化呀什么的，他自己也说了，"这些故事本身没有什么高尚的追求。如果其中任何一篇让读者夜晚走在孤寂的路上时，或者在后半夜坐在行将熄灭的炉火边时，感受到一些愉悦的不舒适，那我写作它们的目的便已达到了。"

再回到这本书的首篇上来。这一篇题目叫《埃尔伯利克的剪贴册》，读完这篇故事后，我不由得凭着感觉，找出博尔赫斯的《沙之书》来读。其实两个小说的题目已经显出文字本质的迥然不同，但我还是觉得这样比较一下挺有趣的。

都是关于一本书的事情，而且都有着超现实的内容。詹姆斯讲的是，故事的主人公远到一个破落的小镇（其中有作者自传的成分，詹姆斯喜欢把故事放在他的经历之中，这让这些故事看起来更加可信），到一个中世纪教堂考察，考察时，陪伴他的是神情和动作都非常怪异的教堂管理人。"有趣的地方不在这个矮小、干瘦、皱缩的老人的外表上"，而在于"他鬼鬼祟祟，或者说惊恐、压抑的气质上。他老是回头张望，背上和肩膀上的肌肉似乎都因为这样持续的神经紧张而突起了"。

后来，教堂管理人给他看了一本存在家里的剪贴册。考古学家如获至宝，这本或许制作于十七世纪的巨大的布满插图的对开本书册精美绝伦。"请先生您翻到最后一页吧"，教堂管理人说。书册最后一页画着一幅画，画面仿佛取自《圣经》的场景，宝座上的所罗门王伸出威严的权杖，一脸厌嫌，他面前的四个士兵，围绕着一个蹲在地上的东西，那东西十分令人恐怖，过目难忘。但这些没有阻挡这位考古学家对这本书的痴狂，他购回这本书，将它带回住所，临睡前想再好好地独自享受一番，突然，书册上最后一页画面上那个叫人毛骨悚然的怪物出现了，他大叫一声昏厥过去。故事的结尾是，这本剪贴册后来藏于剑桥大学的某个图书馆。故事里的主人公在结束他的旅行之前，用相机拍下那幅画后，将那幅画的原作烧毁了。

博尔赫斯充满隐喻的《沙之书》更是神奇，一个陌生人到"我"的住处推销一本奇怪的书。陌生人说："仔细瞧瞧，以后再也看不到了。"因为这本书无穷无尽，没有首页也没有尾页。陌生人说："它叫沙之书，因为像沙一样，无始无终。"就一个生命而言，如果空间是无限的，它就存在于空间的任何一点，如果时间是无限的，它就存在于时间的任何一点。而这正是沙之书无穷无尽的根本。

"我从不向任何人出示这件宝贝。晚上我多半失眠，偶尔入睡就梦见那本书。"这本怪物一样的书，严重搅扰了"我"的生活，成了一切烦劳的根源。"我想把它付之一炬，但怕一本无限的书烧起来也无休无止。"

故事的结尾是，隐藏一片树叶的最好的地点是树林。"我"把那本沙之书偷偷放在图书馆一个阴暗的搁架上，竭力不记住放在了搁架的哪一层。"我"觉得心里踏实了点儿，以后连图书馆所在的那条街道都不去了。

两个表面上有些相似的故事，文本出现的时间，后者隔了前者大约多半个世纪。那么，如果我是《沙之书》中的"我"，《沙之书》也是一本夜书。

想起儿时，那么迷恋鬼怪故事。大约总有这样一个人生阶段，初到世上没有多久，世间万物那么陌生，无论真实还是虚构，都一样引人入胜。恰恰某些暗黑故事更能勾起窥探的欲望。常常是几个人约好，偏又是在晚上，不能离太远，大家把头攒到一起，开始讲鬼故事。来路去路都是黑夜，世界无尽地幽深，到处都是影子，风和月光更是帮凶，惴惴地走，满眼都是怕，怕别的事物的影子，也怕匍匐在前面和悄无声息跟在身后忽短忽长自己的影子。

原载《广州文艺》2018年第10期

水边的智者：重读《道德经》

李汉荣

水边的智者

老子是在水边沉思、吟哦的智者，老子的智慧，也可以说是水的智慧。他那时，世界还没有被垃圾和文化污染，大地与天空都很清洁，天下的流水都是清澈如镜，人的灵性和智慧，也都清澈如镜。他坐于水边，以天真看天真，就看见了生命的本体；以清澈看清澈，就看见了宇宙的究竟；用镜子照镜子，就照见了存在的真理。

不仅老子，孔子、庄子、孟子、王羲之、张载、王阳明等古圣先贤，都是从清澈、浩渺的春水秋波里获得启迪、得了大道，我国几千年的诗性文化，正是得益于遍地清流的灌溉，才氤氲出那样悠远、空灵的意境。我国古典文化是水的文化，我国古典智慧是水的智慧。若是没有那样的好水，中国文化会是另一个样子。

如今的我们，到哪里找那好水呢？而没了好水，我们还能创造出有着清澈美感、高深意境的文化吗？我很怀疑。

比如我吧，我总想着随时随地能"临清流以洗心，对碧潭而静思"，但是，如今哪里有清流、碧潭呢？好不容易找到一个勉强还有点涟漪的水洼或河沟，但是，你蹲下来看了好久，既看不见"日月之行，若出其中；星汉灿烂，若出其里"，也看不到"落霞与孤鹜齐飞，秋水共长天一色"，也看不到"在水一方"的伊人，也看不到"可惜一溪风月，莫教踏碎琼瑶"的月华流水，你多么希望随时面对那能够洗耳洗心的一泓好水啊，那样的好水是能够润灵府、养慧根、开天眼的。你耐着性子坐下来，在这很不好的水边，将就着，继续等，继续看，因为你知道家里的水龙头和洗脸盆里，是无法看见"乾坤日夜浮"和"江清月近人"的，这里好歹还算是一条河嘛。结果呢，看了许久，别的没看到，却看见浑浊难闻的水里浮出塑料、破鞋、死鸟的遗体，以及层出不穷的污物残渣，而那边，从隐蔽的秘密管道里溜出来的工业，正气咻咻地，向这条曾灌溉了《诗经》，后来又为唐诗润过色、为宋词押过韵的河流，大口大口吐着唾沫和脏话。你只好捂着鼻子，叹息着，转身，走进一本古书，追着公元前老子的背影，向他老人家打听：亲爱的先生，你那时的上善若水、无边清流、遍地涌泉，都到哪去了呢？

我常常想，老子能在公元前那苍茫天空下，不拉帮结伙凑个什么团队，也不申请套取什么课题研究经费，也不为加入什么协会弄个啥子主席、理事，更不为争夺什么大奖，他老人家纯粹就为穷宇宙之理，解生命之惑，独自坐于幽谷山涧，行于河边泽畔，一心一意，全神贯注，仰观俯察，静思默悟，终于，他窥见了深不可测、高不可问的"天道"和"玄机"。

仅靠个体之沉思，一人之智慧，悟得了那样高深博大的真理，影响人类数千年而至今依然光华四射，此中有什么奥秘？

只有清澈的心灵，才能发现真理和智慧

我们可以想象，老子的那颗心，是多么的清澈，多么的纯真，又是多么的深邃。当心灵不带任何杂念和杂质，清澈到透亮的时候，心灵才可能完全澄明，完全敞开，达到表里俱清澈，肝胆皆冰雪的赤子状态。而单纯到极致就是

丰富，透明到极致就是幽深。这时候，心灵就像清澈的秋水，心灵不仅显现出心灵自身的秘密，也映照出整个宇宙的倒影和幻象。这时候，人不是用肉眼和俗眼，而是用心灵的眼睛，用宇宙赐予人的那双没有任何污染的"灵眼""法眼""慧眼""天眼"，去看，去打量，去发现。于是他看见了宇宙万象都在向他诉说，存在的深意都在向他默默呈现；整个宇宙，都在向他泄露那深不可测的"玄机"，和那高不可问的"天意"。于是，那未曾被领悟的真理，被一颗澄明的心蓦然领悟。无限的宇宙，在这一刻之后，就显得不仅可以被仰望，而且可以被人类高贵的心灵所认领。因为有人目击了天道和真理，这纷乱的人世，从今而后，就有可能按照"天道"的暗示，运行出它自己的秩序。老子出，天地清！是因为我们的老子，他有一颗清澈的心，他有一双赤子的眼啊。

只有这样明澈的心魂和明澈的眼睛，才可能邂逅智慧，看见天意，发现真理。

作为造山者、造矿者的老子和作为挖矿者、消费者的我们

我们在反观现代人的精神、道德和智慧境界的时候，难免要与古人尤其要与古圣先贤作比较，我们会得出人心不古的结论，甚至在情操和智慧方面，后人有不断矮化、俗化、实用化、浅陋化、扁平化的倾向。所以不断有人发问：在现代，真正能与古典的思想和精神巨人交相辉映，遥相呼应的现代心灵圣人、智慧巨人何以很难出现呢？

对此，我的理解是：远古时代是人类智慧和精神的开天辟地时代，类似于原始地球上的造山造海运动。那时，人群中的先知和天才，是第一批仰望星空、叩问天道、求索真理的人，他们怀着巨大的好奇与震惊，向苍茫宇宙敞开自己苍茫的内心，他们既是天真的小孩，同时又是无比真诚的对天发问的大智大哲，"精诚所至，金玉为开"，苍茫的人心和苍茫的宇宙之心相遇了，彼此互相惊讶、互相辨认、互相首肯、互相交融，于是弥漫于天地间的真理的巨流，与人的心魂贯通了，于是，那"天意从来高难问"的天意，被那些赤子之

心顿悟并认领了。

有人说，人类有史以来经历了三个时代：巫术时代（即远古神话、传说、占卜的时代），艺术时代（即中古和近古注重诗歌、审美、情操的漫长农耕文明的时代），技术时代（即近现代膜拜科技、消费、娱乐的去魅，渎神和非诗的时代）。

可以看出，在这三个阶段里，人类越来越远地离开宇宙和精神的本源，越来越近地趋向自身的福祉和物化的文明。一方面是人类福祉的增加和文明的进化，另一方面是人与神性的日渐远离和由此导致的人的精神创造力和想象力的退化。

而那些光照千古的心灵圣人和智慧巨人，大多都诞生在巫术时代（即神的时代）的后期，他们身上有着崇高的神性，又怀着对生命和宇宙之谜的绝对的虔诚和无与伦比的热忱，所以他们才能像盘古开天辟地那样，发现了天道和人心的奥秘，开辟了真理的星空，继而开启了诗歌、审美、情操的广阔天地，将人类带进文明的征程。

这也就是德国大哲学家雅斯贝尔斯指出的人类精神史上的"轴心时代"——大致在公元前六世纪到一世纪，人类各宗教、各哲学中的伟大先驱几乎全部同时出现，西方的柏拉图、亚里士多德，东方的释迦牟尼、老子、孔子、庄子等等，他们开创的思想和哲学，至今仍然烛照着人类社会。雅斯贝尔斯认为，我们今天仍然处在轴心时代的辐射范围。

回到前面的话题，何以现代不出心灵和智慧巨人呢？

有学者认为，古典社会是"信仰冲动力"占主导地位的社会，由信仰引导而产生了人的崇高的精神创造和心灵激情，而现代社会由资本引领，"经济冲动力"支配了所有人群和个人，对利益最大化的追求和对欲望的填充，几乎成了每一个人的日常事务和中心工作。"信仰冲动力"被科技和经济耗尽了能量，科技成了人们迷信的现代宗教，物质成了人们的精神图腾。文化却成了商业和消费的附着物，变成了没有灵魂和伟大关切的消费文化、娱乐文化、大众文化、快餐文化、泡沫文化。"工商业时代的琐碎平庸的现实主义文学、实用主义的哲学和科技理性割断了宗教信仰的超验纽带"，人们对宇宙万物不再有神秘感和神圣感，对生命的终极意义不再有追问的好奇和热情，"活着就好""活在当下"的活命哲学成了几乎为所有人奉行的普适性的最高哲学。在精神生活上，人们仅仅靠一些由传统文化的零星碎片勾兑炮制的所谓"心灵鸡汤"，来打点精神的匮乏，敷衍灵魂的饥渴。具有深邃心灵和终极关切的伟大哲学家、思想家、文学家几乎已经绝迹。

如果说，"轴心时代"是人类精神和智慧的造山造矿运动，大量的宝贵矿藏是在那开天辟地的时刻生成和蓄积的，那么，我们这些现代人，则只是吃矿者，我们享用着远古的矿藏和先人的遗存，我们享用着他们留下的智慧的煤炭、精神的天然气和心灵的页岩层。古人是创造者，是造山者造矿者，我们只是消费者；而我们时代的那些勉强还算不错的所谓思想家、哲学家，也顶多只能算是找矿者、挖矿者。由于他们也置身于这个没有信仰之神引领的技术和消费时代，在被科技笼罩的天空下和被经济学主宰的世界上，他们也很难有真正的原创的智慧发现和精神创造，他们的许多似乎不错的著述和言说，也只是对古圣先贤伟大学说的转述、阐释和解读。

伟大的老子，就是轴心时代的智慧巨星，是人类精神世界的伟大造山者和造矿者。

生存空间、人口密度与智慧高度

我曾在一篇文章里写道："如果我们老老实实化验自己的灵魂，会发现置身人群的时候，灵魂的透明度较低、精神含量较低，而欲望的成分较高，征服的冲动较高，生存的算计较多。一颗神性的灵魂，超越的灵魂，智慧的灵魂，丰富而高远的灵魂，不大容易在人群里挤压、发酵出来。在人堆里能挤兑出聪明和狡猾，很难提炼出真正的智慧。我们会发现，在人口密度高的地方，多的是小聪明，绝少大智慧。在人群之外，我们还需要一种高度，一种空旷，一种虚静，去与天地对话，与万物对话，与永恒对话。伟大的灵魂、伟大的精神创造就是这样产生的。"

后来我读到一本书，里面讲到一位法国历史学家布罗代尔做的研究，他说："人类历史上，文化创造最快、境界最高、最灿烂的时候，人口密度是每平方公里三十个人"。每平方公里住三十个人，每个人的生存空间很宽阔，一点也不拥挤，基本的生存供给也很充足，人的视野辽阔，心胸宽广，人与人比较亲善，较少竞争、算计和摩擦，他就有可能把心智投入到对生命、万物和宇宙的深度追问，沉思之中，从而有深刻的发现和精神的创造。

而现代人的生存空间越来越拥挤和狭窄，可供支配的资源也越来越少，有的地方一个小小县城就拥挤着十几万人，每平方公里人口密度达一万人以上，这几乎与蚂蚁窝的拥挤程度相类似了。在这样窄逼的生存环境里，人们不得不把心智主要投入到生存竞争和劳碌之中，哪会有真正的哲学沉思和超验冥想？流行的所谓成功学和励志学，无非是一些指导人们如何在蚂蚁窝里寻找生存出路的技巧和方法，说到底还是人口太多、空间太窄、生存太难逼出的谋生之术，与真正的生命智慧和心灵觉悟则毫无关系。

许多本来从事精神创造的人也丧失了精神本身的内在驱动，而谋取名利倒成了他们从事所谓精神活动的真实目的，这实际上是一种与真正的精神创造南辕北辙的反精神活动，怀着谋利动机而制造的所谓"精神产品"，能有多少精神含量，可想而知。

连精神活动都成了丧失了精神内核的谋利行为，更不用提别的行当，那就更是无利不起早的商业行为。在功利主义、消费主义主导的文化里，现代人已经很少有虔诚追求真理、探索奥秘的纯粹精神活动，无论干什么事，都伴随着投入与产出的功利算计。

这既与现代人丧失精神信仰有关，也与人口密度太大，生存竞争激烈有关，导致人们无暇顾及心灵的扩展和精神的升华，遑论生命的超越和智慧的创造。

从这个意义上讲，我们每个人所置身的拥挤狭窄的生存空间，它所呈现的真相是什么呢？若撕去那一层薄薄的貌似温情的面纱，它主要还是一个市场、商业场、生存场、利益场、竞争场，不能说其间没有一点精神元素，但精神元素不多，层次也不高。人们在被污染了的自然界的大气层之下呼吸着稀薄的氧气用以维持生存，心灵的天空也变得低矮而黯淡，已经丧失了更为广袤的心灵晴空和精神的大气层，我们主要是与周围的鸡毛蒜皮和狭隘的利益关联物构成的生存雾霾进行生理层面、生存层面和利益层面的浅呼吸和小呼吸，我们很少与那个无穷的精神大气层建立深刻的联系并时时进行心灵的深呼吸和大呼吸。我们心灵的吞吐量越来越弱越来越小。

仅仅为了在人堆里折腾、挣扎得像个人，就耗尽了我们一生的时光；仅仅为了安顿好这一百来斤的身体，我们丧失了无限的心灵宇宙

我们可以想象，前述的那个精神巨人群星般涌现的轴心时代，那时候的人口密度人约就是每平方公里三十个人，这使得世上总有一些人沉迷于穷究天地之奥秘、为人类面对的终极问题去进行深刻的求索和思考成为可能。

那时候，天地苍茫，人烟稀少，宇宙清澈，星空浩瀚灿烂如神奇的葡萄园，等待好奇的孩子伸手采摘。于是，西边的柏拉图、亚里士多德们去采摘了，东边的释迦牟尼、老子们去采摘了，接着，孔子去采摘了，屈原去采摘了。

相比于我们置身的这个市场、商业场、生存场、利益场、竞争场，老子置身的是什么场呢？

老子的身、心、灵是置于苍茫神秘的宇宙大气场里，那是一个无边无界的生命场、精神场、性灵场，可谓"真气弥漫，万象在旁"。他的心灵通透、精微而高远，有着无限量的广博和深邃，他精骛八极，神游万方，他心灵的规模和宇宙的规模达到了对称和互映，宇宙有多旷远有多丰富有多幽深，他的心灵

就有多旷远多丰富多幽深。因此，他的所观所感所思所悟，就达到了与宇宙对等的幽深、精妙和广袤。

假若老子活在当下，他要在人堆里奋斗、折腾和挣扎，他要为职称谋、为位子谋、为房子谋、为车子谋、为孩子谋，他要考虑市场的需求和受众的口味去写作畅销书赚钱，他要上电视讲坛，不得不为迎合收视率做媚俗或媚雅的煽情讲演，等等，等等。虽然，"道可道，非常道"，然而，没人爱听那"常道"（即永恒之道），那就不想、不写也不讲那个不赚钱的"常道"，那就想那出人头地之道，写那升官发财之道，讲那赢者通吃之道——这下完了，求道之赤子沦为谋利之人精，真理之恒星沦为功利之流星，老子死，天地暗，众生迷。

好在，老子活在天地敞开、群星飞升的轴心时代，那个时代生成了老子，老子也照亮了那个时代，并注定要照亮无数个时代。

于是，在苍穹之下，大野之上，清流之畔，一个响彻千古的声音徐徐升起："道可道，非常道......"

老子的无为哲学与宇宙本体

老子推崇"致虚极，守静笃"的精神修为，主张无为而治，无论个体的修养或国家的治理，都以虚静之心涵容之，以无为之道对待之。他感悟到宇宙乃是无边无际的"动"的过程，即：宇宙乃是一个"无穷动"。但宇宙并不是为了一个设定的目的而动，宇宙没有功利之心，宇宙的动是无欲、无名、无为、无功的"无目的、无功利之动"，宇宙的动是无所图的纯粹的神性运动。正因为宇宙无所图、无功利之心，宇宙才创造了这个被叫作宇宙的伟大作品，它壮丽无比、恢宏无比、神奇无比，人无法穷尽，神也无法解读，它的存在完全可以说是超越了人的智力和想象力，也超越了神的智力和想象力，达到了令人神共惊的程度，可以说宇宙就是以具象呈现的最高的虚构之物，也是以可辨认的物质材料造成的最不可思议的最大的形而上的精神现象。这就是老子所说的无为而无不为，无功利而成就大功利。

那么，小小生物，包括人这种生物所图所求的那点所谓"功利"，对他（它）自身的微观生存可能是必要的，但在宇宙眼里，那点所谓功利，即便是改朝换代、帝王登基等等不可一世的大功业、大功利，其实都是完全可以忽略不计的，对宇宙而言是根本不存在的。因此，过分执着于一己之私，过分膨胀功利之心，以至在自然面前逞强使狠，在同类面前斗智斗力，从自然的眼光看来，这就是反自然、反宇宙、反天道的"盲动"。再者，宇宙虽是个"无穷动"，但"风暴的中心往往是极度的宁静"，就是说，看起来天地宇宙在不停地动，无以计数的运动着的风暴构成了宇宙的壮阔海洋，但支配运动的中轴或中心却是静谧的。大动者，却有一个寂静的、岿然不动的灵魂。这正是：大象无形，大音希声，大动不动，大为不为。所以老子主张顺乎自然，以无为之心，参与宇宙的无为之动。即使有所动，有所为，也不能揣一颗争强好胜、挑战自然、祸害生灵的小人之心去乱动妄为，这就必然会伤天道，逆天理，损天物。人，不应该逆天而动、背道而驰、损物求利，而应该顺天而动、合道而行、惜物护生。这样，人，才是协同宇宙、增益大地的一种正面能量，反之，则是自然界的一种负面的、破坏性的病毒和能量。

老子智慧与人生的最高境界

哲学家冯友兰指出，人生有四种境界，即自然境界、功利境界、道德境界和天地境界。"一个人做事，可能只是顺着他的本能或其社会的风俗习惯。就像小孩和原始人那样，他做他所做的事，然而并无觉解，或不甚觉解。这样，他所做的事，对于他有意义，或很少意义。他的人生境界，就是'自然境界'。一个人可能意识到他自己，为自己而做各种事。这并不意味着他必然是不道德的人。他可以做些事，其后果有利于他人，其动机则是利己的。所以他所做的各种事，对于他，有功利的意义。他的人生境界，就是我所说的'功利境界'。还有的人，可能了解到社会的存在，他是社会的一员。这个社会是一个整体，他是这个整体的一部分。有这种觉解，他就为社会的利益做各种事，或如儒家所说，他做事是为了'正其义不谋其利'。他真正是有道德的人，他所做的都是符合严格的道德意义的道德行为。所以他的人生境界，是我所说的'道德境界'。最后，一个人可能了解到超乎社会整体之上，还有一个更大的整体，即宇宙。有这种觉解，他就为宇宙的利益而做各种事。他了解他所做的事的意义，自觉他正在做他所做的事。这种觉解为他构成了最高的人生境界，就是我所说的'天地境界'。"

"这四种人生境界之中，自然境界、功利境界的人，是人现在就是的人；道德境界、天地境界的人，是人应该成为的人。前两者是自然的产物，后两者是精神的创造。自然境界最低，往上是功利境界，再往上是道德境界，最后是天地境界。它们之所以如此，是由于自然境界，几乎不需要觉解；功利境界、道德境界，需要较多的觉解；天地境界则需要最多的觉解。道德境界有道德价值，天地境界有超道德价值。"

冯先生体认的作为人生最高境界的天地境界，与老子的哲学境界是完全一致的。"静胜躁，寒胜热。清静为天下正。"老子哲学是要人放弃伪恶之心、"躁""热"之心，而修养正大之心和清静之心，放弃妄为乱为而走向无为之为，最终达至"天人合一"的大境界。即尊重自然、尊敬天道，以一颗清虚、静笃、坦荡、正宁之心，以一颗不带任何杂质和杂念的澄澈、谦卑、纯良之心，为天地工作，为众生操劳，为永恒服役，达到与天地之大道合一的至高境界。

老子之眼，大而言之，是天之眼、海之眼，他看见了生命和宇宙的真相和真理；小而言之，是泉之眼、露之眼，他看见了寸心里藏纳着天地大道，也窥见了至大无外的苍穹里的微妙声息。

原载《散文》2018年第3期

下雪了，我就回来

帕蒂古丽

　　我对大梁坡说，下雪了，我就回来。似乎大梁坡冬天的雪，能够为我积蓄生命能量，似乎雪下得有多厚，我的能量就有多足。没等下雪我就回到了大梁坡，固执地等着跟村里的人一起迎接今年第一场雪。也许是故乡疼顾我，怕我冻着，进了十二月还不肯下雪。

　　天不亮，窗纱上隐隐约约有一层白色的碎花在飘动，我担心自己又在做梦。我总是梦见下雪了，一次次拉开窗帘，一次次失望过后，再梦见下雪，总是忐忑犹豫，不敢拉开窗帘。

　　我裹上围巾和棉衣，拉开门，地上白蒙蒙的，空气里有股雪花的寒香。下意识地蹲下去摸了一把地，湿冷的沙子和雪混合在一起的粗硬颗粒感，这是古尔班通古特沙漠边缘雪的质感。一直等待的雪，趁着我睡着，悄悄落满了我的院子，我的房顶，我的老河坝，我的大梁坡。

　　我跑出院门，在村道上飞奔，去看雪中的村庄。彻骨的寒冷，会让人调动身上所有的热能去应对，仿佛漫长的冬季背后有一种彻骨的力量在支撑着，奔走在大梁坡的雪地上，脚步总是那么有力。

一、雪变成满天的鸽子

天色在随着我的脚步渐渐亮起来，大雪中，我闻到了东北风吹过来的汽油味，接着看见东边阿哈提家的灯光。如果在过去，谁家一早要出门，一定先听见驴叫跟人声。起太早，驴嫌人吵醒了它的瞌睡跟人对抗的声音、人用道理驯服驴的声音绞合在一起，从风里滚过来，滚到醒来的人家院子里，这像是扔进东风里的声音包裹，你用耳朵打开就可以了解东边院子里发生了什么，你可以检查一下自己家的茶盐酱醋剩下多少，够不够坚持到下一次有人套驴车出门，决定自己是不是搭着谁家一早套好的毛驴车，去镇子里或者144团部、红旗农场买一点家里短缺的东西。现在阿哈提没有了驴，有家用小汽车了，给汽车加油的味道传过来，你根本无法判断他今天要去哪里。因为汽车一天可以跑很远，跑到乌鲁木齐、奎屯、独山子、克拉玛依再回来。人的耳朵和鼻子判断能力，没有毛驴车时代那么管用了，狗的判断能力也没有过去管用了，追着铲车、拖拉机、拾棉机死咬，惹人笑话。好在狗的嗅觉还是那么发达，能闻到村子里谁家宰羊宰牛，也仍然能闻到生人的气味，拽住裤腿不让动弹，弄得想在大梁坡顺手牵羊的人红着脖子根离开。

泽乃提罕窗户的灯一闪一闪，似乎是开了电视，她是个倔强的孤老婆子。夏天我去看过她，送她两块做裙子的布料，她怀疑我给其他女人一块，给了她两块，是不是认为她穷，考虑要把一块退还给我，好保全自尊，尽管很不富有，她还是想活得体体面面。

阿哈提的小汽车朝西边开走了，没有人知道大雪天他要去哪里。泽乃提罕在这个村里很少出门，孤身一人守在屋子里，守着大梁坡。她的电视屏幕黑明都亮着，她的眼睛除了用来看电视，就是用来看大梁坡。她死之前不会离开大梁坡，死了也不离开，她拜托邻居，如果她先走了，就让邻居把她埋了，如果邻居先走了，她让邻居的家人把她埋了。她在黎明的黑暗里一闪一闪的窗户，其实比电视屏幕大不了多少，她的世界也就一个电视屏幕加一个窗户那么大。

她很知足，在她眼里，大梁坡前面带着个"大"字，证明这是个大地方，而且是个可以完全交托自己生前身后事的大地方。

阿哈提家的灯黑了以后，图拉訇家的灯亮了两间屋子，估计是他妻子收拾着要去镇里食堂打工。为了不让狗跟鸽子抢食，邻居图拉訇把家里的大白狗和一窝狗崽药死了。现在他家院子里没有了他呵斥狗的对象，本来走路都看着天的图拉訇，更加不用看地了，初冬地上完全没有了他要看的东西。他每天天不亮就站在门口的空地上，抬起头看天上的鸽子。有时候天上什么也没有，他也一动不动昂头看着天。图拉訇为了看天，从来不戴帽子，以免抬头的时候帽子掉下来耽误他看天，一到冬天他的耳轮总是黑红的，像是被严寒给烤焦了。

雪从天上扯下一道道白纱，我满身披着白纱往回走，看见图拉訇站又在门口习惯性地抬头看着天，大雪也没有网住他执拗的视线。我也学着像图拉訇昂起头看天，天上的雪变成满天的鸽子，向我飞过来。

二、消失的人物

冬天，大梁坡的人们都和我一样生炉子、做饭、扫地、洗衣服，除此之外，男人们忙着喝酒、挣钱、追女人，女人们忙着结婚、生孩子、办满月酒。我相信，他们还有我看不到的内心生活，比我看到的和搬到纸面上的更彻底。

傍晚，我喜欢坐在炕上看村庄，从窗户里远远地看过去，新添几朵的路灯围着种棉花的大坑耀眼地开着，村庄像一本打开的书。大梁坡的人物就适合住在村子里看，他们一旦进到了我的书里，从此就从我的现实世界里消失了，被我用薄薄的纸张埋在了书里，再也出不来了。

我在村里再见到我写过的某个人，会有一种悲哀，我不愿意承认这个人就是我写进书里的那个人。我写的喀里喀孜，有着帅气的外貌，夏天我在他家见到他时，他抱着孙子出来迎我，人已经老得找不到一丝过去的模样，蓬头乱发，胡子拉杂，他还用少年时候的那样热烈眼神看我，却没有了那时的单纯无邪，比我早年见到的他父亲还要衰老。如果夜里见到他，我一定认为是他父亲苍老的幽灵。

有时候，我后悔把大梁坡的人们写进我的书里，他们被我锁在陌生化的描述里，再看到现实中的他们，反倒让我生疑。在村委会门口碰到童年伙伴小石头，他见面跟我握了个手，这个成人化的举动，一下子让我向童年记忆里那个顽皮的小石头告别了。他和我的手握到一起的刹那，我就把他和笔下的那个小石头彻底断开了，把他和我的童年断开了，我只认识记忆里那个小石头，不认识眼前的这个人。我有一种犯罪感，仿佛我把他俩其中的一个杀死在了我的文字里。文字是我给童年记忆修建了牢狱，进入我文字里的都成为我的囚徒，他们被我判了无期徒刑，一辈子不得离开我为他们铸造的牢笼。

清早，打开手机，锁屏图是一只艳红的沙发，旁边的矮柜上摆着三个银子的烛台。我这间屋里没有沙发，只有几只高低不一的旧木凳，是用来踩脚上炕的。我端坐在土炕上的炕桌前打字，屋子里没有通网络，我感觉被这个村子扔在了尾巴根上。隔了三十多年后回来，村子里总有一些东西，是我无法追赶上的。

我出了门，朝尚在熟睡中的白蒙蒙的村庄走去，想乘着早上村庄还没有苏醒过来，一个人安静地走走，复活一些过去的记忆。空气中有股干草的甜香，仔细闻，有种淡淡的草药味道，可能是艾蒿上下了雪，被晨曦一照有股艾香。村子四周房子顶上落着雪，有一种威严感，仿佛一个城堡，联合起来护卫着什么，一副提防着谁的架势。

一个人偷偷走过村子最东头，就像小时候边走路边捡柴火和牛粪那样，我躬下身在路口捡了一段谁家丢弃的拴过羊的麻绳，我抖掉绳子上的雪，绳子一股羊臊味，已经被拉扯成了一团乱麻。我多年没有看到过麻绳了，城市里的麻都在用来做衣料了，只有在农村，麻才被拧成拴牲口的绳子。哈萨克邻居玛泰出来倒尿盆，撞见我匆匆招呼了一声，急忙隐到白刺墙后面去了。

我绕到哈斯木的旧房子门前，哈斯木家的那棵树还是老样子，我记得本来是两棵，不知什么时候少了一棵。哈斯木家门前的大坑是不是原来那个，我有点记不清了，拼命回忆，也想不起来这个位置曾经是什么，是亚森家的后窗？亚森每天等我从学校回来，经过他家后窗时，用左手的食指和拇指圈成一个圈，再让右手的食指不断从左手的圈里穿进穿出，那是一个在大梁坡小孩子都懂的动作。

我沉浸在那个带给我早期启蒙动作的回味里，突然有人打开哈斯木家旧房子的门出来，把我恢复的旧时记忆撞开了一道口子。道莱提罕大婶要生炉子烧火了，在院子里取柴火、铲煤，她朝大坑这边伸长了脖子，我赶紧背过脸往回走，生怕她奇怪我大清早站在大坑边上发呆，幸好大坑里积着的是雪，不是水，不然我恐怕像个要投水自尽的人。我绕回到原来的路上，把一串串可疑的脚印留在了雪地上。

清早不赶羊、不赶牛，一个人在村路上空着趟逛游，总有点形迹可疑，我有点忌惮拖着的那团麻绳。我穿着大棉袄、扎着布围巾、穿着棉拖鞋的样子，很可能像个贼，平时见了我老远就摇尾巴的阿哈提家的狗，一个劲地冲着我狂吠。人们睡着的时候，把村庄交给了狗，清早大梁坡的狗知道人们起得晚，仍然尽职尽责看管着整个村子。我只想去散散步，偷窥一眼苏醒前的村庄，没想到要乘机拿什么东西，走了一圈，无意间竟提了一段没用的麻绳回来。麻绳潜意识里似乎跟线索这样的字眼有关系，我是想寻找一些记忆的线索罢了。这根记忆线索可真的够粗够长，断断续续，纵横交错，纠综绕结。

路边肉孜穷家的房子，夏天我来的时候，还有一些残墙，现在被推土机推成了一堆土，像一个坟墓的样子，本来看家护院的高高大大的白刺，如今戳在土堆上不肯倒下，它还不知道，主人早已经不在了，不需要它了，这傻傻的植物，多少年过去了，仍然倔呼呼地挺在废墟的积雪上。

天色亮了，空气飘散着牲牛羊反刍了一夜的草料的气息。我回到炕桌前，开始反刍清早在村里偷窥的一切。我用笔将好几个熟悉的人物，从现实中拉进我文字的牢狱里。对于大梁坡，我不仅是个文学小偷，可能罪行比这要严重得多，不知道被我关进书里的那些大梁坡人，会不会宽恕我。

三、父亲的车架子

父亲的车架子，是由榆木做骨架支撑起来的。这个车架子使光了大黑驴的力气，使光了父亲的力气，也使光了它自己的力气，跟父亲一起躺下了。父亲躺进了墓地，他的车架子现在躺回了房子西北角，那是父亲过去最喜欢躺在车架子上睡午觉的位置。夏季在自然风吹拂下，父亲把车架子当成他的木床，土墙的阴影长长地伸过来，像一块灰色的毛巾被一样盖在父亲身上。

穷困的年月，驴车是父亲载着我们渡苦海的方舟，承载过我们全家七口人的生活，它拉过庄稼的种子，地里的收成，过冬的煤、柴火、白菜、土豆、大葱，有一年夏秋之交，还拉过半车苹果。

那个正午，父亲把车赶到柳毛湾，卸了车让毛驴休息，我跟父亲坐在车架子上，等着看苹果园子的人来开门。我们等了很久，父亲心情很好，坐在车架子上卷莫合烟，眼睛时不时地瞟一眼路口。父亲似乎很有把握，看园子的人会从那边路口走过来。

我问了父亲好几遍："看园子的人什么时候来啊？"

"看园子的人吃午饭去了，吃完饭就会来开门。"父亲等得很耐心。

我想，看苹果园子的人，可能是这个世界上吃饭最慢的人，要么他没有牙，要么他是数着米粒吃饭的。

"爹爹，我猜你小时候也很喜欢吃苹果。"

"小时候喜欢吃，现在牙不好。"父亲龇了龇满口的金牙。

我怀疑父亲镶了金牙，就尝不出苹果的味道了，不过这没关系，我吃了以后可以告诉他。想到吃苹果，我咽了口涎水。

其实我没记住那天有没有等到苹果园子开门，也没记住有没有吃到苹果，只记住了跟父亲坐在车架子上抽着莫合烟乘阴凉，我闻着太阳晒出路边树叶甘涩的香气和风中的苹果味，听父亲说话。他一说话，下巴上的胡茬就在树叶漏下来的光斑里一闪一闪。那胡子是早上新剃过的，从父亲脸上薄薄的一层皮里，探出一层断了的钢针一样的青茬子。父亲什么都可以瞒，剃胡子他没法瞒着我。家里只有一面穿衣镜，就挂在里屋，那镜子是我和他一起坐着毛驴车，从144团团部商店买来的，上半边画着天安门，下半边写着"战无不胜的毛泽东思想万岁万岁万万岁"。父亲对着没有画和字的镜子两边，左顾右看地剃胡子，我就知道这天必然有好事情，无论如何都得跟定他，不能让他偷偷把我给甩了。

给父亲送埋的那一天，从路上赶来的我看到他的胡子没有剃，他似乎下意识地担心自己剃了胡子，家里就会有人一直跟着他。一辈子唯独这一次，他知道要防着我们了。父亲那天套上赶着那辆榆木做的驴车去医院看病，再也没有回来。他断气的时候，我在千里之外的噩梦里挣扎。

父亲去世以后，我们谁都不敢轻易去碰那个车架子，仿佛那是他的骨架。在老房子的地基上造好了新房子后，还是让它躺回原地。有时候见它淋在雨里，想用塑料盖起来，转而想想，塑料不是白的就是黑的，也就让它那么淋着。晴天，太阳在东南边的时候，它在西墙根的阴凉里，让我想起跟父亲等苹果园子开门的那个正午。太阳转到了西面，它就在太阳下晒着，就像那次跟父亲去野地里挖柴火，中午累了，周围没有阴凉，父亲晒着大太阳，倒头睡在车架子上打呼噜，我守在父亲挖好的柴火旁，时间仿佛停止了，只有戈壁滩上的流沙在流，旋风在旋。

父亲在戈壁滩上的那个午觉睡得可真够长的，比等待那个开苹果园子门的人时间还长，似乎永远也等不到他醒过来。没想到，有一天父亲真的会以这样的方式离开我，一觉睡到再也不起来。现在想想，戈壁滩上父亲睡在车架子上那次，还有坐在车架子上等苹果园子开门那次，比起他现在睡在墓地里，是多么短暂的时光。

现在，父亲的车架子躺在他喜欢睡觉的位置，上面盖着厚厚一层雪，像父亲盖了一床白色的被子躺在那里一动不动。

四、彩虹发辫

我家窗户根下的大坑斜对面，土坡上被一团芦苇和树木围着的，是古丽尼莎家的老房子，芦苇摇晃着沉甸甸、毛茸茸的缨子，像一群黄头发的孩子在风里奔跑。每次我有干不了的泥巴活儿，对着大坑那边喊一声，古丽尼莎应声就到了。她飞奔过来，那天，替我用河坝边的淤泥墁好了裂缝的火墙，把柴草和枯树枝折断，放进煤炉，忙着点火。

我在一屋子的柴草烟火气里感叹："我终于回到大梁坡了。"

"理所当然要回来，这是你和父母唯一一起生活过的地方。"她忙着往炉子里燃烧起来的柴火上添上碎煤。

世界那么大，只有这片土地上，才会浮现找父母的影子，那影子是我看熟了的他们劳作或劳作回来，在屋子里像我现在一样烧炉子加煤，在院子里喂牛饮驴，喂羊喂鸡的身影。

我站在院子里梳头，问古丽尼莎，还记不记得小时候揪着小辫对着彩虹说"我的头发快点长，长得像彩虹那么粗那么长！"

古丽尼莎神秘地笑了，"这是我奶奶告诉我的，她说这样头发一夜之间，就会长得像彩虹那么粗那么长。"

她拉开掩在头巾下的两根长辫子，"很久没有玩'彩虹发辫'的游戏，头发明显地稀少了。"

"我的头发都少了一半。"我捏起薄薄的头发给她看。

"我们再试一试那个游戏，说不定还灵。"她像小时候那样，大眼睛里闪着央求的目光注视着我。

古丽尼莎帮我梳了两根辫子，"辫了头发不会再被野风吹散，也不会被大风拔走。"我看到自己地上的影子，瘦瘦小小的，仿佛回到了童年。

古丽尼莎收起梳子上缠绕着的头发，"掉了的头发埋在家门口的树根下面，这样你的头发就会像树一样越长越密实。拾不回来的那些头发没有了根，就再不会长了。"

我一根根捡拾起地上的头发，跟梳子上的头发合起来，绕成一小团，突然想起几十年来散落在南方的头发，那些没有了根的头发永远不再长了。我把那一小团头发埋在李子树下，古丽尼莎又在土上面浇了一桶井水，李子树密实的根，紧紧抓住土不放。

尽管天上没有彩虹，我心里有个稚嫩的声音在说："我的头发快点长，长得像天上的彩虹那么粗那么长！"

真想跟古丽尼莎一起，再回到那条童年的彩虹下，向着天空乞求，赐我满头发辫，像天上的彩虹一样。

五、火热的炕

我们家橡皮红的新房子，是旧房子的废墟垫底盖起来的，整栋房子向南都是窗户，看过去像一列火车。去年夏天回来，我特意挑选了朝南的卧室，这样拉开窗帘能看到河坝和南山。从老房子靠南的窗户望出去，结冰的河坝像一条巨蟒，透着生猛的威力。冬天的雪最先灌进南窗，南窗上结着的冰凌化，在火炉里的火苗升起来的以后，最先融化。我们的眼睛都朝南长，向南一点就离太阳近一点。

今年冬天，我住在最东头有炕的屋里，早上睁开眼睛就能迎上太阳第一缕阳光。北方冬天的太阳只能给人看，不暖身子，取暖要生煤炉、烧火墙和炕。

盘炕用的是门前的土，散发着淡淡的尿味，像我很熟悉的小时候尿炕的味道。村里的羊毛，蘑菇湖水库的盐碱泥巴，地里的麦草，这几样东西混合在一起，几乎是把大梁坡有的东西都盘在了一面炕上。南山的煤烧开土井里的水，再搅拌进大梁坡牛奶，住在大梁坡上，大地上的味道齐备，这是我的山水、我的血脉，这就是我的生活、我的世界。

弟弟让人给炕周边钉了一圈带圆孔的金色瓷砖，说要给屋子勒个金腰带，我看着觉得好笑，像一圈蛀了洞的金牙。弟弟给红砖火墙围的一段白栅栏（目的是防烧热的火墙烫着人），跟一大圈"金蛀牙"合起来看，像父亲满嘴金牙中几颗没有镶金的白牙。我夸弟弟，这个大炕盘得把地下的老爹都能逗笑。

在大梁坡，传宗接代都是在炕上完成的。炕，很容易让人联想到繁衍。我看到过母亲跪在大炕上，从这头跪到那头，再从那头跪到这头，来回几次，就有一个弟弟或者妹妹，像熟透的西瓜一样滚到炕上。父母在炕上滚了一辈子，滚出了我们七个孩子，我们的身体都是在无遮无拦的大炕上滚大的。宽大、平坦、结实的炕连着地面，不动不摇。炕承受再大的压力也不会叫，除非塌下去。大梁坡一代又一代人，都是从炕上滚出来的，沾着泥、带着土，就像土豆从土里繁衍出来。

我躺在炕上，大梁坡的天空，时不时响起飞机的呼啸声，那声音，仿佛火炉里的火被火墙吮吸后，呼啸着进入炕洞的声音。飞机白天黑夜地在天上呼啸，我的火炉白天黑夜在地上呼啸。飞机划在天空的那道长长的白，一次次跟房顶烟囱里冒出的白烟连接起来。坐地日行八万里，我睡在土炕上做梦，梦到坐着土炕回到南方。

冬日的梦境里，他的手臂从后面搂住她的腰，把记忆中的那个她重温了一遍，像温习过去的爱情。她忐忑着，分辨不清这感觉究竟是好还是不好。他只是抚摸了一遍记忆，似乎抚摸能给她注入生命，然后他开始相信，曾经在照片上用目光抚摸了千百回的女子，这次是活生生地被自己搂着。

醒来的那个她，仍然被晾在大梁坡的土炕上。梦里的拥抱，让我想起煤、牛粪和土加在一起的那种燃烧物，不是煤炉跟炭火直接的爱情，掺了许多许多煤炭以外的东西。有时候我觉得，一个没睡在炕上体验过"灼热"的人，没法真正理解灼热的情爱，没生过炉火的男女，没法真正理解"火热"这个词的含义。我怀疑离开了炕以后的男人和女人，爱的能力和欲望也会渐渐退化，变得没有那么热烈了。

我把田野上、渠沟边干枯的树枝、树根拖回来，折成一小段一小段，把废弃的树根劈成巴掌大的木片，从田埂边拾回来一捧骆驼刺、半把蒿草，一层层放进炉膛里，用麦草和芦苇垫在最下面引火，一股柴草的烟气，熟悉得就像从父母身体上散发出来的气息。小时候，在炕上睡了一个冬天以后，家里的每个人，身上、头发上都散发着柴草的气息。

趴在炕上，热乎乎的炕像父母身体。北方的冬天，人是靠火生活的，火是冬天里的希望。在我渐渐长大的那些年月，一个个漫长的冬天里，火炉里的火从早到晚都是红红的，每一次生炉子烧炕的都是父亲。那时的每一个疙瘩煤、每一团火的温度，都是先从父亲手心里，传到炉子里火墙里炕里屋子里，传到我们身体里。那炉火至今暖着我们的血。

六、父亲的印记

一大早，东窗和南窗根的地裹在雾里，刚翻的泥土蒸腾着水汽，新撒的一层牛粪、羊粪上落着白霜。弟弟计划着明年春天，这边种菜，那边种花，再搭个长长的葡萄架。

我揶揄弟弟："这块地像是父亲刚刚犁过，等着他下种的样子。他最了解这块地，明年种啥，我们问问他吧。"

"这块地上的每一把土，父亲都用手捏遍了。"弟弟蹲下身子，捏了一把泥土。

新鲜的土在秋阳下摊开着，一言不发，仿佛默默地等候父亲发话。

"看到新翻的泥土，就觉得父亲还在，好像他的影子随时会出现在地头上。"

弟弟手一指说："他们正看着我们呢。父亲在那儿，母亲在那儿，那个我们没见过的姐姐也在那儿。"

弟弟指的是院子周围的三棵树，父亲是房后面蹲着的那棵老榆树，母亲是守在门前的李子树，那个出生没几天就殁了的姐姐，是老榆树后面的那棵小柳树，矮矮地立在我们从前上学的路口。

"应该给他们留个门，一年四季不去关上，应该在河坝边上搭一座桥，不然他们回来，会被河坝挡住，过不到家里。"

"我们六个长大后，朝着六个方向走散了，你看那六棵白杨树，就是在我们走远的年月被人伐掉的，幸好根子还在这里，只要根子在，就会回来。"弟弟指的是北边一圈伐掉杨树墩。

只要根子在，家园就在。只要村庄在，童年就在。只要土地在，父亲就在。冬天，在大梁坡，处处能看到父亲的印记。

我的脚白天在雪地里奔走，晚上伸在火墙根上取暖，脚后跟干裂蜕皮，脚上的皮肤像极了父亲。在大梁坡待久了，我终日干着父亲干过的活儿，父亲在我忙碌的身体里一点点复活，仿佛在我全身的皮肤下面隐藏包裹着，要从我的身体里长出来。

首先复活的是父亲的双手，指甲里藏着煤炭的灰，手指上套着一层洗不掉的黑，像戴了一层丝网手套。那双手长久地握持炉钩、火钳，渗进的铁锈和煤粉后跟手汗黏在一起，指纹掌纹里像是始终粘着黑色的印泥，手摸到哪里，哪里就会留下印有他指纹的印记，无论父亲亲昵的抚摸，还是他愤怒的巴掌落在脸上，都是他权力的印章，证明我们是他最疼爱的孩子。

父亲用汽油或柴油清洗手上的炭黑、铁锈，用拖拉机润滑油润滑他干裂的双手，仿佛他的双手是铁制的，他恨不得夜里睡觉前，将这铁制的零件拆卸下来，浸泡在柴油里保养，白天再组装在身体上使用，就像他的假牙，晚上泡在盐水里休息，白天安在他的嘴里吃东西。

继父亲的双手之后复活的，应该是父亲瘦削的脸，眉毛、睫毛上落着霜雪，随后是他矮小的身子。父亲活着的时候，身上年复一年积满了一层层黄土。最后掩埋了他的黄土，只是积得比他在地上的时候更厚一些。

七、墙上的风洞

咳嗽哮喘又开始轮番折磨依拉訇，他老伴大婶被风呛得没法呼吸，被风湿痛折腾得没法睡觉。他们对我不停地抱怨着，这都是他们搬进我们家的老房子后，那些风洞给害出来的病。

依拉訇家炕上放着氧气管，努热拉罕大婶被风呛得没法呼吸，动不动就得吸氧，她向每一个来她家的人不停地撒娇，七十岁女人剩下的唯一撒娇方式，就是告诉别人自己哪儿又痛了，示意人家关心关心她的身体。老化身体只有一直疼痛，才会不被忽视。

他们搬进我家老房子前，没有堵好墙根子上那些风洞，长年累月灌进来的风，在伤害完我父亲之后，又伤害了依拉訇的气管和他老伴的关节，钻进了依拉訇的肺和他老伴的骨头缝里游走作祟。依拉訇说，风把他的气管当成气管子，把他的胸腔和肺当成了风箱，从早到晚呼哧呼哧响个不停。

依拉訇想到了我父亲留给他的那句话："你不把墙洞收拾好，风就会来收拾你。"

依拉訇早晚会搬进我们家的房子，父亲殁之前就有预感。对依拉訇说上面那句话的时候，我父亲身体里已经扯开了风箱。他央求依拉訇和点泥巴，帮着把后墙根的风洞堵上，依拉訇看看父亲已经没了力气，需要靠他的力气堵那些风洞，就出了个大价钱，父亲摇着头，大口大口地咳嗽着，他被这几百块钱的要价给呛住了。

"我帮你把风洞收拾好，就能把你的咳嗽也带走，不把风洞收拾好，你就得和你的咳嗽在一起。想留着咳嗽，还是留着钱，您自己选择吧。"依拉訇以为用咳嗽威胁我父亲，我父亲就会被吓住。

"咳嗽是我养的狗，有咳嗽陪着我，晚上家里不敢进贼。这风洞也是宝贝，我留着，夏天吹个风，图个凉快。您走吧，依拉訇，风洞和咳嗽我先留着，你啥时后想要，我回头再转给你。"

依拉訇把我父亲和他的咳嗽晾在风里，头一扭走了。

我父亲殁了不到半年，依拉訇搬进了我家的老房子。

我父亲真的把他的咳嗽留给了依拉訇，依拉訇蹲在地上对着地墙根咳，扬起脖子对着房顶咳，咳得前仰后合，房顶的尘土被他的咳嗽声震得四处飞舞。

他对老伴嘀咕："当年依布拉音家的风洞我没帮着堵，那天他蹲在墙根用咳嗽声送我。哎，他一定料到，有一天我们也会吃这风洞的苦头。"

"当时你要是堵上就好了，咱们现在就不用被风欺负。"老伴腰疼得直不起来。

"依布拉音说过，我不收拾他的房子，风会来收拾我。自从我们住进他的房子，我一直在收拾过那些风洞，可是有什么用，风像是认识那些洞一样，堵上以后过不了多久，又从原先穿过的地方刮开了我们还是被风收拾。"

"等我们搬进来，风洞已经开得太大，堵不住了。"

一到冬天，风就开始折腾依拉訇老两口，袭击他们薄弱的关节、气管和肺，甚至侵入到心脏了。愧疚和懊悔让老两口常年失眠，风一刻不停地在他们的良心上穿孔打洞。

他们用棉花堵，风从棉花缝里钻进来，用破布堵，破布被风撕掉。他们用泥巴堵，老的墙皮不认新的泥巴，新墁上去的泥巴被旧墙皮挤得脱落，他们干脆铲了一大堆土，堆在墙根，土每天被风吹掉一些，被狗刨掉一些，被蚂蚁做窝，鸡叼走土里面的草籽和虫子，最后被老鼠、黄鼠狼洞穿。似乎满世界的东西都在跟他们作对，帮风把风洞重新打开，风的嘴对着他们不停地吹，他们怎么合也合不上。

依拉訇总是感觉，我父亲没忘记他们，一年四季都在用风洞里的风，问候他们一家的生活。

为了逃离我们家老房子的那些风洞，依拉訇盖了个结实的房子，把我们家的老房子拆了，抽走了檩子和椽子。这些檩子和椽子被上到了陌生的房顶，不愿意服服帖帖承担起别人家的重量，时不时地漏点土、漏点水，让依拉訇的咳嗽、哮喘和他老伴的关节炎、风湿痛加重。

住在新修的房子里，依拉訇和老伴还是感觉冷风像蛇吐着蛇信一样，从四面的墙洞里钻出来，风蛇的毒液已经浸入了他们的身体深处。

"依布拉音一定在怪我，怪我不帮他堵风洞，人搬走了，还要抽走他家老房子的这些木头。你看我们盖的这新房子的屋顶，总是往下面漏水、漏土，好端端的墙上就咧口子，感觉到处都在漏风。"

努热拉罕大婶，指着头顶说："那不怪依布拉音，幸亏依布拉音那间老房子里这些椽子、檩子，不然我们这房子盖不起来。"

依拉訇怀疑我父亲对风念了咒语。他们每次见到我就拉住我，给我诉苦，希望通过我让父亲收回他的咒语，不要再让风跟他们作对，收拾他们衰老的身体。

我说，我父亲都睡在土里了，总不可能趴在墙根子上帮着风刨土打洞。

自从他们跟我说了那些风洞的事情，风洞就打在我心里了。好像依拉訇和努热拉罕大婶的身子，变成了我父母在世时的身子。父母用衰老羸弱的身体，抵挡那些风洞的漫长冬夜，我在远方，睡在四壁结实严密的楼房里，梦里总有风雪漏进来。

如今父母躺进严实的黄土，坟墓里应该不会再有风，可我总担心那些老鼠、蜥蜴和蛇，他们依旧会把洞打进坟墓。我总担心坟墓的一角会漏风，就如同小时候，父母总担心我晚上睡觉被子没有盖严实。我一直没法堵上心里的那个风洞。

依拉訇把房子连同墙上风洞卖给了老邻居，就像当年哈斯木把我家的老房子买过去以后，转手卖给依拉訇。依拉訇又把老邻居晾在了风里，就像当年把我父亲晾在风里。依拉訇老了，已经没有力气堵上那些风洞了。

依拉訇两口子搬走了，带着他的咳嗽哮喘，带着老伴和她的风湿痛，搬到了镇里的女儿家，他们的女儿最终在父母活着的时候，让父母永远逃离了那些风洞。依拉訇的女儿把那股吹彻过父母们的寒冷留给了我，把愧疚和懊悔留给了我，把那些我没替父母抵挡的风洞植入了我的身体。在冬夜，那些吹彻过他们生命的风洞，在我的身体里不断地开合，仿佛天地的呼吸都变成了风，吹进我的每一根骨头，在我的骨头上打孔钻洞，让它发出类似骨哨骨笛的声音。

原载《大家》2018年第1期

谜面·谜底

谢宗玉

2013年 中国 思想随笔排行榜

殷墟下的殉葬奴

在鲁院学习时，学校曾组织我们去河南参观殷墟。看着墓穴中、祭台下、屋基底触目惊心的白骨，即便过去了三千年，我们的心仍被什么揪得紧紧的。听讲解员介绍，这些都是殉葬的奴隶，同学们更是感慨万千，痛骂万恶的奴隶社会、残酷的等级制度、愚昧的殉葬习俗。恨不得可以直接穿越过去，掀起一场洗旧涤非的革命风暴。

我只能笑笑。这些年看人类学方面的书多了，我常常会有一些奇怪的论调。对殷墟下的这堆白骨，我也有不同想法，只是不愿与同学起口角，所以没有当即发表愚见。

对中国的历史，我没有太深研究，但我比较赞同一个观点，就是中国没有严格意义上的奴隶制时代。不像古印度，等级森严，奴隶也能一代一代，繁衍生息，如果你不幸有了奴隶的姓氏，那么你的子孙只能是奴隶。

中国的奴隶更多的是战俘、叛乱分子，也有违法乱纪分子。互相为了争地盘，抢财富，打一仗，你俘虏了我若干人，我俘虏了你若干人，放回去，不甘心。关起来，又没那么多吃的。怎么办？就只能做奴隶了，或者干脆杀掉了事。

可这种直裸裸的杀奴行为，对亲历者的心灵来说，无疑是一种巨大伤害。今天我们部落可以这么杀人，明天别的部落把我们俘虏去了，也可以这么杀我们。而部落外围又没有高高的城墙和宽宽的水域围护，只要防范不力，被攻破的概率是非常大的。可以说，部落里的每个人都活在一种惶恐不安的情绪中。梦中接连不断的惊悸和噩梦，正是心灵受伤的明证。

如果整个部落都被占领，这时男男女女、老老少少的战俘，成群结队，简直跟蚂蚁上树没区别。因为不是为自己劳动，这班人干活自然不会那么麻利，甚至会消极怠工，而那时的生产力本来就低下，奴隶并没有多少剩余价值，甚至连自己都可能无法养活。

更要命的是，被圈在一起的奴隶，男男女女，只能以生育为乐，繁殖速度快得惊人，甚至比他们的主人更快。而冷兵器时代，一个人的有效看管能力又非常有限。比如说，现在我们把一群人圈在一个地方干活，架上机关枪，一个人就可以看管住好几百人。而那时是用长矛看管人，一个有长矛的人，能看住三四个无武器的奴隶就不错了。随着奴隶的人口膨胀，很可能在某个夜黑风高的晚上，一场暴动就把身份全部颠倒过来。

怎么办？唯一的办法，就是杀掉。问题是，同类无故杀害同类，对心灵的伤害，比人类杀动物要深重得多。依我看，殉葬习俗，就是在这种情境下诞生的。

当时的巫师，在那时的人们看来，上知天文，下知地理，是无所不知的牛人。这班牛人为了抚慰部落子民的心灵，让他们晚上不做那么多噩梦，便宣称：我们祭祀上天的时候需要人头人血，上天才会高兴，四时才会风调雨顺。我们祭祀大地的时候需要人头人血，大地才会高兴，全年才会物产丰收。我们建造新房需要在地基底下埋下活人，家庭才会兴旺。我们死后需要奴隶殉葬，在冥界才会有人继续服侍。总而言之，言而总之，有多少奴隶要杀，就编织多少理由。这些理由一代代相传下去，便成了风俗。

风俗是什么？风俗就是一种约定俗成的行为习惯。一旦杀戮成了风俗，带给心灵的阴影就没有那么浓厚了。因为在人们看来，那都是理所当然的事情。

所以说，不是先有殉葬习俗，人们才去杀人。而是有很多必须要杀的奴隶，才有了殉葬习俗。现在的人们把殉葬习俗恨得牙根痒痒，可对当时的人们来说，这种习俗却是一服抚慰心灵的药剂。

习俗的形成，总是在行为事实之后。习俗的重点不在于要干什么，而在于为"干什么"寻找理由，让"干什么"变得顺理成章。不是我们要杀奴，而是因为杀奴是上天的需要、大地的需要、冥界的需要。被杀的奴隶，要么上天陪天仙去了，要么到四方陪山神水灵去了，要么到地下陪祖先去了，他们没有死，被灭的只是他们的肉体，他们的灵魂会得到永生。这么一牵强附会，目睹杀戮的心灵就安宁了。

当初，部落没有军队，去攻击另一个部落时，几乎是倾巢出动。打赢了，就将对方的人马和财富全部掳走。只单单抢走财富可以吗？不可以。因为怕对方报复。怕的原因是部落与部落之间的实力其实差距不大，之所以能打赢，除了准备充分和偷袭外，其他的因素都是偶然的。按巫师说法，就是上天在助我们一方。

到后来，出现了青铜、铁器等金属，王国有了大量剩余财富，可以豢养军队了，这时打了胜仗，就不必将人全部掳走，只要打垮或灭掉对方的军队，问其首领服不服。首领俯首称臣了，就可以撤军了，之后，隔段时间派几个喽啰到这里来巡察一下，一是催促他们按时交纳财物，二是不让他们暗蓄军队，就可以了。

社会就这样进步了，奴隶制土崩瓦解，封建社会闪亮登场。这时，陪葬的习俗，不知不觉由"进步"的变成了愚昧的。以前杀奴，是因为怕奴隶威胁己方的安全。现在有军队保障，战败方也不再与己方朝夕相处，而是隔得老远，加上城池也逐渐修筑起来了，安全完全不是问题。而随着生产力的进一步发展，一个人除了能养活自己，多少还有点剩余价值，劳动力一时成了非常宝贵的财富，这时如果还随意乱杀，就与王国集体利益最大化的精神相违背了。

问题是，习俗一旦形成，会在人们的头脑中根深蒂固，并形成一种反智性的思维逻辑，某些看不到社会巨变的巫师，反过来可能会把因当作果。

某天早晨，某个巫师会疯子一样在广场上仰天长叹："一定要有人头啊，祭祀如果没有人头，上天一定会惩罚我们的！"那时冥顽不化的他就可能失去做巫师的资格。惹得大王烦躁了，会说："人头没有！献上你这颗猪头行不行？"他立马脖子一缩，噤若寒蝉。

这时，新的巫师或各种新学派，便会如雨后春笋，纷纷冒出来。比如说，孔子的儒学就是雨后中的一棵大笋，他们会为人类的新行为，冠上新理由，并让这些理由，成为新习俗。其目的，还是为了让大变革时代中惶恐不安的众生，再度获得心灵的安宁。

我不知我同学，还有那些历史和社会学家是否赞同我这一看法？

时代对我们的要求

我有一个亲戚，小学毕业后，去了广东一家染布厂。在随后的六年，他在不断重复一个动作，每隔三分钟，从快速转动的机床上，把一匹转好了的新布搬下来。每天工作十二个小时。这个单调而枯燥的动作，没有让他发疯，反而让他赚了点小钱，在村里同龄人中率先盖了新房，娶了媳妇，生了孩子。

又过了四年，因机缘巧合，加上不知从哪里弄来的一张假文凭，他辗转居然进了一家跨国公司，搞售后服务。因做得不错，又三年，他被提拔为售后服务部的部门经理。

让人唏嘘感慨的是，村里儿时的小伙伴中，有一个学霸，这时正好研究生毕业，找了三四个工作，都不满意。最后竟投到了他的门下。这事在村里可闹大了，学霸踌躇满志了十几年的老子，气得差点翻了白眼，说人争一口气，佛争一炷香。读了这么多年书，末了却跑去给一个小学毕业生做事，实在太丢人了。

学霸没脸回村了。我这个亲戚过年时专访了一趟他父亲，云淡风轻地说道：不要觉得丢脸，现在找工作不比过去。我手下全是研究生，还有博士生。我只是比三伢子早进去几年，换作现在，我也进不去。那可是全球五百强呢。

学霸的父亲弄明白"全球五百强"是怎么回事后，脸上又恢复了一些昔日的荣光。只是我想起自己苦读了这么多年，末了薪水竟不如他的零头，免不得要酸溜溜调侃他几句。他一脸温和，望着我笑：你们十年寒窗不假，可我在广东也不是睡大觉混过来的。整整六年，除了吃饭睡觉，每隔三分钟，就得重复一个动作。你想一下看，你能做到吗？

我疑惑了：我是做不到，可重复这样单调的动作，除赚点工资外，又有什么意义呢？

他一脸沧桑地摇了摇头：正是这个工作，培养了我专注、敏捷、忍耐这三种钢铸般的品质。我若不专注，神思游离，又或者笨手笨脚，拖泥带水，不能把布筒及时拽下来，机器就会卡壳停产，甚至会出大故障。而一天十二小时甚至更久的工作，也把我的忍耐力磨到了极致。正是这三种品性，让我特别胜任现在的工作，让手下服服帖帖。而你们十年寒窗，不也是在磨这种品性吗？

我一句话也说不出来，只是瞪着惊疑的眼睛看着他。十年寒窗，我们不是在学知识吗？我们学了那么多，背了那么多，演算了那么多，最后的功用，难道只等同他一个单调的动作？

"不过，我以前也有个苦恼，上司是欧洲人，要求工作汇报，一定得用英文，我做不了，只好让下属代劳。现在好了，下载一个软件，我先写成中文，输进去，分分钟就转换成英文了。"他补充性地把我引以为傲的东西进一步无情抹杀。

回头想想，中学或大学课本教给我的东西，对我现在工作和生活，的确没有太大的益补，能帮到我的那些学识，反而都是在课外学的。而既然我能在课外缺什么补什么，他又如何不能？

现在我算明白了，为什么在知识爆炸的时代，还要让那些学生把仅有的几本课本读熟、读烂、读臭，而不是干脆把他们关进图书馆，任他们在知识的海洋里遨游。或许相对那些我们自以为是的知识而言，这个社会更看重我们有别于猿猴的人格和品性？教育的第一目的或许不是为了让我们掌握更多的知识，而只是借功课来磨砺我们的意志，克服我们的毛躁，锻造我们的耐心，塑筑我们的严谨，铸就我们的细致？

我有一种恍然大悟的感觉。第一台电脑的诞生，应该是花了科学家几十年时光。但看使用说明书，绝大部分人只需半个小时，就会懂得如何开机关机、简单操作。

这表明什么？表明这个社会根本不在意普通人学了多少知识，文明的奥秘，我们可以越来越不懂。但只要我们是这个时代的人，就丝毫不必担心由于自己太笨，而享受不了这个时代的文明成果。

科技越发达，工作便越简单，这也是我这个亲戚单凭一个搬运动作，就可以盖房娶亲生子的原因。电脑的诞生，或许是几代科学家的心血。但不管是几代，这些科学家的数量是有限的。主要研发人员也许不超过一千人。但自有了电脑后，电脑的制作业、销售业以及售后服务业，就得需要几百万工人，甚至几千万工人和商人。这些工人依靠电脑谋生。他们中的任何一人，都不必拥有独立制造电脑的能力。他们只要分别在流水线上加固一个螺丝，焊接一条电路，安装一个晶体，一台台电脑就生产出来了。

说到底，这些工人需要的水平，并不比使用者需要的水平高多少。他们只需要比使用者更敏捷、更耐心、更细致就可以了。因为使用者因操作不当导致死机，重新开机便是。而制造工人稍不留神，一个小小的疏忽，就可能导致一台电脑不能正常运转。而由于工序太多，纠错的时间或许比制造一台电脑的时间更长。如果流水线上这样的工人多了，工厂就等着倒闭吧。而不管工厂倒不倒闭，那些毛手毛脚、漫不经心的工人都得下岗喝西北风去。

想想真可笑，当年在中学，我们一个个力争上游，冲刺满分，自以为这样就可以站在世界文明的巅峰，以后就可以横扫跟我们争夺饭碗和荣耀的一切"牛鬼蛇神"。特别是那些学霸，以为他们得了高分，就可以主宰世界了。其实，这算什么呢，社会只是在训练一群操作工人的必备素质而已。科技越发展，多数人的生存越不需要依靠智慧和学识，只需要一双熟练的手，以及一颗能对重复劳动习以为常的心就可以了。

以前总觉得应试教育扼杀了人的天性，有万害而无一利，现在看来，正是应试教育为这个时代培养了千千万万严谨、细致、耐心的"生物机器人"。而一小撮勇立时代潮头的风云人物，以及各行各业的创新精英，也不是区区应试教育所能抹杀得了的，相反，他们所需要一丝不苟的品质只怕比工人要求更严苛。只有经过应试教育的淬火，他们才能成为真正推动社会进步的核心人物吧。其他万千学子，算是陪太子读书。

这么看来，我们长大后所从事的工作，或许并不需要我们在读书时代那么起早贪黑地压榨自己的青春？也许只需花一半精力就能拥有足够的品性胜任现有的工作？

那么，十年寒窗，如地狱般的煎熬，究竟是为什么？

答案是，好工作太少，而人又太多。我们的拼搏，甚至可能会因过犹不及而扭曲心灵，弄得一身负能量，为的只是换取一张文凭，敲开窄门，淘汰他人。

我那个小学毕业的亲戚，如今又"函授"了一张国内名牌大学的文凭。没有人知道，他一个小学毕业生怎么拿到那大学函授文凭的。也没有人知道那大学的函授学业是不是比染布厂六年更能培养一个人的能力。但大家都知道，那大学的牌子很硬，在职场上可以秒杀很多人。

假如我也穿越了

这几年，穿越小说红遍网络，写的人眉飞色舞，看的人热血沸腾。幸运的牛人，或在电击下，或在睡梦中，或在临死前，稀里糊涂就穿越到了古代。基于对现代文明的自信，我们都不要经脑袋想一下，就觉得随便怎么平庸的现代人，到了古代，都会成为超人。

网络作家正是这么虚构的。牛人到了古代，仿佛把现代文明也一股脑拽了过去。主人公凭借超前的时空观念、超前的政治理念、超前的科学技术、超前的市场经验，超前的所有一切，撸起袖子，大展宏图，很快就在周边干得风生水起，一两年，就成了帝国红人，要风得风，要雨得雨，以白衣之身，上可与皇帝称兄道弟，下则圈粉无数，整个帝国的青年男女，都把他当作偶像、楷模、梦中情人。那红得发紫的架势，只把读者羡慕得眼珠子都要掉下来了。真想有谁给自己一记闷棍，晕过去就到了古代。

有时我也不免会做这样的梦，觉得自己比不过同时代那些贼精的人，但到了古代，一定大有用武之地。想想那个红颜无数、胜友如云的场面，激动得都不想活了。

可是再往深处去想，我就发现，真回到古代，我不但不会花团锦簇，十里春风，反而会落得个细思极恐的悲惨结局。是的，我懂得很多知识，见过很多世面，会用很多科技产品，可是我靠什么谋生呢？

孤孤单单的一个人到了那边，我能造飞机吗？能造高楼吗？能造手枪吗？能选育杂交水稻吗？能生产化纤衣料吗？能发明并使用电吗？如果不事先得知自己就要穿越，临时找些资料抱个佛脚，我就连简单的火柴、肥皂都制造不出来。科技兴己，显然行不通。

那么我能告诉那时的人们，现有的社会制度是不合理的，每个人都是平等自由的，都有参政议政的权利，皇帝是一个错误的职业，如果不选择社会主义，就应该选择资本主义？我是否还要亲自去皇宫一趟，帮皇帝设计一系列最适合社会运转的现代政治、经济、军事制度？如果我真有这种想法，根本到不了皇宫，就会被当作疯子乱棍打死。就算到了皇宫，皇帝信了我，可我那半桶水的现代理念，也很快就会因水土不服，而半途夭折。最后被控祸国殃民罪，我会被判车裂或凌迟。理念兴己，也是行不通的。

那么，我能做个私塾先生吗？天哪，我这种古文底子，在古代连个秀才都考不取，还有我那笔鸡爪拓烂泥似的字迹，谁会聘我去做私教？看来我只能在那边写穿越小说了，写一个古人穿越到未来的所见所闻，对当时的人们来说，或许比《西游记》更有想象力？问题是，没有电脑，我真的能靠一支沾墨的毛笔写出一部小说来？就算能，在没有版税稿费的社会，这些文字能当饭吃？吴承恩肯定别的职业，《西游记》不会给他带来半个铜板。看来知识兴己，也是无路可走。

　　好吧，我就做一个普通农民。可我懂农耕时代的犁田耙田、选种育秧吗？上山砍柴遇到长蛇、黄蜂、野兽了，怎么办？我会土法子解蛇毒蜂毒吗？单凭手中的柴刀，我就能赶跑野兽吗？我不适合出门，只能待在家里，可我会用土机纺纱织布吗？会用土灶烧火做饭吗？做习惯了现代人，有电有气，一切都那么简洁轻便，真返回到古代，我会是方圆千里最笨手笨脚的那个人，就算务农，我都要从头学起。

　　原来社会进步了，文明丰富了，科技发展了，生活精彩了，我们的谋生技能却越来越单一化了。科技让数以亿计的流水线上的工人，只要靠一个简单的动作，就可以换来足以活命的生存资源。比如说拧紧一个螺帽，焊接一段电路，按下一个开关，然后就万事大吉，剩下的事情，基本用薪水就可解决了。

　　真相是，如果只为谋生，没有精神需求，文明越向前发展，绝大多数人越来越不用动脑筋了。同古代的人相比，我们反而变得越来越苍白、简单、扁平了。古代人想要活命，衣食住行，十八般"武艺"，得样样精通；而我们活命，只需要掌握庞大繁复文明的一小块碎片就可以了。真相是，古代人如果穿越到现代，稍加培训，就能如鱼得水，自食其力，最不济也能成为流水线上一名快乐的工人。而现代人穿越到古代，反而艰难无比。最荒唐的，可能越是尖高端人才，越是寸步难行。因为人的精力是有限的，当一个人把所有时间都投入到一件事情上去时，别的方面他就成了白痴。比如说，一个手机设计师，我们姑且认为他掌握了手机制造的全部工序，可就算是这样的牛人，到了古代，他也制造不出一台手机来。而一旦他掌握的唯一知识失效了，他肯定比一般普通人活得更苦逼百倍。

真相是，一去不复返的农耕时代，才是个体最自由的时光，草屋八九间，薄田十余亩，就凭自己一个人或一家人，就可以把日子过得悠然自得，酣畅淋漓。反是现在不行了，文明需要人类必须抱团才能发展，个体的人越来越不能各行其是了。人类已经像一个蚁穴，一个蜂巢，彼此谁也离不开谁，每个人都是残缺不全的，合成一起，才构成一个整体；合在一起，才是有意义的。每个人都只是文明这个庞然大物上的一根纤毫，所谓独立之人格，自由之精神，放飞之心灵，只是数据时代前的昙花一现，现在已如空中楼阁，越来越遥不可及了。单个的人，只是一个符号、一个信息，一个数据链了。

这么一个被文明"烟熏火燎"过了的异种，都不能自成一体了，居然还想返回古代，去大放光彩，岂不是做梦？

要我说，最靠谱的穿越剧，得数《步步惊心》。作者把女主人公巧妙穿越到皇宫。古代也只有皇宫这样分工严格、合作紧密的地方，才与现代社会略有一比。女主人公可以什么也不会做，只凭着高贵出身和美丽的皮囊，与几个皇子谈谈爱说说情，就可以过上优渥的生活。

警惕人类集体出局

前段，针对"低端人口"，网上很是热闹了一阵。政府相关人员和时评人各执一词，吵得厉害。吵到后来，反而把事情的起因给忘了。起因是什么？起因是北京市某地一群打工者正在被清查。但网上争论的重点最后却落到"低端人口"是不是一个侮辱性词，这次清查行动是不是在驱逐"低端人口"。

"低端人口"，其实并非一个新词，早很多年就出现了，指的是低端产业从业人员。低端产业则是说那些传统原材料生产，工业初级加工品制造行业。如果不是过度敏感，故意曲解，这个词真的无关荣辱，它只是个中性名词而已。

而这种清查行动，早些年其实一直在进行，只是没把它与"低端人口"挂上钩，所以没有这次赚人眼球。网民对它充满本能的怀疑和警惕是对的，但警惕的方向却错了。或者说，就算警惕了，也无济于事。表面上看，这只是政府某个部门的行为，实际上，却是科学文明驱逐人类的一个开始。

　　这话说得有些悬乎，且听我稍加剖析。

　　我有一个观点，就是我们引以为傲的文明只是一个工具而已，一个为人类集体利益最大化服务的工具。从西方文艺复兴到资产阶级革命，他们所运用的理论武器，同样是为人类集体利益最大化服务的。所谓天赋人权啦，人生而平等自由啦，每个人都有追求幸福的权力啦……之所以要倡导这些理念，就是想把个体的人从中世纪黑暗的神权君权中解脱出来，发挥个体最大的主观能动性，让他们在追逐个人幸福的同时，推动社会大跨步地向前，让资本的大河尽快爆满。而那时，天宽地阔，个体的人带着先进的机器，开向无垠的殖民地，无论怎么奋斗拼搏，穷尽一生，都不会觉得舞台太窄，空间太小。那种自己命运自己主宰的感觉真是好到爆，跟"天赋人权"的理念正是斗榫合缝，相辅相成。

　　但是，我们应该看到，理念虽然美好，却没有完全实现，人类也做不到彻底的平等自由。老天也没有义务要降"人权"于大地。人类同大自然万物一样，只能"物竞天择，适者生存"。

　　或许，以前的历史，千万普通民众的确发挥过巨大作用，但当科学发展到信息时代、数据时代后，草根的作用便越来越小了，一小撮精英在我们看不见的前沿，正推动社会，滚滚向前。而我们只需跟在后面，遵从规则，把自己塞进文明这架庞大的机器中，做好一个简单的角色，就可保一生衣食无忧。

　　小小螺丝钉，这个观念曾一度深入人心，也是我们引以为傲的地方。螺丝虽小，但再大的机器也不可缺少，一旦坏了，再大的机器也运转不了。问题是，我们真能算作螺丝钉吗，而不是"巨无霸"上一羽可有可无的毫毛？除非我们集体突然消失，否则随便少一些毫羽，对那"怪兽"又有什么影响呢？

更何况，当科学把我们越来越异化成物，异化成一个部件、一根螺丝、一片毫羽时，我们的心灵、人格、精神又将何处安放？换句话说，凭借心灵、人格和精神的光芒，我们还能对这个世界发挥多大的余热呢？"人民群众"已没有太多的发挥空间了，我们创造的财富，加在一起，都不如一小撮精英创新的科技所带来的附加值多。我们与科技，已隔着凡人与神仙的距离。

并且，科技越进步，需要我们掌握的生存技能就会越少越简单。便利的工作和生活，让我们失去了足够的警惕：我们竟然逐渐沦为了被科技圈养的一群。我们只要会一些简单的操作，花少量的时间，就可以过上富裕生活。我们全然不明白，科技将我们工作变得越简单，我们便越有被代换的危险。

北京这次的清查行动，其实就是科技文明对已被机器代替的工人亮起了红灯。连谋生的技能都被替代了，个体已失去了存在的价值，这时候，我们还跟谁去提"天赋人权""人生而平等自由"？很显然，崭新社会需要新的理念来支撑，只是我们后知后觉罢了。

现在还只是低端产业工种被机器替代，当越来越多的智能机器人批量产生时，我们现有的工种，都将可能被替代。而当机器人能够依靠自己的智慧，根据自己的意愿去发明创造，去"武装"这个世界时，整个人类都要被替代。

当所有人对推动社会进步毫无用处时，当所有人只能仰机器人的鼻息混吃等死时，就算机器人不发动消除人类行动，我们活着还有任何意义吗？到那时，我们又该如何坚守自己的心灵、人格和精神？到那时，我们还敢宣称人是万物之灵吗？

套用马丁·尼莫拉牧师那段引人深思的话，我们也可以这么说：当科技驱逼制造业人员时，我们在充当帮凶；当科技驱逼服务业人员时，我们仍会麻木不仁。那么，科技再去驱逼管理业人员，代替创新发明业人员时，就算我们能幡然醒悟，恐怕也为时已晚。

当然，我们不是要与科技决裂，我们已经离不开它了，但在可怕的预测到来之前，我们应该可以找一条规避悲剧之途：我们不要靠低保救济生活，不要被分批代替，我们要在任何时候都感觉是这个世界的主人，每一个人仍然能靠自己的拼搏去拥有进退自如的生活，去彰显自己的人格和精神力量，去把那个大写的"人"字，重新树立在天地之间！

写《未来简史》的尤瓦尔给的出路是：从直立人到智人，这是人类的进化，现在，该是我们靠生物工程和电子芯片，进化到"智神"的时候了，让我们的体能和智力永远不落后于最先进的机器人，并且还可以长生不老。

这也许是行得通的，但显然，进级的只能是极少数财阀强权的老大和他们的家人。绝大多数人都将会像过时产品一样被淘汰湮灭，剩下的，会被新"智神"当作家兽宠物圈养。

天赋人权也许是真的，但只会赋予实力差不多的人。一旦平衡被打破，并且天差地别，天只会选择赋予强者人权，就像现在天赋予我们智人人权，而不是赋予猿猴和猩猩。

原载《湖南文学》2018年第3期

毛发的力量

梁鸿鹰

博加从我的身上剪去了灵魂，剪出了约瑟芬娜·贝克的发型。那就是以前的我呀，是我的肖像呀。我的发型曾经触动着每个人，而博加将我剪下的头发扔掉了。他好心地让我找到自己的平衡，让我习惯自己。

——（捷克）博胡米尔·赫拉巴尔《一缕秀发》，万世荣译，北京十月文艺出版社，2014年，103页

1

对人来说，毛发永远是外在的，与人身上的天然拥有物一样，有生命，有呼吸。但毛发所具有的神奇，并不为人们所充分了解。毛发顽强附着于特定皮肤的表面，日夜兼程争夺着人不同器官的皮肤，争夺人的视觉注意力，一刻未曾有所停顿。毛发屈服于刀剪、水火、时光，柔软或坚硬，粗壮或细弱，与主人一生相伴。

毛发有忠实于岁月和时光的力量，在这方面，它无意于也无力说谎。有位不染发的歌剧女星，过去经常在舞台上扮演英勇就义的革命者，每逢此时，一头短发乌黑锃亮，英姿飒爽、豪气十足，而如今在舞台之下，满头蓬松的白

发，显得疲惫、颓唐和委顿了许多。而像田华、秦怡这样的老前辈，一头白发恰恰显出非凡的气度与尊严。头发常背叛年轻的主人，不惑之年即满头披雪者不在少数，如今少白头吃香，少白头就多了起来。头发不忠实于年迈的主人却很困难，古稀之龄能够依然乌发者，少之又少。

毛发不背叛主人的种属，人的毛发颜色与肤色的深浅，一般都有对应关系。少年时代曾读过一本生物进化著作，书名疑似《人类在自然界的位置》，作者好像是赫胥黎，朴实的封面上有类似恐龙或猿人之类的插图，郭老题写的"科学出版社"五个字居于封面下方。书的内容忘记了很多，只记得其中说，世界上的人种主要有白、黄、褐和黑几种，皮肤深浅对应发色深浅，白色人种头发最浅，黄色人种次之，黑人头发最黑，以此推断，即使同为黄色人种，发色深浅与肤色也能对应起来。从此他每见到一个人，总不由自主地以头发判断其肤色，或以肤色印证发色，基本上都是屡试不爽的。不过也常有例外，如好莱坞女星费雯·丽、伊丽莎白·泰勒，与卓别林合演《舞台生涯》的克莱尔·布鲁姆，均肤白如玉，却是一头夜一般漆黑的长发。但不管什么发色，最终都要归于由深到浅、到白，这一点是共同的。克林顿已经满头白发，奥巴马最终也会如此。

对男性来说，时时泄露时光之无情的，除了头发，还有胡须。胡须自动提醒一个不蓄须男性一天的开始或结束。库切在其小说《青春》第十三章末尾时讲到，长期在IBM工作的主人公离职之后，变成了"一个阉人，一个寄生虫，一个急着赶八点十七分的火车上班的提心吊胆的家伙"。有天，他与从前在IBM时相互颇有好感的姑娘卡罗琳重聚，逛完查令十字街的书店后，发现"长出了一天的胡子茬"，这就提醒他，一天剩下的时间不多了。

我们的主人公与父亲在生理上的亦步亦趋是全面的，包括头发与胡须。父亲坚硬与顽强的毛发给他留下的印象任何时候都挥之难去。酒后通红的脸，嘴里重重的酒气，言不及义的胡话，以及热情凑过来反复摩擦他脸庞的胡茬，长期占据着他的大脑。

唯恐胡须给人不洁、粗野的印象，我们的主人公每天早上出门之前都必刮胡子——避免胡子疯长在面容上带来的不雅观。他每天起床的第一件事是上卫生间，排泄完毕，来到水龙头和镜子面前刷牙、洗脸、刮胡子。他的胡子自青春期以来便浓密、粗硬，分布面积大，且生长快速，一日不剃，则如乱草。四十岁后，他的胡子踏上由灰到白的路途，显然在提醒他已经进入"大叔"阶段。任何的遮掩都难以奏效。剃须器具是旅行最重要的必需品。胡子的素质是从父亲那里遗传来的，这个他有充分的证据，从很小的时候他就见过父亲的种种剃须设备——电动的非电动的，磨损得很快，质量不尽如人意，更换十分频繁。

2

头发最有力气树立风范，它们是门面，可以化为口号与气质，拥有你无法绕开或省略的程序。在我们的主人公走过的生命历程中，理发这个责任，父亲向来未曾负担，这导致了早年在理发这件事情上，他是四处奔走的。为他解决头发问题的，有国营理发馆的理发帅，有父亲的好友，或关系很好的邻居。对理发师的记忆，是他记忆中最温馨的部分之一。小时候给他理过发的都是男的，上大学以后给他理发的，都是女的，没有遇到过一个男的，很是奇怪。

孩提或少年时代生活的小镇，呈严整的四方形，一切机构的位置、规模、门脸都有着一定的统一性、规整性，有一种取齐式的朴实与内敛，谁也不想抢谁的风头，一致中的苍凉坚定，平静中的单纯划一，被大家所习焉不察。这种"苏式"规划的种种痕迹很明显：对称、庄重、严整，显得五脏俱全，实则难掩匮乏单调。毕竟，一个地级行政公署所在地的风范，大致也只能如此了。

镇上的理发馆都是国营的，一共两个，一居镇之南、一居镇之东。各有一位理发师给他留下难以磨灭的印象。

"红卫理发馆"居镇之南，店门朝西开，规模大，设施先进，十几个理发师每天都围着高大的理发椅忙碌。全店似乎没有女性理发师。别的人都忘记了，只记得店里有位高个儿、大嗓门儿、下手狠的理发师，姑且叫他老赵吧。老赵门牙大，天包地，东北口音，脾气暴躁，风风火火，干活幅度大、力气大，"萝卜快了不洗泥"，很不受人的待见。老赵永远守在门口，来理发的人一进门就会被他引到椅子上。我们的主人公来这里理发，从来没有轮到过别的理发师。这位脾气暴躁的理发师说话特别快，理发也特别快，全程说话不停，吐沫星子飞溅，让人受不了。如果抱怨理得太短或太偏之类，老赵立刻就会显出惊讶之色，沉下脸来大声辩驳，急于撇清自己，不给你任何插话机会。记忆中，老赵师傅是理发馆里年龄最大的，头发短短的，还没有全白，浑身上下利利索索，始终很精神、很勤快的样子。但在众多理发师中，他似乎很失意，生意很清淡，人气很不足。好的理发师都有固定的主顾，老赵没有这个运气，成年人成为他固定主顾的少，很没有面子，拦截前来理发的孩子就成了他的首选。为何如此？是因为脾气过暴、下手过狠，还是别的什么？老婆红杏出墙，家里有晦气的事？孩子们自然无从得知。

小镇毕竟不大，时间不要很长，我们的主人公就发现了另外一家理发馆，那便是小镇东边一家门脸朝北的理发馆。理发馆招牌标明是"东风理发馆"，位于南北大街中段。这个理发馆面积小，理发要排队，因只有一位理发师，白白胖胖的，个子很高，总戴着干干净净的白色的确良小帽。后来才知道，这位理发师是主人公中学同学陈瑛的父亲。奇怪的是，陈瑛个子不高，长着双眼皮，眼睛大大的，小巧的鼻子，樱桃小口，梳两只小辫儿。她学习成绩一般，但人缘颇不错。陈师傅人缘同样好，找他理发的人多，要排大队，但陈师傅有耐心，手艺好，话又不多。我们的主人公不止一次发现陈师傅的两只手都已变形，手腕处突出来了大骨头，变形是长期一个姿势持握推子造成的。老头儿动作轻重适中，为人温和，大人孩子一视同仁。他的随和、友好最能征服人，这种童叟无欺、耐心一致的精神，是饭碗最坚实的依靠。老头儿皮肤细腻、白皙，身上总有一股好闻的味道，由于体型过胖，喘气声息也较重。陈师傅常年戴帽子，并非完全出于职业需要，是因头发极少，可能是个秃子。在过去那些年代里，谢顶、头发少不罕见，但秃子不多，而且秃子不光彩，被认为是异数、不正常，这与现在各行各业场面人物秃子当道形成了强烈的对比。

3

人与头发较量，正如与肠胃较量。有吃百家饭的，就有理百家头的，我们的主人公就是"理百家头"长大的。小时候经常给他理发的长辈，除了一位姑父，其余都是父亲的好友，一位姓白，一位姓张，一位姓杨。这三位各有千秋，对比鲜明，但只要被求到理发，谁都不会推辞，他们技艺也好，是永远的能工巧匠。

老白性子最直。高个头，留一头短发，一对很小的三角眼，山西大同一带人，酷爱聊天，口音很重，嘴里总叼着烟。每次理发，他也烟不离嘴，而且不停地说话，各种各样的打听——家里来了谁，学校老师批评没有，喜欢谁、讨厌谁，最近到谁家吃饭了，问得人心里发毛。老白理发速度快，家伙什儿也老旧，夹着头发是经常的事情，对此他没有丝毫歉意，根本不放在心里。老白有个贤惠的少妻，热心肠，生了三个儿子。可能只因老白嘴上缺个把门的，在人们眼里始终没有威信。大家觉得他只说不练，嘴碎，而且爱图小便宜，到别人家一坐一晚上，不把对方烟抽完不拍屁股走人。老白家的老大老二年龄差两岁，老三来得晚，比老大小了有十几岁。大儿子额头有青筋，黑眼睛很忧郁，个子高高的，平时温良，但脾气犟，在二十出头原本该上大学的时候却得了一场恶病。遭此大难的一家人风雨同舟，到呼和浩特的大医院治病，租住在医院旁的民房里，老白夫妻俩曾请我们的主人公到他们那里吃过饭，在异常巨大的心理和经济压力之下，依然没有忘记在这里念书的小老乡，着实令人感动。记得是烩了一锅酸菜，肉不多，米饭，像很地道的杀猪菜，大家吃着，聊着，说了一些现在早已记不起来的事情。生病的老大——好像叫类似俊平的名字吧，也暂时忘掉了自己的病，偶尔露出单纯的笑。这次午饭之后不久，俊平就离开了人世。老白一直在行政机关工作，官没有做上，但始终乐观、健谈、爱给人出主意，是小镇上一个传奇。

父亲的第二位好友姓张，是个理发上精益求精的人。张叔叔河北人，高个儿，英俊潇洒，优雅从容，文质彬彬，曾经当过文化局长、宣传部长、中学校长。让张叔叔理发是种享受。张叔叔为人和蔼可亲，做所有事情都很恰切，不温不火，给人十分文雅、有教养的感觉。张叔叔家里永远井井有条，得益于有个能干的妻子。这个说陕西话的瘦弱女人面容姣好，细皮嫩肉，善理财且极其勤快，凡缝补、浆洗、编织、烹饪等等，均得到好评，家里保持着纤尘不染的状态，这在困难时期是不多见的。张叔将理发视为一项重要业余活动，从不敷衍、草率，更没有不耐烦的时候。他理发的时候动作轻柔，张弛有度，从不在理发时聊天，理发就是理发，聊天就是聊天，他会前后左右不停地打量，反复端详、琢磨，直到自己满意，而不会毛毛糙糙地凑合。张叔是我们主人公父亲的"骨灰级"挚友，主人公母亲弥留的时候他在场，追悼会上他是致悼词的人。当时他并没有带稿子，只见穿着大棉袄，朝着小小的遗像深深鞠了一躬，面向大家说了一席言辞恳切的话。至今我们的主人公只记得这席话开头的是——"老师们、同志们，不久前，大家深为尊敬的王承真老师永远离开了我们。"会场顿时出现了压抑的抽泣声，我们的主人公的妹妹哭得很忘我，完全干扰了站在旁边的哥哥的倾听。张叔家有两个男孩，理发总是同时进行，小儿子的头发又黄又少又软，但这孩子每次理发都要闹腾，不愿理，提条件，要么吃东西，要么就要求给他买玩具，仗着年龄小，每次都能得逞。

第三位理发的父亲好友姓杨。这位叔叔个头儿不算高，说东北口音的普通话，在医疗卫生系统工作，人长得很英俊，头发很早就花白了，留一种恰到好处的背头，头发从来一丝不乱，也绝不油头粉面。一家人都是普通话，彬彬有礼。杨叔叔会抽烟，但很节制，在家乡那个小小的官场上，算不上一个成功人士，但稳稳当当。孩子的学习都一般，都没有上过好大学，全家人很亲切很温馨，是我见到的最美好的一个家庭。杨叔叔因为很早的时候腰就不好了，在家里并不干什么重活儿。给人印象最深的，杨叔叔冬天也背着手走路，双手居然能统在棉衣袖子里。去杨叔叔家理发从来不用预约或大人给打招呼，见了孩子来了，就会问要不要理发。杨叔叔理发技术好，速度快，始终和颜悦色。理完发，往往还被留下来，与他们全家人一起吃饭。这是一个厨艺、家庭氛围、家人美誉度俱佳的家庭。女主人姓郭，眼睛不好，戴副眼镜，人很伶俐、很善良，说话声音很好听，是县医院的护士。她与我们的主人公舅舅家沾亲。都出自解放前从山东蓬莱到内蒙古传教的家庭。这家三个孩子，老大是儿子，叫小明。老二是女孩叫小兰，眼睛并不大，头发枯黄，人极活泼善良，也在卫生系统工作。最小的孩子是个异常漂亮的姑娘，比她的哥哥小了十几岁，印象中她的头发油亮乌黑，垂感很强，大大的眼睛，睫毛很长，永远天真地看着这个世界，她很受一家人宠爱，小时候经常吊在爸爸的脖子上。小明很和善，只低我们的主人公一个年级，眼睛同样大大的，人很规矩，下军棋和跳棋，以及做游戏，都经常占上风，头脑很灵巧，但并没有考到好的学校里，很早就在小城里子承父业，在地区卫生防疫部门工作。

原载《北京文学》2018年第9期